作家小说
典藏

鲁敏 著

鲁敏小说

作家出版社

目　录

镜中姐妹

一

小五的命值五十元。生她的那天，街道的计划生育委员会找到家里，罚了父亲五十元。

五十元在 1979 年，不多也不少。但因为小五还是个女孩，父母就都觉得这五十元真是太冤枉了，尤其是父亲，他简直后悔起来。在小五前面，他们已经一口气生了三胎四个女孩（有一对双胞胎），然后他们停了八年，尽管父亲这时已经快四十岁了，但就像赌徒相信手气可以好转一样，他们决定试试运气再生一胎。没想到，种子才种下去四五个月，一直风传的计划生育却真刀实枪地刮到了县城，每个街道都成立了计划生育委员会，一家一家地上门劝说女上环男结扎。父亲有点儿不甘，但他在县第一中心小学做老师，那是为人师表的地方，总觉得面子上有点儿过不去，校长才一开口，他就故作轻巧地一口应承下来：过几天去做掉，保证做掉。做母亲的却相当固执，一直拖延着，找出种种借口，同时她整日重复着一句话，就像一个健忘的演员在练习一句拗口的台词：你不想试试吗？我真的有感觉，这次可能就是个男的呢。父亲被说中了心事，并且被母亲的"感觉"和沉着的坚决所感染，他默许了母亲的拖延，并像一个心照不宣的同谋那样找出种种借口对付成立不久、毫无经验的计生办。当他们绞尽脑汁再也无法找到新的借口的时候，计生办终于意识到某种阴谋，他们冠冕堂皇地到父亲家坐了一整天，并最终与心虚的父亲、疲惫的母亲达成协议：次日到县医院引产。

小五在胎中似乎有所感应，当天夜里，母亲腹痛如割，见红下水，一切症状都表明：小五提前四十天早产了。母亲虽痛苦难挨，但她却在汗水和血水中面呈欣慰之色。然而，当疼痛在高峰戛然而止，小五细如发丝的哭声如寒夜中的一道微弱烛光照亮父亲沮丧的脸色，母亲生产的喜悦在瞬间被巨大的绝望、自责取代，她不用看就知道：又是一个丫头！

考虑到父母曾答应次日引产，但被非人力因素才导致超生，计生办只罚了父亲五十元，并免去了停课一学期的处罚，尽管如此，由于中年得子这一理想的彻底破灭，父亲还是对小五充满了他无法意识到的一丝积怨。

给这孩子取个名儿吧。月子里，母亲几乎是小心地请求说。就叫小五好了。父亲心不在焉地回答，说这话的同时，他正在诵读一篇佶屈聱牙的楚辞，似乎想把下半生全都投入古汉语的海洋，做一个知识深奥得失去意义的小学语文老师。

母亲更加沉默了，本来，她是特意选了父亲读书的时候请他取名，一番心思白费了。她不能不想到从前，她第一次怀孕，那时父亲多兴奋啊，他早备好了名字，一下子想了两个，他得意地对年轻的母亲说：预产期是三月份吧，就叫春华，不错吧？等你生第二个，我们就叫秋实。男孩女孩都适合，怎么样？我们就生一男一女吧……然而，春华、秋实全是女孩。父亲有点失望，但有句老话叫"事不过三"，他满怀希望地看着母亲的肚子再次变大，这次大得超出想象——是个双胞胎！更加雪上加霜的是：全是女孩。对接踵而至的女孩儿深感厌倦且绝望的父亲这时已经失去了一个语文教师应有的文采与浪漫，他随着前来喝满月酒的亲戚们胡乱叫着：大双、小双。这名字尽管平常了些，却也恰如其分。最可怜的是小五，小五，这名字算什么呢。母亲又开始流泪了，她的最后一个月子，泪水泡得她的双眸失去了最后一丝光泽。生完小五，她就彻底成了一个中年妇人了。

这一年，春华、秋实已经上初中了，而大双小双也已成为父亲所在小学的三年级学生，她们每天放学回家，看到的就是母亲披散的头发、哇哇乱哭的婴儿以及一大堆散发着臭气的尿布，春华和秋实每日以划拳决定由谁来洗尿布；大双小双则轮流分工：一个去唱着儿歌晃动摇篮，另一个得以悄悄溜到厨房，偷吃没有了热气的鸡汤。很快，父亲下班回来了，每天一进门，他就觉得自己是从一个课堂来到了另一个课堂，甚至后者更令人烦躁。他于是用工作一天后的疲惫为借口，一边准备简单的晚饭，一边训斥两个大的两个小的，在训斥的过程中，他偶尔会停在小五的摇篮边，小五在摇篮中用她尚没有视力的双眼对着任何发声音的地方露出高兴的笑容。可能正是缘于摇篮中的某种直觉，小五从小就认为，如果按照对自己的喜好程度把家中的成员排个队的话，可以有三个层次：母亲小双（心疼、关注）、大双春华秋实（若有若无）、父亲（漠然、厌烦）。小双与别的姐姐们不同，她最爱笑，她在小五摇篮边唱歌的次数最多，并且只有她的歌声带有真正的柔情蜜意。

二

等到小五也背着一只小书包摇摇晃晃地出现在县一小的时候，

她才第一次意识到人们对她外貌的关注和期待。那些老师（父亲的同事）会在下课时拐到一（3）班的门口，头往里面一伸，大声地问讲台上准备下课的老师：哪个是张老师家的小五？

同学们会转过脸盯着小五，小五犹豫着，不知道该不该站起。但这样已经足够，伸头的老师认出了她，他们满意地笑起来：真的，又来一个，张老师还真有福气……

这样，从人们只言片语的零星评介中，小五得到了自己一家人的社会形象：父亲，一个性格内向、喜爱古文的语文老师；母亲，曾经漂亮过的县服装厂广播员；四个女孩子，一个比一个漂亮，尤其到了小双，简直活脱脱一个大美人坯子，对于小五的长相，有两种观点，一种认为她是个败笔，这孩子脸上线条太硬，眼睛不够大，眉毛也太浓；另一种认为她比她所有的姐姐都更洋派，有气质，像大地方的孩子。但总的来说，在八十年代小县城的审美观里，小五是比她的姐姐们长得差了一点。

奇怪，对于女孩子，为什么人们总是会关心她们的长相？这让小五觉得很单调，但这也导引和暗示了小五的某种兴趣，在家里，小五时常会注意地观察姐姐们的一举一动，同时，她慢慢地养成了一个特别的爱好：收集废物，收集家里每个人丢掉的那些没用的玩意儿。这些破烂，在被扔掉的瞬间，小五觉得，它们才产生了意味深长的价值。小五会悄悄地找回其中的一部分，细细地观察研究一番，从中寻找和发现人生的最大奥妙。

有一年冬天，小五在春华的废纸篓里捡到了一个撕破的纸质小口袋，上面写着：卫生带。卫生带，那是什么？小五的直觉让她记起这两天母亲与春华间的窃窃私语以及春华别扭的走路姿势。春华在一天之中开始疏远起别的妹妹来，就连与她关系最好的秋实，她也是爱理不理的样子。这一年，春华已经在读高一了，身体有点微微的青春胖，辫子乌黑发亮，很引人注目，走在她身边，母亲就像个又瘦又老的丝瓜干。春华性格温顺，天天看书到很迟，但她的成绩却一直不好，勉强挨到高二，不顾父亲的几次阻拦，她执意不肯再读下去，正好母亲的服装厂里有一批小规模的招工，春华就工作了，成了家里第一个挣到钱的孩子。

记得她第一次拿到工资，按照当时县城流行的风气，她给家里每人都买了一个礼物：母亲是一袋"光明"牌染发剂，父亲是一瓶有包装盒的精装"洋河大曲"，秋实是一条红色的薄纱巾，大双小双一人一只新发夹，给小五的呢，是一个小小的只有六十四开大的日记本。全家人都高兴极了，最起码表现得高兴极了。小五其实很喜欢纱巾或发夹，但春华却给了她一本日记，这说明什么：她不够漂亮？她更加聪明？可是那只发夹多么好看呀。当天晚上，小五做了个梦，梦见了一只硕大无比的发夹，漂在水面上，小五跟在后面追呀追，却总也追不上，奇怪，后来，那只发夹变成了小双，小双漂在河面上，一动不动，像睡着了一样……小五从梦里吓得醒过来，却听到睡在旁边床上的父亲母亲在说话。

看来我是真的老了，春华都给我买染发剂了……母亲在夜里叹了口气，听上去悲凉极了。你都忘了我年轻时的样子了吧。

没有，她们个个儿的像你，跟你从前一个样儿……父亲说，语气却不如他的词儿那么热烈。

春华工作的事儿你还在生气，瞧她都挣钱给你买酒了……

看她带的这个头，我最恨的就是绣花枕头……我看我们家全是一堆绣花枕头，你看她们，整天就知道照镜子，看看她们今天拿到丝巾、发夹的那欢喜劲儿！我为什么想要个男孩子，就是恨她们这点出息！

她们还都是小孩子嘛……母亲微弱地争辩了一句。有时我也想不通，我们怎么就生不出个男孩子，真是的，说出来都怕人笑话，一下子五个……都怪你，种子不好……

是土不行，盐碱地，不出带把儿的，我撒多少种子也不行啊……我再给你撒点儿怎么样……父亲好像在翻身。然后他喘起气来。床好像抖起来，令人不安。母亲没有声音，过了一会儿，小五有点害怕，最终听到母亲憋着嗓子吟哦了一声，小五放心了，翻个身接着睡下了。她想接着做那个梦，看看小双为什么会那样一动不动地漂在水面上。

春华上班不到一年，就开始有媒人到家里提亲了。尽管当时风气渐开，但最正式最地道的求婚方式还是请媒人提亲。母亲对此似乎胸有成竹，她支开因为手足无措而显得心烦气躁的父亲，踌躇满志地开始了她的挑婿历程。很多年以后，当全家只剩下小五待字闺中的时候，已经衰老得无需保守秘密的母亲对小五说：我跟你爸不一样，生不到儿子，我只气一时，但长远来看，我早就知道，生女儿好，可以挑个好人家。这个"挑"字，大有讲究，挑好了，全家跟着享福，日子在天上飞；挑孬了，日子倒着过，苦得跟爬似的。我呀，自己的命就到此为止了，但你们呢，才刚开始，一个个儿的要给自己开个好头……只可惜小双她太没福气……

春华的求亲者集中在服装厂，最好的只不过就是厂办的小秘书。这让母亲大为失望，她想一定是春华敦厚老实的模样使人们低估了她家的门槛，母亲拿出她做播音员的嘴皮功夫，不着痕迹地拒绝了那些假借串门名义前来提亲的中年妇女，同时，她又深入浅出地暗示了春华的好条件高要求，以促使那些联想丰富的媒人发现新的人选。那些被拒绝掉的男方的具体情况，母亲有时候都不会跟春华说，春华更是从来不会主动问上一句：这是一个女孩家应有的规矩。做了这么多年的长女，春华的性格已经平实得像一块密实耐用的砧板，她习惯于听父母的话，即使婚姻这样的大事——加上母亲那种洞察世事、不容置喙的腔调——春华听天由命地想：管他是谁呢，母亲不会看错的。父亲却对来来往往的串门者不胜其烦了，他认为这大大影响了他晚上研读楚辞的时间，似乎女儿的终身大事还比不上楚辞中的某个有争议的注解似的。当母亲连厂办秘书的牵线人也拒之门外后，父亲不耐烦了，他把母亲叫到他们的房间，尽管他努力压低嗓门，但几个在客厅做作业的孩子还是听得清清楚楚。

你在待价而沽吗？你在讨价还价吗？你把春华当成什么了？一棵摇钱树？当心，不要到最后竹篮打水一场空！你不嫌丢人？你不嫌闹得慌？语文老师因为激动而使用了不太恰当的成语和歇后语。

这有什么丢人的！男婚女嫁，择优而从，这是讲到哪儿都明明白白的道理。你看看咱家春华，她那模样，那脾气，多好的女孩儿，我就不信找不到个有前途的人家！我觉得我还挑得不够呢，她这样儿的，我怎么挑都不过分……再说了，我还要给下面几个开个好头呢……

小五偷偷地走到厨房，春华正在洗碗，春华最近瘦了，显得胸脯更高了，她的脸从侧面看过去，像长了一圈绒毛，全身上下散发出一种特别的气息。小五在边上看着，一时有点发呆，春华发现她，用湿漉漉的手敲了一下小五的头：还不快去做作业！春华上班以后，似乎反而对学校有了一点敬畏之心，她几乎比母亲还要尽心地督促着下面三个的功课。

他们在说你的事儿呢！小五故意说，她想只要春华问她，她就把刚才听到的全部说出来。春华要比小五大上十一岁，在小五的眼里，大姐是个大人了，小五有点想要讨好她。

去，小毛孩儿，别听大人的话！我能有什么事儿！春华板起脸抹起桌子。

小五很生气，她觉得春华一点意思也没有，连脸都没红。

好在很快，春华的事就有了眉目，一个社交广泛的媒人很快悟到母亲的旨趣所在，她在第二次串门时不再一事无成，最起码，她推荐的对象终于成功地过了母亲这一关。那个在她的口中被说得一表人才、前途无量的年轻人叫陈善材，在县政府财政科工作。

不久，母亲亲手安排了两人的见面。为了准备这次见面，母亲带着春华到裁缝店做了一件带金丝线的两用衫，这是当时县城最时髦的布料了，衣服做好后，挑剔的母亲又逼着裁缝修改了两次，最终合体得像从春华身上长出来似的。正式相亲的前一个晚上，春华带着点羞怯地试衣服给大家看，大双小双小五一个个都喜欢得张大了嘴巴，秋实在一边闹着，说一定要借给她穿到学校，秋实那时刚上高中，爱穿衣打扮的心思一天比一天强烈。母亲一边趁机训斥着秋实，一边拿手指用力戳着父亲的肩膀，父亲从他的灯下抬起头，好像第一次见到春华似的围着春华看了一圈，母亲满脸得意地看着他，等着他称赞，父亲笑了几声，却突然有点悲哀起来，他很轻地说：这是春华的顶峰了。小五听不明白，想象中应当是句夸耀的话吧，母亲却沉下脸来：你不会学喜鹊唱，就非得叫声乌鸦调吗！

次日的相亲正如母亲所愿，两方你情我愿、一锤定音。后来的事就都按部就班了，陈善材会隔三岔五地带着小礼品来看望父母，春华也经常会穿戴得漂漂亮亮地单独跟陈善材出去看电影或到红梅公园玩上大半天。陈善材是个面面俱到、讲究细节的人，话虽不多，但每句话的分寸感把握得很好，一看就是在机关里待了很久的人。母亲对此非常得意，认定这是陈善材前途无量的最好证明。可能是出于习惯，他对每个人都客客气气，就连小五端杯茶给他，他都会抬起屁股表示谢意。每次约春华出去，他都会让春华带回来一些好吃的零食，这让小五非常高兴，因为秋实最近嫌自己太胖，基本不吃零嘴了，大双小双两个虽然先天不足一直是瘦条子身材，但她们却喜欢围着春华听她讲电影故事，所有的零食基本上都由小五独享了。但小五并没有因此对陈善材有更多的好感，因为小五现在开始明白父亲的那句话了，的确，订婚之后的春华好像就开始走下坡路了，尽管后来她又添了一些新衣服和漂亮的丝巾，频繁的约会也使得她的脸色更加红润娇嫩起来，但是奇怪，小五就是觉得春华变丑了，特别是她身上的味道，好像开始混浊厚重起来，夹杂着一丝陌生而可疑的气息。这让小五有点伤心。

春华结婚那天，小五第一次穿上带花边的新衣服，可是从后来的全家福照片上可以看见：她挂着小脸挤在大人们脚边，看不出一丝喜气。春华出嫁了，小五第一次体味到家人之间出现的这种以喜庆形式出现的分离，尽管只少了一个人，但小五觉得：家不完整了，像缺了一个角的月饼。小五去翻春华桌子下的纸篓子，她找到了大姐在这个家中最后一次扔下的垃圾：一副旧的洗破了的假领子，内衣的空包装盒，一块皱皱巴巴的手绢，几张被剪坏的红喜字。小五看了看，又飞快地闻了闻，然后悄悄地收起来塞进她抽屉的最里边。

最先从别离中恢复过来的是秋实，因为春华出嫁之后，留给她不少衣服，她不顾母亲因为春华的出嫁而筋疲力尽、悲欣交集的状况，甜言蜜语地央求母亲帮她把春华的衣服一一改小，并在领子、袖口等细节处增加一些时新的变动。

　　母亲一声不响地坐在厨房靠北的窗户下，一针一线地帮秋实改衣服，眼泪悄悄地滑下来，她终于停住手，哽咽着说：从小养到这么大，说出去也就出去了，她昨天在家还穿着这身衣服的呢……家里突然显得很静，父亲故意咳嗽着，却显得家中更加安静。

　　十二岁的小五抬头看看母亲，她这是第一次看到母亲在哭。小五心想，如果嫁女儿让母亲那么难受，自己以后就不结婚了。

三

　　父母亲像大多数人那样，习惯于过一种低于他们所能负担得起的水平的生活。父亲的工资全都交给母亲，而母亲就会神秘而平静地把其中的大部分送到银行。留下的一小部分，母亲用来买菜、交书本费、买报纸、交水电费。至于添衣服，那是过年时才会有的。小五对此没什么感觉，因为她的衣服很多，四个姐姐一年年地积攒下来，够她一个礼拜都穿得不重样，尽管那些衣服略略肥大，样式过时，颜色发白，但小五毫不在意。父亲常常当着全家的面为此夸奖小五：咱家就数小五最纯真，一心想着读书，不照镜子。在父亲看来，照不照镜子好像是衡量一个人价值的重要标准。

　　但秋实对一年四季没有新衣的生活感到难以忍受。她有一个误区，认为春华出嫁了之后，母亲应该像对待春华那样给自己多添点新衣服。在跟母亲反复交涉无效之后，她就会躲在房里不肯出来吃饭，母亲喊她，她不吭声，再喊，她就气哼哼地说：我不吃了，把我的那份伙食费省下来，给我买衣服。

　　母亲被她气得笑起来：小祖宗，快来吃吧，等你考上大学，你要买多少我就买多少。说实话，我现在是不敢给你买，你看你，现在花在衣服上的那心思，这样子，还考什么大学！

秋实气鼓鼓地跑出来，前面的刘海却突然好看地往里卷起来，原来，她就是生气时也不忘记用发夹给刘海变点花样。父亲放下碗筷叹口气：秋实，你这是像谁呢？你真叫我担心。

父亲的担心其实是多余的。秋实虽然喜好穿衣，举止略带轻浮，但她的脑筋却特别好用，春华在家时经常回忆，说小时候划拳洗小五尿布时，经常划不过秋实，秋实像是诸葛亮似的，老会猜中别人下一步要出什么拳。在学习上，秋实并不是特别用功，但她猜题目也是一把好手，每次期末，她总会从老师做课堂复习时的语气和眼神中捕捉到某些别人难以意会神传的秘密，然后她就临时抱佛脚地抓住她认为的那些重点狂啃一气，到最后竟然让她在班上总是名列前茅。秋实为此得意非凡，愈加喜爱猜测打赌，任何一件事情，她都会顺手拿过来与身边的每一个人打赌：你猜今晚妈妈做面条还是稀饭？小五，我们赌一张香水书签！小双，你猜，明天到底会不会下雨，这个很难，我们赌帮对方叠一个星期的被子怎么样？爸爸，妈妈今天回来迟了，我来猜，她准是去剪头发了，如果我猜对了，你给我加一块钱零花钱好不好？有的赌听上去莫名其妙，使得对方认为可以就此与秋实碰碰运气，但奇怪的是，大多数时候，都是秋实赢——可能是她注意到了生活里的某些蛛丝马迹，也可能是她确实拥有某种神异的功能。

最令人信服的是秋实与全家人赌春华肚子里孩子的性别。在B超还令人抗拒的情况下（县城里，当时流传着一种可笑的说法，照B超容易导致流产或婴儿失明），婴儿的性别实在是个难以把握、人人关注的谜，因而秋实一说出口，这个赌就变得非常具有吸引力了。小五和大双小双们很兴奋，这是她们第一次亲眼看到一个孩子在女人的肚子里从小变大，那个把春华肚子撑得无比巨大的家伙到底是她还是他？好玩，太好玩了，连父亲都笑呵呵地表示愿意跟秋实赌一本英汉大词典。可是这次秋实却不跟妹妹们赌了，也不响应父亲，虽然作为一个高二学生她确实需要那本英汉大词典。她撇下大家，只单独要跟母亲赌。

母亲的神经最近有点紧张，她担心春华会跟自己一样是个女儿肚子，她担心真的生出个女儿之后，春华会失去陈善材的宠爱（也许她想到了自己，想到了生小五时那些没有热气的鸡汤）。母亲心不在焉地应付着秋实，看到大家都笑嘻嘻地在等她应赌，她简直有点生气了，这么大的事，怎么能打赌呢！

秋实看出了母亲的心思，她一语中的地说：妈妈，你知道，我一直都会赢，我赌春华生个大胖小子！

母亲控制住脸上的笑意，但她的口气软了下来：死丫头，那你要我输什么给你？有本事你就真赢！

衣服！每个季节都要帮我添一套新衣服！秋实迫不及待却又深思熟虑地说。一点儿不过分吧，如果春华生个儿子，我想你本来就会高兴得给我添衣服了！

一个半月之后，春华的儿子哲光出生了。陈善材乐得跑来跟父亲喝酒。父亲站到凳子上，拿下了橱顶上春华工作时买给他的那瓶"洋河大曲"，翁婿两个就着昨晚的剩菜对饮起来。父亲很快就醉了，他口齿不清地说：总算生了个儿子，我这辈子还没抱过带把儿的孩子呢！善材，放在这里，我和你妈给带着，你放心，我有一套最好的育儿方法，一直没机会用上……

小五跑到厨房，把那个满是灰尘的"洋河大曲"盒子收起来，她忽然想到，要是春华生的是个女儿，可能父亲一辈子都不会碰这瓶酒了。小五有点不舒服，她好像突然不太喜欢那个还没见过面的外甥哲光了。是他抢走了本来该属于姐妹们的"育儿方法"。

倒是秋实，对哲光喜欢得不行，这次大胜母亲后，她如愿以偿地得到了时新的花花衣裳，加上她本来举止姣美、喜好搭配，整个人看上去，又比当年的春华更胜了一筹。可能是命中注定吧，也可能是此消彼长吧——对外貌修饰的过分倾心不幸导致吉光灵性的遁失：一向在各种大考小考逢凶化吉的秋实在她人生最重要的一场考试中马失前蹄了。第二年的夏季，秋实高考失利，几经周转之后，进了地市级医学院，三年大专。

父亲并没有过分地责骂，但他安慰的方式让人听了很不舒服：没关系，爸爸本来就没指望你们怎么样，女孩子学些医务护理不挺好的，挺好的，你瞧，以后我们家有人生病就不愁啦。

母亲大概是被秋实平常的成绩及她的小聪明所迷惑，因而她对秋实非常失望，秋实大哭一场恢复过来之后，她都还好几天气得吃不下东西。后来，大概是为了转移秋实（更多的是她自己）的注意力，她到银行取了一点钱，出手大方地带着秋实又去添置了一些衣物，父亲几次暗示她不必如此铺张，母亲却振振有词：你懂什么，穷家富路，医学院离家一百多里，好歹也是个市，比这小县城是大多了，别让咱秋实在那儿难堪，再说了，秋实在那儿要认识很多大地方的新同学新老师，你不希望女儿被人家小瞧吧。秋实，记住妈的话，在外面，要洒脱一点、骄傲一点、眼界放高一点……你别笑，你到底有没有听懂妈的意思？

四

在十七岁以前，外人基本上分不出大双和小双，像大多数双胞胎一样，从发式、夹子到衣服鞋子，她们总是被母亲故意打扮得一模一样。家里人对此却无法混淆，因为大双、小双除了外貌、动作相像以外，别的几乎哪儿都不像，同样是喊她们，小双保管会脆脆地应一声，大双则会一声不响地走过来。大双爱静，有时会帮着母亲做点针线活儿，小双性格活泼，相对来说，她是父亲最喜欢的一个孩子，只有她敢在父亲看书的时候去揪他的头发，在他衣服后面粘上一把刚摘下来的苍耳，让父亲上课时惹得全班学生笑成一团。尽管两人性格相反，她们却由衷地喜欢和对方待在一起，上学、放学结伴而行，生活上互相照应——这可能是从摇篮中就养成的一种习惯，也可能是她们潜意识中对个人性格缺陷上的一种互补和占有的欲望。她们形影不离的状态一直持续到青春期开始之前，这让小五常常感到说不出的孤独，小五想：春华结婚了，秋实有新衣服了，大双小双那么交好，自己怎么办呢？她试图与母亲靠得更近，但令她更加失望的是，母亲的全部心血和乐趣现在全在外孙哲光身上了，哲光那家伙长得很胖，在父亲的调教下，十个半月就会喊人了，他喊秋实"姨"，把长得一模一样的大双小双喊成"双姨"，小五就是"小姨"，哲光的牙齿还没长好，流着口水细声喊着小姨的时候，小五就忍不住跑过去，抱起他。小五想，算了吧，就对哲光好一点吧，以后还不知道会怎么样呢，就像小时候，小双对自己多好呀，放学回来在摇篮边唱儿歌，可现在呢，长到十七岁了，自以为是大人了，一天到晚就只跟大双说悄悄话，有什么事儿一直都说不完呢。

　　十七岁那年的初夏，小双不知道为什么，谁也不商量谁也不告诉，自个儿跑到理发店用她的零花钱把辫子给剪了，虽说是挺好看的童花头，可是全家人都大吃一惊，像发生了大不了的事。母亲也把注意力从哲光身上挪开一会儿，连声问为什么，一边又劝说大双：明天也去剪了，我看不惯你们头发不一样……大双却一反常态地拗扭起来，坚决不肯去剪。小双兴奋得有些异常，她不理会母亲的诘问，只是小心却又得意地一个劲儿问大双：这样好吧，这样问题就解决了吧。她们有什么问题？小五听不懂，秋实却自作聪明地用她一贯的诸葛亮腔调说：妈，别问了，我知道，她们是大姑娘了，开始有秘密了。

母亲对秋实的猜测很不满意，她总认为自己的女儿一个个还小着呢，哪会有那么多秘密。许多年以后，每当说起小双，她还会自责得流下眼泪：是啊，还是秋实当时猜得对，小双她是有秘密了，那天，我为什么不问问清楚呢……在当时，母亲叫嚷了两句后就自我安慰着对小双的新发式置之脑后了，她只是抱着她最喜爱的哲光暗自嘀咕着：你双姨现在变成两个了，下次你记住，扎辫子的是大双姨，短头发的是小双姨……

小双剪头发的真正原因直到她五个月后的沉河自尽才陆陆续续地从大双的嘴中给母亲一点点追问出来。母亲没有想到，在她沉湎于外祖母的天伦之乐的时候，她的一对双胞胎正陷入早恋的泥潭。

早恋，这把地下野火在八十年代末的县城中学烧得非常旺盛，那时候，《上海滩》《血疑》《陈真》和《射雕英雄传》等电视连续剧在电视台里播得万人空巷，那些台词、那种真情、男女主角的拥抱以及流传广泛的主题歌一下子成了青春期孩子们最刺激的情感启蒙，他们像河蚌一样对严肃而保守的父母辈紧紧封锁着内心无处排遣的激动，但那种幼稚而率真的激情却像蚌肉一样软弱细腻，一个来自后排的眼神、一件新换的有肥皂味的白衬衫、一头刚刚洗过还在滴水的头发，就足以让敏感多情的孩子们身不由己了，他们像中了魔咒似的被卷入隐秘的狂热里，小心翼翼地通过极其隐晦的方式互相传递并增长着彼此的爱慕之心。

当然，那种美好却又危险的早恋并不见得导致死亡。小双的不幸也许是命运与生俱来的馈赠——她与大双让外人无法分清的外貌和举止。她和大双在每天的放学路上都会碰到一个骑着半新"凤凰"自行车的男孩子，那个男孩子她们都认识，比她们高一个年级，是学生会的宣传委员，会吹笛子，喜欢打篮球。除了星期五的练球时间，这个男孩子总是在她们俩放学的路上等她们，他并不是每次都会跟她们说话，有时他会给她们带一袋金鱼，有时会是两束狗尾巴草，有时只是远远地跟在两人后面骑一会儿车，故意地摇摇铃铛。每当这个时候，小双大双拉在一起的手会同时出汗，大双更是紧张得不敢说话，小双不甘心，但她也不知道说什么才好，于是她就吹口哨，小双的口哨吹得很好，比男生都好，她吹的是《上海滩》主题歌。

　　回家之后，无话不谈的小双和大双就会互相交换她们得来的关于这个"笛子"（这是她们私下里给他取的绰号，以防止被别人发现她们的小秘密）的点滴情况：比如，笛子的爸爸是农业合作社的副社长……怪不得，他家里会给他买凤凰车……他有个姐姐，嫁到南京去了……南京，那是多大的城呀……笛子的数学最好，每次考试，附加题都拿满分……但我听说他挺粗心，简单的小题目经常丢分……他篮球打得好吗……我看过，可惜他是二传手，而不是投篮的……大双小双大大方方地互相启发着讨论着关于笛子的一切，在她们的嘴中，笛子像一只青涩诱人的禁果，两个人通过共享来分担其中的甜蜜和风险。无数个夜晚，两个过分直率的少女就在睡前的短暂时间里通过谈论笛子来为即将开始的寂寞长夜催眠；当梦境降临，笛子就分身成一模一样的两个人（就像另外一对孪生兄弟），分别出现在大双小双的梦中，两个笛子，两个梦，那真像是天堂一样完美无缺。

这种混沌而纯真的"分享"并没有延续太长的时间，因为笛子很快就要高考了，他一星期只能在她们的路上出现一次了，大双和小双并没有向对方隐瞒彼此的失落，她们很快达成了一个一拍即合的心愿：让笛子好好高考，等到考完了，再重新联系。但事情发展到这里出现了一些细节上的难题，由谁来向笛子说这句话呢？大双说：你说吧，我怕我会太紧张。小双也就义不容辞地点点头，但很快她又犹豫起来：不行，那不好！不如我们一人说一句怎么样？我说：祝你高考成功！你说：考完了再联系！——多少年以后，如果小双还活着，她一定会觉得可笑，为什么会提出那么笨拙呆板的办法，但在十七岁的那一天，她们一致觉得这个方法多么天经地义呀，没有任何偏差，对谁都那么公平，就是对笛子也是吧，他不是在与一对双胞胎交往吗？

没想到的是，就在她们满脸通红地说完了那听似简单却包含千万句潜台词的两句话以后，笛子却似笑非笑地问了一句：我跟你们当中的谁联系呀？我分不清你们两个，你们什么都一样……说着他摇了摇铃铛，铃铛清脆，一下子响到她们心尖尖上。小双的脸突然由红色变成了白的，她声音稍稍带点颤抖地说：我们明天就会不一样了……

小双当天放学就去了理发店。大双知道小双会想出一个简单的主意，当她看到小双甩着一头童花头站在屋子中间，大双就明白了小双的意思，母亲、秋实、小五们在周围聒噪着，可是她们不在意，她们对视着，像世界上最亲密的姐妹那样，这次的发型之变令她们更加互相体恤，互相鼓励，互相为对方可能面临的失败和成功而伤心或激动着，她们的心思在对方心里像玻璃一样透明。

第二天，笛子却没来，她们几乎天天在等，她们的放学之路突然那么漫长，她们手拉着手，却总觉得空空荡荡。五月，六月，笛子消失在那些为高考而夜不能寐、心无旁骛的男孩子中间了。

然后就是悠长而憋闷的暑假，小双的最后一个暑假。大双小双都是苦夏的体质，那个暑假，她们更加苗条修长了，简直令每一个见到她们的人都为之心中一动。只有哲光，在那个暑假，不仅长得更胖，而且学会了走路和学跳迪斯科，后者是秋实教他的，秋实在医学院生活得非常愉快，那种地市级大专院校的气氛很适合秋实，那里的孩子大多来自农村，也有一小部分来自县城、市区，甚至还有几个来自省会，秋实在那里，容貌出众，性格活泼，又足够聪明，很快成了校里的"四大校花"之一，从母亲那儿学来的一口普通话又使得她成了校广播站的播音员……这是她考上医学院的第一个暑假，她甩着披肩长发换下录音机里大双小双的英语带子，插进她带回来的一盘翻录磁带，很快，小小的房子里就响起了节奏快得令人心悸的迪斯科曲子了，秋实随着节拍扭起屁股和腰肢，家里每个人都看得有点不好意思，小五觉得那些动作很好看，同时又有点不知羞耻，尽管秋实一再鼓动，但她还是死活不敢自己也扭两下，只有哲光那家伙，抬起胖乎乎的腿学起他"姨"的动作，秋实大为高兴，一有空就带哲光玩，在她的调教下，哲光学得很有点样子，常常逗得全家人笑得肚子痛，笑得最开心的是陈善材，八月底，他仕途初现吉光，被提拔成了财务科的副科长，而正科长已经五十七岁了。

然后就到了九月，大双小双又开始手拉手上学了，这学期，她们升高三了，她们坐在从前笛子坐过的教室中，但从第一天上学起，她们就开始绝望了：笛子已经离开县中了，已经不可能出现在她们面前了，一切都结束了吧……

然而，开学后的第五天，两人又重新听到了自行车的铃铛声，她们犹豫着不敢回头，都认为是自己一个人出现了某种幻觉。

不是幻觉！因为那辆半新的自行车现在已经绕到了她们面前，并且像从前那样斜着停下来。不过四个多月没见，她们发现，笛子好像长了四岁似的，他的笑容不再像一个高中生那样羞涩了，不，他现在看上去简直完全像一个大学生了，他黑了一点，高了一点，神情很放松，衬衫的第一个扣子没有系，像很多年轻男人那样。大双和小双被震慑了，她们半张着嘴，谁都说不出半个字，怕露出一丝傻气和怯弱。

我考到了南京大学，信息物理系。到九月十五号才报到。我跟着你们四天了，你们谁都没发现。笛子露出牙齿有点得意地笑起来，这一笑，她们高兴地看到，他的孩子气又回来了一点。

祝贺你呀。小双终于先说道。小双说话的时候，她夹在耳后的短发滑出来，几乎遮住了她半个脸。小双习惯性地甩甩头，像个男孩子那样潇洒。

大双在边上微微地笑起来，她想，是不是该跟上次一样，自己接着说：多联系呀。不行，那听上去简直太厚脸皮了。大双的脸在不经意中红起来，她动了动嘴唇，最后还是没出声。

希望你们明年高考也顺利。喏，我把我的复习资料全给你们带来了……到了南京我会跟你们联系的。笛子像猜中了姑娘们说不出来的愿望，他一边说着，一边抬起长腿跨上自行车走了。

小双松了一口气，虽然她知道自己跟身边的大双一样感到一阵甜蜜的惆怅。她不由自主又吹起口哨来，吹得比任何时候都要悠扬清脆。已经骑出去很远的笛子忽然回过头，小双吃惊地放平舌头，哨声像掉了针的唱片，戛然而止。

这一天晚上，陈善材陪着春华回娘家，主要是看看自己的儿子。陈善材仕途得意，甚至有传言说要调他到县委办公室当主任，但他还是很客气，他一客气，父亲母亲就更加客气了，连带着的，母亲现在连厨房都不让春华进，春华像是个真正的客人，坐在客厅里无所事事地逗着哲光玩。在厨房打下手的是小五和大双。小五觉得，在厨房里，择菜的时候可以听见陈善材讲一些政府里的内部消息，很有意思。陈善材今天说起了西藏，他说，团省委最近在全省招募自愿进藏的进步青年，团县委也有五个名额，他这几天还在考虑呢，要不要报名？

为什么？你没事报名去干什么？小双用她一贯活泼的声音问。陈善材好像是笑了两声没有回答，倒是父亲，用猜测的语气问道：是不是去了以后再回来就更加……好了？陈善材又笑了两声还是没说话，春华却忧心忡忡地说：爸爸，你还问，他这两天就动这个心思呢，要我说呢，要想有大发展又不见得非去西藏，去了西藏的就一定让你当省长？何苦呢，绕那么一个大圈子。万一有个什么事，你让我和哲光怎么办……陈善材再次笑出声来：春华，我在陪爸随便聊聊天儿，你当什么真呢……陈善材真是会笑，即使在厨房里，小五都能感觉到，他每次笑的深浅和含意都不一样。话题后来就换开去了。没人再提起这事。

九月份快要结束了，小县城在九月份就进入了秋季，树叶开始一片一片地往下掉。笛子的明信片也像树叶一样从南京飘过来，笛子很滑稽，他在一张明信片上同时写上了两个收件人，左边也只有寥寥数语。姑娘们轮流看着，谁都找不到心中想要的一点点暗示或记号。又过了几天，一个小小的纸盒包裹到了，从日戳上看，这个包裹是与那张明信片同时寄出来的。

她们把包裹原封不动藏在书包里带回家，若无其事地帮母亲准备晚饭，逗哲光玩，然后抹干净桌子做作业。她们默契地尽量推迟打开包裹的时间,这个推迟和等待的过程是多么美妙呀,任何具有耐心和想象力的人都曾经体验过。她们在写作业的间隙停下来猜测:里面会是什么?诗集?风铃?磁带?彩绘不倒翁?南京的雨花石?她们几乎想到了每一样当时最时新又不俗气的小礼品。

晚上,做完了所有的功课,家里每个人都睡了。小五现在睡在原来春华、秋实的那张床上。小五白天是玩累了,她打起了小小的呼噜。大双小双这才从被窝里爬起来。没有开灯,她们借着窗外的月色窸窸窣窣地打开了那个小小的包裹。在一大堆碎碎的白色包装纸之中,她们找到了一只大大的红色蝴蝶形发夹,黄底子上撒着发亮的红圆点点,比她们在县第一百货看到的最好看的那只还要漂亮!月亮照在上面,那只蝴蝶发夹像宝石一样发出瑰魅的光芒,简直比世上最昂贵的宝石还要好看!小双拿在手上左看右看,爱不释手,简直连嘴唇都要碰上去了。

可是,为什么是一只呢?大双心里面忽然想到,她嘴唇动了动,没说出来。大双又想,没关系的,我们可以轮流戴呀,如果母亲问起,就说我们用自己攒下来的零花钱买的……可是,等一等,小双是短头发,她怎么戴呢……

她们放好包裹,重新躺下来。秋天的月亮在深夜里看起来让人感到寒冷,大双感到小双像发抖似的往被窝里缩了缩。大双快要睡着的时候,忽然听到小双细声细气地说:你说《上海滩》的结尾里,为什么是文哥先出来了呢?真让人难过呀……不过,总得要有一个出来不是吗?反正冯程程只有一个……

次日,第二节课的时候,县中高三(2)班的老师忽然发现,课堂上少了一个人,而同学们都说,小双第一节课还举手发言了呢。几个小时后,陌生的人们在护城河里发现了小双。那个时候,正趴在县一小课桌上午休的小五突然从梦中惊醒，她发现自己做了一个跟几年以前一模一样的噩梦，梦见一只巨大的发夹，发夹漂在河上，她在后面追，突然，那发夹变成小双漂在了河上，一动不动，像睡着了一样……

那只蝴蝶发夹，大双坚持着要亲手夹在小双湿漉漉的短发上，衬得小双栩栩如生。

有两个月，大双根本连门都没法出，家里人在绝望和哀愁中尽量打起精神去试图劝慰她：小双并不是因为她的存在才选择了死亡的，小双的死跟什么笛子啊、包裹啊、发夹啊没有任何关系，她可能是中邪了，她可能是走路失足了，她可能是碰到坏人了，她可能是在梦游了，她可能以为那条河很浅。胡乱讲出的推测听上去可笑极了愚蠢极了，跟那么活泼爱闹的小双没有一点儿关系。大双死劲堵住自己的耳朵像要堵住每一张因为悲痛而口不择言的嘴，她说：我真的没有想要那个发夹，你们都知道，小双也知道，我自己更知道——我根本比不上小双，我笑的时候没有声音，我不会吹口哨，我不敢主动说第一句话，我没勇气去把辫子剪掉……你们想，笛子怎么会选择我呢？他可能只是随便寄了只发夹，可能他实际上买的是两只，而他忘记放进包裹了，或者，你们去问问，他一定替小双另外买了个什么礼物……有时候，大双会在房里转来转去，抚摸每一样东西，像在擦拭并不存在的灰尘或寻找无法感知的印记，她喃喃自语：十七年了，我是她的影子，我是她的一半，这房间里的每一样东西，我怎么能一个人用呢……父亲劝她去上学，她像受了惊一样地低声叫起来：那么多年了，老师、同学、路上那些小店铺里的老板，他们总是看见我们两个，他们会不习惯的！沿街每一块可以照见人影的玻璃，它们一直照到的是两个影子，我怎么能一个人走在上学路上呢……

那一年，大双没有参加高考，她根本没法看书。而笛子送过来的那些复习资料，也被大双扔进了垃圾桶，小五看见了（母亲暗地里让小五一直看着大双，怕她出事），却流着眼泪去悄悄捡回来保存好了，小五想：小双肯定舍不得把笛子的东西给扔了。

五

对大多数人的漫长人生来说，大学的校园生活都是极其纯真、宝贵、富有童话色彩的一种回忆，但大多数人在当时对此并没有感知，他们在书本、球场、食堂和宿舍之中懵懵懂懂地过去了。但秋实可能很早就意识到了医学院的这三年在整个人生中的特殊意义；也可能是她在医学院学了一点关于身体的病理病因，看了太多散发福尔马林药水味的解剖尸体，她对校园生活一直相当珍惜并细心体味。但她珍惜和体味的方式是挥霍、浪费和胡闹。没有人理解，所有的人几乎都看不惯，父亲甚至打过她。但她总是一昂头说：生命这么短，生活这么枯燥，我要多活点花样。

大专二年级的上学期，她开始谈她的第一个男朋友，是校广播站的男播音员，秋实把这段恋爱在家信里对母亲做过只言片语的介绍，从她当时的遣词和语气来看，她是认真的。但三个月后，不知道为什么，两人也分了手。母亲对此没有发表意见，当时已是八十年代末了，自由恋爱的风气即使在最落后的乡村也有了大批大批的实践者，更何况秋实是在一个活跃先进的大学。母亲的默许也许还有其他功利的因素，但真正的事实是，母亲已经意识到，即使她表示了哪怕是最强烈的反对，秋实只会我行我素，没有人可以左右秋实的意志和方向。

第一任男朋友，对秋实来说，就像是一个新领地的开辟，是某种界限的打破，这之后，她就不断地打破自己吹男朋友的速度。两个月，三个礼拜，或者这个周末接吻拥抱而下周一就形同路人。这使得秋实在学校里慢慢变得名声暧昧，但她又那么漂亮、主动，跳全校最好的迪斯科，一些出色而虚荣的男生似乎都以能与她恋爱为荣、为校园必修课。事情在开始也许还具有一些玩闹和天真的色彩，但渐渐地，出现了糟糕的迹象。有一次，有两个男生在食堂里因为秋实而打了一架，全校的学生几乎都在围观，一边敲盘子一边火上浇油，两个男生被众人挑得欲罢不能，下手很重，最后，其中一个脸朝下磕在水泥柱上，鼻子断了，脸颊上拉出两寸长的口子，影响很恶劣。学校抓不到秋实的把柄，只好给两个男生一人一个小小的警告处分，断鼻男生的家长感到很不公，千里迢迢赶到学校，追根溯源地问出事情的原委，并且义正词严地打了个长途电话到爸爸所在的县一小，电话里，除了追究和责问父亲对秋实的管教无方、贻害他人外，还用一种几乎是幸灾乐祸的口气说：我可提醒你哟，你家千金现在已经开始接触校外的男人了，那可是要出大事的……

县一小谁不认识张老师的几个女儿，这下好了，秋实的故事像星状辐射线那样以最快的速度在县城的一些熟人间传播开来。第几个？是老二。怎么了？事搞大了，男方家长都找到张老师学校了。哎呀呀，真丢死人了。人们简洁隐秘地交头接耳。

这时候，父亲还没有从小双的打击中恢复过来。事实上，小双的死对他的打击是最大的——由于他平常经常故意或无意地流露出他对女儿们的失望和漫不经心，这使得大家在他面前不免显得有些嗫嚅，尤其是小五，跟他几乎没有话谈——只有小双娇俏活泼无所顾忌的性格给了他一些做父亲的快乐。小双的死使父亲在知天命之年正式进入了老年之境，他的头发几乎全白了，眼睛老花得厉害，说话时常常中途停下，像一个迷路的盲人——因为他忘了下一句他本来要讲什么。学校里不再让父亲教五、六年级的语文了，他被放到资料室。

许多人生怕秋实的事会给他雪上加霜，尽管背后津津乐道，但他们很注意地从来不在父亲面前谈起秋实。事实上，父亲表现得要比人们想象的坚强得多——一株已经被严霜袭击过了的枯草对第二次霜冻的反应通常是不明显的，这可以理解为生命力的坚韧、适应力的加强，也可以理解为某种麻木、冷漠或者逃避，因为，他曾多次宣称，几个女儿中，他最不喜欢的就是秋实，仅仅因为她太喜欢穿衣打扮。总之，父亲的日子从表面上看过得跟从前一样，除了更老。

与之相比，母亲的态度要积极一点，她写了信去骂秋实，并与秋实的系主任进行了于事无补的沟通。办完这两件事，母亲就安静下来，觉得她的义务尽完了。得承认，小双的死在一定程度上改变了母亲的生活态度。在悲凉和悔恨之中，她变得宽容和平静了，同时更加勤劳。她几乎一刻不闲，总是把家里打扫得一尘不染，她在干活的时候，不再像从前那样对父亲埋头读书唠叨个没完，或者对小五穿脏的衣服发出一个母亲通常的抱怨，现在，她一声不响地拖地，把老房子水泥地上的漆都拖得失去了颜色，她好脾气地洗全家的脏衣服，有的衣服，小五只是试了一下，她也不加选择地一起泡进她用了很多年的那只大木盆里，家里买了洗衣机，但除了洗床单，她从来不用。衣服干了，她会毫无必要地叠得方方正正，哪怕那是晚上就要换的内裤。小五实在看不过，会从作业本上抬起头说：妈，你歇歇吧。没事，没事，母亲像被打扰了似的从她专心叠着的衣服上抬起头，反正我没事，闲着反而难过，真的。

只有一样，母亲烧的菜不如从前那么鲜美了，奇怪，也可能是大家的味蕾功能有所退化了，总之，全家人一起坐着，像一幅用色暗淡的写实派油画——戴着老花镜的父亲、围裙从不离身的母亲、表情僵硬只顾吃饭的大双、用眼角悄悄瞟着父亲的小五，厨房的顶上是一只微微发黄的三十瓦的灯泡，陈年的旧家具整洁却缺乏光泽，灶上的半锅菜汤冒着若有若无的热气，一块用哲光毛衫改成的抹布摊在桌边，像一双不知世故的眼——晚饭总是吃不香。

　　哲光被春华接回去了，春华说，一来哲光要上幼儿园了，那幼儿园离父母这里太远；二来怕太吵着父母，累了大半辈子，该歇歇了。还有第三个也是最主要的原因，春华没说，但所有的人都心知肚明，小双的死及秋实的胡闹使得父母失去了原有的敏捷和生气，家里的气氛，秋意太浓，简直接近荒凉，无论如何，是不适合一个三四岁的小孩子的。

　　第二年快要过春节的时候，家里却突然有了一个好消息——如果不把它看作坏消息的话——大双宣布她快要结婚了。事情来得实在突然，大双的态度又那么决绝严肃，让人不敢流露出任何质疑和惊讶。母亲试图笑一下，但最终没有成功，她气息难平地问：好女儿，你要跟谁结婚呀？

　　过两天姐夫会带他过来。他是本地人，原来在县政府行政科。去年去援藏了。后天回来探亲，我们正式结婚。大双不紧不慢地说。这大概是小双死后她在家里说得最长的一句话。但对一桩终身大事来说，她说得还是太简单了。全家人愣在那里，父亲最先明白过来，他斟字酌句地问：这么说，是你姐夫陈善材介绍你和……他认识的？同时他看了母亲一眼，像是通过这种推理来安慰母亲。

大双没有说话。大家理解为一种默认。

母亲真的放下一点儿心，同时她把对大双私自订婚的不满转嫁到陈善材身上：这善材，怎么能这样，大双一个姑娘家，脸皮嫩，不懂事，可他怎么不跟我们打个招呼呀，他这事做得太不漂亮了！把我们长辈放在哪里了？我可不领他这个情，我还要找他算账呢！

大双不理会母亲的间接责骂，她自顾自地接着往下说：我让善材不要说的，怕你们不同意……我跟他通了好几个月的信，互寄了照片，我们彼此很了解很信任……婚后我跟他到西藏去，他在那儿的区政府里干行政，工资补贴加在一起挺高，那里东西便宜，我去了不会吃苦的……以后我会经常回来看你们的。大双说到这里声音低下去，这才像是母亲心疼的女儿了。做母亲的心于是软了，鼻子红了，和解、难过、惆怅的眼泪掉下来。

小五看着大双，觉得她突然有点陌生起来。有那么一瞬，小五甚至认为：死去的小双把她性格中的果断大胆留在了大双身上。大双现在不是从前的大双了。

几天后，陈善材果然带了一个身量不高、微微发胖的小伙子拎着四样大礼上门了，尽管去西藏的时间不长，但小伙子的脸上已有了一点当地的酡红，皮肤也很粗，看上去简直比陈善材还要大一些。就是大双，看到他也明显地愣了一下。大双没说话，只是上前接过他手里提的东西。小五注意到，那人看着大双的眼神叫人觉得很舒服很踏实。

母亲心中不太乐意，她脸朝着陈善材问道：叫什么呢？今年多大啦？母亲的口气不像在问一个即将登门入室的女婿，反而倒像在盘问一个带着孩子插班的家长。陈善材这时才显出他的老练来，他语气轻松地说：妈，我这是听大双的吩咐，要给您一个惊喜哪！大双一直要我严格保密，要不然，她就不认我这个姐夫啦……李军是我在机关里多年的好兄弟，别看比我还小两岁，那魄力和前途可是我比都不敢比的，是县机关的重点培养对象，这回援藏，全县他第一个报名，县报还做了他的专访呢……为什么想起来把大双介绍给他呢，一来是我确实欣赏我的这个好兄弟，想替他张罗张罗；二来呢，他正好也符合大双妹子跟我说的一些条件，比如人实在啦、会疼人啦、工作单位远一点啦等等，虽说李军长得不高，可那身体是绝对棒。嗳，李军，进藏前那体检的医生还把你当成运动员的吧……

　　陈善材讲得面面俱到、抑扬顿挫，从工作到前途到年龄到身体到人品几乎一样不落。也许他在介绍李军时有点夸张，这是介绍人不可避免的通病，更何况父母对李军与大双的事本来就心存不满。但最主要的是，通过这番说辞，陈善材巧妙地对这桩秘密恋爱进行了非常得体的解释，又基本摆脱了他在其中的干系：是大双要给家里一个"惊喜"的，是大双要嫁到远点儿的地方去的……果然，母亲的脸色慢慢缓和下来。

　　李军正式拜见了父母之后，两家人就商定好在县城一个虽不高档但比较实惠的饭店举行了婚礼，熟人亲友们由衷地祝贺因为穿了一身新衣而举止有些生涩的父母，他们都对这桩婚事比较看好：李军稳重，能吃苦，有前途；大双沉静，会做事，有主张。虽然远了点，可是大家心里都明白，这是大双摆脱往事的最好途径。

　　结婚次日，大双像是无法再在家中待一秒钟似的，不顾母亲的苦苦挽留，拎着简单的行李就跟李军走了。小五在房间里发现她在匆忙中落下的一些信件，那是前面几个月李军与她联系交往的唯一方式。为什么大双会忘了把这些极富纪念意义的信件随身带走呢，难道她根本不在意这桩婚事？小五不敢细想。虽然她绝对不会去看这些信中的一个字，但她还是找了根细带子把那些信牢牢捆好了。

六

1988年毕业之后，秋实被分到了县第二医院，而她往年的师兄师姐们基本都分在县一院。显然，这是她在学校时的名声影响了她的分配。但祸兮福所倚，在大学生屈指可数的二院，秋实在1992年就当上了内科的副主任。当然，得承认，她在这四年的表现基本符合大多数人的道德规范——与此同时，这四年，社会的道德约束力也在逐渐放松。人们从报上可以看到，在南方的一些城市，第三者、包二奶、小蜜之类的已成了屡见不鲜的社会新闻，同居试婚、袒胸露乳的时装展示、街头避孕套自动销售机之类甚至已成为一种新的生活方式、消费方式而被媒体广为宣传，而一些号称滋阴壮阳的药丸或口服液之类更是堂而皇之地出现在整版广告栏内。但那只是在南方或者是一些大的城市，对省内县城这样不大不小的地方而言，道德的是非标准就显得有点尴尬，太左了吧，年轻人嗤之以鼻、置之不理，太右了吧，中年以上的人又会大叹世风日下。

在左右摇摆的道德夹缝里，秋实找到了她的平衡点。工作以后，说是为了有急诊或值夜班时方便，她在县二院要到了一间单人宿舍，基本不住在家里。这一做法当然招致了一些非议，但很短暂，因为除了一个人住，秋实并没有其他更多的行为。当然，秋实还是像以前那样喜欢买衣服，她甚至有时会坐很远的长途汽车到南京去逛商店，许多同事对此很看不惯，觉得秋实是个花钱的主，是个中看不中用的衣服架子，但秋实在她上班的时间永远只穿工作服，她买的那么多衣服似乎纯粹是为了欣赏或收藏、为了满足她的某种精神需求。人们于是又闭上嘴巴了，只好在心里面暗自嘀咕：不穿，买那么多衣服干什么？

即便如此，秋实在二院门诊部还是相当引人注目。内科的男性病人尽管一个个患病在身，但如果是在排秋实副主任的队，他们就感到这种等待是可以忍受的，虽然这种等待的确较为漫长。因为每一个轮到自己的男病人都想跟秋实多黏糊一会儿，为此他们会过分详细地向秋实描述自己身体的每点不适。我的肚子左上方时常隐隐作痛。只要一吃香蕉，我就会偏头疼。我咳了一个多月了，每次咳，胸部都一抽一抽的。我四天才大一次便，而且干得像石头。即使是女病人们也会拖延时间，因为她们有另外的好奇心，她们想看看，秋实是否真的像男人们所说的那么漂亮？她是不是妖里妖气？眼睛会勾人的魂？

秋实戴着老式的白帽子，包住她所有的头发，白大褂一周才洗两次，下摆稍稍有点发黄。只有领口那儿，有时会露出一角丝巾或杏黄的衬衫翻领。她的态度淡淡的，既不过分热情但也称不上冷漠，她不讲县城的方言，还是像在医学院时那样讲一口普通话，这在一定程度上使她和病人间保持了一种难以逾越的距离感。对男病人超出正常时间的注视和病情陈述范围以外的聊天，她会尽量礼貌地迅速合上病历，把脸转向门外，用清脆的没有感情的普通话喊道：下一个。

尽管秋实的表现非常得体，但那些原以为有机可乘的男人还是觉得失望了，他们的病很快好了，不再到二院的内科挂秋实的号了，他们还像狐狸一样酸溜溜地给秋实取了个绰号：秋美人。秋者，冷也。讽刺秋实过分冷漠。

但有一个病人，却像得了严重的慢性病似的几乎每周挂一次秋实的号。病人叫周传德，架势挺大，但风度不行，衣着举止一望而知是乡下长大的粗汉子。秋实根本不拿眼睛好好看他，周传德认为他得了胃病，每周都来开点"胃苏冲剂"，开药的时候，周传德会涎着脸皮搭讪几句，做点自我介绍，夸秋实沉着大方等等。秋实就当没听见，周传德倒也识相，药开完了也就走了，下次再来，周而复始，没完没了。

秋实有时会拿眼角瞟瞟周传德厚重粗壮的背影，她想起从前在医学院的那些男生，他们体态高挺、谈吐不俗，那才是她心目中可能接受的爱人形象。但两年多的恋爱游戏玩下来，秋实很快意识到，外表出色或才气横溢的男人常常用情不专或生性多疑或自私小气，这往往令秋实无法忍受，哪怕只是一秒钟，这是秋实与一个又一个男生闪电恋爱闪电分手的主要原因。工作以后，秋实有点倦了，同时，她认为她的恋爱体验已经足够丰富，下一步，应该考虑结婚的对象——结婚，这与恋爱是两码事，要排除一切感情因素。思前想后，秋实冷静地给自己定下了一个重要标准：有钱，很多钱。

秋实对金钱如此看重的原因也许应该归罪于（还是归功于）整个时代的趋势。在九十年代中期，人们对金钱的渴望甚至远远超过了对性自由的向往。那句名言在一夜之间传遍大江南北人人引为人生信条：钱不是万能的，但没有钱是万万不能的。第一批富起来的大款们以暴发户的勇气竭尽张扬之能事，刺激着大批还没富起来的人们以更大的热情投身铜臭泛滥的商海大潮。秋实在医学院的最后一年接触到几个校外的男人，他们当中其实并没有真正的有钱人，最多只是初涉商海或者略通门道而已，但他们的做派和观念给了秋实很深的印象。秋实似乎领悟到命运给她的暗示：她适合嫁给一个成功的商人。

那个周传德算得上是什么人呢？从他自说自话的介绍中秋实可以知道，他在县城做的是鳗鱼生意。县城毗邻东海，此处的水温、水流、气候都刚巧适合鳗鱼生长的需要，鳗鱼肉质细嫩、鲜美异常，在城里的餐馆里是一道长盛不衰的水产菜，因而价格奇贵，有"软黄金"之称，一些头脑灵活的郊区农民尝试了人工养殖，然后倒卖到大城市的餐馆里，从中赚了不少钱。听周传德的意思，他不做具体的养殖，但全县所有要送到外面的鳗鱼都由他来负责组织运输，收购的价格全县统一，但出手的价格就由他根据季节和供需及各个城市的消费实力自行调节了，一进一出之间，就是周传德的利润之源。周传德看样子是发了不少财，他的手上有一枚戒指，不是那种令人反感的黄金，而是泛着柔和光泽的铂金，是不是铂金呢，秋实也不能确定，她好像在一家杂志上看到过介绍，但她绝对不会去问周传德的，那会让他得意得药都忘了开的。再说了，没准周传德只是在吹牛，什么"鳗鱼大王"，说不定只是个地地道道的渔民，瞧他全身那味儿，人还没到面前，一股子隐隐约约的鱼腥气就扑面而来了。

周传德的求亲之路在秋实这里进入了一个漫长的搁浅期。而这个时候，他的业务又开始了另一个高潮，以前，他的出货范围主要在省内省际的大小城市，但最近，通过一些迹象和关系，他嗅到了南方的市场需求，但是要把新鲜的鳗鱼运到南方，那意味着他将要让鳗鱼坐上飞机，可是航空费，那是多大的成本！这是超出他经验范围的。周传德思考了整整半个月，未知的利润吸引了他，他决定冒险一试，他在作出决定之后就乘最快的火车赶到了上海，并买了当天的航班赶到广州。这次他只带了一小批货。事情出乎意料地顺利，广州的两家酒店甚至另外给了他一笔订金，要求长期供货。周传德再接再厉，在附近的几个城市又逗留了几日，另外谈妥了不下十家的买家。他要确保自己运到广州的每一条活蹦乱跳的鳗鱼都能卖出个好价钱。

周传德踌躇满志地回到了县城，他一算，前后已有一个半月没有去县二院了。次日一大早，他赶去挂秋实的号，走到医院，才发现是星期天。他心有不甘，这趟广州之行似乎给了他更多的底气，他很快找到秋实的宿舍，莽撞地敲了门，一边敲一边报上自己的名字。

你有什么事？秋实的普通话听不出明显的拒绝，可能她星期天一个人在宿舍也很无聊？可能是好久没有露面的周传德产生了意外的吸引力？

我……我胃疼得很厉害……你，你一直帮我看的，最了解我的病情。周传德因为紧张而有点结巴，他最终还是以一个病人的身份说出他的来因。话一出口，他很恼怒，他为什么不能直说：我就是想来看看你呢？

果然，秋实的语气里有了淡淡嘲笑：你真的觉得你的胃有毛病吗？我这里又没有药。

你有药。你就是药……可能吧，就像你认为的那样，我的胃没什么毛病，但真的，我一想你，它就疼了，现在它就在疼……不信你开门看看，我真的疼得受不了了……周传德一边说一边轻轻地极有耐心地敲门。周传德突然感到一阵绝望，他想，她要再不开门，自己还不如疼死算了。

可能是被打动了，可能是被敲得心烦意乱，秋实真的开了门。周传德倒吓了一跳，他的手停在半空，好像一旦停止敲门就不知道干什么才好似的。但是他的另一只手很有主见，因为另一只手一直插在口袋里，在口袋里，有一个小小的盒子，里面是一枚他从广州带回来的铂金钻戒。那是用酒店给他的订金买的，他拿过订金时心里就美起来，订什么鱼呀，我要订的是秋实。

接下来的事情就有点落入俗套了，钻戒华美高贵的光泽战败了那丝若有若无的鱼腥气，更主要的是，周传德确实有一股成就大事的气势，这让秋实感到踏实。现在，因为周传德提供了源源不断的销货渠道，县城里很多效益不好的工人都转而搞起了鳗鱼养殖，他们依靠周传德养活了全家，有的甚至发了点小财。周传德的确像他跟秋实说过的那样，是鳗鱼大王。

1995 年，县里面第一次评选"十佳企业家"的时候，经县报公开投票评选，周传德排在了第一位。他的放大照片被高高地挂在市委大院里的光荣榜上。这一年国庆，秋实终于把周传德带回家中，这时，他们已经谈了快两年了，家里人却始终没有见过周传德，因为秋实总说：她的考验还没结束，决心还没下好。但母亲听出，秋实是根本不想让家里人提参考意见，等她自己决定好，那是谁也改不了的。

秋实把周传德带回来的时候，他出手阔绰的见面礼让父母皱起了眉头手足无措，不知道该全部收下还是收下其中一部分。陈善材在一边说：收下吧，不过是九牛一毛。爸妈，您二老不知道，周传德现在可是个大人物，我每天走在县委大院里都要参拜他的照片呢！陈善材的口气好像有点酸，因为他那时候还是个较为清廉的小科长。周传德像没听出陈善材的言外之意，随之拿出了给他们一家"不成敬意的小玩意儿"：一根 18K 的细链子给春华，一辆四轮驱动的无线遥控野战车给哲光，一条正宗的金利来斜条纹领带给善材。全是从广州带过来的。陈善材这下也有点不好意思，他对刚上一年级的哲光说：还不快谢谢姨父、谢谢秋实姨！陈善材的话一下子让周传德高兴极了，可不，他可不就是哲光的姨父！父母的表情也松动下来，开始他们对周传德的钱有点害怕，但听善材一说，人家还是县政府评出的"十佳企业家"，看来秋实的眼光还是不错的。

这个国庆节的家宴，两位老人吃得挺开心，桌上，他们决定：元旦就给周传德、张秋实把婚事办了。秋实恰如其分地红了红脸，周传德激动地给未来的岳父岳母连敬三大杯白酒。

晚上，母亲用家里新装不久的电话给大双打了个长途，告诉她秋实的婚事，大双说，她争取回来参加，而且还要带上刚会走路的小家伙。其实，李军的援藏期限早到了，但大双一直赖着不想回来，她的理由是，她在那儿做小学老师，心里面觉得挺好，她要回来了，谁去教那些小藏民呢。话说得简直能登到报纸上，谁劝她都不愿回来。

周传德的人生大喜在他的新婚之夜才真正到来——他因为过分的喜悦而忘乎所以，他不顾时间已过了子夜十二点，打通了岳父家的电话，是睡意蒙眬的母亲接的。母亲在嫁第一个女儿春华时，曾哭了整整一夜，小双之后，她才知道，能顺顺利利地嫁女儿，真是件大喜事。秋实结婚那晚，她睡得很早，而且一下子就睡着了。

周传德跟母亲打了个招呼，支吾了一声说：请爸爸接电话。父亲狐疑而担忧地与母亲对视了一眼，当他刚刚把耳朵贴到听筒上，就听到周传德激动而语无伦次的话：爸，她还是第一次。你家秋实还是个黄花女！我，我没想到……我以为早就……我听人家说，她那时在医学院可疯啦，一个男生为她磕断了鼻子，还有一个男生为她受了处分……我只是喜欢她的长相、她的性格，可没想到，她还会给我这个惊喜……

不知道为什么，父亲在那一刻突然怜惜起秋实来，他想，这个周传德其实还是不懂秋实。不等周传德说完，他就轻轻地挂了电话，母亲连忙问是怎么回事，父亲淡淡地说：他喝醉了。于是母亲接着去睡了。父亲却一直失眠到天亮，他在想，秋实听到周传德打那个电话时是怎么想的呢？

七

如今只剩下小五一人独住在那间充满姐妹们芬芳和回忆的房间。原先象征性地为秋实保留的一张床也随着她的结婚而被一天天堆满了旧衣服和棉花胎什么的。房间显得大而空旷了。

与姐姐们相比，小五的青春期姗姗来迟。尤其是她的意识，好像总是停留在她小时候……走到厨房，她能看见春华在那儿帮母亲洗碗，粗辫子在腰间发出乌黑的光泽；走到镜子前，她看到秋实在里面偷偷试春华的新衣服，细长的身子一会儿扭向左一会儿扭向右，观察不同角度下的效果；走到房间，她听见大双小双缩在被窝里窃窃私语，她们说得太低了，小五怎么听都听不清到底说的是什么……每当幻觉如期而至，小五就会感到一阵慑人的心醉神迷，她觉得自己又重新回到了无知而温暖的童年，她似乎只要一伸出手去，就能碰到姐姐们的衣服、头发、身体……

父母现在是太老了，老得就像小五的爷爷奶奶。春天他们喜欢忙着在院子里种点小花小草，夏天的晚上就坐在黑黑的院子里乘凉，不肯用空调，秋天冬天就坐到隔着阳台的玻璃晒太阳，一边照应竹竿上晒着的好几条被子。冬天里，家里的十几条被子都被他们晒得香喷喷的，母亲说：晒热乎了好，没准儿，大双会带着小家伙回来过年呢？没准儿，秋实想回家住两天呢。没准儿，哲光又想外公外婆了呢，三岁以前，他睡觉都搂着我脖子呢。

小五笑着同意母亲的设想。事实上，她知道，谁都不会回来住。就是秋实偶尔回来瞧瞧，也是一阵风似的，从不留宿——其实她回家还是一个人睡。周传德总是在外面跑，他现在不仅仅做鳗鱼了，他还用他的钱四处找项目投资，要赚更多的钱。他太忙了，忙得来不及吻秋实，县城的这个家仅仅像是他的一个带家具和女人的旅馆。秋实过得到底怎么样？她从来不说，母亲也不会去问。因为自从她上了医学院之后，秋实再也没有跟母亲谈过任何心事。母亲心里很伤心，觉得在秋实面前失去了做母亲的某种资格和权利。但秋实经常会到小五的房里坐坐，这也是她从前睡过的小房间。她关上房门，无声地坐着，悄悄地点上一支细长的烟，但不抽。烟雾升起来，围绕着她，淹没了她。她像在回忆，或在沉思。她在想什么，想医学院的那些男朋友？她曾经真心爱上过其中的谁吗？小五忽然想起她从前带着哲光跳迪斯科的样子，那是很久以前的事了吧。

九十年代末，高考的竞争越演越烈，一句"知识改变命运"的名言从北京传遍东西南北当然也传到了县城，老师们把这句话用又红又粗的字体高高地挂在教室墙上，他们像农民侍弄庄稼似的起早贪黑给小五们灌输各种考试题型，小五的眼睛近视了，她架起了眼镜，因为缺少运动，她显得有点胖，好几年没听到有人说她漂亮了，不过小五早就不在乎这些东西了，小五想，有什么呢，她什么没见过？她见过姐姐们因为好看而被人夸得垂下眼皮，见过姐姐们因为第二天要穿新衣服而激动得夜里爬起来看钟，见过姐姐们带回来的那些被夹在作业本里的约会小纸条儿……有什么呢，一切都被姐姐们在她面前活灵活现地演绎过了，她在做观众的同时也就体验过了，青春期在她这里，还有什么令人激动的新鲜事儿呢？可能只有一件吧——考上一所名牌大学，像高二的一位老师有次意味深长对她说过的：小五，我认识你爸很早了，你们家姐妹五个，我都教过，说实在的，我最看好你，因为你最没有特点甚至不引人注意，这对你这个年龄来说，可能就是最好的特点。要是你们家只有一个人能考上北大清华，没别人，只能是你。

在小五高考之前，家里又发生了一件事，不，应该说，是小五发现了一件事。那天，姐夫善材喝醉了又到母亲家来午休。陈善材现在是分管商业的副县长了，权力很大，应酬也多得吓人，几乎长年累月都处在一种醉醺醺的状态，由于父亲家靠县政府近，中午，他要是喝多了，就会到这里来躺一会儿。

这天，陈善材刚躺下一会儿就又趴到床边上吐，他身上的马夹也给吐得满是污迹。父亲母亲两个人翻动着县长女婿发了福的身体，把他那件脏马夹扒了下来。母亲把马夹扔给走来帮忙的小五：去，把兜里的东西掏出来，妈一会儿去洗。

马夹散发出一股难闻的酒肉臭，小五屏住气开始掏里面的东西，笔、名片、发票、打火机什么的。马夹里面还有两个暗袋，其中一个里面，是陈善材的手机，手机进入县城不久，陈善材和周传德就各人都有了一个，这曾经让母亲很是感叹了一阵，为自己的两个女婿感到小小的自豪。在另一个暗袋里，小五掏出了一个奇怪的东西，有两指那么宽，密封得很好，捏上去像是有点儿弹性——小五确信她从来没有见过这玩意儿，在报纸保健版上看到的一些常识使她突然有种暧昧的预感，终于，她从外包装上言简意赅的几句使用方法上知道了：这是一只保险套。

小五马上抬头看了看四周，陈善材打起了呼噜，母亲在厨房放水，父亲可能又到院子里晒太阳去了。小五迅速地把这东西藏起来，别的那些发票名片什么的则全都放在床头柜上，陈善材一醒来就可以看到。

小五想起来有点庆幸，要是让母亲看到了这东西，母亲会怎么办？还好，事情就在她这儿戛然而止吧。她不会告诉其他任何人，包括春华。以小五了解到的情况，春华在生了哲光之后就采取了措施的，即使没有，这玩意儿也只会放在善材和春华的卧室里呀，有必要这样随身带着吗？只有一个可能：陈善材另有女人。这样的推理让小五感到很恶心。小五想：算了算了，都要高考了，这根本不是自己想的事儿，就当没发生吧。不过出于一种习惯，小五还是把那个让她感到恶心的安全套装在一只旧信封里收了起来。

几天之后，陈善材中午又来了，不过他这次没有喝醉，他提着一个大西瓜。刚刚才进六月，西瓜一定很贵，母亲直心疼。陈善材说要谢谢母亲帮他洗了吐脏的衣服。其实这并不是第一次，以前，陈善材曾把半边床单都吐得带汤挂水，洗一件小小马夹算什么。陈善材一边满口称谢着，一边注意地看父母和小五的表情。小五知道陈善材发现他丢东西了，小五淡着一张脸，扭头进房里继续看书。陈善材坐着跟父母扯了一会儿闲话，他还体己地提起了老话题：爸妈，你们再打电话劝劝大双，别认死理了，李军的援藏期限早就到了，可以回来了，何苦戳在那儿呢？我这里位置都给他留好了，行政下面三产的负责人，很实惠的……不要再拖了，再拖下去，我的工作就不好做了……

陈善材在外面聊了一会儿，就转到小五这里，他翻翻小五的书，停了一会儿，像在考虑如何开口，最后他还是说了：小五，那天你帮妈收拾我的马夹……没看到什么吧？

小五没有抬头，只是哗哗地翻着书，一边说：你可要对我姐好一点儿，要不然，我可不饶你！在一个旁观者听来，小五的回答完全文不对题，但事实上，陈善材心里有数了，他愣了一下，很快装着爽气的样子：那是那是，那还用你说嘛！

小五的隐瞒和暗示并没有挡住陈善材的外遇之心，可能，陈善材觉得自己是在赶时髦吧，那时候，稍稍有点想法的中年人都比赛似的在进行一场又一场的婚外恋，甚至在电视电影里，第三者的形象都要比原配的妻子可爱体己得多。陈善材在得意之时大概太粗心了，最终让春华发现了他的出轨。春华连夜收拾了衣服驮着哲光就回娘家了。

离高考只有一个月了，父母把小五的房门关好，在客厅里小声地跟春华商量对策。哲光做完作业先睡下了，睡在母亲刚刚收拾出来的一张床上，这张床，说到底，最早是春华睡过的呢。幸好母亲是勤于晒被子的，床铺发出一股淡淡的太阳味。小五无心看书，这样的晚上，多看一晚与少看一晚有什么区别。还不如听听春华他们说话。春华所在的服装厂江河日下，收入低得可怜，没有下岗已是看了陈善材的面子。好在陈善材的收入也够全家花了，春华的心思根本不在单位，她让哲光报名学了钢琴和武术，整天一颗心扑在哲光身上。她是再也没有想到自己的婚姻会出任何问题，她一直像电视里的那些老婆一样素面朝天、不修边幅。

小五听见春华在外面哭了一会儿，然后强忍着哭声说：离，一定要离，我一个人带着哲光，还怕过不下去。

外面静了一会儿。母亲可能也在哭，她慢慢地说：春华，你不会怪妈吧，想不到，当初我们千挑万选的人会是这么个白眼狼，想当初，他也不过是财务科的小会计……

父亲压住怒气的声音：现在不要再说以前的事了，快商量个办法，他是个国家干部，上面就没有人管了？春华，你说，只要你下得了决心，我拼出老命也要把他告下来！

母亲却又缩回来：那怕不行吧，这事不是别的事，谁管？再说，他到这一步也不容易，这么个小地方，他臭了，我们又有什么面子？最好是悄悄地把这事给了结了才好……

哲光翻了个身，说出几句梦话。外面显然也听到了，他们停止讨论，继续思考起来。

过了一会儿，又是春华抽抽咽咽的声音：哲光，钢琴学得还不错，就是一节课要四十块钱，要不是那该死的东西找了熟人，要六十块呢！想到哲光，我又很矛盾，我怕孩子跟着我过条件太差……

你有没有跟陈善材谈过，他要肯改掉，你就给他一个机会，权当是看在哲光面上……母亲的语气软下来。

哲光，最可怜的是哲光……

小五简直想把耳朵捂起来，她知道，听不听下去都一样，最后的结果必定是妥协，向陈善材妥协，以让他改过的名义。小五想起春华结婚的第二天，母亲坐在朝北的阳台一边流泪一边改春华衣服的情景，那时，她是第一次看到母亲哭，她当时还发誓不结婚呢。有一段时间，小五认为那个誓言太幼稚可笑了，但是今天看来，那个誓言没准是最富有远见的。结婚有什么意义？想想三个姐姐，她们谁有勇气大声地说她们结婚过得很幸福？像春华那样千挑万选也罢，像大双那样随便嫁了也罢，像秋实那样体验丰富了再嫁也罢，全是殊途同归，总会导致彼此的厌倦，要么在厌倦中窒息着苟活，要么在厌倦中背叛逃离……可能还是小双最得天机吧，她对所谓的爱情浅尝辄止，然后就猝然全身而退了，她还从来不知道世上有结婚这种可笑又可怕的方式吧……在哲光均匀无知的呼吸声中，小五重温了她幼时关于永不结婚的誓言。

温故而知新。

一个月后的高考中，小五不负众望，考入了上海复旦。父亲非常激动，在小五拿到通知书的那天晚上，开了一瓶新酒，这是周传德初次拜见时送上的一瓶茅台，他陈了好久，一直不舍得喝——也可能父亲一直没等到他认为的喜事。不过父亲还算不上真正的酒鬼，他喝了一口，就嫌味道太冲，然后重新倒了一杯他常喝的简装洋河大曲，他喝得很高兴，母亲给他买了一碟猪头肉，他却一口没尝。

在父亲的酒香中，小五也有点微醺了。小五想，父亲现在应该忘了自己不是个儿子了吧，女儿并不总是绣花枕头……很快，小五从短暂的自我膨胀中清醒过来。因为她突然开始担心起来，她收了那么长时间的那些破烂玩意儿怎么办呢。人为什么总会要离开一个地方呢，而不能一直停在那儿？怪不得父亲以前发火时会拍着桌子骂：早点儿出去，你们迟早反正要出去！没有一个能留下的……

母亲没动筷子，她努力地笑着：你瞧，一个接一个的，小五，现在你也要走了……不过，你走得最让我高兴！我舍得，我心里面不难过，我不会想哭，我还心底里高兴着呢……

爸妈，你们放心，我念完大学就回来，我会一直陪着你们的……

小五，你在逗妈妈开心啊，你哪会回这个县城工作？再说，你将来不嫁人？不给妈带一个小女婿回来？哎哟，这孩子……母亲笑出了眼泪，她以为小五在开玩笑。没有人相信小五心里的决心。

四年以后，小五工作了，她回了南京，因为这样离县城近一点，坐汽车只要四个小时。小五每一次回去，家里人都会因为她的每一点变化而惊叹不已。现在经常有人说小五有气质了有味道了，她的粗眉毛，她不那么大的眼睛，她不那么白的皮肤，都是大都市里最洋气的长相。小五有时会摘掉框镜戴上隐形眼镜，她还把头发染成深栗色的了，她到东方商城、金陵饭店或湖南路买衣服，她关心环保问题，订英文报纸，只看译制片或带原声的碟子，她每年献一次血，她跟几个同性异性合租一套房子，平均两年换一次工作，偶尔谈一点恋爱但决不动真情，没有人听小五讲过她家里的事，她好像没有往事，没有记忆，没有真情……在大街上看到小五，人们会管她这样的叫小白领或伪白领，人们觉得这样的女孩子很难捉摸，没人跟得上她变化的速度……不过，事实上，很快，小五就要过时了，因为又一批更年轻更冷酷更没有心肝的又成长起来……但真正使她意识到这一点的，是笛子的突然出现。

小五其实从来没见过笛子，但当笛子突然出现在小五面前时，小五忽然有了一种痛苦的、令她不适的预感，她觉得头脑里嗡嗡直响，很奇怪，但那是真的——一看见笛子，她就想起了她很小的时候及小双死的那天她做过的那两个一模一样的关于巨大发夹的梦。小五避免直视笛子，但笛子一直走到小五面前。笛子向小五伸出手：张小五，你是新来的吧？

你是谁？小五忘记了她一贯熟稔的社交礼貌，却像一个县城的小姑娘，对突然来到家门口的陌生人发出警惕而好奇的询问。这一瞬间，小五终于意识到，不管她如何变化，往事其实一直就待在她的旁边，中间可能只隔了一层空气，她都不用回忆，就什么都清晰了。

我……我是你们公司的合作伙伴，我在一份策划文案上，看到你的名字，我就想，你是不是张老师家的小五……你刚刚跳过来？真是太巧了……

你是……

我，你可能不认识我，但我认识你的姐姐……大双和小双。

小五与笛子的第二次见面约在一家小茶馆。小五情绪很不平静，但她有力地克制了这一点。她想，本来，应该是大双或者小双跟笛子坐在这里。小五戴了一个长方形的淡茶色框镜，穿了小一号的复古式鹿皮紧身衣，手上戴了一个纯银镂花的戒指。在小五看来，穿西装扎领带梳小平头的笛子并不是那么帅，举止中庸持重——在人群中根本不会引起特别的注意。也许，他的最富有魅力的时光已经停留在了县中那两个女孩心里。

我本来以为，我再也不会碰见你们张家的姐妹了……

碰到和碰不到有什么区别呢？小五的语气显得不那么友好。

是啊，就像你这样，可能你们家的每一个人都非常恨我。

不会的，最起码小双直到最后一刻都那么喜欢你，喜欢得她都活不下去了……就是大双，也难说，如果你有勇气追到西藏，没准儿你会让她找回当年的感觉……你是否觉得有点沾沾自喜，你让我的一个姐姐死了，而让另一个远走西藏？

小五，你别损我了，你到底不是小双大双，你根本不认识我……你知道吗，这么多年了，从县城传来的消息一直像个十字架一样地背在我的身上，我经常会碰到县中出来的校友，他们故作平淡却又不厌其烦地向我描述他们所知道的关于小双的死，他们一边说着，一边暗暗地观察我，他们假装惊叹我的狗屁个人魅力，然而实际上他们却在心里面骂我是个刽子手，你知道吗，我实际上曾经是他们所有人的情敌，因为大双小双几乎吸引住了我们那几届所有的高中男生……可是实际上，小五，你替我想想，我做了什么？我做了每个人在那种情况下可能做的事情，我只是寄了个发夹，适合于任何女孩子的发夹，那个发夹很贵，我只能买一个。发夹上又没有写字，跟长发短发有什么必然的关系吗？短发很快就会变长，而只要一把剪刀，长发就会在瞬间变成短发，发夹能说明什么呢？我怎么知道她们会那么在乎我？而她们联想会那么丰富，小双的神经又是那么脆弱，会钻牛角尖……

你干什么？你找我来就是为了推卸你的责任？你的意思我懂，你最无辜你最纯洁，是我的两个姐姐自作多情还争风吃醋白白找死！小五把泪生生地逼回去，同时愤怒地想，小双，你怎么会因为这个家伙去死！

不是，小五，也许我刚才太激动了！你别生气，我只是在向你倾诉，你知道，我一直活在小双之死的阴影下，她让我笑得没有声音，让我吃得没有味道，我不敢看到任何一个城市的护城河，我不敢在白天回到县城，怕在街上碰到县中的同学……最可怕的，她让我不敢与别人接吻或上床，甚至只要我与一个女孩接触多了，我就在想：我这样多对不起小双哪，她都为我死了……小五，我活得简直一点儿趣味都没有，我一直想要找一个人这么说一下，替我自己辩解一下……你不知道，小五，这个人很难找，因为所有了解这段往事的人对我都带有一定的偏见，当然，你也是，你对我看来不仅仅是偏见，还有仇恨，可是你公正地说说看，我到底做错了什么？

小五低着头喝茶，这茶太浓了，像酒一样的烧嗓子。小五想，我还是替小双问一句话吧：那你说实话，你当初喜欢她们当中的哪一个，长发的，还是短发的？

这问题有很多人问过我，你要听假话还是实话？

分别说说吧。

我一般跟那些人说假话，我说，我其实喜欢的是小双，我寄那只发夹是希望她还是把头发留长，因为我喜欢她长发的样子。很多人听到这个结果都唏嘘不已，沉浸到那个时代的纯洁和幼稚中去，这让他们在无意中削弱了对我的谴责，他们会反过来劝慰我……

那么你的意思是，实际上你喜欢的是大双……

也不完全对。我的实话没有人会相信。最真实的情况是，我喜欢她们两个，不，准确地说——在我的眼里，她们是合二为一的，我没法把她们分开——我这话可能太荒诞了，没人会信的，说了，他们准会骂我无耻、在信口胡诌以逃避责任……实际上，我知道，要真正分清她们两个并不是很难，可是你知道吗，我觉得她们只有站在一起才是完整的、完美的。我让自己偷懒，完全不去寻找她们的差别，我对自己说：我根本分不清她们两个……不错，她们当中有一个剪了头发，可是，对我而言，头发根本就不是标志，我从来没有想过要把她们区分开……再说，剪过头发之后，我实际上只见了一次。当然在那一次，我的确注意到，短头发的话要多一些，动作很潇洒，有点像男孩子；而长头发的那个，很羞怯，她从头到尾没有跟我说话，但是她的脸在最后却红了起来，那种红，看得我真想用手去轻轻拂一拂……我连忙骑上自行车走了，这时我听到清脆的口哨声，我知道她们两人当中有一个会吹口哨，以前，我从来不敢回头去看，那天，我想我都要上大学了，都要离开县城了，还是看一看吧，于是我回过头……可是口哨却突然停了，像一只蓦地飞走的小鸟。我在一瞬中把视线掠过她们的嘴唇，可是没有任何迹象……到底是谁吹得一口那么好的口哨呢，我喜欢那口哨……我后来再也没听过女孩子吹那么好听的《上海滩》了……

小五听得泪眼婆娑。没有意义了，何苦再问下去。那些往事，尽管在当时曾像开水一样地沸腾。可是现在，全没了，像水一样地蒸发啦。啦啦啦。

小五决定还是离开这家公司，她不能忍受经常会碰到笛子的生活，那让她与往事靠得太近，简直无法呼吸。经过那次发泄一般的交谈，笛子现在好像逐渐解除了心里的包袱，有一次，小五甚至看到他搂着一个女孩走在中山东路的林荫大道上。

在跳槽之前，小五又回了趟县城，看看父母，父亲开始掉牙齿了，而母亲的头发全白了，走路时喜欢扶着东西。他们高兴地围着小五，像两个小孩围着刚刚下班的大人，他们认真地听小五随便说出的每一句话，一边听着一边点头。母亲最高兴，特地烧了一盘糖醋鱼，一个劲儿地往小五面前推：这是你最爱吃的，我好几年没烧了，多吃点儿多吃点儿……小五尝了一口，醋放多了，酸得她没法嚼，可是小五故意吃了很多，好像她真的很爱吃。实际上，母亲记错了，最爱吃糖醋鱼的是大双小双，那时母亲总是一次烧两条，而她们却总是谦让着，让对方吃一条大些的……

在县城的最后一天，小五一个人悄悄地走到郊外的林子里，她要把那些玩意儿挖个洞给埋掉：春华买给父亲的精装洋河酒盒子、春华与陈善材第一次相亲时穿的那件带金丝线的两用衫、被秋实撕碎后又仔细拼好的医学院录取通知书、秋实翻录的迪斯科磁带、周传德可笑的旧病历、大双小双用过的各种扎头绳儿、笛子的复习资料、笛子寄发夹时所用的那个小小包裹盒、李军当年写给大双的一扎信、陈善材的安全套、哲光小时候穿过的一双虎头鞋……真是一堆没用的破烂呀，散发出的陈腐之气让小五直打喷嚏……对着挖好的深洞，对着即将埋入深洞的那堆破烂，小五突然张开嘴巴，大喊起来：姐姐——

　　光秃秃的树林里刮起一阵冷风，灌了小五一嘴，她像个老人似的猛烈咳嗽起来。

2003 年

思无邪

一

1

我们东坝，有一个狭长的水塘，夏天变得大一些，丰满了似的；冬季就瘦一些，略有点荒凉。

它具有水塘的一切基本要素，像一张脸上长着恰当的五官。鱼，田螺，泥鳅，鸭子，芦苇和竹，洗澡的水牛。小孩子扔下去的石子。冬天里的枯树，河里白白的冰块儿。

2

蕙兰的家就在水塘后面。她从窗户就可以看见那水塘。这是她一辈子里看得最多的风景，当然，她的一辈子不是很长。

陈蕙兰是她的大名，这名儿是伊老师取的。在东坝，大部分新生儿的名字都是伊老师取的，他是个小学教师。不过，大家不叫她蕙兰，而叫兰小，就像她有个姐姐叫蕙芳，而大家叫她芳小一样，整个村里都这样喊。我们这里，孩子的大名只有在学校，才会被老师在课堂上、用不太像样的普通话叫上几遍。

不过，蕙兰不能上学，她从来不曾上过一天学，也从来不曾出过她的家门。因此，她的大名从未被人真正叫起。直到她的葬礼上，大家才记起：其实，兰小是叫陈蕙兰呢。

当然，那是很久以后的事，我在后面才会跟您说到她的死。这世界，是让人们生下来活着的不是吗？我应当把她活着时的情形跟您先说一说。

蕙兰是个痴子。注意，不是疯子，在东坝，有些细节，真的相当讲究了，疯子，那是贬义的，并暗示其人是有暴力倾向和一定程度的危险性的，而痴子，可能正相反。

比如兰小，她就是个典型的痴子。安静，温和，比通常的女子还要安静，温和。她的脸非常地白，她们一家的女人，皮肤都好，她妈妈白，姐姐芳小也白。但后两者的白，经不住东坝的风，东坝的那些活计，那些家什儿，那各种各样的烦心事情，慢慢地也就黄了，糙了，有褶子了。可兰小却不会，她待在屋里，甚至经常待在床上，不管东坝的春夏秋冬，没有明显的喜怒哀乐，她就一直这样白下去了。

并且，还胖。兰小的胖，跟她的白一样，在东坝也是不太多见的。除了脑部，她身体的其他部分，无疑都是极为健康的，给她吃，她便全部吃掉，吃个光。给她穿，她便一件件穿上，热了也不脱。她可能并不懂得拒绝和选择，不懂得生存中的任何删减之道，她唯一会的便是接受。而家里人，从发现她是痴子起，就觉得欠了她，有些心疼她，却又不知如何心疼法，于是便一直地给她吃。吃得多了，兰小便会有些瞌睡，随便坐在哪里，白白的眼皮便奄下去，睡着了，像刚刚生下来的婴儿一样，眼皮上青色的血管微微颤动。

这样，兰小一直长到三十七岁了，还是像个白胖的孩子。没有媒人提亲，没有恋爱，没有婚事。她过得像一张白纸。

而她的父母，已经成为六十多岁的老两口了，手伸出来，像藤条一样。芳小，她的姐姐，生的儿子都到城里打工了。给她取名儿的伊老师，退休了。还有别的很多人，在兰小长大的这三十多年里，长大了、生孩子了、变老了，抑或就死去了。

不仅人们来来去去的，我们的东坝，也变了很多。我们的土路给铺上了石子，木桥成了水泥桥。村里弄起了个小厂，一开始是地毯厂，现在是绣花厂，招了不少提前辍学的姑娘。现在，东坝下地做活的大多是中年以上的人，那些年轻些的，到外地念书、做运输生意、修摩托车、跟着建筑队出门找活，总之，很少下地了。

而地里，正经的作物也少了很多，代之以无边无际的大棚，白茫茫的，这家的结束了，那家的又起了，远远地看过去，像跑动的小野兽。大棚里面的温度很高，我们猫着腰进去，一进去就把衣服脱得半光，男女不避。因为高度有限，我们得跪着，或者爬来爬去。我们在冬天做春天的活计，在春天里收夏天的菜蔬，四季完全混乱了。大棚里味道很重，尿素、发酵的泥土，挣扎着的种子，汗。这些味道混在一起，在高温里搅拌着。每个人从里面出来，都像刚刚从地牢里出来一般，浑身湿淋淋，鼻子眼睛被熏得皱成一团。也许，这是我们颠倒四时的一点代价。

还有呢，我们的日子也变了，几乎所有的人家都有了自来水、电灯、电视，一部分人家添了电话与电扇，个别的，还买了空调。这些时新的东西，也不大会用，或者，用了，并不觉得特别地好。可是，我们仍是一样样地买了，没买的也正在准备买——这是生活中重要的决定和过程，不错的，有些热气腾腾的新鲜劲儿。

这些，兰小从来不会知道，她就一直那样，待在她的屋子里。她的房间里，也没有太多的变化。

她似乎一直停在二三十年前。每天坐在那里，穿着从前的旧衣裳，看门前的水塘，那个水塘——竹子绿了。芦苇白了。水牛吭哧吭哧地洗澡。鸭子在叫。两个小孩子在比赛打水漂。

3

有一天夜里，兰小可能是不舒服了，她爬起来，很重的身子竟滚到了床下，也许她叫唤过什么，但没有人听见。直到第二天早晨，在冰凉的地上躺过大半夜。她是中风了，半边身子都没了知觉。

她的父母哭起来，又惊又吓，试图把她弄到床上，这才发现兰小的身子重得惊人，拖起左边，右边又滑下去了，拖起上面，下面又滑下去了。她的膀子与腰那样地粗，她的乳房那样地大，她的屁股那样地肥。这些年，她的确是养得太胖了些。好像从前都没有注意到，而这回一滚到地上，更加胀开来了。

东坝的赤脚医生来了，加上姐姐芳小，大家一起，才把兰小搬回到床上。医生量量兰小的血压。怪不得呢，他叫起来。怪不得呢，看看她这血压，还这么胖，中风是迟早的，半身不遂是迟早的！

这样，兰小不仅是个痴子，在她三十七岁上，又成了个瘫子。

她吃饭时会把汤流到嘴角，一直到脖子里。她的大便小便完全失去了从前的节制和规律。她会像打哈欠似的，突然就失禁了，把裤子和床弄得一团糟。

或许，这对她而言，并算不上是太大的变故，她仍是那样心平气和的，安静，白而胖，甚至更加地白而胖。但对家里来说，照料她的生活，就成了很大的问题了——父母要侍弄地里，不然，一家三口吃什么呢？并且，他们两个也挪不动兰小的身子……

两个老人，在夜里愁得坐起来，也不点灯，只坐在床上，不知怎么才好。这个姑娘，是他们一辈子的忧愁。生下她，就从来没有真正轻松过。

二

1

这样，我就要跟您说到来宝了。

来宝是个哑巴。跟所有的村庄一样，我们东坝里总有各种不同的人，有村长和会计，有赤脚医生，有裁缝，有聋哑痴瘫，有不是很漂亮的寡妇，有生儿子吃鱼肉的还俗和尚，有无儿无女的五保户。这样，村庄才像个村庄了。就像你们城里，有官员，有记者，有教授，有艺术家，有公务员什么的。乡下和城里，都是这样，人们总是像细菌一样，相互簇拥着依靠着，少了谁，结构就不完整了、不稳定了。

还是说来宝。其实他本来不是我们东坝的，因为父母去世得早，家中只一个姐姐，嫁了人，他便投靠到村长家里。村长，是来宝的远房叔叔。

我们的村长叫万年青，很有意思的名字，他的日子比名字还有意思。不知怎的，家里就比较地富有，两个儿子都在城里上班。他家的房子很多，高而亮堂。而且村长老婆还在大路边开了家日杂店铺，既做过路人的生意，又做东坝人的生意。这样，他们家就越发地过得舒畅了。

日子一舒畅，人就不大能够吃苦了，地里、家里的活儿可怎么办呢？

可是，就该着那么巧、那么好——来宝投奔来了。

来宝到东坝时才十三岁，身子有些瘦，想来以前过得并不好。到了村长万年青家里，不过大半年，人就长开了，宽肩粗膀，从后面看，根本就不像个孩子了。

这长开了的孩子，十分明白自己的处境与角色，虽不能说话，可眼里有活儿，手里出活儿，里里外外的，把村长家所有的活计全都包圆儿了。地里的四时庄稼自不用说，就连拿筷子、添饭、倒洗脚水这样的小事情，他也会手脚麻利地办得极为妥当，真像是对待亲生父母或救命恩人似的——那般地低眉顺眼，那般地恭敬自然，似乎完全地发乎内心，不仅村长夫妇受用得舒服，我们有时去看了，也觉得是一种图画般的，让人喜欢和安逸。

所以，我们有时会觉得，这个来宝，简直就像过去的长工呢，好像命里注定就是要这样替人做活的。当然，村长和村长老婆都是很和善的人，他们待来宝着实不错，下秧或收割的季节，会多多地买肉买鱼，让来宝吃了长力气。逢年过节的也会给来宝红包，给他买衣服和鞋。在他的房间里，专门给他买了台小电视，甚至还有一台小电风扇——来宝过得真是不坏了。

这一年春节，村长万年青的儿子儿媳们从城里回老家来过年，忽然注意到来宝——来宝把他们是当小主人服侍的，好几年没回来了，不知道怎样才好，恨不得他们解了大便，他都要替他们擦屁股似的。

这哪里行！太不像话了！村长的儿子媳妇，都是在外面念书的，最讲究人权、平等、自由。看到来宝这样，眼睛像进了石头大的沙子，于是，他们像车轮一样，一个个地轮流跟父亲谈话，要他把来宝"送回人家自己的家"，让他"骨肉团圆"，让他"当家做主、自力更生"，让他开始"新的生活"。

万年青吸起烟，腮帮子凹进去，显得分外地老态。人一老，就弱了，有些怕儿子了，儿子的话，虽不大爱听，但又必须得听了。

只是，来宝若是回去，到姐姐所嫁的那个婆家，难免会受气，如要单门独户，还不是要自己讨生活？可他还是个孩子呢，怎么能放心？万年青低下头，想着来宝的命，怎么这样凉冰冰得呢。

来宝之所以哑，是因为聋。他听不到他们在说什么。但是，但凡身体有些缺陷的人，比如，瞎子、聋哑的人，总是有他们获得信息的灵异之处。

见两个儿子跟万年青关了门长谈，他不知怎的就明白了，冲进去，喉咙管里呜啊呜啊的，谁都听不懂，但谁都听明白了：他不想回去！

万年青一见，泪都差点儿流出来。这孩子，也舍不得离开东坝！

儿子媳妇们替来宝的愚昧感到莫大的悲哀，连声感叹不已，并且生发开来，热烈地讨论起当今乡村的教育问题、医疗问题、社会保障体制等等。几乎一直谈了大半个下午。直到吃晚饭，看到来宝仍在低眉顺眼地端茶送水，像个旧时的仆人般的，他们重又记起初衷，最后通牒一般地叮嘱父亲：总之，不能再让他留在家中侍候你们，这是什么时代了！你是村长，身份不同，要传出去，传到上面，万一弄到媒体上，人家要做文章的……给他到别家找个事情做也好的，不要放在我们家……

2

而就在这个春节前，兰小中风了。他们家急需要一个人帮忙了。

3

村长万年青最先想到了这个事情：让来宝去照料兰小。这好比是一块馒头搭一块糕，不是刚刚好吗——

他去跟兰小的父母说。做父母的搓起手来，想了半天，不知说什么，又搓了会儿手，兰小的父亲才咳嗽了一声说：那是再好不过……但来宝哪里会肯呢？我们家的条件，跟村长您比，要差得很多，您都给他买了电视和风扇……照料兰小，又是个吃力不讨好的活计。

万年青笑起来：哪里会不肯了？他是个孤儿，没有田地，没有手艺，不会说话，能有个落脚处便是好的……再说，他十二岁到我家，现在长到十七岁，五年下来，最听我的话了……你们给他收拾个住处，跟家里人一样的吃喝，有余钱嘛就多少补贴他一些，便是最好了……我那里的小电视和电扇，他用惯了的，我会给他带到你们家的……说到此处，万年青忽地感到心一疼，这才意识到，他有些舍不得来宝了。

兰小的母亲想到了什么，在嘴里滚了半天，还是说出了：只是，来宝还是男孩子，照料兰小……旁人会不会说什么……

嫂子，你不想想，兰小那个身量，哪里有女人能搬得动哩……至于说闲话，我们东坝的这些人，我是最知道的，别看嘴巴碎一点，却是没有坏心的，兰小这个样子，来宝这种身世，又是个孩子，谁还会说什么？再说，万事万物，习惯了，也便好了……如果有思想工作，我来做，这方面我顶拿手的。

事情就这么定下来了。不用再跟兰小或来宝商量，那两个人，一个痴子，一个聋哑孩子，又有什么好商量的。

村长把来宝领到兰小房里，比画了一下。来宝眨眨眼睛，好像是有些迷惑——在东坝待了五年，他是知道兰小的，只是没想到、万没想到，这个床上的痴子会成为自己的新生活。

白胖的兰小卧在床上，也看着来宝，像看到一个新的家什。

来宝看看万年青，嗓子里响了一两声，也不知是什么意思。正好看到兰小床前的便盆里有些秽物，低下头便端了出去。

兰小的父母在一边看了，知道来宝这就是开始工作了，便商量着要给来宝一个住处。

他们家房子，仍是老式的平房，前后进的。前面的，因为临了水塘，给了兰小，后面，是老两口的住处，另有一间放农物器具——这一间，倒是可以收拾一下给来宝住。但因是放杂物的，当初盖得十分简陋，连地面都没铺砖头，更不要说电灯电插头了。再说，来宝的耳朵是没有用的，中间若隔着个院子，照料起兰小来肯定就不方便了。不过，若在前屋，他睡哪里合适？

村长前后转转，用手一指：在兰小房间外面新盖一间嘛！中间开个门洞，像城里的套房一样！最好不过了，你们家的房间本来也就太少了些。

这个主意不错，又方便，又排场，一点儿不亏待来宝。

于是叮叮当当地砌砖抹墙，村长又搬来他答应过的电视和风扇。村长老婆不知从哪里找来些旧挂历，在来宝的墙上贴了一长排。芳小也欢欢喜喜地赶回娘家，她农闲时会帮着绣花厂加工些零碎活儿，家里有很多边角料，她过来东量西量，转天就给来宝房里挂上了雪白的绣花窗帘，电视机、电风扇也加上了蓝色的绣花套子，虽说有东拼西凑的痕迹，可猛一瞧，别提多雅致了。

来宝大张着嘴笑起来，又对芳小指指兰小的窗户：倒也是，以前谁都没有注意到，兰小的窗户上竟是秃秃的没有帘子呢。芳小答应着马上就给兰小也挂一幅更好看的。

房子盖好后，大家都过去看了，有的送来张旧桌子，有的拿来张茶几子，有的给来宝一个新脸盆。来宝这可怜的孩子，倒像是有了个自己的家似的。

大家都替来宝高兴，更替兰小高兴。可不是，这事情的安排仿佛是天上掉下来的毛毛雨似的，怪滋润的呢。

人们走后，兰小的父母亲又搓起了手，搓了一会儿，不知为什么，他们对看了一眼，眼圈红了，要哭的样子。

三

1

蚕豆花儿开了。槐角花儿开了。葡萄藤开始返绿了。那些小野兽一样的薄膜大棚，被人们掀开了一个角，里面的热气和外面的热气和在一块儿，到处都热烘烘的。这个春天，好像来得特别快。

伊老师家没有大棚，他的田也很少，只种了一些四时的蔬菜供饭桌上用。毕竟，他是有退休工资的，不算多，但在东坝，钱能当钱用，他可以过得蛮适意的。

退休后，他有了两个爱好，一是记账。每日里一丁点儿大的出和入，他都要记得清清楚楚。

买水杉树苗十五块。买酒十四块八。卖长毛兔的兔毛三十块。卖空酒瓶两块四。

他在账上记得一清二楚，并从这种严谨中获得一种踏实的乐趣。每天记完之后，他在下面画一道红线，结一下余款，跟皮夹子里对一对。平了。他大声地满意地说，然后对着酒瓶喝上一口"陈皮酒"。陈皮酒是东坝特有的一种甜酒，用糯米做的，晚上喝上一口，会睡得特别好。

第二个爱好是新闻。他有电视，另外又订了几份报纸，每天要看《新闻联播》——哪个国家发射卫星了，总行程间几天几时。哪个城市修地铁了，地铁有几个站点。哪里开世博会了，吉祥物是什么。汽油涨价了，涨幅是多少——他都会十分地关注，并记得很清楚。

关注这些遥远的跟自己的生活毫不搭界的事情，有种巨大的乐趣。东坝没有别的人像他这样，因此，这几乎成了伊老师隐秘的乐趣。为这个，他时常会感到一种幸福，对电视和报纸充满由衷的感激。

有时候，他也会注意到一些社会新闻，令他感到吃惊的是，在那上面，他看到很多相当不好的事情。叔嫂乱伦啊，学生开钟点房啊，朋友换妻啊，轮奸女疯子啊，简直肮脏极了。伊老师一篇篇看得仔细，看完会悄悄地叹气，唉，为什么报纸要登这些东西呢，难道人们整天都在想那种事情吗？

有时他竟会因此心事重重起来，并想到鲁迅的一句诗"心事浩茫连广宇，于无声处听惊雷"，他觉得这句诗很像他的心情。他脑子里咀嚼着这句诗，开始出门散步了。

——晚饭后，伊老师喜欢出去散一圈步，沿着水塘转一圈，再到大公路上走一圈。散步，是很城市化的习惯，巧了，伊老师就是这么喜欢。他很严肃地保持着这个习惯。

这天，他走到水塘边，像平常一样站定了往村子里看。

村子里的灯火是稀稀的，带些黄，因为人们不愿意用太亮的灯泡。人们待在黄黄的灯影里，坐在各自的角落里专心致志，剥花生壳、筛黄豆、拣去里面的虫子，或者为明天的山芋稀饭削山芋皮。这些活儿，适合晚上做，白天做太浪费时辰，白天应当去侍弄地里。

看到中途，伊老师就注意到东坝的灯光，其分布与平日有些不同了。就像用珠子串起来的项链一样，在某处少了一颗珍珠，而在另一个拐角里，又多出一颗小珍珠来。

伊老师想了想——他关注外面的大事，但也不忽略东坝的小事——对了，少的是村长万年青的那里，多的，是兰小的隔壁。来宝搬到兰小家里了。他的灯改地方亮了。

找到原因，伊老师舒了一口气，就像查到一处记反了的账似的。可是……可是，与此同时，他又觉得哪里不大踏实，叫人有些不舒服的样子。

他站定了，仔仔细细地重新打量起来宝的窗户来。他注意到上面的绣花窗帘，透过灯光看过去，特别地富有某种情调，这是只有伊老师才能感知的情调。但偏偏就是这情调，让伊老师很担忧——来宝，十七岁的来宝，睡在这样的绣花窗帘下，会做起什么样的梦呢？而梦的隔壁，正躺着那白胖安静的兰小。

不，不是兰小，而是陈蕙兰。伊老师在心里小声地改正了一下，作为赋予她名字的人，他应当喊她陈蕙兰。不过，真奇怪吧，一旦把兰小叫成陈蕙兰，她似乎便不是个白胖的痴子，不是个失禁的瘫子，而是个姑娘，一个皮肤很好的姑娘，并且，没有三十七岁那样大的年纪。

这样一想，伊老师就更加地不安了。他看看那两扇靠在一起的窗户，以及上面的窗帘儿，他想起了他所看过的报上的社会新闻。表情真的十分忧戚了，却又无从说起。并且，他还感到有些生气：自己这是怎么了，全村人都没有把这看成一件事，他怎么就会看成一件事呢，这不是他自己的思想脏，还是别的什么呢？

唉，真的是"心事浩茫连广宇，于无声处听惊雷"了。伊老师闷闷不乐地往回走，回家后，他想再喝两口陈皮酒。

2

来宝不会知道有人在观望他的窗户，并把它比作一颗移了位的珍珠。他在全神贯注地留意兰小。他在全心全意地重新适应这个新的角色。

像东坝的大多数人一样，他对生活中的这种变化，并没有特别的喜或忧。

他失去父母。他又聋又哑。他无地无屋，他一辈子在别人的屋檐下吃饭，侍奉别人。侍奉村长万年青。侍奉痴子兰小。这就跟天上下雨、小河淌水一样的，是被安排好的，没什么可说的。受着就是，顺着就是。他就是这个命。

再且，他这样，并算不得怎样的不堪，比他更糟的事情多得很。村里的王麻子，喝醉酒走夜路，掉到桥下边，因是冬天，竟一下子淹死了。伊老师的一个学生，过年放炮仗，炸坏一只眼。万年青家隔壁的男人，盖房子时不小心掉到石灰塘里，浑身烧成鳄鱼皮一样，下面都坏了，不能再跟女人做那事。这样不幸的事情，一串一串，让人都想不起要感伤或抱怨了，甚至，人们会相互提醒着，回忆起出事前某些不祥的征兆和细节，他们说得津津有味、笃诚而恐惧，那是老天在托话下来呢，怎么可能躲得过去！

来宝耳朵不好，但鼻子特别地好。他躺在兰小的隔壁，只要嗅嗅鼻子，就知道兰小需要什么了。

比如，大便之前，兰小会放屁，连续地放上好几个，屁闷在被子里，但通过某个秘密的通道，来宝闻到了。他连忙冲到兰小床前，隔着被子帮她拉下裤子，再塞进去痰盂，那种扁扁的、专门用在床上的。这是兰小中风之后，伊老师特别想到的，他在电视里看到过这种东西，便托他从前的一个学生买了寄回东坝。

或者，兰小舔舔嘴唇，牙齿缝里发出干麦子的味道——这是要喝水了。

她打起哈欠，舌头上像刮起一阵带着烟雾的晚风——她困了，来宝就替她脱去外套，洗洗脸擦擦嘴，放下后面的枕头，她就滑下去睡了。

她猛地耸起肩，鼻子缩进去，喉咙深处泛起鱼腥的怪味——来宝替她拿近床头的高脚痰盂，一口痰就刚刚好啐进去了。

一切只需依靠鼻子，便刚刚好了。

说起来，兰小床前的这个高脚痰盂，也真是有些脏了，用了不知多少年，已经看不出原来的颜色，她的漱口水、呕吐物、鼻涕、手纸，都百川归海似的集中在痰盂里。来宝指着痰盂，又指指鼻子，缓慢地对兰小翻动着双手，做出头昏和难受的样子。兰小睁着眼睛看着，不笑也不恼，看了几眼，她困了，又睡去了。

趁着她睡着了，来宝对着这痰盂使起了力气，动用了许多的盐水、醋、肥皂水，像做菜似的，他尝试了所有可能的方法，最终，痰盂洗得掉了两层颜色，完全地成了奶黄色，闻上去，也像奶油似的，稍稍有点油腻，却不让人紧张和头昏了。

来宝高高兴兴地把擦干了的高脚痰盂举在手上，坐到兰小床前，等她醒来。

兰小醒来后，第一件事总是要小便，这是来宝慢慢观察出来的规律，她一醒，他便把痰盂塞进去。躺着小便似乎并不那么容易，兰小的身体总会紧绷起来，脸憋得红红的。来宝后来无师自通地想了个办法，他在床边放上一盆水，再放一个空盆子，他把水从一个盆里慢慢倒到另一个盆里，水流动着，发出来宝不能听到的水流声——而兰小，听着这水声，会突然地松一口气，她的小便出来了。

兰小醒来了，她睁开眼，她看到来宝手中旧貌换新颜的高脚痰盂了。来宝注意地盯着她，留意她的眼神。兰小却完全无动于衷，她把眼神缓缓地转动过去，从高脚痰盂转到来宝的脸，又从来宝的脸转到屋顶，像光线慢慢地移动，接着，她照旧绷紧了身子，脸色红起来，要小便了。

来宝倒笑起来：真是完完全全的痴子呀，变化这么大的一个高脚痰盂，她竟跟没看到似的。

痰盂之后，来宝又动起了兰小牙齿的主意。东坝人不爱刷牙，他们觉得，刷牙会刷坏了牙龈，也很浪费钱。而且，刷牙这动作，看上去真的很难看——用牙刷捅来捅去，突然地，就源源不断地口吐白沫了，实在很难看。

那么，兰小，更不用说了，她的牙齿，从小就没刷过，黄得像长了一层厚厚的盖子，她一张开嘴，牙齿就跟快要发芽的黄豆似的，膨胀着发酵着。

来宝从前也是不刷牙的，因为村长也不刷牙，在村长家待了五年，他的生活习惯都是随村长的。只是这回春节，他注意到村长的儿子和媳妇们，那穿的，那戴的，那用的，十分地不同凡响，但看过了也就看过了，并没什么。只是，他们几个牙齿的白，那种白，就太刺眼了，来宝看了，竟有些气愤和伤心。后来，因为忙着搬到兰小这里，把那气愤和伤心一时搁下了。

但现在，日子慢慢过得平静了，他又想起他们几个人嘴里的白，他想让那种白也出现在自己的生活里。

来宝是有钱的，村长给他的红包，他用得很仔细，每花一笔钱，都要经过长时间的思考，体现出一个哑巴孤儿全部的小心与智慧。现在，他决定买一管牙膏、一支牙刷。对，一支就够了，他跟兰小合用。

他先在兰小面前示范了一下，慢慢地分解自己的每一个动作，一边克制着翻滚上来的恶心感，即便这样，他还是咽下了好几口泡沫水儿。然后，就该轮到兰小了。来宝折腾得满头大汗，床头床尾忙来忙去。这不仅是件力气活儿，也有技术性。不过，终于，他还是给兰小刷上了，也漱干净了。

他对着兰小张开嘴巴，呼出清新的白气，又掰开兰小的嘴，用力吸吸她的味道——后者平静地看着他突然贴近过来的鼻子。

接着是忙头发。

他把她的身体横到床上，把头放在床边的一侧，用腿托住，替她洗头。洗下来的水像是头发掉色似的，从黑到灰到黄，最后，才慢慢地变清了。

兰小的头上有虱子，还有白色的虱卵。来宝知道该怎么治，是从姐姐那里看来的。他问人讨了点敌敌畏来，抹到头上，再用塑料袋严严地蒙起，夜里，虱子被农药熏得团团转，兰小的头想来是特别地痒了，在床上扭来扭去，来宝就在一边坐着，隔着塑料袋均匀地替她抓挠拍打，嘴中含混不清地安慰着……

这场景，若是有人看到，也许会觉得是温暖的，是喜剧的；可是，细想想，又有些心酸和凄凉似的，是悲剧的。

第二天，解开了塑料袋重新洗头，水上果真漂起一层黑黑白白的虱子尸体。兰小的头不会再痒了。

这样，来宝才开始替兰小梳头，他找到一把掉了两个齿的木梳子，还有一些头绳。这头绳好多年没用了，颜色很旧，倒衬得兰小的头发更加地黑亮，肤色更加地油白。

但来宝还是想着，什么时候记得了，替她买把新梳子，买两根新头绳。

还有电视。他把电视从自己的房里搬到兰小屋里，晚上，他就跟她一起坐着看。来宝看电视一向不开声音，他主要也就是看个人影走动。但为了兰小，他把音量的钮往右边尽量地转——他没有数，声音太响了，兰小的父母只得披了衣服从后院过来，替他往左边再扭回去。

不知兰小从前是否看过电视，总之她并没有表现出特别的惊奇，她眼神淡淡地瞅着，但如果来宝挡住了，她也会小声地哼哼表示不满，说些什么呢，来宝听不见，但他很高兴——兰小喜欢看电视嘛！谁说她就完全是个痴子呢！

看着看着，兰小慢慢从靠背上滑下去，打起瞌睡来，亮闪闪的口水缓慢地滴下来，挂长了，映射着电视屏幕的蓝光。

现在，是仲春了，白天太阳很好的时候，来宝会把兰小弄到堂屋中间，给她晒太阳。

为了把兰小弄下床，弄出房，从梳洗开始，到穿衣服，半边身子、半边身子地穿，搬动，安置妥当，他要花费一个多小时。但是，不过晒上半个小时，兰小就又要睡了。他得再花费一个多小时把她弄上床。这真是太不合算了。

但在那晒太阳的半个钟点里头，来宝是最高兴的。他主要的事情是陪着兰小看水塘。

春天的水塘，是最好看的了，那种绿，淡淡的，怯怯的，毛茸茸的。有时会有小鸟突然地一飞，吓人一跳。

有时，趁着兰小在呆看水塘，他就在旁边，把一面小圆镜子举起来，反射着太阳，照到兰小的膝盖上、手上、头发上，她的脸颊上，兰小的皮肤像成了透明的似的。

他还把镜子拿到兰小跟前，让她照镜子。兰小看看镜子，看到里面扎着头绳、牙齿白白、眼睛黑黑的一个人像，害怕得叫起来。来宝听不到她的叫声，却从她张开的嘴形感到奇异的快乐。

来宝满意极了。这样的日子过得多好，就像那窗户上的绣花帘子，那么地白。

3

快要端午了。端午是个大节，因为要采粽叶，要晒粳米，要拣红豆，要泡咸肉，要腌鸭蛋，要买白糖，要扯红棉线。最后，要吃粽子，春天长长的日头里，吃几个粽子，在胃里结结实实的，半天都不会饿。

端午前后一般还会下雨，下不了地，人们便会选了下雨的日子在家里心安理得地慢慢包粽子。粽叶预先在锅里煮过，已是半熟了，淡淡地香起来，粳米虽是生的，可是因为浸过水，也淡淡地香起来。

兰小的父母坐在堂屋里，一边包粽子一边说话。他们满心想着要把这个节过得隆重一点。这是来宝在这里过的第一个节。

一想到来宝，他们真是能把前半辈子的笑都给补上了。这孩子，好像是特地生下来陪兰小的呢，他当初，之所以会到东坝，根本不是投奔村长万年青，而是在那里等兰小这里瘫下来请他帮忙呢。当然，这话，两个人只是悄悄地说说，在包粽子时悄声说说，不能往外说，怕人骂，也怕对不起来宝死去的父母。

现在，想到兰小，他们不再像从前那样内疚和发愁了。这个姑娘，这么三十几年来，第一次没有那么重、那么像一块石头，坠在他们心里。

现在，他们唯一发愁的是，要怎样回报小来宝？用什么呢，难道是几个肉粽子，或者放了很多糖的豆沙粽子？当然不可能。要是他们还有个三女儿，贤惠能干的，他们真愿意把那女儿就说合给来宝了，可是，没有。两个老人想了想，或许只有通过多给些工钱，让来宝高兴。

钱，他们一向倒不是特别看重，但没有别的办法，想不到更好的办法。钱就是一个办法。

为了钱，两个老人重新动起了脑筋。我们东坝人，真是很好玩的，平常没什么事逼着，就一天天按部就班地过着，种地，吃饭，睡觉，绝对不想到要赚钱要发财。但真要有了什么事，他们就会动动脑筋，然后，果真就有办法了——

兰小的母亲，虽然是老了，眼力却还可以，看到芳小替绣花厂加工，就央着女儿多要些料来——所谓加工，就是把电脑绣花成品里的实心花眼儿用小剪刀给挑空了，形成镂空的效果。这样，兰小妈妈算是找到活儿了。

她坐在光线明亮的院子里了，埋着头，用一把小剪刀，咔嚓咔嚓的。半天做下来，可以赚到一块五，甚至两块，真是不错了：不费力气，不费电，不费剪刀，还能照应着锅里烧水，照应着猪吃食，照应着鸡下蛋。什么都不耽误，真不错了。

兰小的父亲呢，那更厉害了。这老人身量很高，年轻时在村里是很活跃的角色，会个吹吹打打的，现在虽是有了年纪，但起码的乐感还是在的。巧的是，东坝村里有个红白事礼仪乐队，原先里面一个敲钹的不知为何走了，这不是正好缺一个吗？兰小的父亲听到这信儿，晚上，就高一脚低一脚地找到那乐队的领头家里。

那领头的是个年轻人，却弄得胡子拉碴的，天都开始转热了，还裹着件军大衣，有些四海为家的样子。兰小父亲抓住这两个特点，暗中送了他一个诨名："胡子大衣"。

"胡子大衣"找来两只钹，让兰小的父亲敲了几下，又和了几下，"中，挺好，有那么点儿意思。""胡子大衣"含混地夸了几句。就这么的，兰小的父亲找到个新营生。工钱，可要比兰小的母亲高多了。

东坝的红白喜事，特别是白事，最隆重不过，最繁华不过。我们这地方，一向轻生重死，那些老人，得了绝症，很少到医院去看，或许是舍不得钱，或许是对医术不信任，总之，觉得活到这个地步，差不多七十八十了，也该着要走了，没必要再多做牵强的努力，增加无谓的支出。他们的寿材已经油漆过很多遍，亮亮的。他们的寿衣也是早就做好了的，布里缎面，总共六层领子。多好呀，那些寿衣，都是他们以前身体好的时候，亲手挑出来的花色和面料。

生前不舍得花的那些钱，省下来，留下来，在死后却花得非常地爽快，这是风俗，是人情，是世故，一分钱都不能少。花圈，要最大的，孝布，要最白最长的，饭菜，要最讲究最高级的，礼仪班子，要方圆最好的。

而"胡子大衣"的这个班子，便是附近最好的了，班子里的成员，不分男女，一律裹着军大衣，敞开着怀，有些江湖艺人的派头。他们有着严格的形式和流程，"胡子大衣"是主持，发号施令，何时磕头，何时念悼词，何时鞠躬，何时绕场。而漫长的绕场，便是最为庄严的告别仪式，也就是兰小父亲以及其他几个乐手要忙碌的时候了，长号、圆号、鼓、锣、钵，敲敲打打地起来了，曲调烂熟，响亮而尖锐，宣告对故者的祝福与送行。

这样一场下来，忙个小半天，兰小的父亲可以分到二十块吹打费。有些人家讲究的，还另外包上五块钱的小红包。总之，这钱来得是很快了。

兰小的父亲把钱交给母亲，他们把钱聚拢在一处，约莫着分成好几份，到了农历节气上，就把其中一份，包成一个端正饱满的红包，郑重地递给来宝。

来宝并不推辞，他也郑重地收下，小心地藏到别人不知道的地方。

来宝从十二岁到东坝起，就开始有小红包了，也许每次都不算多，但这样五年下来，也应当是不少了吧。有人也会跟来宝开玩笑，快速地捻起拇指、食指、中指，表示钱的意思，来宝却装着看不懂，笑笑就走开了。

除了给来宝的钱，兰小父母手中还会有些余钱，要在从前，他们一定是舍不得花的，总担心将来会有什么可怕的难处。但现在，因为兰小的事有了这样不错的安排，加之也是为了让来宝高兴，过得舒坦，他们也敢于大着胆子花些钱了。从前吃韭菜，一定是清炒，现在，会加上千张或鸡蛋。有时，他们还做茄夹子，做藕圆子，做肉菜饺子。

因为这些小小的吃食，日子突然就香喷喷起来，每天都过得有盼头了似的。

四

1

日子慢慢地过着，又是飞快地过着。这样又快又慢地，夏天到了。

我们这个地方，夏天的热，是干热。屋背后、树荫里，也有些风，却是热风，大路小路上的土都一寸寸飞起来。而我们这边的房子，窗户总是小小的，点缀般的——自古以来，盖屋，第一要义是御寒与防兽，通风与采光是被忽略和轻视的。这样，家家户户的屋里面，灶台下，床上头，那简直就与蒸笼无异了。

夏天，光是热倒也罢了，关键还有苍蝇和蚊子。

我们这里，每户的茅房下面，都有一个巨大的圆形粪坑，深约两米，男人女人，以及猪兔牛羊的排泄物都是集中到这里存放的——粪坑到了冬天，会结冰，就不大臭了。但在夏天，那臭是加倍的，里面的蛆虫翻滚着甘之如饴，眼见着就肥大了透明了，而它们的母亲——那些小小的黑头苍蝇更是满天满地地飞舞起来了。每一样吃食，它总要最先尝过，搓着两只前脚，尝一尝，再搓搓。除了吃食，它们还喜欢一切有气味的东西，锅铲，出过汗的衣服，小孩身上的脓包，女人许久没有洗过的头，等等。

从厨房端到兰小屋里的饭菜，便是这样，都被家蝇们搓着脚尝过了。来宝急急忙忙地赶，手舞足蹈地赶，却总是拼不过它们，只得算了——它们，也就只是叮叮而已，饭菜上少不了什么，也多不了什么，日子并不受到影响。

但蚊子呢，就有些麻烦了。我们这里的蚊子有些像当地人，体量很小，貌不惊人，在眼前飞过，倏地，几乎没有声音，轻轻地落到皮肉上，只稍稍一点儿疼痛，正伸手过去要拍，它却遁于无形了，留下的，是一个正在形成的"包"，并立刻开始痒，搔下去，皮便破了，流水了，成了难看的疤，并且，仍旧是痒，于是继续搔，谈天的时候搔，吃饭的时候搔，做活儿的时候搔，那疤，便越发地大了、难看了——因此上，一到夏天，我们露在外面的脖子胳膊腿，很少是有光洁的，总是东一块西一块地布满疙瘩。不过，没有人因此气恼：没蚊子没疙瘩那还叫过夏天吗？

兰小家门前的这水塘，它给了兰小一些说不上是风景的风景，但也附赠了比平常人家更多的蚊子。而兰小的皮肉，比起一般的东坝人来说，那种嫩与肥，那里面的血气和鲜美，恐怕真是赛过唐僧肉了。

所以，你想想，兰小的夏天哪里是她的，简直就是蚊子的。

要在从前，她没有中风，倒还有些自我保护的条件反射，晓得伸出手挥舞着驱赶。可现在，她只会躺在那里，完全是盘中餐的样子，白白的脸上、胳膊上，蚊子们在绣花似的，有条不紊地交错着，四处勾勒出红而艳的梅花朵子，而她，也就跟梅花树枝似的，并无特别的反应。

来宝替她洗澡擦身，发现了那些梅花，气得喉咙管里咕咕地响起来——这一个春天，他把兰小侍弄得多清爽多舒坦呀，难不成到最后败在蚊子手下？

2

从前面的高脚痰盂开始，到刷牙呀、灭虱子呀、看电视呀、晒太阳呀什么的，我们可以知道，来宝虽还算是个孩子，却是个极耐心的人，是个有主意的人。现在，他又把主意打到了蚊子身上。

他用自己做试验，很快发现，人出的汗多了，身上黏湿湿的，蚊子是最喜欢的。反之，用热水洗了澡，抹得干干的，那蚊子也不好意思再来啦。另外，清凉油、风油精、痱子粉，这是三样宝，抹到身上，凉而辣，即便被蚊子叮过，也不那么痒了。

来宝从他不为人知的小角落里拿出几张票子，到店铺里买了毛巾、肥皂以及"三样宝"，不知为什么，他并没有到万年青老婆——他远房婶婶的店铺里，而是走了些远路，到另一个不熟悉的店面。那卖东西的看他出手不凡，简直不像个哑巴了，又竭力向来宝推荐蚊香和蚊蝇喷雾剂，来宝分别拿到鼻子前闻了闻，他的鼻子是顶好的，闻了半天，又看了半天价格，最后还是选了蚊香，这个要便宜得多。

燥热的夏季渐渐地逼近了，但来宝准备充分。他每天要烧四回热水。一起床，等兰小大过便，小过便，吃过早饭，他便替她洗头一把澡，这可以保一个上午。中午午觉之后，兰小浑身又汗滴滴的了，他再烧第二锅水洗第二把澡。第三把是晚饭之后，这样兰小可以舒服地看电视。第四把是睡觉之前，用以对付蚊子最为猖獗的长夜。

3

洗四把澡，除了说起来有些啰嗦，听上去多么平常，可是，来宝慢慢地发现，这事很困难了，越来越困难了，他的手和眼睛没地方放了，他的力气没办法使了，他整个人都快要废了。

在这之前，因是从春季一路过来，因为怕兰小着凉，又因为东坝人天生不爱在冷天里洗澡，所以每次擦洗换衣，都是隔着被子囫囵着、大概齐差不多的样子，来宝也不用太费劲，只倒腾着让兰小在被窝里翻翻身也就完了。

可是，夏季呀，这是夏季，事情完全地不同了。

来宝先是被兰小的肉吓了一跳。

他想不到，一个人身上竟可以生出这许多肉来，堆砌着，涌动着，层叠着，软得无边无际，他随便碰到哪里，都像是一下掉进个陷阱里似的……

他还想不到，女人的肉是可以这样白法的。兰小的白，他原先也是知道的，可白在脸上，跟白在身上，又完全不同了。身上，起伏那样地多，明暗那样地多，处处都埋着巨大的玄机，直刺到来宝的眼里，让他头发昏，让他着急，要发脾气，要打人，要摔破一样东西。

可是，不仅仅是肉，兰小身上，还有更多别的组成部分让来宝更加暴怒而焦躁，他长这么大，从来没有这么难受过！他不仅得看着，还得替她洗替她擦，替她抹痱子粉搽风油精。

可兰小却仍是那样坦然的、安静的，似乎她仍然穿着全套的衣服。她不晓得看来宝的表情，她从小就不会这些。她从小所会的便是顺从。她带着些痴人常见的昏然与漠然，又带着半瘫者的懒惰与无力，半边身子是温热的，另半边身子是发凉的，听凭来宝替她收拾整理，抬起胳膊，侧过身子，趴下来，再翻过来。浓密幽深的体毛无辜而坦白地闪过。

来宝的怒气会在深夜达到高潮，这个十七岁的孩子，开始失眠了，他爬起来，坐在黑地里，他看不见，听不见，也说不出，像跌入笼中的雏虎，像置身深谷的幼狮。他只能嗅嗅鼻子，可一切都给他收拾得太好，那痰盂不臭，兰小的头发不馊，席子没有霉味。

他所能嗅到的就只是兰小的肉味，那般亲切而阴险，柔和而锐利。

来宝怎么也闻不够了，他像猿猴那样轻轻地爬起来，坐到靠近兰小一点儿的地方。可还觉得不够，便坐到兰小的床前。仍然觉得不够，于是，慢慢地翻身上了床，静静地卧到兰小的身边，像一只大狗卧到主人身旁。

他最大限度地贴到兰小身边，贴到她的肉上，可是，为什么呢，他还是那样狂躁不安？

兰小在梦中呼出深沉的气息，那般地惬意。来宝于是碰碰她，再碰碰她，上上下下地碰碰，里里外外地碰碰，她似乎只是睡得更加深了。

这个一辈子都没有意识的姑娘，不知是否能梦到一片天花坠落的桃林，一个少年东张西望着，犹犹疑疑地，走到风景的最深处。

五

1

事情就这样在热乎乎的生活中静谧地发生了，像种子从地里发芽，土埋不住，草遮不住，石头压不住。

撒下种子，它就是要发芽了。

2

夏季的觉，人们分成两截子睡，一段儿放在中午，另一段才留到晚上。中午，热得那种样子，蝉声听得人烦恼，除了睡觉什么也做不了，屋子里却也睡不得，实在太闷。大家都爱卸一扇门板下来，男人放在后门口檐下，有点穿堂风吹吹。女人则放在堂屋一侧，脸朝里，蜷起了身子也就睡了。苍蝇蚊子在周围放肆地飞来飞去，他们仍是张着嘴睡着了，有的还打起响亮的呼。这样一直睡下去，睡到猪拱食了，睡到羊叫唤了，他们才揉揉眼睛醒了，腮帮子上被门板压出几道红红的印痕。

有了中午这无知无觉的一大觉，到了晚上，人们就可以拿着扇子，互相串串门了。

兰小的父亲现在因为成了礼仪吹打班子的成员，有些走千家万户的意思，大家于是也喜欢到他家了，哪里死了个什么人，哪家儿子娶了什么媳妇，各是怎样的排场，有着怎样的细节，出过什么好笑的纰漏，等等，听他说说，着实有些意思，津津有味地能一直聊到大半夜，要走了，出于礼数，大家会到兰小的房里看看她。

这一看，人们免不了要互相说说。

这个说，瞧瞧这兰小，看看那来宝，好像变了嘛，不知哪里，大不一样了。

那个说，变什么？能变到哪里去？这个，仍是痴，仍是瘫，仍是胖。那个，仍是聋，仍是哑。

有的则会说起别的，他们注意到兰小房里的气味，哎哟，那简直就是香喷喷的了，痱子粉和风油精混在一块儿，又有蚊香在冒烟，跟仙境似的——是不是太那个了，这样讲究起来了！

讲究点儿也应当。你说，兰小那可怜的、冷暖都不自知的，要由着苍蝇蚊子去叮，她那一堆肉，早就要烂臭了……真亏得来宝这孩子，好心好报，将来菩萨会保佑他的……

人们说来说去，无非就是这些。说说，大家也困了，天色不早了，天上的星星都开始斜下去，他们一路打着哈欠也就一路走散了，各人回家睡觉。

从来没有人会想到那些在夜里开放的灼灼桃花。

就是兰小的父母，也是如此，甚至，他们看到来宝一天四次地替兰小洗浴，除了感激与局促之外，也想不到别的。

也难怪他们会如此地粗心大意，兰小嘛，因是自己的女儿，从小就看着她肥滚滚的肉，一年年看着，看了快要四十年了，除了沉重的怨愁，哪里还把她当作个姑娘！哪里会想到别的！

而来宝，从他十二岁到东坝，是那样无依无靠的身世，可怜的聋哑缺陷，在所有人的眼里，一直都还是个苦命的孩子。你说，这样的两个人，要还想到别的什么，那真是太不厚道了太作践人了吧。

3

只有伊老师，只要一想到兰小与来宝，便会很忧戚——为什么旁人都无动于衷、视若平常，唯独他就是惴惴不安、心神不宁？总觉得要发生什么事了，总觉得什么事已经发生了。

每天晚上，他出来散步，远远地看着来宝与兰小相连着的两个窗户，他看不到那里面的灯，也看不到那灯下的人，却仍会不由自主地盯着，死命地盯看，好像那样，就会看到什么天机似的。

有时候，伊老师也会到兰小家串串门，跟大家一块儿聊聊天，跟兰小来宝道别。每有这样的机会，伊老师便会注意地观察兰小，观察来宝，甚至，还会极为迅速地从兰小的肚子上扫过。这真是有些无耻的举动吧，伊老师自己都觉得无地自容了。

不过，让他稍感放心的是，好像并没有什么，兰小除了干净些，仍是那样——要了命地胖，要了命地白。倒是来宝那孩子，有点苦夏的体质，瘦了些，坐在凳子上，困倦地蒙眬着眼。

4

终于，秋风慢慢地起了，地里万生万物都相互显摆着各样的成绩。于是，要掰玉米棒子了、要拾棉花了、要挖花生了、要割黄豆了、要晒山芋干了，还要提防着天上的雨、地里的鼠，把人们忙得要疯了似的。

农忙的时候，除了实在没有办法，红白事总归是要让一让的，有老人故去了，下人便磕着头祷告一番，一切以农时农事为重，暂且从简，把正式的仪式顺延到冬季再正经地大力操办。这样，礼仪班子的成员们包括"胡子大衣"，也得以回家收割，个个忙得四脚朝天。而越是农忙，吃食也越是马虎不得，因此，女人又比男人更加辛苦些，还要着重地准备饭菜汤水，并伺候猪羊鸡鸭，总之，每到秋收的辰光，真的没一个闲人，全部紧张起来。

这样，像念紧箍咒似的，急风骤雨地忙了一阵，所有的人都黑了两倍，瘦了一圈，跟被收割过的大地似的，脸上横横竖竖地多了不少刀斫剑砍般的皱痕——乡下人的衰老，总是发生在秋天，他们相互看看对方的老态，相互嬉笑着嘲弄起来。

兰小的母亲也在这个秋天里老了下来，主要是眼睛老了。

晚上，在灯下剥棉花果子，白天，在院子里做绣花料的活儿，总会成串地掉下眼泪。揉一揉擦一擦，便通红起来，到灶间一烧柴火，更是迷糊得怎么也睁不开。

这个下午，院子里的母亲，从她手中的绣花活儿上抬起头，一边擦着那源源不断的泪，突然地就想起了什么。

这事情不大，她都几乎忘了，但再一想，这好像还是个事儿，是个大事儿：她很久没有帮兰小洗过血衣了。

兰小的月事，母亲向来不要来宝侍弄，一来，算是让他每月有几天可以歇一歇；更主要的，我们这里有个风俗，童男子是不能碰女人的经血的，到底为什么，也不大清楚，总之，这是一个小小的禁忌，就像女人不能站在大门门槛上一样，这是不好的、不应当的事。

兰小的月事，向来准确，铺天盖地来了，床上连着床下，四五天之后，又整整齐齐地退了，说干净也就干净了，她又像莲花那样雪白雪白了。母亲摸清了规律，总是掐着时日在床上垫上一大块塑料薄膜，把衣衫换着洗洗，也就罢了。

母亲这样里里外外忙着的时候，来宝总是神情专注地待在他的房里，任由这带着肉味儿的咸腥血气像雾一样弥漫过来，弥漫到他的房里。母亲过去拉他出去，他便一闭眼，假装要睡了，仍是待着。母亲一走，他又睁开眼，鼻子翕动着，沉湎其中了。

兰小的母亲掐掐指头往回想。她看不懂日历，她自有她的算法。

母亲先从清明想起，清明前后，兰小父亲想在门前的小塘边移一棵柳树送给村长万年青。兰小因是天天没事便要盯着小水塘的，发现那柳倒下了，忽然地，竟抽抽噎噎地哭起来，一边哭，下边的血水也下来了……母亲一边收拾，一边竭力地安抚，却总也平静不下来。来宝见了，只得去让父亲停下。到底，那棵柳树是没有移成。

……接着，是端午之后，对的，端午那月她身上还有的呢，那天，兰小歹着两个手，嘴角挂着米粒子，一口气吃了三个粽子，来不及地大口吃着，也不管下面如汩汩的泉。

……接着，似乎是小暑，家中的老羊正要生产，母亲这里正忙着烧热水接生，兰小那里又来月事了……母亲两边跑着，羊的膻，血的腥。兰小健康的血块儿，小羊摇摇晃晃地站起。母亲竟忙得高兴起来，有种热气腾腾的喜悦——一共接生了三只羊。一只羊，光吃吃草，就大了，就肥了，却可以卖出七八十块钱，多好的事儿。

可是，那之后，母亲抬起了头，看看天，又低下头，望望地。是啊，后来，后来秋收大忙到了，而兰小那里，就再也没有过月事了……

母亲坐在院子里怔忡起来，有些不确定的迷糊、不确定的恐惧。

难道？

难道！

她揉揉眼睛，又掉下一行泪——她的眼睛，或许并不是病了、不是老了，而是先知先觉，提前地替某件她尚不知道的事伤心了、哭泣了。

六

1

这天，伊老师来到了村长万年青家。

快要中秋了，从中秋开始，日子会一天天闲下来，过节的气味甜丝丝地飘在空气里，人们的脚步因此放得慢了。

晒场一角，家家户户都堆起了新的柴火堆，尽管只是些棉花秆、黄豆秆、玉米苞皮，不值钱的东西，却被收拾得齐齐整整，有的还做了防雨的草顶，用绳子吊着木板或砖块，远远地看去，像从前的茅棚似的。是啊，得防好雨，得防好风，有了这柴火堆，一整个寒冷冬季，我们的灶台里就一直会有旺旺的火焰，让母亲们烧出热烫烫的水与汤来。

伊老师站在万村长的晒场上，先夸了会儿他的柴火堆，又跟他说了一下最近看到的新闻：城里有家食品公司在做一个天下最大的月饼……

天下最大还是中国最大？天下最大，那就是吉尼斯了？万年青打断他，并用了个很高明的词，表明他是有见识的，也是冷静的。

天下最大不就是中国最大嘛。伊老师狡猾地反驳道。同时，继续往下说：这个月饼呀，用了几百公斤的面粉、几百公斤的糖、几百公斤的鸡蛋……全城的人都能去随便吃，恐怕都还吃不掉……

吃不掉？那我明天到村里广播广播，大家一起到城里去，帮个忙算了……人家城里人，也不容易呢……城乡互助嘛……

两人说着，快活地笑起来，一边往屋里走——这便算是他们之间的寒暄了，村干部与退休教师，比之我们一般人之间的寒暄，要有意思得多，有水平得多。

进了屋子，谢过茶，谢过烟，伊老师脸上慢慢地没有笑了。他咳了一声，等了一会儿，才清晰地开口了：万村长，恐怕，来宝让兰小有身孕了。

伊老师就这样，说起正事来，总直来直去的。说完了，嘴巴紧紧地抿起。

万村长低着头，捧起茶，又点起烟，低着头，准备往下听的样子。

伊老师于是一层层往下剖解：我呢，早就想到这一层，却不好说，也认为不大可能……可是，最近，他们听到兰小的母亲天天坐在院子里哭……

那是她眼睛的毛病哩，她眼睛就会见风流泪。万村长抬起头。

对，她眼睛近来是不大好了，所以我并没有当回事。伊老师也同意道。可是，他们又说，来宝最近瘦得厉害，白天总打瞌睡……

那孩子苦夏，几年都这样，夏天就要瘦……打瞌睡又怎么的，这话谁说的，他去照料兰小试试看，看他打不打瞌睡……万村长急慌慌地反驳道，像要吵架。

是啊，我也这么看。伊老师还是点点头，心平气和的。不过，他们又说，那些婆娘说的，说兰小身上现在不那个了……而且还有反应，白天黑夜地干呕，呕起来还特别地响亮，人家走在西边大路上呢，都能听到她喉咙里在干吊……有不放心的过去看，兰小的两边腮上，竟密密的一层雀斑，女人们说，那就是儿斑，恐怕真是有了身孕……

村长万年青抬起的头又低下去。

唉，你说的，我其实也知道了。我老婆回来都跟我说了，说得比你还多，她在大路边开铺子的，谁来买个东西，都要停下来说几句新闻，兰小的事，他们说了很久了……我只是不信，兰小，快要四十的人了，又是那种样子，一般的人，躲还躲不及……那苦命的来宝，我一向看他都是个孩子，还是那年投奔来时的样子，十二岁，站在屋檐下，伶仃得很，裤脚一只长一只短的，哪里想到他会晓得这些事情……

两个人都静下来，不知该说什么才好。

见万年青低着头苦恼，伊老师又丢过去一根烟。两人对着抽起来，却又有些尴尬似的，不愿看对方。

过一会儿，万年青才不情愿地重新开了口：那伊老师，依你看，这事，肯定是真的了？不会错了？比如，会不会，兰小是身体不好，得了什么妇科病？或者，是别的什么歹人夜里摸到她家里做下了这事？

这话听上去有些离奇了、软弱了，万年青自己也讲得不太通顺，声音越讲越矮。

你不要内疚，这事又怪不得你。伊老师替他解围。

倒不是说内疚。我只是怪自己糊涂，当时，看着兰小家里需要人，正好儿子们又要让来宝走，心里头一着急，做事竟然这样毛躁了……你说，这事儿，是委屈兰小了对吧，她是个痴子，并不晓得这些事……可是，我怎么觉得，也委屈来宝了呢，把他放到那里，天天儿地屎啊尿地侍候，就是个石头也会有感情了，何况来宝是那么个乖巧的孩子，只是，他怎么，这么早就开窍了呢……唉，这事儿弄得……

村长，看问题要辩证，要一分为二。你说，委屈了两个人不是？我看，倒也不见得就是委屈。你想，兰小这姑娘，对她来说，不论什么事情，都没有好歹之分的，也谈不上什么委屈，她活这一世，跟正常的女人一样，什么事都要经历一下才不冤，对不对？来宝呢，虽说才十七岁，但要是个周全的小伙子，早都要托人说媒了！男女之事，我们都是过来人了，是最纯粹的，只要双方乐意了，跟别的一切都没关系，可着来宝他乐意，他不觉委屈就行……总之，这事，正过来看，是丑事；反过来看，静心静气地公道地想一想，倒是桩好事、喜事。

万年青听得脸上舒开来一些，伊老师这样一说，好像在道德上、舆论上就把这件事给说通了——以后但凡有些闲言碎语，倒是那讲话的人不懂人情世理了。

可是看看伊老师，神情却还是不好。果然，伊老师顿了顿，又接着往下说。

……这事，你我能想得通，东坝的邻里乡亲也能想得通——你别看他们喜欢在背地里说长道短，那只是因为生活太寡淡了，需要点儿可以说说的事情……但心里，他们跟我俩一样，也是往好里面想的，谁会当真作践那两个可怜的人……只是，就怕传到外村去，传到上面去，传到法律上去：我看过好多报道，像兰小这样，别人只要碰她，不管事情的前因后果如何，严格地说，那就是强奸，就要定罪的，就要进局子里去的。

伊老师说话总是有股狠劲，一下子就把话挖到底了，听得村长万年青脸色一下子也青起来：那你是来告诉我，来宝要坐牢了？娘的，早知这样，当初就是让他沿着村口讨饭也比进去好呀……

倒也不见得。我今天来，就是要求解决办法的：我想自告奋勇，做个媒人呢。怎么样，你，作为男方的家里人，愿意不愿意？

2

兰小父母现在又在夜里头起身坐到床上了。父亲点起他的水烟，烟头在黑里头一闪一闪。

这些天，因是往农闲里去，红白事又多了些。可父亲在吹打班子里，总有些不自在。他老是觉得，他一敲起钵，乡邻们就一定开始了关于兰小的窃窃私语，而他一停下，在那余音里，人们又不得不暂时中止方才的谈话。他不敢看别人，同时，发现别人也在尽量地躲闪着他。他知道，那是一种善意的、无可奈何的回避，可正因了那是善意，他感到加倍的难受。

兰小的母亲呢，更是心里头咸咸淡淡的，浑身不宁。有心要找来宝谈一谈，到那房里转了几圈，看看那两个人——一个是全然的无知无觉，浑身的衣服被撑得紧紧的，她的肚子、胃、胸脯，以前就大，胖子的那种大，现在，当然是更大些。再看来宝，默不作声地走来走去，洗这弄那，一切都忙得有条不紊、利利落落。母亲拉拉他，他便停下，带点儿疑问地看着母亲。

那疑问，笃定而无辜。所谓无知者无畏了。母亲张张嘴，终于不知道该如何跟一个哑孩子谈那件事。

唉。母亲叹口气。

唉。父亲叹口气。

或许，他们是不由自主地竖起了耳朵，想听听前屋的动静。

可是，哪里又能听出什么？那两个孩子，安静着呢……那么多夜晚，也都是这样安静着的，好像从来没有发生过什么……

你说，父亲似乎是想了半天，才说出这么一句。你说，来宝，是喜欢我们家兰小，才这样的吗？

我们家兰小……母亲提到女儿的名字，忽然带出一泡泪。谁就是喜欢她，又有什么用？而且那来宝，我看，这孩子也不是很清楚这事件的利害关系，他不见得就是当真……唉，这件事，到最后可怎么收拾呀……

两个老人真愁死了，愁得漫漫长夜都过不去似的。正是仲秋的白露时分，似乎都能听到露水珠儿在院子里的叶子上流泪了。

3

我们这里，媒人通常都是女人，因此叫作媒婆，偶尔也有男的，有些身份地位的，那种姻缘，一般都是很体面的。

这伊老师，发了心要做媒，就做得像模像样了。穿的是整整齐齐的中山装，有些旧，却很挺括。进门先提四样小礼。两斤糕、一斤糖、两块布料、一个猪大腿。行动上，未语先笑，面带喜气，那种一本正经的喜气：

哎呀，我来给二老贺喜了！有人看上你家二姑娘了。

那来宝，你们认识的吧，一个好小伙子呀，要相貌有相貌，要力气有力气……

那里，他的远房叔叔，也就是咱们村的村长万年青，托我来做媒了，喏，这是四样小礼……

这两个孩子呀，虽说岁数相差一些，可别的，我看真蛮般配，而且，他们有感情基础，你情我愿，不就行了……二老，你们放心，一定不会错的，两个孩子准会亲亲热热地过日子！

当然，这里头也要讲究个缘分，我们男方是满心愿意的，还要看你家的心思，看你家二姑娘的心思……过两天，我来听信儿！没关系，成不成，还要看孩子们……哈哈！

从前到后，伊老师没说到兰小的痴与瘫，也没说到来宝的穷与孤、聋与哑，更没提兰小肚子什么事儿，一个字都没有，一个手势都没有，一个眼神都没有，好像世上根本没发生过那件事，好像他生活在东坝之外，根本就不知道似的……

他今天，就纯粹的是来说媒了，那么客气地、试探地，把兰小当个宝贝千金疙瘩似的，这是多么标准乃至完美的一个媒人哪，这门亲，这份体面！这份规格！还要怎么的！

现在，大家都高兴起来，喜气洋洋的，好像那本来是所有人的一个心思、一个包袱，现在，全都放下来了，松了口气。我们终于可以自然而热闹地，像从前那样到兰小家串门了。

而冬天，就在这朦胧而庞大的喜悦中来临了。外面的风声呼呼的，大地像睡着了似的，懒洋洋地躺在那里，发黄了，变硬了，什么都不想长了。人们完全地、心安理得地歇下来，在屋子里拱着手闲谈，坐在灶头，靠近柴火堆。乡间的话题是有限的，不免要把兰小与来宝翻来覆去地讲，想象力与热心肠互相比赛着。

所以说，世上只有剩饭剩菜，没有剩男剩女，你瞧，千里迢迢的，来宝到了我们这里，跟兰小定下这姻缘了……

他们这婚事呀，我看要最热闹不过，兰小她爹可是在吹打班子里头，那一个个还不卖了力去吹去打去唱！

那生下的孩子，你看，父母双全，健健康康，可不比兰小、来宝的命强得多！也算是苦尽甜来！

我听说，女人生孩子，那是大有名堂的。嗳？会不会，那兰小把孩子一生，把痴病、瘫病倒带走了呢？哪怕带走一个毛病也好呀！

人们热心得忘了来宝的岁数。伊老师这媒，做得是有些急了，也是个权宜之计，是要给兰小肚里的孩子一个说得过去的背景而已，真要说结婚——那来宝的岁数还太小！

因此上，伊老师跟村长万年青商量了许久，又到兰小家来往了几次，掐指算算兰小的肚子，最终决定：就在明年正月，好好地办个订婚仪式，比结婚还要排场的订婚仪式，反正四邻乡党的全都请到，把事情弄得亮亮堂堂的，这样，就可以让兰小名正言顺地把孩子生下来……以后嘛，等来宝年数足了，再到乡里头领证就是。

大家听了，略略觉得有些扫兴，但想想，好事多磨，只要来宝跟兰小成了，结婚订婚都可以，只要孩子也生得好了就行，事情怎么办不都一样。就一心一意地只等着正月里喝他们的喜酒吧。

七

1

兰小突然出血的那天，冬天的第一场雪也一起来了。

雪，不大，而且湿漉漉的。我们这里的雪通常都是这样湿的，很难积成厚厚的一层。这样的雪下到屋顶上，就会慢慢地流下来，结成了冰凌凌，小孩子看见了，往往欢喜得拍手，叫大人掰下来给他玩。

兰小的父母待在房间里，也仰着头看那慢慢成形的冰凌凌，父亲看了一会儿，忽然小声地笑起来：明年，这个时候，兰小的孩子也能看到冰凌凌了，我要摘许多给他玩。

兰小母亲守在灶上，替兰小炖着一锅红枣，一边还在弄绣花活儿，她抬起头骂起来：你没有数了！那才几个月的娃子，能玩那个？

说笑了几句，红枣味倒越来越浓了。忽然看到来宝从院子低着头走过，走到放杂物的小房间，翻弄着要找东西，一会儿，他抱着床棉胎又往前面去了。母亲盛了碗枣子跟过去，却见来宝手里还拿了块大塑料薄膜——这是兰小从前来月事时，兰小母亲专门给她备了垫在床单上的。

母亲这一见，眼睛突然就跳起来。

她几乎是跑着到兰小的房里，手里的红枣汤都洒了一半。果然，兰小出血了，那床下的棉胎完全地红了。

来宝神色还是平常，他把棉胎什么的给了母亲，仍像从前那样，到他自己的小屋去了——他大约是以为，兰小的月事又来了，他得避一避才是。

外面，是白的雪，那样慢悠悠地飘着，挂着冰凌凌。里面，是红的血，肉腥气无所顾忌地弥漫着，像要涨潮的河似的，什么都挡不住了。

兰小愣愣地躺着，两只黑眼珠像毛窝子似的，好像特别黑了，她还在盯着外面的小水塘。

冬天的小水塘，没有什么绿色，树枝光秃秃的，连只鸟都没有，并没什么好看。可她，偶尔眨眨眼睛，还是专心地看着。

母亲抖着手，拼着力气，抬起兰小的身子，把床上换弄下一层。可是等到赤脚医生来了，血水早漫过塑料薄膜，又湿了一床。

赤脚医生看看情形不对，连着打了两针止血针，又差人把接生婆请来。兰小母亲在旁边急得都不会哭了，那肚子里的孩子，不过才四五个月，请接生婆来，又有什么用？

接生婆来了，那床上正换下第四床棉胎，兰小家已经找不着干净的棉胎了。接生婆看看那血的阵势，又伸手按按兰小肚皮，摸弄了半天，脸色慢慢地白了，兰小母亲在一边哈着腰，结结巴巴地问了许多话，她却一声不答。

兰小的父亲把执意要走的接生婆送回家，回来的路上，他突然坐到雪地里，怎么也爬不起来，怎么都不肯爬起来。他看到地上的雪，好像都成了红红的一大片了。

村子里那些生产过的媳妇婆婆也冒着雪来了，进去看看，也都脸色白白地出来了。屋子太小，她们便站到外面，站到雪地里，雪落到她们头上，她们的头发很快湿了。湿着头发的女人们都傻了似的，不敢交换眼神。事情一看就明白：孩子没了。大人也快没了。

妇女们的外面，站着些男人，伊老师和村长万年青也在里面，他们看着妇女们的神情，留心听她们的只言片语。别的，还能做什么呢？本来，总以为事情会越来越好的。

而这时的兰小，却还撑得住，不动也不呻吟，仍是那样睁着眼睛，往窗子外看。她脸上的那层雀斑，不知何时褪掉了，一张脸干干净净，白得像月光。

来宝看人们来来往往、进进出出，终于明白，这次的血跟从前是不同，很不同了。

兰小的床前全是人，他挤不上去，只得仍旧坐到自己的房间里。房间的墙上，是村长老婆给他贴的一排挂历纸，花花绿绿的，不知看过多少遍了。可今天看上去，却特别地不一样了。

来宝想着刚才那些人的表情。他感到，人们好像不大愿意看他似的，总是匆匆地看他一眼，又去久久地看着兰小，无限地可怜她似的——兰小的这血，难道出得跟他有关？兰小的这血，难道竟会一直这样流下去？

来宝于是转过头往窗外看，他知道，这会儿兰小也在看窗子外面呢。他陪着她看，跟从前一样，那些中午，他们一边晒太阳一边看。

他看得眼睛都不敢眨，生怕漏了什么。

慢慢地，天黑了，窗户外面什么也看不到了，只有冰凌凌在檐下泛着微微的白光。兰小大概也看得饱了吧，那窗外的水塘，她看了一辈子的风景。现在黑下去了。

她打盹似的闭上眼睛，睫毛像小刷子似的在灯下形成阴影，青色的血管，还是像婴儿一样，在眼皮上微弱地跳动着。

她身下的被褥子，在冬夜里，慢慢地结得硬起来，深红色，有些发黑了。

兰小的身子开始冷了，人们也散开了。来宝这才有机会往前靠了，他又做起他日常的事情了。

给兰小洗脸，梳头，扎头绳，拿小镜子给她照照，把痰盂洗刷干净，还打开电视，把声音开得很高。兰小的母亲拦不住他，来宝根本就是个聋子，力气又那样大，谁也拦不住他。

电视的声音实在太响，好多人在自己家里都能听到。

2

兰小的葬礼算是很排场了，她一辈子里最排场的事了。就像人们预想中她的定亲礼一样，那些吹打班子，因为父亲的关系，特别地卖力。

父亲也在敲着钵，固执地，一下一下温柔地敲着，不大跟得上拍子。

悼词，是伊老师特别写的。写得有些文绉绉，大家并不能够全部听懂，并且他总把兰小叫着"陈蕙兰"，让我们听上去很是陌生。但其中有一句倒是明白的，大意是，陈蕙兰，作为一个女人，这辈子，活得也是有意思了，值了。她一直无忧无虑，平静安详，这次远行，一定也会顺利抵达，并且，在那边，会更加地无忧无虑，平静安详……

人们听着，无一例外地哭了，倒不是说怎样的伤心，只是想到死亡这种事，这里面的无情和无奈……每个人都一样，该经过的事得经过，不该受的罪也得受。

排在晒场上的花圈，都写着"敬挽陈蕙兰女史……"好像送给另一个人似的。其中，有一个特别地大，共有十二圈白花银花，那是来宝买的，他没有央人写字，他知道兰小并不识字，他自己也不识字，写给谁看呢。

因此，来宝的那大花圈，就只是那样光秃秃地靠在那里，但正因为上面没有"陈蕙兰"三个字，倒好像跟兰小是有些关系了。

除了花圈，来宝还替兰小买了夏天的"三样宝"：风油精、清凉油、痱子粉。他不要兰小身上长满红疙瘩，她的皮肤最经不起叮。

又买了里外三套全新的衣裳、新的扎头绳、新的小圆镜子、新的木头梳子。后头这几样，他早就想买的，却一直拖到现在。

还有新的高脚痰盂，新的扁痰盂，样样都很好看，好像兰小要一起带到那边用似的。

来宝还出钱请了两个小和尚，坐在兰小的灵前，咿咿呀呀口齿不清地念着，他们手中的小棒槌，敲一下木鱼，再敲一下木鱼。有懂得的人说，这念的叫"上路经"，是送兰小上路走了。

因为兰小的身子沉重，最后她的上上下下里里外外，都是来宝一手操办的。他垂着眼皮，忙得头上都冒出了热气。可是，给他那么一收拾，兰小躺在那里，还跟从前一模一样，在打瞌睡的样子。只不过，她不会再睡在床上，而要睡到棺材里了。

说到棺材，这是整个葬礼中唯一不那么好的地方。

兰小算是个年轻人，不像别的老人，棺材都是早早就备好了的，也是就着身量做的。兰小的死，这样突兀的，只得临时到外面去买现成的，虽是挑着最大的买了，回来一用，却发现还是瘦了。兰小躺到里面，两只胳膊放不下去，只得挤到上面来，稍稍有些局促了。

来宝却因为这个突然大哭起来，怎么也不肯将就，又不要别人帮忙，他再三地努力，把兰小抱起来，重新放，反复地放。

他一边费着力，一边呜呜呀呀地在喉咙里哭着，要死了一样地哭着。泪珠直滚到兰小脸上，好像那是她自己流出的泪。

3

兰小不在了，那狭长的水塘，还在。夏天变得大一些，丰满了似的；冬季就瘦一些，略有点荒凉。

鱼，田螺，泥鳅，鸭子，芦苇和竹，洗澡的水牛。小孩子扔下去的石子。冬天里的枯树，河里白白的冰块儿。我跟您说过的，这水塘什么都不缺，就像一个人的五官，那样恰当而端正地长着。

来宝也还在，他天天儿的，看着那水塘。

兰小死的这年，她三十七了。他，过了年才十八岁。十八岁的来宝，会看多久水塘呢，不知道。

2007 年

致邮差的情书

一

所喜欢的，往往是自己所短缺或不能的。

M，虽是个典型的物质主义者，却会由衷地喜欢那些具有清贫气质的人群与事物。乡村教师袖口一点白色粉笔灰，山庙小和尚的清癯之笑，传达室老者的陈旧而含糊的问好，等等。

所以，她喜欢邮差罗林，也是很正常的了。当然，这种喜欢，你知道的，无足轻重，可能跟儿童喜欢别人的零食、男人中意第一口冰啤一样，这里面的深浅程度，相差无几。

这个邮差，他的真实姓名，是否便叫罗林呢，肯定不是。《邮差罗林》——在欧文·斯通替凡·高所写的传记里——以一种印刷品的方式出现在开头几页的铜版纸上。略有些反光的纸上，色泽深线不一，邮差罗林一手支颐，眉头紧锁，带着小镇居民常见的那种拘谨与严肃。他坐在那里，从1888年凡·高画布前小凳上一直坐到现在。M没有看过原作，她很少有机会看到大师的原作。生活与艺术的距离，恰恰就在印刷品与原作之间，这种不远不近，恰好有着M所能感受的"度"。

比如，一个中国邮差，他与阿尔小镇的罗林，一定是有着共性，而略有些不同的……绿色的职业制服有些显小了，在肚子处掉了一个扣子。自行车破烂但结实，两边的马鞍袋里塞着报纸信件和一些小小的包裹。沉甸甸的，他像灵活的木马一样，在小巷里与 M 迎面碰上，空空的眼神下意识地躲避开去，宛若小鸟倏地飞走。

或许仅仅就是因为那幅画吧，M 开始决定喜欢邮差了。这里面，有种她所追求的趣味，细微而精致，没法加以解释。柴门轻叩，从脸色黝黑的邮差手中接过沾着露水的远方书信……

在她这个年纪，又长得漂亮，自然是有一些追求者的。她不开玩笑地分别跟他们说：不要送礼物，不要写 E-mail，不要发手机短信，不要上 MSN，不要给我的博客留言。你们就给我写信好吧。纸质的传统的那种信。唉，这个时代，要与邮差打交道，不得不人为地加以设计了，像人们开着车到郊外，然后再弃车徒步，这种做作是没有办法的，曲折而索然的亲近过程……

既是芳心所托，自然会有响应者。可惜他们都没有足够的耐心，或许觉得 M 也只是心血来潮。稀稀拉拉几封应景之作，薄薄的信封，寒碜地寄到手中，完全是仪式之下的产物，拆开细看，所写之文，还是像短信或 QQ 聊天记录。字迹歪歪斜斜，不忍细看。

M 想起她曾经看过的一个短句，一直不知其意："靡不有初，鲜克有终。"上网查了一下，发现正好可以用来形容她的这些男友，他们在写信一事上的表现与作为。唉。

到底是 M，她突然想到一个聪明的办法：网上邮购，让罗林来给她投递。她知道有好多邮购通道，麦考林之家，贝塔斯曼书友会，igo5，阿里巴巴，eBay 易趣，淘宝、8848 等等。当然，她也注意到，并不是每一个网购的投递渠道都会通过邮差罗林，这就需要她在选择时特别注明：使用中国邮政投递网。

好了。这样就可以了。她可以与邮差罗林经常照面了。看到他皱巴巴的制服，冬天里他嘴唇上方的清鼻涕，关节粗大生有紫色冻疮的手，递过来请她签字的那支旧圆珠笔，缠着的胶布已经黑得看不出原来的颜色。

M想起了梁实秋的情书集《我每天等候邮差》，与聂鲁达发生瓜葛的意大利电影《邮差》，以及还没有看过的《邮差总按两次门铃》——她不肯承认，这是很小资的想法。小资，这个词现在过时了，臭大街了，恶心人了。她现在比较喜欢的词儿是：品位或格调。

二

为了方便行事，我们就依着M，叫他罗林吧。生活中，常常会这样，某些人，他们的名字好像永远都不是一件重要的事情。老师傅！小姐！服务员！美女！干爹！主任！老板！头儿！甜心！亲爱的！

……

就够了，凭着这些，我们似乎就可以龙行天下了。管他姓甚名谁，难道你真的想记住他的面孔？真的在意他的喜怒哀乐？别开玩笑了……这当然与冷漠无关，这是一种生存法则，是社交习性——他人虽不见得是地狱，但差不多可以说是流水吧，来往不息，无关冷暖……就是M与邮差罗林，难道真的会怎么样吗？

三

现在我们来看看罗林吧，看看M所一心记挂着的邮差。

他长得有点苦巴巴的，瘦长的脸，嘴唇微微向里瘪，头发黄而软，常年趴在头上。有些人就是这样的，长得不那么乐观，好像永远走不出泥地，并随时准备着承受更大的打击与不测。看着他的脸，你永远不会联想到诸如童年、夏威夷度假、愚人节PARTY之类美好、奢侈、糜烂的玩意儿。实在要联想，你大概只会想到隔夜的剩菜、卷起的裤脚、发黄的搪瓷缸。

上班要穿制服，要挂工号牌，要微笑服务，邮件要保持整洁完好，二次投递不得超过十八小时，改退邮件要注明原因……违反任何一项，就得扣钱。罗林时时记得这些。他穿着工作服（幸好是深绿的，要不然，会多脏！），别着工号牌（风吹雨淋，反面的别针完全锈了，不过没关系，永远没人会靠他那么近），投递邮件时，他带着一副僵硬的表情——他是在笑，不过没人认为那是笑容。

得承认，邮差不是什么美差。好在罗林有一个本事，像任何一个小人物一样，他们总有一些秘密的技巧与出口：他能够一边干活，一边想心思。每天凌晨五点四十分，赶到投递班上，他抱着一大堆信报，在灰扑扑看不出颜色的工作台上，按照自己的骑车路线进行排序，上百封信，上百份报纸，他得按照它们的地址排成一个完美的单程路线，像把散落的石子（不是珍珠！）串成若干个不太规整的环形，不要有回头路，不要重复的行程，没有游离之外的投递点……这算是个细密的活儿，但他能够一心二用，想着家里的事情。

"我亦无他，惟手熟耳。"

投递班里有个爱读古文的投递员，他总是一边排信一边大声唱歌，当班长威胁着要扣他奖金，他严肃地据理力争："我亦无他，惟手熟耳。"班长想了想，同意了这句似曾相识的古文，果真没有扣奖金。罗林在一边看了，还是觉得唱歌不好，没有他这样默默地想家里的事情好。

其实，家里也没什么天大的事。老母亲颠三倒四，妻子整天怒气冲冲，儿子调皮捣蛋。好像也就是这些了。缓慢、不新鲜、没有惊喜。但在那一切的庸常之下，还会有一些苍蝇般的小事情，营营地飞来飞去，永远赶不掉——

老母亲的白内障越来越严重了，浑浊的眼珠，与世间隔起一道屏障，罗林劝她去开刀，这个每天十几小时收听半导体的老人，马上列举出各种医疗事故与收费黑幕，态度激烈，"不去！就是明天瞎了我也不去"，一边说一边捉住手边的桌子角，好像罗林会用武力把她拖到医院似的。实际上，罗林知道，那跟医疗事故无关，她是不想花儿子的钱。老母亲终身都是个家庭妇女，从未有过任何收入，对于在自己身上用钱，一向非常敏感。

而妻子，就在今天早上，罗林悄悄从被窝里爬出来准备上班时，她突然坐起来，好似一夜未睡，神情极为清醒，口齿清晰地宣布她当晚就要离家出走，出去"潇洒潇洒"。她用一种很别致的口气，反复地说"潇洒潇洒"，眼睛闪闪的，像在提前索取一个意外的礼物。罗林临走时隔着卧室门回看，发现她又重新躺到被子里去了。那么，刚才她所说的，是梦话吗？

还有儿子，前天的课间十分钟，撞坏一个同学的眼镜，同学从小便是弱视，那镜片是定制的高度散光，韩版加硬镀膜防紫外线，要赔七百五十块，今天就要送到学校。班主任在电话里的语气十分严肃。

排完信，罗林开始装袋。人们总认为，在这个时代，古老的邮差是该要失业了，可是真奇怪，每天的邮包还是那么重——没完没了的银行对账单、保险宣传册、超市邮报、商场促销页、免费抵值券，地址不详的广告函、名人辞典入选函、获奖通知、征订单。当中的大部分信件，罗林前脚刚走，后面的收件人马上便把信丢到废纸篓了，连拆都不拆。唉，罗林感到他每天都在精心处理一堆堆垃圾，从一个巨大的公用垃圾中转站，先集中、再分拣，转移到无数个私人的小型垃圾桶……

当然，还有广告越来越厚的报纸与越来越重的铜版纸杂志，以及各种各样的邮购产品，后者据说是为了改善投递员经济状况的增值业务，每投一件，都是可以增加奖金的——魔术扑克牌、水晶麻将、生发灵、自动充气床垫、万能理疗仪，总之，各种各样千奇百怪的东西，也开始出现在罗林的自行车上了。

然后，在七点之前，罗林便与他的伙伴们在邮局侧门口的岔道上分手了，分道扬镳，各人骑往各人的小街小巷，骑往他们各自的环形投递道，去时靠右，回时靠左——在大街上，罗林唯一的特权是骑反道。交警从来不拦他，这里面，有一种约定俗成般的规则：全中国的交警，都不会去管一个送信的邮差。

骑反道的邮差，听上去，像是一个严谨的逻辑，有对称之美。

四

对于他若干个环形投递道上的收件人，罗林有一个大概的记忆。

有个老头儿，就一个人住，天天一大早站在小区传达室等待他的《参考消息》，如果偶尔没了，比如，节假日停刊，印刷厂晚点。他会失态地拖着罗林的自行车不让他走，表情绝望而凄清，好像他接下来的一天都没法过了。

有个中年男人，不知为了什么事，不上班，吃低保，长年在家用毛笔写上访书，从国家总理开始写起，一直写到人大、政协、省里、市里、区里，轮过一回，他安静地等待回音。一个月之后，再重新开始，周而复始，永无止境。只要看到罗林送信，他都会蔫蔫儿地凑上来，衣襟上沾满黑色的墨汁。他在罗林的邮包里翻来翻去，细心地凝视每一封信件的收件人姓名。"找什么？"罗林一问，他便迅速地缩回去，一晃，人就走了。

有个卖药的，或许是个声名远扬的骗子，成功的骗子，他每天都会收到汇款单，从九块五到九百五十，数额不等，均为九块五的倍数。有一次，为了感谢罗林每天替他送汇款单，他神秘地送给罗林一包他的药：免费赠送，聊表心意。罗林回到家拆开来，发现那是一包壮阳冲剂。他犹豫了一小会儿，到厨房悄悄地用开水冲开，喝到嘴里，有股海腥气，还有点粗碴子，罗林吐出来，放在指尖一看，是没有完全碾碎的一块贝壳。

还有个姑娘，好像头脑不大对，一直在家等高考录取通知书，从十八岁等到二十六岁，一套运动装的校服天天都穿在身上，肘部发白，又旧又小，像是捡来的衣服。她十分懂礼貌，每次都喊罗林作"叔叔"。"叔叔，辛苦了，有我的挂号信吗？"

还有个大学教授，喜欢收藏杂志创刊号，他的印刷品多得惊人，每天都会有各种各样的杂志，卷成个大雪茄或摊成个大烧饼，把罗林的邮包撑得像中年官员的肚子。他非常挑剔，只要发现邮件有一点破损，都会把老花镜推到秃光的头顶上，盯着罗林的工号牌看：我要投诉！向你的上级反映！

当然，还有一个衣着时髦的年轻姑娘，她最近忽然成了一个邮购爱好者。五指袜、打折书、情趣内衣、瑞丽版长靴、多功能晾衣架，她邮购各种她所喜欢的小玩意儿。

"我是SOHO一族，SOHO你懂吗？我在家办公。"

"我离不开网络，我靠网络来赚钱，又靠网络消费……"

"来，看看，我今天买的什么。来，没关系，你进来看……这个抱枕叫'男朋友'，你看，因为它做成了两只胳膊的样子，我可以躺在这两个胳膊中间睡觉，想象自己躺在男朋友怀中，怎么样，这个设计很棒吧……"

她经常会很亲切而热心地跟罗林说话，可是，那亲切里，怎么说呢，罗林总能感到……一点点居高临下的意思，当然，这并不令人讨厌，所有漂亮的年轻姑娘，对男人都是居高临下的……再说，她的邮购商品，每个月都会为罗林的奖金做一些真正的贡献。所以老实说，罗林很愿意替她服务。

五

看《参考消息》的老头儿，上访信书写者，壮阳药贩子，等录取书的魔怔少女，收藏创刊杂志的秃顶教授，邮购品爱好者，像挨个儿浇灌花草的园丁，罗林在每一个收件人处做短暂的停留。核对邮件，递上圆珠笔，签字或加盖私章。与昨日无异，每一天的情形都与上一天无异，日子像流水线上的合格产品……

罗林仍旧面带谨慎微笑，可实际上，他还在接着想家里的那些小问题：白内障、七百五十、"潇洒潇洒"……这就像衣服上层出不穷的褶子，他总在想着，能用什么方法把它们烫平，他到哪里去找那样一个万能的熨斗呢？

六

M今天邮购的是一个微型按摩器。作为一个典型的电脑寄生

100

虫，M患有肩周炎，可能不是那么严重，但她感到有必要早做养护，这是一种意识和姿态，对自己的爱，永远至高无上……

她一边签收，一边飞快地打量了一下罗林，他的表情跟从前一样，僵硬至极……M熟悉这个，银行小姐、百货店职员、饭店侍应生、有线电视修理工……他们都是这样，因为对职业的极度厌倦，又因为行业所要求的亲切与热心，他们的表情，便在矛盾之中变得别扭和僵硬了……唉，可怜的家伙。

M把淡淡的优越感压下去，人文主义的悲悯突然像酒气那样从胃里往外涌上来，挡都挡不住，令人心潮澎湃——M突然想到，她应当给罗林的生活里增加"一抹亮色"。一抹亮色，这是她在晚报上经常能看到的词汇……够通俗，也够精确。

想想吧，一个没什么盼头的邮差，毫无成就感，更谈不上远大的理想与希望，日子永远死气沉沉，难道他不需要一点儿新鲜的刺激吗？就像诗人、作曲家或画家一样，M看过许多这方面的人物传记，瞧他们，为什么会无休止地谈恋爱呢？很简单，他们需要激情，从异性的眼泪里吮吸生命的养分……没有激情的生活，那跟坟墓有什么区别？即便是一个邮差，他也有获得激情的权利不是吗？

崇高感和新奇心，两种情绪作乱之下，M决定采取一个伟大的行动，把罗林从他枯燥的日子里拯救出来……

罗林瘦削而凄苦的背影渐渐远去，他在自行车上轻微地扭动着身子，粗大的车轮碾过飘着纸片与塑料袋的肮脏街面。M站在小阳台上，撩起白色窗纱看了一会儿，直到罗林消失在街角——这多么像法国电影的某个画面。M简直被自己给感动了。

然后，她回到桌前，开始在电脑上飞快地敲打起来：

亲爱的罗林：

　　你不知道我是谁，永远不会知道，这是我给你的第
一封信，因为我不得不写信……

M满意地点起一根烟。真他妈太诗意了，太经典了，太格调
了——一个每天见面的陌生女人，给邮差写信示爱，但又绝对不
是因为爱情……

　　她现在已经不大会用笔写字了，只得先在电脑上打个草稿。
她提醒自己，等会儿，一定要用最优美的书法把这封信重抄一遍。
她要炮制一份最正宗的情书，像味道纯正的巴西原装咖啡豆。

七

　　上午的邮件送完，中午，罗林有一个半小时的休息时间。他
决定先回一趟家，然后再到学校送钱。本来可以让儿子上学时把
钱直接带过去，但罗林怕他弄丢了。七百五十块，丢了算什么呢。

　　老母亲的听觉现在好得异常，好像正是为了平衡她的白内障
似的，上帝夺走某样东西，也会送你一个小小的赠品加以弥补。
她坐在餐桌前，对罗林调过头：你才进院子我就知道了，你那
二八的大自行车，听上去比谁都笨……

　　她在吃午饭，昨天晚上剩下的旧饭菜。母亲的眼睛坏掉之后，
在厨房里出过很多故障。饭，要么硬而夹生，要么烂稀稀难以下
咽；菜里有虫子；搁太多的盐或酱油；按错煤气按钮导致泄漏。
后来，没有人再愿吃她做的饭菜了。她自己也不敢再烧。这样，
中午她一人在家，总是将就着把昨天的饭菜混在一锅里简单热热。
今天，她却又热过了头，焦煳味很重，碗里都看不出颜色。她用

筷子扒拉着，含混不清地招呼罗林：你还没吃吧，锅里还有……

罗林看看她眼里的白色屏障，把他想了一路的话说出来：还是到医院动个手术吧，切除白内障，没什么大不了的……我们上班挣钱是为了什么呢？不就是吃饭穿衣看病保命吗……现在不治，拖到最后，眼睛完全瞎了，更麻烦更费钱……罗林一向嘴笨，这些话是他想了一路的，因此说得有些急急忙忙，像在背诵，生怕忘了。

奇怪，母亲听了，却突然抽抽搭搭地哭起来：我现在，跟瞎子有什么区别，别去浪费钱了，我看你们，养个孩子已经很吃力了，我现在吃你们用你们住你们，还看什么眼睛……老母亲的泪，脏而浑浊，滴到热煳了的饭菜里。

罗林没法往下说了。他站起来，站到灶台边，举着铲子就把那锅里剩下的菜饭吃了。烂糊糊的锅巴饭，剩菜的油腻汤汁，有着他从小就喜欢的焦香气。总之，午饭算是吃过了。

通往学校的路上，罗林发现自己总在没完没了地念叨一个词：韩版加硬镀膜防紫外线，韩版加硬镀膜防紫外线。这是个复杂而冗长的定语，眼镜商的把戏，七百五十块的把戏。可是真奇怪，罗林发现自己记得十分清晰。唉，儿子，他跟老母亲多么不同呀，在他身上，永远会产生出无穷无尽花钱的地方。

《哈利·波特》。最近，儿子开始提起这套书，非常周密、有计划性，富有值得称道的耐心。一到六册：《哈利·波特与魔法石》，十九块八毛；《哈利·波特与密室》，二十九块六毛；《哈利·波特与阿兹卡班的囚徒》，二十六块五毛；《哈利·波特与火焰杯》，三十九块八毛；《哈利·波利与凤凰社》，五十九块；《哈利·波特与混血王子》，五十八，合计，二百三十五块九毛……好像明天就要考试似的，这些莫名其妙的名字与数字，他记得滚瓜烂熟，如同神父念经文一样，每天在餐桌上散布道义——每念到书名，他会用一种极其虔诚、高调的语气，而念到钱数，则稍稍收敛些，好像是些过渡性的虚词。在祷告之后，他又开始演戏，一会儿装得十分可怜，愿意放弃半年的早餐牛奶。一会儿又理直气壮，说这是全美国全英国全韩国……总之，是全世界的儿童都在看的精神食粮。他的所有智慧与口才，好像就用在这一件事上了……

不过，为什么就要二百多块呢，平均四十多块一本，可真不便宜呀。罗林从儿子的口中也知道了罗琳女士，这个女人，1966年出生，比罗林还小一岁，并跟自己同姓，名也仅仅比自己多一个小小的偏旁，听上去，她像是罗林的一个远房堂妹似的，可她的钱，已经那么多了，比英国女王还多……那么，她到底有多少钱呢，到底富到什么程度呢，罗林永远无法想象，而且只要一想到罗琳的财富状况，他便会隐约地感到胃疼，一种抽象的疼，这个世界实在太大太离奇了，他永远琢磨不透……

中午的校园，有点空空荡荡，走到教室门口，却闻到混合起来的饭菜香。每间教室的后门口，都有一个深蓝色的大泔水桶。孩子们正排着队往里面倒剩饭剩菜。今天中午的主菜是大排和西红柿炒蛋，泔水桶里一片红黄之色，啃了一半的大排东一个西一个，像是精心设计后的点缀。儿子回来说过，每天中午，每个同学都是要倒菜的，如果当真香喷喷吃得精光，那是很不得体的行为，会被暗中瞧不起的……

罗林看到了儿子，他与另外两个男生，可能早已吃完，正以一种很别扭的姿势倚在双杠上——那应当叫作"酷"吧。他们沉默地站着，嚼着口香糖，远远看去，像在不停地交谈。

罗林远远地看了看儿子，却缩着身子偏过头，突然失去了跟儿子打招呼的勇气，身上的绿制服，在阳光下，脏而黯淡。

他独自慢慢找到班主任的办公室，班主任是个年纪不大的姑娘，正对着电脑笑眯眯地看着什么，两只手"啪啪啪"地打着字。突然看到罗林，一愣，表情在瞬间神奇转换了，她成了一个不苟言笑的班主任。

罗林相应地也怯弱起来，略有些结巴地解释着来意，恭敬地把七百五十块递过去，为儿子的过失支付着迟到的歉疚。这个场景有种似曾相识之感，应当有很多次吧，在儿子出生以来这十二年，为他所犯下的这个错、那个错，罗林不得不向一些几乎完全陌生的人，赔笑脸，赔小心，赔面子，赔钞票……做父亲的过程，好像就是这样，自尊慢慢地消失，脸皮在似笑非笑之间变得麻木，并厚了起来。

小班主任严肃地接过钱，又斟字酌句地对罗林交代了一个重要意见，看样子是早有准备的：你家儿子，在班上，中不溜秋，我看不上补习班是不行的……语、数、英，一门都不能丢，明年就要小升初，冲刺一下，压一下，他是有希望的，是可以争取的，是可以拉上去的，我们大家一起努力……

她的语气像在谈论抗日民族统一战线，为了扩大一条看不见的阵营……这是罗林脑子里残留的一些历史常识，可能是因为来到了校园之故，他突然记起来，突然地便想笑了，"笑"的欲望如此真实自然，像一个长期阳痿者突然有了勃起之感似的！但只是一秒钟之后，罗林就完全地清醒了。笑什么？哪里还有心思笑，哭都来不及！补课费，他知道的，一小时四十块，每周一次，三门功课加在一块儿，一学期得两千多，那可比赔眼镜、比买全套《哈利·波特》厉害多了……

重新出了校园，罗林踩不动自行车了，也许是车胎没了气。他感到很懊恼，要是把钱给儿子直接带来就好了，这样，他就不会碰到班主任，她就不会提到补习班的事，只要她不提，那两千多块，似乎就可以躲过去吧……

八

半个钟头过去了，电脑上还是这三行字。

亲爱的罗林：

你不知道我是谁，永远不会知道，这是我给你的第一封信，因为我不得不写信……

激情的第一次喷射太过短暂，M突然卡壳了。短短几行字，她删掉了一遍，又恢复了一遍。抽完了一根烟，再点上，又突然掐灭。像在做一个事关重大的策划案。是啊，什么样的情书才能让那心事重重的邮差高兴起来呢？M感到这是一个小小的挑战，她必须布下一个绝对可信的相思阵，却又骄龙见尾不见首，要足以吊起罗林的胃口，激发起全部的荷尔蒙，给他以翼，给他以风，让他得以从可怕的现实生活中飞翔起来……这是一种救赎，一种超度。人本主义，功德无量。

M从书架里翻出她许久不读的泰戈尔与聂鲁达。又过了半小时，终于写出了一段她认为相当出色的内容。虽然，有抄袭之嫌，而且，太过虚缈，缺乏诚意似的，但是，我们不能要求太高，毕竟，M只是M，而这份绵绵情意，又完全是虚构的产物……

亲爱的罗林：

　　你不知道我是谁，永远不会知道，这是我给你的第一封信，因为我不得不写信……忍耐了多少时日，我还是决定把我的心肝掏出，置于你宽阔的胸膛……

　　我在每一个白天追随你的车轮，像孩童寻找慈母的身影……夜晚，我在寂寞的花园徘徊，想象你呼吸的声音，你瘦长的身影掠过我的梦境……我悄悄地跟在你的身后……啊，你不必回头，我绝不会妨碍你的自由……

　　我要对你说的话，像一首歌，永远唱不出口。花蕊还未开放；只有风从旁边叹息着走过。

　　离你最近的地方，路途最远。最简单的一句话，也需要最艰苦的练习。有些话，被人们说过千遍，还是意犹未尽；有些话犹豫许久，始终难以出口。叫我如何跟你说出那句话？一旦说出，那会是一种玷污与出卖……

　　不，不要说，我只要，能够长久地凝视你的背影，倾听你的车轮从我心上碾过……

　　你不要试图寻觅，你永远不会发现我的踪迹，我只会出现在你的身影之后，像一声叹息，像一朵干枯的玫瑰……

你未知的爱人

　　紧接着 M 开始大动干戈翻箱倒柜，终于找出几张她比较中意的信纸，带着淡蓝印花的；久不使用的派克水笔，握在手中，有种令人敬畏的生疏之感……这一切，多么好，像一种复古之仪，一次回归之旅……M 对自己的书法很满意，她小时候是练过字的，《庞中华字帖》……她一边写，一边大声地深情诵读……太美妙了，太伟大了，她很得意，一边提醒自己，待会儿得把这封信的内容原封不动、一字不删地挂到博客上去，对了，还要用数码机子拍下这封货真价实的手写情书，精心挑选的信笺，风韵犹存的书法，把照片也贴上去作为纪念吧……另外，她要再写一篇大大的博客，好好地记录一下这事儿的全过程，说不定，明天的博客点击排名，就会迅速上升，她的博客会成为当天的热点，会引来留言无数，会引发网民讨论，会造成短暂的虚拟的轰动……

M用一个最温柔的笔法写下了最后的落款及日期，本以为是大功告成，可是等一等，邮票？信封？哦，真是烦人！得跑一趟邮局。她现在有点体谅她的那些男朋友了，他们能够寄出一两次信，已是了不起的举动。写信着实是件大动干戈华而不实的事情，还是短信或QQ好呀，唉，这个时代，总之就是这样，许多事情，看起来美，做起来肯定不美……

外面太阳很辣，晒伤指数一定很高。但M咬咬牙，撑了把伞跑出去，邮局不近，她不得不在大日头下连穿三个街口跑了十几分钟，忍住没有打车。热气腾腾的大街，人群喧嚣，她格格不入地捏着一张写满情话的信纸……她细细品味着自己此刻的心理活动，牺牲精神，自我感动……是的，等会儿回家后，这一切的细节，包括街景，都要写到博客上去，就像纪录片一样……哦，不要责怪M的矫情与作秀，不写博客的人一定没法贴心贴肺地理解她，要知道，为了喂博客，M们每天得"创造"多少事情……这是写博者的甜蜜烦恼，这不是生活本身，而是对生活的消费方式……

九

下午的晚报和快件已经送完了，天正好也差不多黑了，小街小巷里飘出若有若无的饭菜香气。罗林有些磨蹭着，不敢回家。他不敢想象那样一幅场景：厨房冷锅冷灶、餐桌空空荡荡，老母亲忧心忡忡，儿子带着狡黠而无所不知的眼神迎上来：妈妈今天没回家！她是不是跟你闹翻了？

整个白天，他都没法跟妻子"沟通"，她上班的地方，没有电话，也不让接手机。他更不能去她上班的店里找她。

妻子是一家中式快餐店的侍者，这家中途改换门庭的面点老字号，不知怎的想到学起麦当劳，让一群像妻子这样年纪的服务员穿起红黄相间的彩色工作服，在操作台一溜排开，热情洋溢地拍手，大声地发出不伦不类的吆喝：欢迎光临。先生您要点什么？谢谢光临！祝您用餐愉快！欢迎再次光临！

罗林曾在午餐时分到妻子的店里去过一次，他是想给她一个惊喜。新店开张后，他还没去过。挤在来来往往的用餐者当中，闻着冲鼻子的酱爆葱香，他看到妻子勉强而刻意地对客人发出甜美的招呼，千篇一律的腔调，而用餐者们一概听而不闻，只顾研究墙上的价目表。这真让罗林有些心疼妻子了……他把头低下来，混在队伍中，假装成一个陌生人，排在妻子面前的队伍里。

终于到她面前了。"欢迎……"妻子把"光临"两个字生生地吞下去，眼睛张得大而圆，但不是惊喜，相反，她十分生气，眼里甚至闪起羞恼的泪光。她压低声音对罗林耳语，口气严厉：快走！来看我笑话吗？我活像个小丑对不对！瞧你，还穿着这身绿皮子！快走！

这样，罗林再也不敢在她上班时去找她了。所以，关于妻子的"出去潇洒潇洒",这一天下来,真正的结局会是怎么样,他得回到家才知道。整个下午,他几乎一直在想着这个可怕的后果,如果,妻子真的离家出走了,那该怎么办……天知道,他一边殚思竭虑愁肠百回,一边竟还能把信报送得分毫不差。"我亦无他,惟手熟耳",也许还是古人说得有道理吧。

爬上楼,照旧是耳尖的老母亲蹒跚着替他开了门,厨房里,熟悉的炒包菜味儿飘出来,这是妻子最爱烧的菜。包菜,外皮一剥就可以了,好收拾。除了包菜外,根据"好收拾"的唯一原则,晚餐通常会吃的还有,茄子,黄瓜(加上鸡蛋),洋葱(加上鸡蛋),西红柿(加上鸡蛋)。周一到周五,周而复始,像一份县级中学的学生食堂菜谱。

"怎么办呢?你总不能让我做个满汉全席吧,在外面侍候人一整天,回来还要再侍候你们一大家子……"妻子的抱怨让罗林也没什么话好说了,他曾经对这样的晚餐完全失去胃口,在外面跑了一整天,他多么期望另一种色香俱全、含有爱心的丰盛晚餐……可是,他好像一辈子都不会有这个福分。母亲的眼睛没有坏掉之前,是她张罗晚餐,但她舍不得花钱,总是在菜场上挑选别人不肯要的"堆儿菜",一下子买回来很多,那些快要腐烂的菜,吃到嘴里似乎都是一个味道,把罗林吃得更为瘦削了……唉,永远令人没精打采的晚餐……不过,今天,闻到这炒包菜的味儿,他多么高兴!多么热爱!

妻子正在热肉汤,这是周日烧好了放冰箱的,一大锅,每天舀出五分之一来热一热。她照旧围着那条卷了边的塑料围裙,头发散乱,挂着脸,一边训斥儿子,还是为了前天那七百五十块的眼镜,对罗林的回来毫无反应。这一切皆跟平常无异。罗林突然放松下来。

挂着脸没有关系的，妻子在家一般都挂着脸。罗林曾经不大理解，但自打那次去她店里"送惊喜"之后，他就想通了，一个在外面热情洋溢地拍着手"欢迎光临"过几百遍的女人，晚上回家之后，面对一个白内障患者的婆婆，一个散发街道灰尘味的邮差丈夫，一个只会带来坏消息的儿子，她可能真的很难微笑吧。

吃饭！妻子没好气地把简单的饭菜端上来。老母亲摸索着替大家拿筷子，没有必要地在碗边放得整整齐齐。

儿子吃得心不在焉，照例开始念起《哈利·波特》，他的晚餐祷文。他也许不算太饿，此前，他已经吃过两个炸鸡腿，这是妻子从店里带回来的，员工可以打折，价格比市场要低一点，这算是她在工作中所得到的最实用的福利。店里还有一些别的菜式可以打折，但天天买，就不是福利了。这鸡腿不同，算是给儿子长身体的特别供给。跟所有的家庭一样，再苦不能苦孩子，有甜得先甜孩子。典型的中国式伦理之道。

罗林暗中打量妻子的脸色，一边庆幸老母亲的眼睛不可能注意到这种细节。他犹豫着，最终决定不在今晚跟妻子谈论班主任要求儿子补课的事。

《哈利·波特》的祷文刚念到一半，儿子忽然停下来，并且放下手里的筷子，连饭也不吃了。他东张西望，等着别人关切地询问。罗林垂下眼皮，不想理他。但老母亲中计了：乖宝宝，哪里不舒服？怎么不吃了？都十一岁了的大孩子，老母亲一直改不掉，仍是唤孙子做"乖宝宝"，像呼唤一个襁褓中的婴儿。

唉——我知道，老爸老妈你们是不会给我买《哈利·波特》了……那我换一个项目行不行，买个MP3好吧，现在价格很便宜了，只要一百多块，比《哈利·波特》要低对不对，这样，你们反而划算。真的，只要有了MP3，我保证不再提《哈利·波特》了，我们班胖刘超终于答应借给我看全套的了，只要我肯认他做老大……

本来就没打算给你买《哈利·波特》！什么划算不划算！这是跟人做生意呀！告诉你，不要以为我们就活该欠着你的！摔坏人家眼镜的事才刚完呢！又来什么MP3，当我们是摇钱树？！妻子出口反击，眼皮仍是不抬。她到现在还没理过罗林，但她说话间总"我们""我们"的，罗林听了，觉得很好。

我还没跟你们说这些呢，英语学习机，四百块！电脑，五千块！手机，一千五！我还没说轮滑溜冰鞋呢，没说捷安特呢，没说耐克呢……你们以为我没良心？其实我不知替你们省了多少了，我们班同学，哪样没有？！全是品牌货，我哪敢跟他们飙，我多少事情都没跟你们说过，在同学面前，我丢份儿失面子的事情，多了去了……最近我想来想去，能问人借到《哈利·波特》看看也就算了，就像没学习机也能考试，没电脑到同学家过过瘾也行，没手机没自行车没轮滑溜冰鞋都算不上什么，那些都是贵的玩意儿，你们不可能答应，我也不想给家里添负担。但MP3，都烂大街了，公交车上一人脖子上挂一个，就我没有！我到店里看过了，才一百多块，要碰上搞活动了还能再便宜，就不能给我买一个吗？让我学几首歌，每次我们班上搞晚会，就我，一首流行歌儿都不会唱，很跌份的……再说，那MP3，你们也没听过对不对，买回家咱们一块儿听，当尝个鲜，给奶奶也听听，全家人乐一下，有什么不能的？儿子倒越说越有理了，一边说着，有点悲壮和崇高似的。

妻子没有说话，但吃饭的速度慢下来，她的表情更为复杂了。罗林也没吭声，跟儿子对嘴这种事，他本来就弱。况且，儿子这次的长篇大论，的确有什么地方，令他若有所感。唉，想不到，儿子竟也是有一肚子心思的，他并不是一味地毫无节制地要这要那……这顿饭，越吃越没滋味了。

老母亲放下碗筷，闭上浑浊的眼睛，抑制不住地长叹一声，带着轻微的口臭。

等儿子做完作业躺下了，母亲的收音机也关掉歇下了。罗林这才进了卧室，却发现妻子在床上摊了一大堆衣服，正对着半截子的梳妆镜一件件地试。

罗林看了，心中慢慢地一跳，这又是什么意思？某种信号、某种迹象？她今天没有出去"潇洒潇洒"，只是因为没有找到合适的衣服？

罗林小心地在床的另一边坐下，好像很欣赏的样子，看着妻子试衣服，一边想着该说些什么才好。

妻子没好气地翻翻眼：看什么看！哼，我刚才在下班路上买了件毛衣，很贵！一百八十！为什么不买？我总不能永远替你们做牛做马，一点儿没有享受生活……说到价格时，她的语气有些得意，或者说是幸灾乐祸，遮盖住最深处的痛苦。

罗林在晚报上看过，主妇们在压抑时会通过购物来释放。花点钱就花点钱吧，如果这就能让她不再想到"出走"，如果这就能让她感到是在"享受生活"。

他这才注意到妻子上身的新衣服。褐色，或者是黑色，还是深灰色？总之看上去混浊而陈旧，胸前亮闪闪一大片饰物，下部收紧，卡在腰间，这款式倒不差，但对妻子的身材而言，却是一种背叛。她配了若干条裙子，若干条裤子，自然，效果都不理想……好在妻子从不追求高价，罗林曾经翻过他所投递的那些时装杂志，上面的一条围巾，就要两千多块。而妻子这毛衣，一百八，她已经觉得是"很贵"了……

罗林想让她高兴：嗯，就配……刚才那条黑裙子挺好，显瘦……喏，我给你钱，就当是我送你的怎么样？要有时间，你再去买条新裙子配一下……

算了，不想买了，就你那点可怜的奖金，而且，我也没机会穿新衣服……一上班就要穿工作服，一回家就要穿围裙，平常也没什么重要场合……妻子好像猛地索然无味了，把床上的衣服统统收起，连同新毛衣一起胡乱塞进衣柜。接着迅速钻进被子里，疲惫地放平身子，不再说话。

匆匆洗把澡，罗林小心翼翼地上了床，他看看妻子，以为她一定是在无声地哭泣——又委屈又失望，一个无法出走的妻子，只能买件廉价却又不合适的衣服来发泄……但仔细一看，发现妻子是真的睡着了，嘴巴半张着，发出粗重的呼吸……一个劳累的女人，连愤怒哭泣的力气都没有了……

罗林的夜晚，就这样，以一件失败的女式毛衣告终了。可总的来说，罗林觉得，他这一天，还不算最坏。最起码，妻子没有当真出走，最糟糕的情况没有出现。虽然，妻子起伏不定的情绪还是像一枚定时炸弹似的埋在某个地方。但没关系，有了这件毛衣作为缓冲器，那炸弹应当会相对安全一段时间……所以，暂且睡去吧，进入梦乡，进入忘忧谷，进入短暂的天堂。

十

当罗林与他的家人们沉入无知的睡眠，M 的夜晚才刚刚开始。

这个时候，M常常会站在窗前，一手端着五分之一杯红酒（五分之一杯，格调！品位！），一边俯视正在渐次熄灭的万家灯火。她知道，这个时候，邮差罗林一定是睡了，他必定是那种早早上床的人……她在书上看过，上床时间与人的文化修养有关，也就是说，那些睡得过早的人，大部分是蓝领或以下，而子夜后依然双目炯炯的，毫无疑问，最起码是艺术工作者及以上，他们怎么可能睡？最精彩的事件才刚刚开始，小包间里的杀人游戏，酒吧里与陌生女人搂抱而舞，茶馆里低声而激烈的探讨，更新博客或者争抢别人博客的沙发。

M满意地对着黑洞洞的夜景呷了一口红酒。她的下酒点心是关于罗林的想象。那样一个愁苦、拘谨的家伙，收到一封如此富有浪漫情趣的书信，结果会怎么样？出现物理反应还是化学反应？这整个事件的开场，哈哈，有些像什么？用蝴蝶兰喂山羊，用锦缎被盖贫寒儿，不对，这两个比喻太俗气了，太不人文了，M很不满意……对了，眼下有一个词儿，叫"混搭"，这是M从时尚杂志上看来的，现在穿衣流行混搭，品位流行混搭，比如说，波希米亚风格的裙子与小西装背心，喜欢打高尔夫同时喜欢吃方便面，等等。这样一说就通俗易懂了——笑容僵硬、缺乏生机的邮差罗林，一封来自陌生女人的绵绵情书，这的确是一种典型的混搭。

有品位！够格调！M满意了。五分之一的红酒终于一饮而尽。味道纯正。

不过，如果，如果罗林真的信以为真、像老房子着火怎么办，他一下子陷进疯狂的热恋了，他珍重地悄悄收起信件，然后寻根究底地查到真正的寄件人，一直找到M这里来怎么办？

M想了想，富有牺牲精神地昂了昂头——出于对游戏规则的尊重，出于某种怜悯与温柔，会的，她也会给予他一些似是而非的爱情之露，使他的人生突然发出异样的光彩……哦，也许那样更好玩，祈祷吧，但愿罗林能够一点就着吧，烧得像一块滚烫的红炭，来找她吧，绝望地坠入爱河，像抓住生命中唯一的指望……M一定会在博客里如实地连载这个故事、这个游戏，像她这样的高智商高品位女子，与一个底层邮差的倾情之恋……

M兴奋而期待，即使喝了些红酒，但她知道她今天仍会失眠。美妙并富有格调的失眠。

十一

即使是一封市内邮件，即使只是从罗林所在的环形段道寄出，并寄往同一个环形段道，仍然需要两天。两天后的上午，罗林收到了M的信件。

有没有人相信——

这是罗林生平第一次收到信件。此前，他上学，他工作，他恋爱，他结婚。但在前面那些阶段之中，真的，他没有写过一封信，也从未收到过一封信。他所有的亲戚都住本城；从小到大的众多同学，其友情都仅仅局限于校园之内，从未延续到毕业之后。他高中一毕业就招工进了邮局，没有外地大学生涯。与妻子，他们看电影逛公园，并不需要写信……所以，真的，这是他平生第一封私人信件……

当时的情形跟平常毫无二致，他一边排信，一边慢吞吞地想着家里的事……突然，他看到了一个熟悉的地址：小红山邮政支局投递组，他垂下眼皮略微往下一扫，又看到一个古怪的收件人名字：罗林。说古怪，是因为，罗林不习惯他的名字出现在工作对象上，出现在一个信封上。

第一反应不是激动，而是疑惑，什么地方出错了——就像一个标错方向的路牌，像一个有悖政治方向的大字报，不合时宜的文字出现在不该出现的地方。

出错的信件总是要挑到一边稍后再处理。这样，他便把写有自己名字的信件拿出来，像从流水线上拿出一个不合格的产品。他接着往下处理。

但他的脑子开始转到那封信上……那，不大像是封"错误"的信呢？罗林注意到信封上认真的笔迹，准确计费的邮资……可为什么他并不是那么高兴，是因为他每天已经接触了太多的信件吗？也不应该呀，难道天天烧菜的厨师胃口都很坏？难道图书管理员看到署有自己名字的书会同样麻木吗？……

可是，就算是一封"正确的""合格的"的信又怎么样？有什么实用的价值吗？浪漫、邂逅、奇遇，男女之情，华丽而不道德的关系，那些对罗林而言有什么意义呢？它可以像熨斗那样烫平生活里的小褶子吗？它可以改善什么吗？母亲的白内障？妻子的心情？儿子的MP3？

唉。除非那信里面，比如说，是一张数目不小的支票，好像天上掉下块热乎乎的巨大馅饼，最好，支票上有七八千！有一万块！要不，贪心点，是三万好吧，那就完全够了……这样，他就可以分蛋糕一样，切下其中的一块，比如说，是一万，大方地花在儿子身上，给他买全套《哈利·波特》，买MP3，买品牌电脑，买轮滑溜冰鞋（包括头盔和全套护腕，罗林在送信时看到有小孩玩过，真神气呢！），还要买手机，买耐克运动装，买完了儿子想要的所有那些玩意儿，说不定还能再剩下两三千，正好用来去请老师给他补课……然后，再切下一万来，给母亲动手术，现在看病贵，还要送红包，但一万也该差不多吧，他要大声地告诉母亲，别心疼钱了！这钱，是天上掉下来的！咱花掉！再有一万呢，正好给妻子，这都快赶上她一年的工资了，正好，让她好好休个长假，不用去没完没了地"欢迎光临"，这样，妻子一定会重新微笑起来吧，会有心情到外面好好逛个街，买套又好看又合身的漂亮衣服，让她看起来整整年轻五岁……如果，就这样大胆地可着劲儿地花，那支票上还有余钱的话，罗林就会，替自己……咦，自己需要什么呢？罗林一时竟想不起来了，他最想要什么？他最想要什么？

罗林面带奇异微笑的胡思乱想就在这个小小的地方打结了，好像一场美梦被小便给憋住了似的，他略有些扫兴地摇摇头，把手中排好的信报全部放好，同时，在心里大声地总结了一句，像抽了自己一记耳光：不可能的！怎么可能有那样的运气，一张免费支票，哼，这辈子，哪里有可能靠运气来过好日子呢？挣每分钱都是要流汗出力的，花每分钱都是要细心考量的……

所以，真的，那封信，罗林就一直搁在一边，直到临出班之前，才突然想起来，毫无兴致地撕开，撕开粘贴处的邮票，撕开他的第一封信件。心情平静得像夏日黄昏的河面。

信不长，字也好认，意思也明白。他并不特别欣赏这些句子，也不需要反复流连。

我在每一个白天追随你的车轮，像孩童寻找慈母的身影……

啊，你不必回头，我绝不会妨碍你的自由……

你不要试图寻觅，你永远不会发现我的踪迹，我只会出现在你的身影之后，像一声叹息，像一朵干枯的玫瑰……

两分钟便看完了。他抹一下脸，一时没什么表情，像一个反应迟钝的家伙刚刚听旁人讲了个听不懂的笑话。他把信胡乱往上衣口袋里一揣，上路送信去了。

骑到半路，罗林倒突然"哧"地笑了一下。还想什么支票，三万块的支票呢。竟是一封情书，这确实让他有点想发笑。

笑完了，也就完了，结束了。

十二

这几天，M天天留意着罗林。即使没有她的邮购商品，她也会像那个等待《参考消息》的老头子一样，站在小区门口。像猎人埋伏在他陷阱附近张望。

终于，等到了。

她一下子就看到罗林口袋上方露出的一小角信封，她认得她那个信封，八毛的邮票被撕坏了——M特地把邮票倒着贴，按照学生时代的说法，这种贴法表示：我爱你。显然，罗林并没有注意到这个。不过没关系。M并不会那么小气，像女学生那样计较。

她所计较的，只是罗林脸上的神情，他的精神状态。

根据M的经验和理论，一个男人，如果被暧昧之光笼罩，被女人主动追求，被艳遇一下击中，死了的会起死回生，活着的会焕然一新，新了后会重返年少……总之，有爱与无爱，那绝对是一眼就可以看出，就像从满树的黄叶中识别一片新绽的绿芽……

可是。

这个人！怎么！还是！老样子！

绿衣服皱皱巴巴，襟口甚至还多了一块小小的油渍。神情依旧委顿，头发不景气地向下趴着。嘴唇往里微瘪，挂着那种寒酸的职业的笑，一点儿不像笑的笑。

也许，一个小小的邮差，在他的周围，都是直来直去的表达方式，简单浅显的情感，实用的伦理逻辑……是不是，他根本就不能够准确地接收那封信的信号？难道她精心策划、满腔热情所设计的这次爱心行动竟完全是对牛弹琴？

M心存疑窦，心有不甘，她主动地走上去，跟罗林寒暄，直指他胸前口袋里的那封信。

罗林，你这兜里放的是什么？

信。客气而无动于衷，一边跟传达室老头儿数报纸。《金陵晚报》二十一份，《报刊文摘》十三份……

哦哟，投递员给自己送信啊！以权谋私呀……谁给你写的？M咯咯地笑，开着夸张的玩笑，一边紧紧盯着罗林。

不认识呢。罗林把指头送到舌尖上舔湿，把邮件签收簿往后翻了一页，请传达室的老师傅盖章。

啊？陌生人写给你的！有这么好玩的事？男的还是女的？肯定是情书吧？都写什么啦？能不能跟我说说……来，到我家坐坐，我来帮你分析分析好不好。告诉你，这方面我最拿手了，我是感情问题专家……M装得大惊小怪、兴趣盎然，热心得忘了掩饰。

可怜的，她是一心想套出罗林的真实想法，像要从一片枯竭的荒漠里引出汩汩清泉。她无法接受她的失败，她如此迫切地需要得到罗林的呼应——现在，这或许已并不仅仅是为了罗林，是为了她自己，要知道，倘若罗林真的是如此冥顽不化、不解风情，她今天的心情一定会很糟，她恐怕从此都会彻底失去对罗林的兴趣，这难道，不是一种很败胃口的事吗？唉，在她原先的构思里，从来没有想过这样的可能……不可捉摸的邮差罗林啊，这微小而关键的背景，刺激在于此，障碍亦在于此。

算了，那信，没什么的，谢谢你……我还要往下送信呢，迟了会扣奖金。

罗林再次客气而拘谨地冲 M 笑笑，他没有注意到年轻女郎瞬间黯然下来的神情，转身跨上自行车就匆匆地走了。他上衣口袋里的信，那撕碎的一角，在迎面而来的晨风里，微微地颤抖了一下，然后又完全静止了。

骑出去几米，在一个拐弯处的垃圾桶，罗林支下自行车，以一个最轻便的动作，把他的第一封信，或许也是最后一封信吧，扔了进去——这样就好了，他担心接下来会再碰到一两个像 M 那样好奇的用户，他会被一直盘问下去，为什么，一个专替别人送信的邮差，自己的口袋里也会插着一封被撕开的信……

当然 M 没有看到那一幕，罗林前脚刚走，"哎哟！"她突然尖叫一声，想起来——早上忘了吃水果了！对美容来说，晨吃水果是"金"，午吃水果是"银"，夜吃水果是"垃圾"。她立刻飞奔上楼，冲洗，去皮，忙碌一番，当她终于咬下第一口饱含汁液的桃子，她高兴地发现：自己的心情，根本没有想象的那么差嘛，是啊，心情不好会容易衰老。再说，哈，一个不开化的邮差，一个情感麻木的邮差，跟他当什么真？！有些人，永远就是那样，缺乏趣味，莫大的悲哀呀……她打开电脑开始写当天的博客，一时间思绪万千，十指翻飞，把键盘敲打得咯咯作响。

2007 年

燕子笺

一

1

小学里的束校长，该算作是东坝的知识分子吧，人们普遍这样认为，他自己，在衣着、举止、气度等方面，亦颇有自知与自觉的意识。

他有两套中山装，一套瓦灰，一套藏青，在他认为重要的场合，轮流上身。他脚上的布鞋，鞋底与鞋帮间那外围一圈，长年保持着不可思议的白。

他一到学校就戴上蓝黑色护袖，下班后离校，这护袖常常忘了取下，人们在路上碰到，注意到他袖口下端的一圈白粉笔灰，觉得他真是特别的"校长"了。

他骑自行车，碰到再小的沟坎，也必要下车缓缓推着过，那推车的模样，形容不出的斯文与镇定。

快过年时，他替乡邻们写对联，贴在门上，连不识字的走过，都会站下来看，并觉得特别地好。

2

束校长一直希望，他能像个真正文雅的知识分子那样，读些千古书，想些千古事，可是不行啊，他的烦恼，实在太那个了！

比如，厕所问题。

东坝小学没有厕所，但有两百多名学生、八个教师、一个校长。谁都是吃五谷杂粮、有进有出的，没办法，他们就一直在学校附近的杜老头家借厕所用。

杜老头，人老，他的精明也很老。在东坝，谁都知道，人粪是最好的肥料，比猪屎羊屎都养地，比花钱买的尿素划算，有这么多的人去他家方便，应算是捡了大便宜吧。可是不，杜老头不这么认为：娘的！这些小东西，正在长身体呢，但凡有点养分的都被他们吸收光了，出来的，光是臭、特别臭，却一点儿都不肥。还有啊，这些崽子屙屎撒尿的都不好好蹲，三个坑都给用得没法下脚，每天倒要费水冲刷好几遍……娘的，谁叫咱家靠小学近？唉，就当是做善事，总不能叫他们把屎夹在裤裆里念书吧！

杜老头每次见到束校长，都会这样用语粗俗地大声抱怨上一大通，次数多了，束校长便开始觉得惭愧，似乎他真的欠下了杜老头一大笔。但能怎么办呢，只能这样欠着。

总之每天，东坝小学的课间十分钟总是这样的风景：一下课，钟声尚未停下，孩子们就连跑带跳地穿过一片掩映在绿荫之中的窄路直奔杜老头家的后院，排队，男生一批女生一批轮流使用，男生还好说，女生就特别麻烦，又是裤腰带又是裤眼儿的，摸索老半天，特别是那些一二年级的，动不动裤腰带就打死结了，只得眼泪汪汪地等高年级的女生帮忙……外面等着的男生就不耐烦了，嘭嘭嘭地拍起用竹片做的门板，越是催里面越是急，那根长布条腰带像死了似的怎么也解不开，为此，真有不少倒霉的孩子不得不红着脸去跟老师告假，叉着双脚回家换那尿湿的裤子……

好不容易一个个都解决问题了，轻松了的孩子恢复了劲头，他们抓紧时间在杜老头家四处乱窜，做各样的试验和恶作剧：抓一把白米撒到水缸里，在灶膛里放一块砖头，把母鸡捉起来捆住翅膀，在杜老头的水烟杆里塞根火柴……诸如此类，皆是最富创造性与娱乐性的课间活动。

在地里做活的杜老头直到收工回家才会发现这种种怪现状，自然怒不可遏，总站到后院门口，隔着弯弯的小径，王八羔子小兔崽子什么的一阵放声大骂，正在上课的学生听到他们设下的炸弹已准时爆炸，得意地在下面咕咕乱笑，讲台上的老师不得不停下来花费几分钟来训斥一番——如此情景，日日上演，已成为老师们的心头肉刺。

特别是束校长，虽然明知是学生不懂事不争气，可他就不喜欢听杜老头这样骂，他自己骂没关系，老师们骂也没关系，可外人骂不行的，他总觉得像在扇他的耳光，百般地委屈、失颜面。

故而，就因了这厕所，束校长对杜老头怀有较为复杂的感情，一方面是欠，另一方面是怨。总之，除非不得已，束校长总有些绕着杜老头，避免正面相逢。

当然，他自己也是要上厕所的，包括其他八个教师——多么无奈啊，这个厕所，搞得他们多少失去了些神秘感。虽则他们总是等上了课再去，以免跟那些熬不住的孩子抢地方，这样子，还多少能保留些不紧不慢的夫子风度，可是，真不巧，在去往杜老头家后院的路上，总是会碰到他们不想碰到的人：男老师会碰上杜家秀气的小媳妇，女老师会碰上高中毕业的小会计，当然更多的，是那些半熟不熟的村民，他们迎面走过来，尊敬地放慢脚步，用那种体己的声调客气而亲热地说着：噢，老师啊，上厕所哪？听听，这是什么话。

也曾打过报告给上面申请经费的，可张干事说了，哎呀，别的小学都是打报告要求买课桌买地球仪买油墨机，噢，你们东坝小学倒要钱盖厕所——厕所，对一个小学来说，不是必需品，而是奢侈品，明白吗？

明白了。越明白便越丧气。总之，厕所问题，让束校长困扰极了。

3

作为知识分子，束校长解忧的办法，自然也跟东坝的人们不大一样——东坝人会蹲下来抽上几口烟，或喝上点陈皮米酒，或是关了门睡上一觉。这些，束校长皆不喜，他一般是在学校教室后面的"瓢地"慢慢走上一圈。

东坝小学没有围墙。教室前面就是操场，操场前面就是大路，而两排教室之后，则是块不大不小、状若水瓢的空地。这"瓢地"，因背着阴，不远处临着河滩，当中间又竖着根电线杆，故是不成用的，只听任它胡乱地长了些草，堆了些不知何时留下来的旧砖石、碎贝壳。杜老头家的鸡们常在此四处觅食，偶尔有人把羊牵来吃草。那电线杆下，只要有狗儿经过，都要抬了腿出恭。

曾经，束校长是想过，这块瓢地，应当种上桃与柳，槐或榆也可，总之，春来了，有红有绿；秋来了，有落叶与果实，让学生们来观察，然后做作文，顺便，还可以跟学生讲讲"十年树木、百年树人"的道理，该多好——这是为公。要是完全照他本人的意思，就单种竹子，一天天瞧着它茂密起来，连成一片，风过处，飒飒有声，就是叫唐朝的诗人来瞧了，怕都是对得起的！

但一直没有弄。束校长实在也算是很典型的知识分子：许多事情，头脑里想得比谁都美，只是就一直停在头脑里，没有行动的。

不过，这会儿站在这里看看，瞧眼前这完全天然的野趣，倒也真符合束校长的心境。他的心里，跟这地一样，乱，野，没有主题。

4

束校长正站在瓢地那里惆怅着呢，伊老师来了。

这伊老师，在东坝小学，相当于师爷那样的角色，跟束校长的诗意与文人气相比，他算是入世的，并且，他有个最大的特点：会体恤人，别人无论想什么，他必定猜得一清二楚。比如现在，他就知道，束校长又在烦扰起厕所的事了。

"校长，我呢，倒是有个主意。"伊老师往左右各走了几步，然后停下来，望着眼前这散漫的空地。"一直的，我就在动这片地的主意，动了很久了。不如，我们用上它种庄稼吧，自生自产，有了收获，卖出钱来，然后再用那钱建厕所。"

"把这片地，弄成田？"束校长实在太惊讶了，都不好意思回头看伊老师了。这伊老师，怎么这样的俗气起来！老师要有老师的样子，学校也要有学校的样子，好好的空地，哪怕就这样空着，也不能变成"田"啊，那成何体统，太可笑了！

伊老师一本正经，特别地沉得住气，他知道束校长耳朵根子最软不过。

"束校长，我也知道，学校里种庄稼，有些不像样子。但我们东坝小学，真的就打算永远都没有属于自己的厕所吗？等、靠、要，都不行的，拖一年就是耽误一年！还不如利用这现成的空地，自力更生，趁早行动起来，只要积下钱了，这厕所，眨个眼，说盖就能盖起来！"

伊老师用手在半空中一划拉，画了个大角度的弧线，如同神笔马良，好像眼前就立刻有了两间干干净净的厕所：红砖青瓦，左右分别写着白白的两个大字：男、女。并且，能瞧出来，是束校长的手笔。还能瞧见，师生们正在堂皇地、从容地进进出出，享用着东坝小学自己的厕所！

束校长的眼光也顺着伊老师的手臂画了一圈，是啊，他亦是瞧见那厕所了——但，不是裸着的红砖，那太简陋，他是要刷一层白石灰的，白墙上的"男、女"二字，倒可以用红色来写；并且，不能忘了，还是要种几丛竹子！

束校长有些沉醉了，他没有吱声，只是很矛盾地盯着眼前的空地。

唉，人世间的许多体面，为何总要用不体面去换呢。一只黑狗突然跑来，停在电线杆下，看看束校长伊老师两个人，犹豫了一下，还是抬腿照常撒下一泡尿。

5

束校长忽然想到："可是，这片地，真要种上什么了，能卖出几个钱？真就能够盖上厕所了？要攒几年？"于经济上面，束校长总有些糊涂，主要的，是他喜欢并纵容着自己的这种糊涂，觉得正好有点文人的样子。

"哦，这个，我看看，这瓢地，总有五六分的样子吧，具体的账我回去可以弄出来，但大概估计下子，我看三四年足够了。"伊老师知道束校长还有五年就到退休年龄了，他断断不会碰那个敏感数字。

——其实，伊老师心里有数，聚沙成塔，但这沙与那塔间的距离，有些漫长了，三四年怕是不行，毕竟才六分地嘛，边边角角的，中间还有根大电线杆子。但他只能把预计往短里头压、往肥里头塞，说得乐观了。

"再说，校长啊，东坝小学又不是办一年就关门的，这可是子孙万代都要受惠的事情，人家古人还讲个愚公移山呢，咱们这点志气要有的！你呢，不要怕难为情，孔子只说过，君子远庖厨，可没说远茅坑啊！"

束校长一直对古人的事情、古人的语录最为信服，伊老师真算是切中要害，一连串搬出典故来，束校长的耳根果然如期地软了："可是，哪个来弄呢。毕竟，这么大一块地，也是烦的，也是吃力气的。"束校长有自知，真叫他弄地，行业有别，那实在是斯文扫地，他干不了。

"我来弄好了，六分地，小意思，带着就弄掉了。人闲着也是荒废，再说，力气省下来，又不能当钱卖！"伊老师见他的主意得了采纳，高兴极了，什么难处都不在话下。他随口大包大揽，完全忘了一点——他就算在自己家，也是个很少下地的人。

头顶上忽然一阵叽喳的鸟叫，他们一起抬头，那高高的电线上，正停着一小群麻雀，此时已是深秋，燕子们早飞离东坝去了南方。可束校长总情愿那是燕子，瞧瞧，细伶伶的线，上面几只，下面几只，左边几只，右边几只，有疏有密，燕子与线谱，这样搭着，才对。

二

1

清理那块歪斜的瓢形六分地，颇费了些劲。束校长穿上了他的瓦灰色中山装，像要主持会议，形式上虽是隆重的，但他出不了任何的气力。好在野草本来便是枯的，砖石杂物嘛，伊老师则发动高年级的孩子们动手，这些半大不大的孩子，平常家里使唤，不免龇牙咧嘴，可在学校，那个卖力劲儿，反正不用上课，怎么的都是好的，何况伊老师还发动各个班级搞劳动竞赛——一个小半天，也就弄齐整了，齐整得都嫌不过瘾似的，孩子们纷纷围上来询问：下次还有什么活儿？还是给我们比赛干吧！

把个伊老师给欣慰得，暗中直冲束校长使眼色。怪不得说人多力量大呢，想想看，不用说六分地，就是六亩地，又算什么！

杜老头也在一边赶着热闹，指指点点出主意。从一开始就是这样，听说要把这瓢地给弄成田，杜老头竟比哪个都高兴、都积极：早该着的呀！白白地空着，太糟蹋了！我就一直心疼呢。为了表示支持，他主动吆喝出一头牛来，拉着犁，深深地把地掀了三遍，每走一遍，他都情不自禁地蹲下来，用手指捻那土疙瘩：娘的，看看这土！真黑！真黑呀！

束校长有些不好意思接杜老头的话儿，这老头儿还根本不知道，这土里，几年之后，是要长出厕所来的，将来，就再也没有人到他家的茅坑去送肥了。哼，别看他一直那样骂骂咧咧的，可真的，肥就是肥啊，好比钱就是钱，等孩子们不去他家拉屎了，他肯定会非常失落的！不过说真的，束校长同时也感到一阵快要翻身似的喜悦——到那时，就再也不会感到欠着杜老头了，再不用听着他骂学生了……

2

却说这地，半大不小的，种点什么好呢？老师们七嘴八舌地商量，带着点置办家业的喜气洋洋，可实际上，个个儿都是半吊子的农业家，主张乱得很。

伊老师在家里仔细问过女人，这会儿，张口就来，好像深思熟虑：不要一年三熟了，弄个两熟便好。眼下正好先下油菜籽，明年芒种前后，收了菜籽，便种黄豆与花生，十月份掘了花生、拔了黄豆，再撒油菜籽，如此循环往复，都是好侍弄、好收获、好售卖的庄稼，坐稳了就是收成，也最能出价钱。

束校长听凭伊老师主张，他只点个头，从大方向上把握一下，故意地与那片地保持着谨慎的距离似的。反正，在束校长想来，只要不种麦子不种玉米不种棉花，便不能完全地算个农田，他的心里，便要好过一些。这一点，伊老师看来是早就有体谅了，他提议的那几样作物，都是东坝人种在边角处、斜坡处的小玩意儿，不大作数的。

杜老头伸头在一边听，也很赞同，他热心地贡献出一大捧精选的油菜籽儿，却不是白给，只提出一个要求：明年把油菜秆子归他做柴火。行，这个买卖，轻巧，两头方便。

3

确实，只要天气做了主，油菜啊，是个很懂事的作物，闷声不响的，没两个星期，撒过种子的那个小方块儿便绿了，先是矮矮地、齐整地，像毯子，很快，便乱了，叶子东一片西一片支棱着，十分地拥挤——这便是要移栽了，要把它们一棵棵均匀地分布到整块六分地上去。

这可是个"蹲活儿","蹲活儿"得女人家才擅长，真要让伊老师像棵大蘑菇般地那样在瓢地上蹲着，太不好看了。伊老师便向束校长告难。他们两个把学校里的三个女教师翻来覆去地想了几遍，怎么都开不了口，说实在的，做教师嘛，总是挺讲究样子的，特别在学生面前，好像一蹲地，就跟他们的家长一样了，以后再用普通话讲课，味道就不对了。

可那菜苗儿，却不肯体谅人，一天天大了，要跳起来似的。杜老头也急得不行，半路上碰到上厕所的伊老师，截下来问清楚情况，杜老头一拍腿：早说嘛！

他遣来他家的小儿媳，连着两个早晨，一直蹲在地里，头深深地埋着。偶尔也走神发呆——学生们在教室里念书，虽不大整齐，她仍是侧了耳听，露出佩服而享受的表情。

束校长呢，他这天正好手上没课，就专门在地两头拉线。他这人做事，就是太仔细，虽然瓢地的形状不大好，可他就是要求那菜行一定要横平竖直，像学生打的格子，而那菜秧，好比是安放在格子中间的生字。好在就六分地，那小媳妇又是耐心的，或者也是因为稀奇——全东坝都没有人这样的：拉线栽菜，把种地当作绣花。瞧瞧，校长就是校长啊，多么地不一样。

伊老师呢，由着束校长去折腾，他只负责对新落地的苗秧儿浇水施肥。那水，是从不远处河里来的，那肥，自然是从杜老头家来的。杜老头倒也说了公道话：哪里来、哪里去啊，这肥，本就是你们的。他让伊老师用细勺，来来回回地慢浇，伊老师的动作有些笨，总泼泼洒洒，可他却竭力装得从容，像把瓢地作黑板，长柄勺作粉笔，板书出几行算式。

淡淡的臭味在空中飘开来，学生们的读书声倒更带劲儿似的——这里的孩子，放学走在路上甚或回到家里，常常都会闻这味儿的，实在不觉得什么。

可浇完了地，伊老师很不放心，他让学生闻他的衣服，并在袖口、裤脚处细细地检查，生怕留下味道或水迹。嗨，他呀，是不敢让女人知道他在学校里做活。他在家里，还挺金贵，女人不舍得他吃苦的。

4

庄稼是最有良心的，转两天一瞧，那几十来行油菜秧，就整整齐齐如出操的士兵了。束校长给学生训话时，有时会拿这些菜秧儿做比方：你们惭愧不惭愧？难道就不能学学那些菜秧，站得稳稳的，从不乱动……再说那菜，吃的什么喝的什么，可怎么就长得那样绿？而你们，天天儿的这么多老师跟在后面喂，可看看这个平均分！看看这个最高分！看看这个最低分！

给校长这么一说，那些学生，再看到那块瓢形的菜地，倒敬畏起来，言语、步子，都收敛了，回到教室，看看黑板上的生字生词，心血来潮般地，跟菜秧苗赌气似的，突然摇头晃脑，大声念起来。

毕竟菜秧娇嫩，为了防止鸡啊羊的捣乱，束校长背着手转了几圈，想出招儿来。他四处搜罗了些竹棍子，剪得一样的长短，然后找来红塑料绳，在瓢地周围，扎起了一圈半人高的竹篱笆——瓢地弯了，篱笆便弯，瓢地直了，篱笆便直，金镶玉一般的、水绕山一般的，弄得特别地妥帖、清秀。

总之，比起东坝其他所有的田地，这六分地，就是与众不同，一看就是学校的，就是知识分子的，就是束校长领导下的，就连瓢地当间杵着的那根电线杆儿呀，看上去，也特别地富有志向似的，笔直地连着电线，一直通向最远处。

不仅外边的人们夸，就是东坝小学的老师们自己，也是自豪的、珍重的。这里，现在成了他们的另一处活动场所，没事便到瓢地来散散步、聊聊天，好像这倒不是块菜地，而是个供人超脱的去处，有点桃花源的意思，着实流连忘返。

特别是站定了，看那不言不语、正准备度过严冬的菜苗，竟会感到一种辽阔的寄托，但到底辽阔到哪里？寄托了什么？却又很模糊了。当然，也会想到这瓢地所肩负的厕所之任，不过这想法相当隐秘——束校长特地跟每个老师都交代了，关于这片地的如意算盘与远大理想，要保密，等到钱数凑得大概齐了、厕所有眉有目了，再给学生们一个惊喜。君子行事，敏于行讷于言，这是最起码的修为。

那些被蒙在鼓里的学生，只在高一声低一声乱乱地读书，准备期末考试了，准备放寒假了，准备过大年了。这片地啊，就先放着吧，由它慢慢长去。

三

1

开了学，二月里下了两场雨，恍然一瞬间，那些油菜就蹿出个子、就抽出苞苔了，再隔上半月，就黄灿灿、香喷喷了，蝴蝶、蜜蜂一阵阵地乱飞——说实话，真俗气透顶，束校长感到有些不满似的。以他的审美来看，他更喜欢菜秧苗，那份秀气与含蓄！可瞧瞧这油菜花，一开出来，便是疯狂的、不节制的，甚至可以说，是妖艳的。

阿嚏！阿嚏！浓郁的带着花粉的风儿吹过，束校长连打两个喷嚏。

可是在拍毕业照的时候，这片油菜地，倒是出足了风头。

2

每年四月，乡里照相馆的摄影师都会很隆重地、扛着带三角带黑罩的照相设备，带着做背景用的白幔布上门服务，替六年级学生拍毕业照，个人的集体的三朋两友的等等。这是六年级学生在毕业之前最为激动人心的重大活动，就连低年级的学生也会跟着一起乐，踮起脚尖围成人墙，看那些毕业生动作僵硬地坐到摄影师指定的板凳上，头发用水梳得贴在脑门上，对着黑洞洞的镜头摆出一个极不自然的、振作的假笑……

可今年，因为有了这瓢地里的菜花，嘿，毕业照倒拍出新花样来了。

自然，是那见多识广的摄影师起的意。说起这位摄影师，自然，那是另一个人物，简直算得上是东坝的艺术家，他的眼光与作风，人们就算再不理解，也一定要强迫自己理解，因为，他代表一种风尚与潮流，是极其进步的……这当中，总有许多有趣的故事，此处且按下不表。只说这个四月，正是这位摄影师，带着个助手，拍完了常规的标准照后，他四处转了转，突然瞧见这片开疯了的菜花地，眼睛陡地一亮，将一将半长不长的头发，两只手搭成一个框子，在眼睛前面忽远忽近地移动，突然一打响指——这么个动作，派头极了——他大声倡议：同学们，搞点艺术照嘛！

他拉出一个毕业班的女生做示范，那女生发育得早，个子高，身形也有了意思，虽是扭捏，虽是脸色通红，却还是配合得好的：

可不是哪个人都会有这种机会的！

摄影师从教师办公室找来一本杂志卷成管状，让女生半握着放在胸前，又让她把头发夹到耳后，然后半侧过头，向着远方深思着什么似的。而背景，自然喽，就是这围有篱笆、开满菜花的瓢地。

不得了，看看！简直就是《大众电影》的封面嘛。

毕业班的女生们马上受到了感染，三个一群、五个一伙地把她们的生活照及同窗照也移到了这六分地跟前，有的拿本《新华字典》，有的拿本精装日记本，有的特意回头含羞一笑，做这些动作，女生们甚至想到了龚雪、林芳兵……她们这时肯定还想不到，或者想到了也不愿去想——照片冲出来拿回家，劳作了一天的家长看了，恐怕是要骂上几句的：花了那许多钱，怎么还是站在泥地前拍？还拍油菜花？这有什么好拍的！糟践啊！

这么一来，可不嘛，摄影师今年开的照相单子比哪年都多！他高兴极了，一个劲儿地夸奖这块瓢地，一出口便成章：如诗如画！风景这边独好！束校长，你太有眼光了，我是上下左右到处跑的，走过那么多小学，还从来没见过哪所小学里种地呢！

他主动提出来，要给全体老师免费拍照片："你们啊，也站在这菜花跟前儿，但不要拿字典或报纸，我建议，每人夹一个蓝色的硬壳讲义夹，做出大步流星的样子，你们还记得那幅画吧，《毛主席去安源》，对，就按那个样子……"

伊老师内心十分地甜蜜，饱胀得都要溢出来了，从学生们别出心裁的生活照开始，到老师们的免费照——这一切，难道不正是因为他当初的一个点子吗？才使瓢地变得这样地闪闪发亮……但他一点儿不张狂，反倒愈加地往后缩，等到其他的老师都拍了，他才上去"做动作"了：臂下夹着讲义，另一只手往后摆，一只脚提起来，寓动于静，自然而豪迈。

所有的老师都拍完了，偏偏束校长死活不肯照，大家替他把护袖扯下了、头发上都抹过水了，他也不照；并且，他的表情忽然就有些涣散了，虽是竭力掩饰着，可谁都瞧得出，他是巴不得那摄影师赶紧收了家伙、结束这一切……

3

好不容易，得意的摄影师、闹哄哄的学生们全散了，赶紧地，伊老师找到束校长，后者还站在那块瓢地边上。

这回他没猜着校长的心思：怎么了，哪里不对？

束校长抬起头，眼睛往那电线杆子上瞧——热乎乎的春天来了，现在，那电线上站着的，可是真正的黑尾巴燕子，或飞或停，姿势伶俐。

伊老师，你没听到？那摄影师方才说，他在全县上下到处走，从没见过哪所小学里有开田种地的呢！

这又怎么了？这个问题，一开始，我们就知道的啊。

但上面不知道啊。你说，他们，若是知道了，会怎么看这片地呢？

伊老师也把嘴唇紧紧抿起来。一块不成样子的闲地，种上作物，是天经地义的，还真没想那么多。难道这还有错了？

四

1

说话间也就到了六月。

而六月，对小学校来说，是有些不寻常的，第一是因为儿童节在这个月的开头，第二是因为期末考试在这个月的月尾。因此，这个月，总有些悲喜交加、热闹紧张的意思。不仅对孩子们如此，对老师也同样，对校长尤其是这样。因为照乡里的惯例，每年此时，都要搞一场"六一文艺汇演"，全乡的小学，不论大小，都要参与进去，每家出两个节目。

　　自然，这是件乐融融的活动，但身在其中，总是费脑筋，要想节目要选人才，束校长得亲手抓——别的老师，每个人，右手有两班的主课，左手有三个班的副课，还就数他做校长的，左右两只手都是能空出来的，故而，学校里，敲钟是他，早晚考勤是他，检查卫生是他，大考小考刻钢板印卷子还是他，总之，教师们没有时间做的事，就都是束校长的事。

　　因此上，束校长一下子便忙起来了，忙得几乎完全忘了那瓢地了。他把"文艺汇演"放到心尖上了——学生做操时他挨个儿地看，找身条儿好的；上课时他趴窗户口看，找面孔大方的；晨读时他罩着耳朵听，找声音洪亮的；上音乐课时他坐到教室后听，找个五音齐全的。其实，这些学生，他个个都熟，但仍是要慎重，逼着自己用新鲜的眼光去重新考量，以图新的发掘……照他的想法，两个节目，背一首诗吧，唱一支歌吧，能怎么的，图不了新鲜、冒进，但能热闹了，参与了，便好。

　　他这里在上下求索呢，伊老师那里也忙得很。可不是，这刚好到芒种的节刻，抢种抢收的高潮啊，外面的田地上，家家户户都忙得六亲不认了。同样的，那瓢地里的菜籽啊，也全都老黄了，胀鼓鼓、沉甸甸的，扶都扶不起，碰都不敢碰，怕把那菜荚给惊动得绽开来。

　　挑了个大清早，趁着露水珠的潮气还能"锁"着菜荚，趁着孩子们还没到学校，有些偷偷摸摸的，伊老师约着另外两个男教师，把菜籽给"抢收"了——瓢地像被剃了头似的，秃下去，露出白白的菜桩根，虎头虎脑。

2

束校长把他精挑细选出来的"艺术人才"领到一间空教室，打算集中培训，推门一看，里面倒堆满了菜籽秆，结实的，粗鲁的，带着令人气恼的油香气儿——束校长正满肚子想着选什么样诗歌、唱什么样的曲子呢，猛地瞧见了，竟莫名惊诧、复又莫名惊慌，他总感到他的眼睛被这一大堆菜籽秆给勾着似的，无处安放、无处躲闪，他觉到不对：教室里堆着菜籽秆——这个场景，是经不得推敲的。他一下子又想到摄影师的那句话了。

但不管了，束校长强压下心里的焦虑，在教室角落里勉强找个空处，对演出人员——三名学生讲他的节目计划。

朗诵的同学，你赶紧的，把《大堰河——我的保姆》背熟了，这是配音的磁带，拿回去熟悉熟悉——那孩子小声嘀咕着：我家没有录音机……

至于唱歌，束校长还没想好。这回选出的两个孩子，各有拿手戏，一是《梅花巾》插曲，一是《红牡丹》主题曲，两个孩子也都唱得好，如何取舍呢，可真叫个难！

正在这时，伊老师急忙忙地找过来，很急迫的样子，扑面第一句话就是：这第二熟，咱们就按原计划，花生与黄豆，间种了？我想这两天就把种子下了，赶得早、收得好！

束校长扭头打量伊老师，从下往上看，一下子先瞅到他卷起的裤脚上、鞋面的干泥巴上，接着是头顶上，发缝里支着两根菜荚片儿。唉，什么时候开始的呀，好好的个伊老师，那样斯文的、清闲的个伊老师怎么就变成个庄稼汉了！束校长想要皱眉，可是他怎么能皱？人家伊老师，这一切，还不是为了厕所！他做校长的，该表扬、该心疼才是。

呃，你看着办吧……束校长终于还是没说出表扬的话来，一表扬就是肯定与鼓励了，可说真的，他不愿意伊老师这样呢。

伊老师也回过神，不是说过，他是最体恤人的，他看看那几个同学，瞧出来束校长的情况了：节目有难度？

是啊是啊。束校长很高兴伊老师转了话题，他觉得，这才是校长与教师间应当探讨的话题。于是，他如此这般地介绍了一下他碰到的取舍之难，说得特别详细，语气特别地严肃、正经，多么了不得的大事情似的。好像只有这样一说，他才觉得，东风压倒西风了，对劲了。

伊老师想都没想地脱口而出：哦，要我看呢，两首歌都上，两个人都上，各唱各的！女生唱一段《姑苏城里好风光》，男生唱一段《牡丹之歌》，然后女生再唱一段，男生再唱一段。这不就结了！就跟我瓢地里一样，种一行花生，再种一行黄豆！准没错儿！

束校长这一听，眼前大亮，可不是，这么个好主意，怎么就没想到！他重新看看伊老师，又看看占了大半间教室的菜籽秆，突然激动了、几乎歉疚了，竟上前一步，冲伊老师伸出手去，姿势很标准地握了握手，说的还是普通话：谢谢！谢谢！

三个孩子看得呆了，伊老师也感到十分羞怯，真的，这么些年，他从没跟束校长握过手呢。

3

孩子们上台的时候，束校长突然加了个道具，他找来几张《中国少年报》，卷成长筒儿，往三个学生的手里塞。这是吸取往年的经验，小孩子站在台上，若是手里空空，准会捏衣角、抓裤子，或者玩红领巾，总之，会做出一些影响效果的小动作，而有个报纸在手上，他们就可以小幅度地挥一挥，并强化某种气势和情绪。

没错，这个灵感，是从摄影师那里得来的。出发到乡上参加文艺汇演之前，照相馆送相片来了，师生们都围上来看，有人看到自己头发没梳好，有人看到衣服掉了一粒扣子，束校长则看到所有照片里那些如出一辙的姿势，越看越觉得好、耐看，这么的，他受到启发了。

可是，就算束校长这么的殚思竭虑了，东坝小学的演出还是……不成功的。首先，与人家的集体舞或儿童快板相比，他们的节目样式，明显土气了，还没有上台呢，几个孩子就有些畏缩，涂了过多油彩的脸上汗津津的，像刚打了一架。再者，是朗诵的配乐卡带了，试了几遍，均是不行，那孩子开过好几次头，到最后，便干巴巴如同背书了；而两支歌穿插着唱——这么新颖的形式，却偏偏没有人欣赏。总之，东坝小学的节目是一个名次都没有的。

好在束校长事先并无什么野心，况且中午饭很好，免费的——每人两个大肉包子，一个煎鸡蛋，一瓶橘子汽水。孩子们皆吃得欢欢喜喜，肉包里的油都滴到白衬衫上啦，束校长在一边看着，心情竟是好的……

正吃着呢，张干事在肉包子的葱香气中找到束校长。

4

果然，上面是知道了。张干事倒也客气，递给束校长一根烟。听说，你们学校自己开了块地，师生齐动员，都上了阵，都下了地……

束校长连忙点头，这个自然不好赖的，学校嘛，就那么大个地方，那六分瓢地、那上面的庄稼又不能躲的，谁去都能看得见。

种得还好吧？收成如何？张干事这样关心起来，可瞧他那神情里，根本就是别的意思嘛——哪个同意你们用公家的地的？哪个同意校长老师不务正业的？好好的学校，怎么能弄这种事情？再说了，那些收成与产出又算哪个的？

想了一想，束校长决定好好交代。与上级任何部门打交道，他有一个经验之谈：实话实说，只有说实话才是世界上最妥当最踏实的事情：谢张干事关心。那地挺肥，刚收了一茬菜籽。我们是打算呢，一季一季种下去，用庄稼卖出钱，积少成多，然后，自力更生盖个厕所……

张干事定睛看着束校长，眼神趔趄了一下，好像本来是要跨到束校长前面一大步的，跨到半途，又强迫自己缩了回去。张干事低头吸起烟：也没什么，就是有别的小学，也要向你们学习，把学校里的空地利用起来。乡里面全都否定了。你们这里的情况呢，他们让我专门问问……

束校长一边听一边背后发汗，但他现在感觉到，张干事，是站在自己这边的。他便接连地点头——这是他与上面的人打交道的第二个经验：如果不知道说什么才好，点头总是没有错的。同时，点头也是他向上面示好的最高级别了，过分的受宠若惊、摇尾乞怜，他是做不出的。知识分子嘛，不好那样的。

那先这样吧，我替你跟他们解释。不过记住，以后绝不要动用学生下地。那个，不行的。张干事又丢给束校长一根烟，束校长夹到耳朵上，心里还挺美。

下午嘛，就是总结、表彰、合影等等，这文艺汇演便算结束了。

回家路上，束校长带着头，后面三个孩子高高低低，像几棵小树似的跟在他屁股后面。正好是日落黄昏的时分，不冷不热的微风吹得每个人的衣服都鼓鼓的，走在最后面的孩子突然举起他没舍得喝的汽水，像举起了一支无线话筒，用他那还没有变音的嗓门大声唱起他练习了无数遍的《牡丹之歌》：啊——牡丹——百花丛中最鲜艳……那精神气儿倒比刚才在台上要强一百倍。

你们几个，见过牡丹吗？

没有。没有。没有。

您见过吗？束校长。

我呀，也没有……咱东坝没有的。

可我们东坝，有无数的油菜花！

几个孩子笑得咯咯的。束校长忽然想起来，倒一直忘了问伊老师，那菜籽，全部打出来，到底能卖几个小钱？

五

1

新打出来的油菜籽，深红的，泛着光，有些油腻般的，束校长肆意地抓上一大把，再慢慢从指缝里滑下去，绸缎一样——按说这也不是头一次见了，可哪次见的都没这次的好。

自从得了张干事的默认，束校长的心境一片晴好。他痴站在那里，对着菜籽摸了又摸，欣喜异常。那心情，竟然跟看到学生考满分似的。反正，只要是这学校里的出产，成绩也好，庄稼也好，他都欢喜。

伊老师可要比校长稳重得多，这只是阶段性的胜利罢了，带着那种任重道远的表情，他正在选黄豆种子，端着把小孔筛子，熟练地打着圈圈，这样，大而饱满的黄豆便一颗颗跑到上面，他再用手掬起，放到一边的盆里……

束校长在一边瞧了，却不够满意似的，他蹲到盆边，抓起黄豆种子，眼睛斜虚着，特别地挑剔，恨不得一粒粒捡起来对着太阳照。其实，他也不是真要挑种子，他是要跟伊老师说句话，抒发一下他的胸臆："这段时间，你太辛苦了，毕业生的家访，你就不要下去了。我来替你跑。"

也是啊，六一文艺汇演之后，全校的精力都放到了即将开始的六年级毕业考试上，这同时也是老师家访的高峰期。因为伊老师能说会道，往年，他是必定要出场的。

说起来也真有点让人伤心，老师们之所以要家访毕业班的孩子，其主要目的，是为了劝说家长们让孩子进入乡里的初中继续读书——全乡现在大大小小的小学有九家，初中却只有一所，并且往往连两个班都还招不满。

每回上门，家长们对老师当然非常客气，但这客气是为了接下来的拒绝，家长对老师们的固执感到有些不可思议，认为他们教书都教得有些迂了：先生啊，再读下去有什么用呢，都已经能写名字会算账了，读报纸都溜得很哩，还要学什么？我能让他读到六年级都是看在你们的面子上……还不如回来早点儿帮我盘盘那五亩地，多一双手，总是好的……

2

这届的六年级一共三十四名学生，其中只有八名是家里已经同意上初中的。剩下的二十六名学生，束校长与另外一个老师各分一半，他叮嘱那老师：每一家都要走到，你不要怕费脚头、费口舌，多说合成一个，就等于给我们东坝多出了个人才，他修成了正果，我们就等于是造了七级浮屠……

初夏的夜晚，虫鸣啾啾，露水正在无声地降落，家家户户从窗户里射出微黄的光线，敲响每个家门，就像进入了一个特定的梦境——女人还在锅台忙碌，男人则在灯下打磨钝了口的割刀，孩子从灯下抬起惊讶的目光，他发现束校长的神色显得分外郑重，校长向前探着身子，有些不自信，又有些难为情，开了口：让孩子去念初中吧，没准儿，几年之后，就是一个大学生呢……

大学生？这是多么遥远的名词，遥远得都像在做梦了，孩子看看父母，又看看校长，突然袭来的倦意让他趴在桌上眯起了双眼，而他的命运，也许就在这几分钟内，在束校长与父母的低声交谈中，显露出明确的路径……

出了学生的家门，束校长总走得特别慢，一路上慢慢推算：刚才，有哪几家是有允诺的，有哪几家怕是落了空的。

3

走着走着，似是无意识地，还是回了学校。

月光下，他顺着每间教室走，一年级教室、二年级教室、三年级教室、四年级教室、五年级教室、六年级教室，像把整个学校重新参观了一遍似的。最后，停在教室后面的飘地上。

那地里，伊老师已经刨出一行行的洞了，束校长知道，花生种子已拌上了水与草灰，在草垫下闷着，明天就会下地。月光下，那些小洞，带着淡淡的阴影，小嘴巴似的，张着，焦渴地等种子进去。

束校长恍然地觉得，他的心，也像这六分地似的，同样地有着许多的空虚的小洞，同样大张着嘴巴，焦渴地等着种许多的学生进去——在东坝小学的这么多年，他一直有个梦想，想要在他做校长的任上，能培养出一两个出息的大人物来，哪怕那人物，大到最后，都记不得这么个东坝小学了，那也没关系，他束校长自会记得的……

可是啊，就这么个梦想，每年却都还像是燕子似的，新生报到入学的时候飞来了，毕业生离校的时候又飞走了，让他从不敢认真指望。

束校长习惯性地抬头，月光下，那长长的电线竟成了银色的一般，闪着暗哑的光，空空荡荡——这会儿，燕子们都在东坝人家的屋檐下睡着呢。

六

1

漫长的暑假，学校的操场顺理成章就成了周围人家的公用晒谷场，杜老头自是用得最多，新收的麦啊、玉米啊、蚕豆啊、山芋干啊、腌瓜条啊，白天摊开，晚上聚拢，一天天的，晒到最后，拿起一颗来，放到牙齿上嗑一下，"嘣"地便裂，嗯，对了，这才完全地收起，秋收冬藏，妥当地存放到他的房屋里去。

束校长有时也到学校转转，算是个检查与管理的意思，其实并无要事，小学校里能有什么，不过是些桌椅书本，哪个稀奇。再说，有杜老头在那，操场上晒的那些东西，因要移树荫、移屋阴，隔上个把时辰，他就要给晒物翻身的——但束校长仍要是来的，这里面，有种形式主义的责任与担当，他喜欢。

巧了，这天，倒碰到伊老师。后者打扮得像个稻草人，大草帽的檐子遮得脸都看不见。他在锄草。

　　现在，那些花生与黄豆，都长得有半条胳膊那样高了，但在它们的字里行间，杂草也长得欢着呢。伊老师便在锄它们。

　　伊老师见校长来了，便小心翼翼地从地里跨出来。两人站到屋阴后，略微有点穿堂风过，不那么热了。伊老师摘下帽子，脸热得通红，身上的衣服灰不溜秋，被汗湿透了。束校长想想自己——面上的肤色、布鞋的勒口、身上的汗衫，都太白了，白得让他生自己的气，白得不能够站在伊老师面前。

　　但伊老师不觉得，他用草帽扇扇风，倒有情致讲起诗来：所以说啊，古时候的文人，其实都是乡下人，你看那句，锄禾日当午，为何要当午？他懂得很呢，只有当正午，太阳最毒辣的时候，锄下来的草才会真正枯死，要不然，那些个杂草，接到一点水汽，就马上生根复活了……

　　束校长听着，更加不安，他摸了摸，倒忘了带烟。两手空空，很对不起人似的。正为难着，却见杜老头捧着个大西瓜来了，一路滴着水：喏，我一直吊在水井里的，你们快吃，正冰得好！

　　于是便吃瓜，果然冰得激牙齿，汁水交流。这一吃，伊老师更有心境了，乃至做起远景规划：束校长，你可知道？这个黄豆啊花生啊，特别"伤"地，你想想，根在土中，枝在土外，它们倒那样无中生有地结出花生、结出黄豆来，消耗该有多大！所以，决不能连着种的，地会给掏空的，因此，明年呢，我打算改种大蒜、西红柿与青椒，嘿嘿，卖到县城里菜场上，听说价格全都贵得很！

　　束校长心里面直摇头，不对的，这片地，种些五谷倒也就罢了，依稀有些古风似的。蔬菜？绝对不行，他不能想象那样一个场景：伊老师，蹲在某个地方，跟人家讨价还价，然后，拿回来一堆带着大蒜味儿的零钱！

可束校长没有说出来，只把话另外岔开：我倒问你，上次的菜籽，卖了多少钱？

这下子倒把伊老师给问得警惕起来，他以为校长等不及了、对这片地失去耐心了，对厕所的大业有所退缩了——想了一想，他决定滑头了：校长，你别管这么细啊，反正我都记账的，你要信得过我，到年底了，我一并把收支报给你，或者，你慢慢等着，哪天我突然就跑过去告诉你：校长，钱凑齐了，咱们可以盖厕所啦……

束校长这一听，也自觉问得唐突，倒好像不信任人家似的。他脸上一热，即刻夺过伊老师手里的草帽，拿起锄头便往地里走。其实，他还真没锄过草呢，可是，应当不太难吧。

伊老师拦住：校长，你的鞋！

束校长低头一看，可不是，瞧布鞋的侧边沿，那一圈该死的白！但不管了，束校长要跟唐朝的李绅攀比，人家那么出名的知识分子啊，都"锄禾日当午"！他束某人也是可以作为一下的。

2

九月份的开学，全校皆喜气洋洋，犹如大家庭添新丁，这也是束校长最为高兴的时刻。瞧瞧吧，那一群群面色红黑、瘦小结实的小不点新生，活像新收上来的山芋，好似还带着泥巴、带着枝藤呢。跟往年一样，有胆小爱哭的，也有泼辣浑不知事的。

报到时，束校长一个个地看，问名字，记模样；做操时，他又会挨个儿地看，问名字；路上碰到打闹的，喝住，再问名字……这样，三五天下来，新生的名字他就差不多能叫得全了。

全校的孩子都是这样过来，他统统记得名字，这一点，是最让大家佩服的。所以东坝人若要讽刺一个人的记忆力，便会这样说：你看你，你以为你是人家束校长啊！

但他的记忆力在经济上不行，前面也说过，他是有意为之，总之，学校的账目，来来往往，无论大小，都是伊老师一手在管，从无差错。伊老师记账，有个特点，分得颇细：日常用度是一本，教师工资是一本，学生学费是一本，学生书本费又是一本，逢上张干事他们下来检查了，他便捧着一小撂本子，坐在那里，嘴唇抿着，要什么，他便准确地抽出一本来，翻开，只见一长串数目，顺溜地往上斜……这回，为了这六分地，自然，他又新建了个账目。

可这本账目，伊老师却记得不似其他几本那样漂亮了，下笔之际，常有犹豫，黑白之间，欲言又止。

——再过二十来天，这第二熟的花生与黄豆便可以收获了，可是，参照上次的菜籽售卖所得，可以预计到的，数目很不乐观，就算累加起来，就算以后每一年的收成都能保持这样的水准，乃至略有上扬，但，这离建一个厕所所需的费用，还是远得很，从东坝到北京天安门那样地远。

说起来，筹钱建厕所这件事，大方向总是没有错的，只是，在时间上，伊老师自觉，他实在是诳了束校长：在其退休之前的这五年，恐怕绝无可能了。毕竟，那厕所，要砖瓦、要水泥、要木料、要人工……为此，伊老师愁起来了，这愁，还是独个儿的愁，跟任何人都说不得。

特别是昨天，他听班主任老师给新进来的一年级新生训话，讲学校生活的各项纪律，前面各条，皆冠冕堂皇，讲到最后一条，却啰啰唆唆的完全上不得台面：上厕所，要男女分开排队，要抓紧时间，大便最好在家里解决；裤腰带要学会打活结，不会打的同学要互相帮助；上完厕所，不得在杜家逗留玩耍，更不准乱动乱碰……伊老师在外面听了，忽然感到一阵沮丧，浑身都失了力气般的。

正在那里呆滞着呢，迎面倒见束校长笑嘻嘻地过来，他是刚刚从乡里开会回来，一路走一路在戴着护袖：伊老师！两个好消息！刚才会上宣布过了，全乡九个小学，数我们东坝小学今年新生最多！第二，乡里中学的初一年级里，我们东坝小学升上去的，排在第三，这是了不得的，以前，常常排在老末呢！看来，家访不家访不一样的！乡里叫我介绍经验，我没保密，我就全告诉他们，怎样一家一家地走……

伊老师配合地笑笑，看束校长那欢喜模样，他实在开不了口，说任何扫兴的事情。唉，还是先自个儿含在嘴里咽在肚里吧。得，还是到瓢地去吧，侍弄得越好，应该离厕所便越近。

3

实际上，现在的黄豆与花生，皆已临近收获，就像停止发育的孩子，再给什么好吃好喝的，怕也是白搭，说不定还会沤了涝了。可伊老师想，用眼睛瞧着、好好地瞧，那肯定只有好处没有坏处——这个道理，在学生身上最明显。每次乡里搞单科竞赛或是模拟测试，临到考前，给学生们讲重点讲难点，倒越讲越糊涂，但是，好好瞅瞅他们，说几句轻松的打气儿话，效果却好得很！

伊老师于是便蹲在那里看。

黄豆的叶子上满是锈斑点儿，豆荚也是绿中带黄，里面圆圆鼓鼓的豆儿似乎都能看得见摸得着，这样的好太阳再晒个五六天，就会完美地黄了……可那些花生，城府就深了，只是埋在地里，完全不显山露水。可这个，叫伊老师喜欢，正如他喜欢山芋、藕、芋头，这一类的作物，似有一种通人性的狡黠与幽默，从小长到大，只管吃化肥喝粪水，对农人的回报，却瞒得结结实实，像在考验这弄地的人，你力气如何、你手艺如何，你舍不舍得下本钱……直到终了，把土地打开，像拉掉幕布、掀掉面纱，其根部的果实，忽然就摊手摊脚、饱胸凸肚地出来了——但愿啊，这瓢地的花生，跟东坝所有的花生一样，是肥硕的蓬勃的……

伊老师就这样看着，一边默默地祷祝。忽听得后面有轻轻的脚步声，不用回头就知道。束校长。

束校长仍然保持着残留的笑容，但他没有陪伊老师蹲下来看花生。蹲，这个动作太东坝了，他要一蹲，就不像是校长了。他把伊老师拎起来：嗳，都快要收成了，怎么你个脸倒是这样？有什么事跟我说说好了。

伊老师却赖着不肯起，他偏要让自己矮在那里，以便传达他低落的心境：校长，我对不起你。这几天，我估算出来，这瓢地，怕要种个七八年，才能把厕所给种出来。

束校长"嗨"了一声，向四处望望——没有东坝人经过，也看不到学生——他便叉着脚挨着伊老师蹲下来，咕咕地低声笑了：是啊，一开始我是急的，最好马上就能种出个厕所来，可现在，伊老师，你可能都不信，我倒不那么急了，我甚至想，就这么一直种下去，也未尝不可。唉，四时行焉、万物生焉，这六分瓢地呀，这么地小，却又这么地大，大得令我惭愧。看看我，太狭窄了，种下个小学生，就老指望着要长出个大学生。这其实是不对的。总之，我现在，太喜欢这片瓢地了，它比我强，我喜欢看着它长得这么实实在在的……

真的吗？伊老师也低声笑起来，他信束校长的话；可他同时又认为，束校长这是在安慰他，也在安慰自己。

可是，伊老师，我们还是没法再种下去了……其实，我到乡里开会，还带来个消息，我刚才没告诉你。伊老师听到束校长站起来了，一边掸他的护袖。这个动作，分明是个假动作。束校长到底要说什么？

嗯，就是关于这瓢地。乡里的意思是，这一熟收上来之后，下面，就不要再搞了，宁可野着，长草。

束校长的声音从上面传到伊老师的耳中，特别地轻。

4

最后一熟的黄豆与花生，收上来，在操场的一角，晒了许多天，一直晒到十月底起秋风了，伊老师才懒懒地收起来，抓在手上看了半天，粒粒饱满，令人心疼，不看也罢！索性一股脑儿地转给杜老头，让他代卖。

他现在只是想这块地的账本，记得半半拉拉的，虽说余得不多，但毕竟，有一些钱在账上呢，不能就一直这么挂着吧。他也请示过束校长：要不，几个老师，把这钱……

束校长马上大摇其头：喷，你怎么不懂事了！我们自己万万不可拿了这钱，一拿，那就真成问题了！放着吧，就放着吧。

于是，那账本以及账本后面的一点钱，就一直放着。像块咸肉挂在梁上，随着越来越凉的秋风，慢慢地变得硬了、风干了。

这之后，还发生了一件小事。归根结底还是跟厕所有关。有学生拿了杜老头家一样小东西。

是个三年级的男生，啥也不懂，小解后便进屋子东窜西窜，不意进了人家小媳妇的厢房里，一眼瞅到个药瓶儿，就拿了出来——男生们喜欢趴在地上玩一种瓶盖子游戏，谁搜集得多，自然本钱就多，就可以做老大、玩得更痛快。

束校长平常没事喜欢在学校里四处巡逻，看到地上有片纸，捡起来，有块狗屎，铲掉，白墙上有鞋印儿，擦掉……可这天，他捡到半瓶子药，正稀奇着呢，定睛一读上面的小字，却明明白白写着"探亲避孕药"。

束校长简直受到惊吓了，连忙用手握了收到裤袋里，一面用最快的速度拼命地想：这是哪里来的？

可越是着急却越是糊涂，只得找了伊老师，把东西拿出来，两人一起研究。伊老师头脑倒是一片雪亮，连用两个"肯定"：这肯定是杜老头小媳妇的。肯定是学生在他们家拿的。

何以见得？

上半年搞计生普查，我被拉去帮忙登记，知道一些情况。我们学校三个女教师都做过手术；并且，这附近几十户家，只有杜老头家儿子在外地当兵，两地分居的，才会用得上这个……

哎呀，这个！束校长完全地噤住了，他想到那样的可能性——紧要的时辰上，杜家小媳妇伸手取药，却扑了个空，因此上，她生出个二胎，乡里计生办追根溯源，一直追查到东坝小学……

这可怎么办呢？束校长束手无策，像要交白卷的学生。

这个倒也好办。一个班一个班地收瓶盖，找到相配的，再找那瓶盖的主人，然后，让他自己去还，哪儿拿的，放哪儿，就当什么事都没有。伊老师不紧不慢的，但有下半句话，他没说：这可是个严重的信号啊！

是啊，这个事情，算是过去了。可伊老师知道，伊老师知道束校长也知道：这个厕所，急迫的，真的是个天大的问题啊，跟基本国策一样的大，绝不能将就……他们一定要找到解决办法。

七

1

想法嘛，也像种子，只要在心里埋下了，总会拼命找水找土找空气，然后，弯弯曲曲地发芽。伊老师心里的种子，突然地，找到个发芽的地方了。

因快到元旦春节，跟全中国所有的地方一样，大会小会特别地多，讲安全、讲计生、讲禁赌、讲过冬防冻等等，小学也是一个单位啊，要拎上去坐在下面，束校长呢，顶怕开会的，就总差伊老师去顶窝子。

好在伊老师是个全面的人才，捧个本子记录、鼓掌、表态什么的，都能做得很场面。最关键的是，他特别能领会会议精神，就算是一掠而过的话，他也能抓住其重要的言外之意。比如，这次，在一个传达县委精神的会上，他突然听到一句：某个了不得的大企业，无偿资助全乡教育资金多少多少……

伊老师忽然感到，他藏在心里面的那粒种子，耸动了一下。

回到学校，他就找束校长紧急汇报。束校长，这个人啊，就是这方面不够敏感，他张着嘴，不明白：怎么了，这句话怎么了？

我们可以去争取一下啊！说不定，能要到点钱……伊老师不愿意直接说出"厕所"这两个字，这是个大计划，说出来，怕破了。就像东坝人求菩萨保佑个什么似的，只宜在心口里默默地念，不好直接说出来的。

这下，束校长懂是懂了，可他非常悲观：那些个钱！肯定是要办大事情用的，哪里轮得到我们这个……束校长也不说那两个字。

谋事在人嘛。伊老师嘴巴收紧了，显出一点世故来。正好到年底了，我们不如，正式地邀请张干事，下来看看工作，顺便请他吃顿饭吧。他在上面，总是能替我们说上话的。

吃饭？束校长下意识地把脚往回缩了缩，离开伊老师几公分。这是个好主意，可也是个为难处，他手里可没有请人吃喝的款项。

伊老师倒往束校长前面又凑近了几公分：你放心。不用另外花的，我们那瓢地，账目上不是略有些菜籽的收入嘛，加上放在杜老头那里代卖的花生与黄豆。总之，取之于公、用之于公，没有关系的。差不多刚好能吃顿像模像样的饭。你听我的，这样做，肯定只有好处，没有坏处。

2

张干事欣然答应了束校长的邀请，风尘仆仆地骑着自行车来了。张干事其实是有些歉疚的，一撑好自行车，倒先往那教室后面的瓢地里去了，他看了看地边上一圈篱笆——时日太久，红色的塑料绳也早掉色了，松散了，在风中飘。他有些感叹：束校长，这一看，就知道你是花了功夫的。

然后，张干事才看教室。这是星期六的下午，孩子们都回去了，大扫除过后的教室，四处亮亮的还留着水印儿，黑板被擦得太干净，倒显出边角处的磕巴与裂缝。板凳都搁在桌子上：有方凳有圆凳，有长脚有短腿，像不同的孩子坐在桌子上玩儿似的——东坝小学，只有统一的课桌，板凳是学生从家里自带。学校后面的墙报，贴着一圈的作文纸，糨糊干了，那作文纸便歪斜了或是脱落了。

束校长带着两个教师陪着张干事在前面看。伊老师和另外几个教师却在杜老头家的灶间忙得团团乱转。这顿请饭，所有的酒菜，都在杜老头家操办。

杜老头大略也已知道，这饭是为了厕所呢，但杜老头还是忙得分外活跃，如同自家中的大事，他对整桌饭菜的格局提出了许多建设性的好意见，伊老师从善如流一一采纳了。

酒嘛，不用说，洋河大曲，硬碰硬的，东坝人家招待贵客，都兴这个。

黄豆与花生，正好现成儿的，前者卤了，后者炸了，满碟装了，管够。另外切上一盘猪头肉、一盘咸鱼干，都是土产，不费钱。这四样，下酒再好不过。

仍是黄豆，杜老头拿到豆腐坊，换回上好的百叶与老豆腐。再到塘地里去挖些茨菇，到地里割了肥得发黑的韭菜、大蒜与冬油菜。到鸡窝里杀了只鸡，捡些草鸡蛋。秋收的大米与面粉。反正，看到家里有什么现成的，便取用了——伊老师呢，不含糊，一一记在小本子上，他不会亏待人家杜老头的，这一点，老杜也是有数的。

另外，买了肉，称了鱼。

这么的，炒菜汤菜也出来了：韭菜炒百叶、小葱炒鸡蛋、大蒜回锅肉、清炒油菜、茨菇红烧肉、蒸江鱼，最后上的是三鲜鸡汤，还有油炸面饼子……虽然都是家常菜，但油足量大、用料讲究，味道很正，特别是那鸡汤，杜家小媳妇用麦秆小火足足熬了三个钟点。

3

找了间空教室——就是原来被伊老师堆过菜籽秆、被束校长当作排练室的那间，几张课桌一拼，一个张干事、一个束校长、八个老师，吃了没几口，就喝开了，喝了没几口，脸就都红上了，话就都多了。

这人与人之间啊，吃饭与不吃饭大不同，不吃，便永远是那么淡淡的，好似不远不近、不疼不痒，可是，若筷子勺子在同一个汤盆里碰碰，酒杯端端，一下子，就质的飞跃了。

张干事喝得不少，嘴巴明显地松了，他甚至隐隐约约地流露出来，明年，他似乎是要高升了，要从干事到助理呢！伊老师最会顺杆子爬了，他当下就举杯祝贺起来，简直显得有些轻佻，并且还那么功利，要张干事"高升后，要一如既往、多多关照东坝小学！特别是在经费计划、经费下拨方面，要体谅到东坝小学最大的最急迫的难处"。

这话，多好呀，束校长听在耳里，像有人替他在背后抓痒，上面下面左面右面，全都挠到了——特别解苦。可是尽管如此，他还是觉得不堪，太赤裸裸了，好像都要把裤子拉下来暗示"厕所"的事情了！他连忙端起杯子来刹住伊老师的车，另外寻了些冠冕堂皇的话：张干事，年轻有为啊，前途无量……

喝多了的张干事是糙话细话一概收下。说实话，他喜欢这桌饭，喜欢这桌上那一张张油乎乎的嘴、红扑扑的脸，喜欢听他们想什么便说什么。没错，他今天为什么要来，为什么真的要吃下这顿饭，他就是要带好消息来了，就是要让他们高兴呢！那笔资助款，已研究过了，如何分配如何下拨，亦已有了大致的意向，其中，东坝小学这里，方才束校长、伊老师含在口里一直没说出的那个事情，正是非常有希望的……

张干事便点起头，非常痛快地再次地喝，并且响亮地放了个大爆竹：放心，春节一过，下拨到位，专款专用。

奇怪吧，连张干事都没提那两个字，也许只是因为避讳着大家在吃菜喝酒，但每个人可都听得明白极啦！老杜推门进来送酒——可不是，两瓶洋河不够，又买了一瓶来，却见一屋子的人，都笑得那样地美气，老杜更加高兴了，准是这桌菜，整得太漂亮了，看他们吃得那个油亮劲儿……

临到走的时候，张干事想起什么：对了，这是面新国旗，最近刚到的。给你们带了一个来。

八

1

崭新的国旗周一就用上了。迎着寒风，吹得猎猎的，风的声音一鼓一鼓。

束校长知道，要在大城市里，每到周一，小学都会举办隆重的升旗仪式，有专门的升旗手，还有专门敲敲打打的鼓号队。但在东坝嘛，条件既是不同，那就不攀比了。只要旗子升起来，都一样的。

东坝小学的升旗仪式，要讲特别，没别的，就是比较早。雾气都还没有散的样子，老师与孩子们的鼻头都是红的。为了怕孩子们冻着，伊老师先领着大家绕着场子跑，并抑扬顿挫地吹哨子，还喊口号——去！去！去去去！早睡早起！锻炼身体！去！去！去去去！

正在进入冬季的大地，原本是迷迷糊糊的，可是，给整个操场的孩子一跺脚，给那哨子一打拍子，倒醒过来似的，并且，连带着，整个东坝的早晨都提前到来了。这样，东坝小学的升旗仪式，无形中便有了个舞台似的，天地为幕，无边无垠。

束校长穿上了他的蓝黑中山装，他抬头看那旗子，因为新，所以特别地红，估计大老远地里做活的人们都能看得一清二楚。冬季里，整个东坝的颜色，一向颇为单调：草是黄的，地是褐的，屋顶是灰的，路是白的，没什么看头。所以，这新旗子一挂出来，真的很跳——它的这种红，东坝人没有不喜欢的。

红旗的下面，束校长让全体的师生都列队站整齐了。他迎着风讲话，事先也没想好，算是即兴了，为了文雅，他仍是没有提到那两个字。

同学们、老师们，大家看到这面新国旗了没有？这是乡里面特地送给我们东坝小学的，同时送来的还有一个天大的好消息，但是，因为时机还不成熟，我还不能完全地跟大家传达那个好消息，但我可以先透露一点，这个消息，跟大家的方便有关系，到明年，你们就瞧着吧，我们的方便就会特别方便了……我希望，大家要时刻记住乡领导对我们的殷切之情，要化感激为力量，好好地学习、天天地向上！

他的话，在清凉的薄雾里，响亮极了，特别是讲到最后一句，束校长很自然地把音量调高、上扬，这是要大家鼓掌的意思了。其实那些大同学小同学，未必就听得十分地明白，但有老师带头鼓了，于是孩子们也就一起跟着鼓了！啪啪！啪啪啪！

渐渐散开的雾气里，学校操场边上站着一小圈望呆的人也慢慢清晰起来，他们——本是走在做活的路上，或是收了早工准备回家，或是骑了车子打算出门采买，因看到红旗，又听到束校长讲话，感到这是一个特别好的热闹，便纷纷地停下来瞧，何况，操场上那一群高高矮矮的里面，还有自己家那个不成材的呢。束校长讲完，他们，也跟着孩子们鼓掌了，鼓得还更加响亮、热忱，包括杜老头，他一边拍手一边谦和而满意地对边上的人点头，因他家离学校最近，这热闹便像是他自家的，是他招待大家似的……

2

散了这大规模的升旗仪式，束校长看看表，正好要早读了，便走到老铁钟前，拿起放在窗台上的铁棍，当当当地用力敲起来，四散着耍乐的学生们，像一群碎屑子似的，很乖地，全都被这带着铁锈的钟声给吸到教室里去了。

各位带课老师到班上瞧过一圈，布置下任务，就让孩子们自去读了。老师们依旧回到办公室——每日的早读课以及星期三下午的一节自习课，老师们是有时间一起说说话的，这个时候，办公室的调子是最为愉悦，他们的谈话充满了一些只有他们自己才能意会神传的小暗号小典故小谐趣，其出处，会是某个学生离奇的造句，某本参考书闹出来的笑话等等。这种极为放松的谈天说地，似乎为他们营造了一种与外界隔绝的独特氛围。特别是冬天，透过那带有水汽的窗户、穿过操场，往远处看，还能见到正在寒风里劳作的乡邻——对自己这一刻的超脱与闲逸，老师们均发自内心感到珍重而惶然，最终便会掐住谈话，低下头来批改作业。

但今天，他们掐不住了，刚才的仪式让他们兴奋起来了，想到那"方便处"，竟一个个热烈地讨论起来：具体的位置，男门女门的朝向，做几个蹲坑，接不接电灯，索性高级一点，安个白瓷的洗手池如何？再砌一圈花坛如何？等等，讨论得不亦乐乎，好像那不仅仅是一个厕所，而是一个景观，一个可以无限美化、叠加、寄寓的理想国……

这种闲谈，束校长一般是不参与的，可今天，他也按捺不住了，他奇怪这么几位识文断字的老师，竟然忽略掉一个最根本的事实：电线杆。他们怎么忘了在电线杆上做文章呢！而正是关于这根电线杆，束校长有他的美学设想。

束校长于是也开口了，另辟蹊径：要我说啊，起码有一点，咱们得考虑到那电线杆！要知道，它是让不过去的，一让，那厕所的位置就偏了、不对了，所以，这电线杆，肯定得从厕所中间穿出来，所以嘛，电线杆四周，是要挖出个大天井的，这样也好，可以通风透气，再者，你们知道吗？不加顶，还有个最大的好处，可以看到天，看到电线，看到电线上停的燕子。你们想想看，蹲在那里，一抬头，就可以看到燕子停在线上，恰如一行谱，岂不正好有些诗情画意……

其实，最后几句，大概才是束校长最想表达的重点，几个老师都笑起来，束校长说得的确有道理，没有错的，可是，听上去，就是有点想发笑啊！

3

这些讨论与笑声里，少了一个人，束校长眼睛一溜，发现了。是伊老师，那家伙，肯定又到那块瘪地边上去了。要在此前，束校长必定是要跟了去陪他一会儿的，但今天，算了，让他自己待着吧。

束校长只移到北窗跟前，用手抹一抹雾气，往外看。远处的河，白白的，像是已结了冰。有人牵着瘦瘦的牛慢慢走过。电线杆上，有两只缩着身子的瘦麻雀，大风吹得电线晃动，雀不动，也不飞走。

电线杆和雀的下面，是伊老师的背影，正绕着已经零落了的竹篱笆转，看那曾经丰饶着而今却袒露着的瘪地。慢慢转了半圈，伊老师四处望望，忽然蹲下来，扯出几根枯黄的草茎，送到嘴里，嚼了起来。

束校长呼出来的热气挡住了视线，不用看了。他知道的，那同一个地方的草茎，就是昨天，在张干事走了之后、在他留下了好消息之后，带着一丝难以解释的失落与怅然，他也曾蹲下，也扯下来嚼过。是啊，只有嚼了才知道，那细细的草茎儿，别看外面黄得焦枯，可茎儿中心，却还是泛绿的，闭了眼小心地品，略有些涩涩的草根香。

2008 年

伴 宴

一

看来这一次是让不过去了，得找她"谈话"。

仲熙半是期望半是忧焦——说实话他是最愿意找她"谈话"的，哪怕是为着一个注定不欢而散的题目。

她姓宋，单字一个琛。以"王"作偏旁的字，通常与玉器有关，仲熙明明知道，还是特地翻了字典：琛，"珍宝"之意。这位珍宝姑娘是琵琶手，据说祖辈是大家，族中弟子好玩，器乐上个个都有专擅，若能同堂，拉出来起码能站满半边台子，包括一干亲戚，也大多与民乐沾边，最不济的，也是调音师或在器乐厂做松香。

仲熙的扬琴，高二才学，后来虽是进了艺院，专业上只能算个半吊子。所以，对宋琛这种带有童子功的世家出身，总觉得有些神秘，况且，宋琛这个人，怎么说呢，她真是不好说的一个人。

她模样挺好看，但这好看颇有争议，因她眉眼较硬，五官十分浓烈，总之相当西化，若走在繁华大街，十分相宜。但她是弹琵琶的呀，这味道就明显不对了，往台上一亮相，是要减分的。

她业务也好，是团里一顶一的"大牌"，从省市到国家，能拿的奖都拿过，除了德艺双馨奖——就算她有一天资格够老，也绝不会拿到。不知怎么搞的，宋琛的人缘相当不好。这大概缘于她对个人隐私莫名其妙的高度屏蔽：她在团里，没有要好的女友；平常与众人对话，从不推心置腹，永远保持在社交寒暄的尺度，有时甚至连寒暄也省略，只说些必要的工作之事。这就叫人不舒服了，业务好就可以这样拒人于千里之外吗？所以，连带着，人们对她的业务，也不大肯褒扬了。

同时，由于她的冷淡，还造成了一种奇怪的陌生感，人们天天见她，却总说不上是真正认识她，比如，她的私人状况。除了年龄，去年二十八、今年二十九、后年三十，这个是清楚的、可控的，但别的，却一概囫囵：有男友否？已婚否？已离婚否？在分居吗？另有新男友吗？可真气人，这方面的来往与离合，她从来只字不提，填表时碰到婚否之类的格子，亦毫不理会地空着；家庭成员一栏，永远只写父母二人。若有人故意问起，她要么轻蔑一笑，要么信口胡说，用很低级的谎言来敷衍，像是着意嘲弄对方的智力与好奇心。这一切就让人更加愤然了：有什么不能说的啊，谁比谁更金贵啊。你当你是生活在西方啊，一个搞民乐的，怎么着也该讲点中国的人情世故吧。

仲熙从文化局调来民乐团时，宋琛就是这么个背景与现状。介绍别的乐手，钱主任最多花五分钟，但讲到宋琛，钱主任倒足足说了半个钟点。所以，从一开始，仲熙就记下她了，不过，对她的这种种作为，倒也没大惊小怪。仲熙前几年在文化局，跟各色各路的艺术界人士打交道多了，他是知道的，这种"夹生"（金陵土语，不合作之意），乃艺术人士的专利，算不上什么大毛病，再说，也正因为人与人各不相同，这世界才有点意思嘛！

此外，还有一个小小的原因：仲熙三年前的离异，除了至交亲朋，一般人，他也是从不提起。所以，某种程度上，他理解宋琛，说不定，私生活上，她也的确是有难言之处吧。

真正一起共事，仲熙慢慢发觉，这个宋琛，虽然有点怪气，但总的来说，很讲道理，合情合理的分内事，她十分认真；反之，则寸步不让。仲熙其实倒喜欢如此，怕就怕那种忽左忽右、缺乏原则的人物。

直到碰上她拒绝"伴宴"，仲熙才意识到，宋琛，是个问题。

二

何为"伴宴"？这是团里约定俗成的简称，详指"给宴会伴奏"，具体说来，就是一席或数席的重要宴请，主办者邀请民乐团现场演奏一台音乐会，以助清雅之兴，使吃饭活动成为更艺术的娱乐、更高档的社交……若干年前，伴宴一般都是政治任务，级别约莫为市宴、省宴，在座的总有党和政府的领导人物，且半数涉外，有展示民族艺术瑰宝之意，乐手甚至要政审，众人为此突击排练、加班迟归，皆无怨言，反倒甚觉荣耀，因为日后说起，他们曾经为"某某""某某某"或"某某·某某某"奏过一曲。

但近年情况有变，因所谓体制改革之故，民乐团得自己"找饭吃"——这个比喻，简直全无斯文，仲熙十分反感，但上上下下各种场合反复提及，他也就渐渐麻木了认同了，何况他还得带头去"找饭吃"——替团里上下的工资、奖金寻到出处！

唉，说实话，民乐的饭食，难找极了，现今谁有工夫、谁又有那个静气坐下来听一曲《渔樵问答》或《蕉窗夜雨》！到各处去联系演出，十有八九都是婉谢的，要么就问他有没有"十二乐坊"那样可以在台上边拉边扭的女队班子。唉，这当中的辛酸与委屈，不说也罢。总之，到最后，贵贱不遑挑，细小不敢舍，连"伴宴"

也成为乐团上下老小的"饭食"之一种——企业主的周年庆，多金者的婚庆典，谈判方的鸿门宴，等等，只要有钱，民乐团无不贴身而上，弦动琴响，务求主客尽欢。

而伴宴一旦落到此等地步，对乐手们的自尊，便有了普遍意义上的打击，特别是碰上那些宴客，他们不再是从前的宴会聆乐者——吃饭几无声息、曲终必要礼节性拍手、只在两曲之间才相互致敬，而今，他们是各席面间奔走不息（名为"打的敬酒"）、或数人同时敲桌干杯（名为"集体过电"），同时大声倾谈，以段子取乐，击掌哄然大笑，更不要说接电话、喝交杯酒、醉了乱嚷的，总之其景堪比闹市，全然不管台上的弦唱箫吟。

也曾有乐手为之冲冠一怒、抱琴而去，但又怎么样呢？隔几天还是要捏着鼻子上台。故而，大部分乐手都还是"懂事"与"配合"的，放下小我，服从大局，以"找饭吃"为第一要务，上了台只管垂着眼皮佯装自我沉醉。况且，也就是一台拼盘音乐会嘛，曲子都是经典选目，大家早已熟腻至极，真正奏来，并不耗费多少精力。算了，世事已至此，不独民乐，各样自命或被命为"高雅""严肃"的艺术，都是曲中求直、苟且偷生的，还有什么好说的。

也只有她、这个宋琛，从头至尾，一直是固执地保持着"大牌"的底线，抵死不肯"伴宴"，谁也说不动她，提到那两字，简直像剥了她的面皮、折了她的风骨。好在团里另外还有两个琵琶手，也能应付过去了，反正谁上台谁拿演出费呗。

这样，过往所有的伴宴，包括大小商演，从上一任团长手里就开始默认了——不喊她。只是，从组织纪律、集体主义的角度来看，作为一个业务尖子，她这等于是在公然对抗"创收"，把自己与众乐手拉开层次，总之，影响不大好。

况且，目前的问题是：周五的这次伴宴，负责付钱的客户点名就要宋琛登台参演。

三

"客户？"坐到仲熙的办公室里，才听了半句，宋琛就冷笑起来，果真是大牌的脾气，"也对，所以我们团还有市场开发部、第三产业，而乐队呢，干脆叫流水车间好了。您呢，就是老总、CEO，可别再说自己是团长。"

仲熙望望她，就让她说两句吧，只要最终能答应就好。这次的客户，真的很有意思，说只要宋琛肯出来，他们还会介绍许多圈内的老总们来"照顾"民乐团。同时，在谈好的"伴宴"费之外，还特别暗示，会另外给宋琛本人一个大红包。换作别人，这"红包"会算个砝码，但她这里，仲熙决定提都不提，难保那只会把她推得更远——跟宋琛打交道，有种与众不同的挑战感，这反倒给了仲熙一种莫名的兴奋，要真能说得动她该多牛气！

"人家老总点名要听你的《十面埋伏》，说明是个行家呀，是个知音！自古以来，士为知己、女为……"仲熙开始编，这个角度肯定比"红包"更适合宋琛，许多恃才傲物的人，都会对知音网开一面。

"哼，这也叫知音？那全中国人都是我知音。不论谁，初次见面的，只要一听说我是弹琵琶的，对方就会一边点头一边说，哦，《十面埋伏》！《十面埋伏》！蛮好听蛮好听！"宋琛活灵活现地模仿起那种假充内行的神态，逗得仲熙差点儿笑起来，同时也暗自后悔，刚才该讲她的得奖曲目《霓裳羽衣》或《飞花点翠》就好了。

"你知道吗？那公司，不是一般的气派，人家本来打算请省歌舞团弦乐队伴宴的，那边连曲目单都准备好了，全是崇洋媚外的世界名曲，多亏我们这边的钱主任会办事，中国气派呀、民族精粹呀、传统经典呀一通轰炸，总算把这笔业务给抢了过来。"仲熙知道搞民乐的往往会跟西洋乐较劲，他便故意无中生有，想激发宋琛的好战心。"而且，钱主任还跟我说，这家公司，因为是总部，所以每年都要搞元旦迎新、中秋茶会、新春团拜、VIP感恩宴之类，若这次伴宴弄得好了，会成为一个长期的高端客户，最起码，咱们每个月的福利就有了呀！"仲熙知道自己满嘴商业气味，但这会儿是故意如此，他就不相信，这个宋琛真是个不食人间烟火的，下个星期就是端午节了，到时发嘉兴肉粽与高邮双黄蛋她会不拿？

"反正我不会去的。"宋琛突然收了话题，全然不顾仲熙方才的一通说教还余音未绝。她站起身，仲熙以为她要告辞，她却站到窗户边往院子里看。

那个位置，仲熙也经常站。

民乐团的院子原本就小，加之现在有不少乐手买了车，里面更是挤挤挨挨，有人甚至嚷着要把两棵长了多年的柏树给移走。唉，每次站在这个窗口，看到那些锃亮的车子以及匆匆来去的乐手，仲熙心中也说不清是喜是忧，总的说来，民乐团是庙穷和尚不穷，很多乐手都在私下里带学生，虽然课金比西洋乐要低不少，但若是有些名气，也肯吃苦，外快还是可观的。搞创作的人呢，则在外面替人编曲子，节会庆典、店歌会歌之类——真正临到自己团里交代的差使，反倒成了兼职似的，草草应付了事。这些公私夹缠的情况，仲熙心中十分清楚，但也不忍下快刀禁行，说到底，他感到自己并无充分的理由与充分的底气，就算众人每天八小时齐齐坐在团里，又哪里去找那么多的演出项目、去保证大家的荷包呢。民乐呀，有时狠心想想，真像个老妇人，唉，本便是一日闲过一日、一日枯似一日的。

大约是见仲熙一直没有回答，窗前的宋琛又不咸不淡地加了一句："我之所以不去，也不是冲着你，是冲着外面。"

"外面是哪里？"仲熙倒也不急了，不知为什么，他总还存着一种朦胧的希望，觉得自己最终是可以说服宋琛的。

"于我而言，琵琶之外，都是外面。"宋琛顿了一顿，却又另外讲起别的。"唉，乐是什么？你一定知道这句：'王宫悬、诸侯轩悬、卿大夫判悬、士特悬。'从小，家里人就跟我讲这些，我也一向信以为真，所以，是无论如何不肯走下来去伴宴的，请你理解。"

仲熙知道宋琛讲的是周代礼乐制度——悬，大略是指编钟之类的古乐，周代等级庄严，"乐"乃至高享受，不可随便举之，什么人可听什么级别的"乐"，都有严格规定。宫悬，即四面挂，此为王者特权；次之，为轩悬，即三面挂，是赐予诸侯的；而判悬（对挂）与特悬（独挂）则是分别为大夫与士所定的界限，万不得逾越⋯⋯

仲熙听得明白，宋琛此话听上去像是自我辩解，其实，当是在讥讽自己吧——把民乐自高堂大雅弄得如此等而下之，乃至侍奉起一帮大嚼大吃的酒囊饭袋。可是，这又哪里是仲熙的错，由来已久矣，这"礼崩乐坏"连孔子都徒唤奈何呀。

但仲熙也不愿辩解，最主要的，他能感到，她对民乐的挚情，完全偏执于高雅一端，要让她转了弯上台伴宴，确乎是难于登青天，就好比是让一个专门吟诗作赋的人去搞有偿报告文学，完全说合不了的。

但不行，今天还是得说合！仲熙暗中咬牙，不是怨她，而是恨自己，为什么偏偏是个狗屁团长呢，得说各种言不由衷之辞、做各种不情不愿之事——这是世上每个人都会面临的迷局。况且，就算他肯让步，团里也没有人可以宽容她的洁身自好，凭什么为了她一个人的坚守，就要碍了整个团的利益，这对别的乐手而言，是不公平的：技艺虽有高下，但当初，哪个不是夏练三伏冬练三九过来的，从汗到泪到血，谁没流过？谁不想堂而皇之地万众瞩目、扬名立万！而今，别人都放下身段了，她怎的就不能放下！

想了一想，仲熙决定还是找她的软肋处说："其实，宋琛，我懂得你的意思。但我们的民乐，不是要你这样去关起门来殉情的。你得先让它活才对，它活了你才能活。你若真把民乐当了你的命本，什么伴宴不伴宴、商演不商演，这些牛角尖都不必钻。君子能屈能伸，大道迂回求索。我觉得你的想法，太过狭隘了！你再考虑考虑吧！"

宋琛此时已走到门口，听了这话，停下站了一会儿，却没回头，终于还是走了。

她的这一停，让仲熙感到：可能还有希望。

四

仲熙复又站到窗口，看宋琛青灰色的裙子从排练房廊下一直消失在器乐室之后。她的背影，值得长时间盯着看——比看她的正面要安全得多。仲熙早注意到，宋琛不喜欢明媚的颜色，哪怕就是演出服，也是冷色调，红、黄、橙这些从不上身。一直看到那青灰色的身影消失，仲熙忽然间若有所思，想到个小主意。

便把钱主任喊了来，后者一进门便眼巴巴地盯着他，见仲熙的表情，绝望地叹口气："没谈拢？真是的，连你的账也不买！怎么一点人味没有的，有本事她住到月亮上去！"

仲熙摇摇手，让钱主任介绍介绍这个点名要宋琛上台的客户。

钱主任先是不解，只喃喃地开始絮叨："嗳，是的呀，我当时也奇怪，就算宋琛在咱们圈子里算个名家，但社会上一般的人，哪里会知道她。不过我见到的人也不是老总，是秘书，小年轻儿，一开口就问我们团是不是有个叫宋琛的，我说有是有，但她不伴宴。于是这小家伙就买东西一样跟我讨价还价，中途出去接了个电话，回来后口气更牛，说只要宋琛肯出来，便如何如何，许下一串诺言，反之呢，就什么都不要谈了。没办法呀，我只有答应下来，人家出的那个价钱，多好的一块大肥肉！我要拒绝了简直就是犯罪呀！咦，对了，仲团长，莫不是，那家单位的老总看上宋琛了？"钱主任脑袋忽然一低，面上露出一种通用的亲狎表情。

仲熙一阵不快，被冒犯了似的，又觉得自己莫名其妙，何况未见得钱主任就是妄加猜测，于是也就顺势往下说："这样，你的人脉一向最广，去打听打听，到底怎么回事，弄清楚了我们也好主动一点……"

"万一就是那么个情况，这不等于就是宋琛给我们惹的事情嘛，这样，我们反倒可以拿住她，上台还是不上台，她直接去跟对方谈好了，省得我们为难！"钱主任太聪明了，聪明的话这么多、说得准确而露骨，让仲熙都替自己的念头害臊起来。唉，许多事，想得，做得，偏说不得。多少人，在世间痴滚了几十个年头，都弄不好这个分寸。

仲熙想起方才与宋琛的对话，她倒是"会"说话的，一百句里，肚子先吃掉九十九句，只把最后一句，骨头一样吐出来。要有机会，仲熙真想与她好好长谈一下，恐怕她不会相信，他仲某对民乐的爱之深、痛之切，并不比她少。

五

当初在艺院，仲熙的方向是音乐史与理论研究，除了扬琴，别的也玩过几样，均是粗通而不精。但那几年里，终日浸淫，或听或赏，对民乐的喜欢，已深入骨髓。无数个清风明月之夜，他在校园里独自走路，远远地听各处传来的缥缈乐声，总是慨然系之。京胡的愤而激越、箫的无限留白、梆笛的哑涩胆怯，哪怕就是木鱼的"笃笃"两声，都让仲熙为之牵肠挂肚、心神俱往——民乐的大底子，是一个淡墨写就的悲字，如同老人回首世事，欲说还休；但细节的表现与起承上，却又吵闹亮丽，有种随意的天真之气。尤其是这几年，经过了婚姻离合之变、事业起伏之变，仲熙的心境，越发沉郁，越觉得这民乐里的好，与自己的人生哲学颇为贴合，其妙处，难与人细说。

故从文化局下来主持这日渐式微、摇摇欲坠的民乐团，别人只当他是遭到发配、事业进入低谷——多少学民乐的都在往外转，他反从机关大院往里转，仲熙却感到别样的称心，满心期望就手按照自己的理解去革新民乐，使之起死回生、大放异彩……但没过多久，他即意识这一雄心的浅薄：民乐，如仅仅作为个人之好，仍可以像最初一样美轮美奂；但若作为一个乐团、以物质实体的形式来求生存，就不对了，甚至，仲熙总时不时感到一种似曾相识的暮夕之气，那是什么？

仲熙捂着脑袋想，对，在文化局，有一阵子，他曾经参与过"申遗"工作，看了不知多少早已死去、正在死去以及必将死去的"非物质文化遗产"：高台狮子戏、手工骨牌灯、雕花天鹅绒、阳腔目连戏等等好几十项，各处报来的介绍，均写得密密麻麻，真正下去一看，能知晓会演做的，大都已是豁牙瘪目之老人，就算尽力补救，所得的约乎也仅是片鳞只爪或以讹传讹、将错就错之作，最可叹的是，"抢救"下来之后，仍不免束之高阁、录于典籍，并未获得生存与流传的新生。

对此，仲熙总存有深深的迷惑。固然，祖上所玩耍戏弄的各样奇巧技艺，做子孙的应当谨严收录不误，就算画虎成猫，也算是一种心理安慰，毕竟人类受文明教化甚深，已无法忍受任何艺术的失去，故而各地皆执念于"申遗"，并以为是功德无量之举。但有一点也要清楚，艺术的此消彼长，也循着物竞天择、适者生存的理数，一个时代便有一个时代的欢娱，失去了彼时的土壤与情境，就好比没了魂魄，再怎么勉力维护，还是一团枯槁的肉身，离祖上那清新活泼的乡野真趣已是天壤之别！

民乐里，仲熙也同样感觉到这种逼近而来的暮夕之气，所以，他一直拼着命地接洽各种商演，表面上是为了生存与经济，实际上，也是一种恐惧与抵抗，他宁可民乐这样粗俗泼辣、不尽如人意地活着，也好过于无人问津、孤芳自赏中凄惨地死去！

唉，有机会跟宋琛说这些吗？如果她真能理解到仲熙之一二，也许反倒可以明白，那以退求进的"伴宴"，其无奈与必要……

六

仅仅一天后，钱主任就带来了打探得来的结果，其时仲熙正在审定节目单，下面报来的单子上已赫然把宋琛的琵琶独奏排在第二位——第一曲通常是合奏，在宴席开始之前就要出来的，相当于暖场，第二曲才是主角。

钱主任拖着步子进来，虽是邀功但也显得失望："关于那个老总，我费了不少劲，转弯抹角，查是查到了，可是……"他居然卖起关子。

仲熙不答话，只盯着钱主任。他不喜欢这个关子，因为他的确想买这个关子。

为什么会这样？仲熙自问，真要为着伴宴本身，他大约不至于此吧。是的，承认吧，比起团里其他人，自己可能更加好奇宋琛的情感生活，甚至想透彻地研究，进入她的内心世界，了解她的爱恨，看到她私下里放松恣情的真面目……那么，这是有点喜欢她？他诘问自己，很快发现这问题毫无意义——

虽然自己而今复又单身，但宋琛的具体状况不明，况且她对自己，大约并无特别的好感；最要紧的，就算她有好感又如何，自己在机关里混迹数年，此刻又身为团长，要懂一切的利害与原则——与一个富有争议的大牌乐手，怎么可能！

但是，唉，人之为人啊，总有情难自禁的向善向美之心，而宋琛，她的模样，她的脾性，她的格格不入与固执行事，就恰好这样吸引他！此种情感的真实灿烂，正与其微小与虚无相当——只需暗中收藏，不必求对方任何的确认与回馈。有时候，人与人之间，就有这种若有若无的东西吧，这也正是生活比较有滋味的一部分。

只是，那个客户，真的会是宋琛的一个追求者吗？甚而用上了这种老派而蹩脚（叫堂会？赏红包？）的套路，这让仲熙泛上奇特的感觉，在瞧不起与嘲笑之后，他又希望那人"是"！这就说明宋琛的魅力、琵琶的魅力、民乐的魅力，一切美好事物击中世俗的魅力。

仲熙走神了，走了一个挺漫长的神。

终于，钱主任自己沉不住气，把嘴一撇说道："没什么！那家公司的老总是个女的，四十多岁，没什么特别的。并且，据我掌握的情况，她压根不喜欢民乐，女强人嘛，一心扑在事业上的那种……"

仲熙有些愣住了，一个女的？这里面会有什么吗？奇怪呀！

算了，不必追究，有时候人就得相信简单，迷信简单！

仲熙说服了自己，同时也松了一口气，这样也好，免得真要去跟宋琛谈论她一直讳莫如深的情感生活。再说，那些所谓的情感瓜葛，未必真就能"胁迫"到宋琛，说不定反而会让她彻底翻脸，把合作搞砸了，不仅她不上台，整个团都上不了台，演出费全泡汤……这样倒好，装个直心肠子，就当那客户只是心血来潮、附庸风雅吧。

钱主任耐心等仲熙消化完这消息，又另换了略显诡谲的表情，递上来几页文件，仲熙一看，是市里的"五个一"重点人才推荐表——如若被荐上，会拿到专业津贴、被组织出国考察、脱产培训之类，有若干的好处，每隔三年才会分到小小民乐团一个名额，也算是政府对民乐人才的一种"泽被"。

钱主任放到桌上，见仲熙视若无物，于是又重新拿在手上，不吐不快的样子："也是巧，今天刚收到这个通知！仲团长，你看，从专业水平看，宋琛是团里的头号人选，虽然她群众基础差一点。但瑕不掩瑜，所以呢，我建议，咱们团就报她，但有个条件，让她小小地回报一下团里，上个台嘛……"

仲熙埋着头听，完全听懂了钱主任的话外音。唉，一桩交易接着一桩交易！对方可是宋琛啊。

其实，这次伴宴，宋琛若真不肯去，这笔业务黄了，也就算了，毕竟上了台也是要演的，强扭上去，反是弄巧成拙，影响演出效果——有些事，必要时，不如抱着顺遂的心态，退一步便罢了。

但想想钱主任吧，当初为了"拉"到这笔业务，多不容易，将要看得见的丰硕收益招摇在前，却一下子栽倒在宋琛手上，不仅他要跳脚，全团上下也会升腾起各样怨气，这对宋琛将大不利——仲熙实在不愿意那样。无论如何，大家现在都同在这民乐的小船上，只可一心一力才对。

这样一想，对钱主任提出的"建议"，也只有默认了，如果处理得当，不那么赤裸裸的，也未尝不是个办法。再说，这样，他又可以有事由再找宋琛"谈"一次"话"了不是吗？

也奇怪，就算经常会在团里见到，他竟仍然有些想念，想与她独处。

七

料想不到的是，这第二次"谈话"，倒是宋琛主动约的仲熙，以一个简慢的方式：快到十一点，才打个电话，问是否有空中午在民乐团附近的茶馆见面。

仲熙自然是答应了，同时又觉得失落——这种仓促的约见，说明自己在她心目中完全没有一点分量。唉，她将永不会知道，自己竟会那么在意她。

宋琛仍是一身不起眼的灰绿色衣裳，但她五官鲜明，反而另有一种特别的味道。没有常见的寒暄与矜持，宋琛自作主张要了两份简餐。她显然是有话要说。

仲熙随身带上了"五个一"人才申报表及伴宴节目单，像是两份指向同一标的的合同似的，只觉得放在口袋里十分碍事——

其实，真正碍事的是他自己的身份与心理感觉，他暗自慨叹：要是这会儿，能以另一种身份、另一种心境，与这个引人遐思的女子这样临窗静坐，随便聊聊他最喜欢的敦煌古曲，会多么好……

令他略感安慰的是，宋琛的确是个很好的谈话对象。比如下面的开头，就像一篇文章的引子，顿时让仲熙感到和风扑面，心境为之跃然。

"其实，你到我们团之前，我就听过你一曲《苏武》。"

仲熙一听连忙摆手，差不多要脸红了，他知道宋琛有个舅舅专司扬琴，自己跟那老人家是根本没法比的，而且，他回忆，那支曲子，当众敲得很少，可能是某次同学会上的即席之奏，完全登不得大雅之堂，哪晓得她当时正在座下。

宋琛等他说完一堆表示惭愧和谦虚的话，忍不住笑了："咦，我刚才只说听过，并没有夸你敲得好啊。"

见仲熙更加不安，宋琛连忙往下继续："不过，你敲得很有风韵。我舅舅常说，扬琴这个器，一般人都以为，关键是在节奏快慢、点子的切分，对准确性的技术要求高过其他器乐。其实，真正的妙处倒恰在准与不准之间，其快与慢，要与曲子的意境相贴——欢腾畅快处，奏者一味求精准，反显得蠢相；滞重沉郁处，就算慢上八分之一拍，也是好的。这是我舅舅的歪理……而你那天敲的《苏武》，手一听就生，还有几处错音，但好就好在，如同水墨画的写意，里面的意思你'写'到了，复古拟古，曲风纯正。所以，我当时回去还跟舅舅说，今天倒看到一个懂得民乐的。"

仲熙被夸得有些醺然，内心十分高兴，因为刚才性急多话，这回索性只以一笑回应。

"所以，不用你多说，我也能理解，你到了团里，带着他们一起折腾、弄些钱、弄些市场、弄些影响，也是为了救民乐于濒亡。

可是，我总觉得这样子下去，是背道而驰，对民乐的伤害多于补救，反会使之愈发地低廉轻贱……"

"愿闻其详。"仲熙想，这顿便饭，宋琛是要给他洗脑了。

"也没什么详。"宋琛却又把另外九十九句给咽下去了。吃了一会儿菜，她摸摸左手几个指肚上的老茧，也不看仲熙，像是自言自语。"从小到大，没有游戏，没有电视，没有伙伴，永远都是一天六个小时地练，除了年初一与生日可以放假半天。这么些年，只与琵琶守在一处，虽是小了点，但心反而大了。许多事情，比如打扮、吃喝、金钱，于我而言，也只是清水穿肠，不留痕迹。总之，我什么都不在意的。"

仲熙留心听，她方才，只说"打扮、吃喝、金钱"，却没提到"男女"，他真有心想问一问，那方面如何呢，也是清水穿肠吗？

他想起她在台上的演出，黑漆漆的舞台，只一束白光打在琵琶上，她的演出服是冰蓝的长纱裙，如一朵莲花缀于天幕。她双目微闭，脸色处于半明半暗中，全部的精力只在十指，一曲《诉》里，具有多么惊人的柔情蜜意啊！若胸中没有缠绵，绝不可能奏出那样的衷肠！其实，这曲子是近人据《琵琶行》所作，重在技法繁复，夹弹、半轮、带起、泛音、绞弦，但意境稍弱，失之凄切，可宋琛指端的流淌，却让仲熙怦然心动、为之神往，这样的女子，怀抱的是怎样的娇痴怨嗔！什么样的人才能走到她的心中并占有一个小小的位置啊！仲熙记得自己当时呆立于台下，心中长叹不已。

现在瞧瞧，她这双修长的、弹尽婉转与崎岖的手，可不就在眼前嘛！他多想轻轻地握上一握、亲上一亲啊！这不是亲她本人，而是亲一种与她相关的东西；这跟肌肤无关，只是一种情绪、一种需要！

见仲熙表情异样，宋琛觉察到什么，她抬起头，把眼睛正对着仲熙亮了一下，奇怪，她什么都没说，可仲熙却清清楚楚地感到，那亮，正是明确地要驱散他任何的胡思乱想！瞧这女子，多聪明，会巧妙而友善地阻止那个种子发芽。

宋琛继续正襟危坐："哦，刚才扯远了。其实，我就是想跟你说，这器乐，有三相：声、音、韵，这三者，有境界上的递进关系，可谓发乎于心、忘乎于情、得乎于性。但你让他们整日价去敷衍那些闹哄哄的场面，能弹出来什么？下面又能听到什么？只能是'声'，连'音'都谈不上，所谓'知声者众，知音者稀'，更不要讲'韵'了！这哪里对得起祖宗传到我们手里的器！"宋琛似有一点激动，说罢往后一靠，完成此行的既定任务似的。

仲熙给她续了点水，一边点头。真要反驳宋琛，他同样可以讲出一百个理由来，可是他知道宋琛的，根本不必长篇大论，不如学着她，咽下九十九句，也只挑最要害的来说吧。

"你说的，都对。我只问你一句，若你是团长，一团人的工资福利、吃喝用度摆在跟前，还有离退休干部的工资与高额医疗费等等，你还可以这样关起门来，以乐为食，追求最深的精髓？宋琛啊，皮之不存，毛将焉附？我得先把这一大家子养起来再说啊！弄不好，这里上顿不接下顿，这小小的民乐团是会解体的！到时，我们恐怕连白日梦都无处寄托！"

宋琛虚虚地盯着仲熙，似有一点小小震动。

走之前，仲熙把列有宋琛节目的伴宴节目单递给了她："你看看，合不合适？"他自认为这话说得是有些技巧——不合适的，可以是排序，可以是曲目，也可以是演奏者，就看宋琛怎么改了。

"五个一"人才推荐表他仍旧捂着。这两个东西他真没法同时拿出来；或许，他是有些天真的自我期许，他对她，是以情动之，以理动之，大不必以利诱之。

八

一般来说，两个人的争辩，最后发言并结尾的那个似乎能占到一点记忆惯性的便宜——以此来说，中午在茶馆的谈话，仲熙并不能算是输在宋琛手下。可是，真奇怪，一整个下午，他却都在想宋琛的那段话。关于器之"三相"，她所讲的，像一根小肉刺，让他百般地感到不适……

他想起团里的另一个"创收"项目：古都雅韵风情音乐会。

这是通过文化局向旅游局好不容易争取到的一笔大"生意"，而后者也是特意照顾"没米下锅"的民乐团——让"古都雅韵风情音乐会"作为本地旅游项目的一个保留节目，只要是跟旅行社来的外地游客，都会被组织统一观看，逢上旅游旺季，每日两场，就算是淡季，一周也要三场。仲熙对这个长期而稳定的业务还是比较满意的——全团工资有二分之一要指靠它呢。

有时他也会到现场转转，情形当然不太乐观：那些衣着花花绿绿的各地游人，总是抱着骚动兴奋的过客心态，全然没有安坐的心情，他们最大的乐趣便在拍照与交谈，并东张西望目尽所见，以不枉此行。更有孩子四处乱跑，家长勉强拉住，用那种勤于教诲的口气指点台上：喏，记住，那个圆圆的有洞的是"员"（是"埙"，许多人只念半边字），那个叔叔吹的叫小号（其实是唢呐）……仲熙往往看得气闷，便转目至台上。

这一看，更糟，连再看第二眼的勇气都没了——即便是那短短的一眼，他已能强烈地感觉到，乐手们是怀着怎样木然的心情在演奏，不，可能比木然还糟，是压抑与恶心，这怨不得他们，每天三次啊，像磁带一样，永远是那一套经文化局、旅游局共同钦定的保留曲目：《茉莉花》《春江花月夜》《姑苏行》《金蛇狂舞》……再好再好的东西，就算是天下最美的那三个字，无穷无尽翻来覆去每天只用同一种音调在规定的时间用规定的方式说出来，且倾听的那一方完全无动于衷，谁不会发疯啊！

仲熙索性闭了眼，是啊，如果是外行，如果粗心一点听，所有的曲子都是驾轻就熟、流丽婉转的，可是他知道，那早已不是音乐了，只是一堆声音，正如宋琛所说，是器之三相里最低的一层，正是这种谋求稻粱的惨淡经营，让数千年来绵延下来的民乐仅留一个"声"的外壳！

这样一想，仲熙不禁悲从中来，又伤心又激愤，在一种自我惩罚的情绪之下，他忽然觉得，宋琛去不去伴宴，此一步甚为关键，是关乎节气、关乎精神的大事，往左走往右走，有巨大的隐喻与象征。

那么好吧，就这么定了，不管后果如何，同意她不去、支持她不去，永远不参加任何廉价或不廉价的商演，就让她作为最后一朵自由的小白花吧，孤傲地别在民乐团寒凉的衣襟上！

——此决定一作，仲熙反倒觉得一阵轻松，心情如暴雨突降后的澄明。他决定暂且不想该如何向钱主任自圆其说，解释自己的反水。

九

可哪知，仲熙这里刚刚艰难转身，宋琛却也兀自回头了。送回节目单时，她用与拒绝"伴宴"同样轻巧和目中无人的语气："那个，我去了。"只在用词上，还不肯提"伴宴"二字。

仲熙吃惊地看她，她却不回看，只顾低头用手指点节目单，欲与仲熙讨论节目的顺序与内容。那意思是，她既是参加了，就希望一切都像点样子。

宋琛用铅笔做了一些修改，她认为这节目单不能算一篇好作文——一场音乐会，也是要求"豹头猪肚凤尾"的："两头的嘛还行，但中间的几支曲子，怎么都那么绵啊，虚飘飘的，完全撑不住嘛。"

"噢，那个啊。"也是，她这是头一次参加伴宴，不知道具体情况。仲熙压下心中的其他疑惑，先对她解释，"伴宴，就要讲究一个'伴'字，开始的曲目自然要先声夺人，主客双方往往在此际步入宴会现场，但一旦客人们酒杯端起，我们这里就是奏仙乐也入不了他们的耳啊。故而，中间的曲子就以慢曲为主，音色轻柔，恰如背景乐一般，若有若无，绝不可喧宾夺主，有扰客人的胃口。这样一直奏下去，直到快要终席，人家吃得差不多了，才会有闲情把注意力转到我们这边，他们会点些曲子，甚至会是通俗歌曲，也有时是我们自己来一个高潮，比如《花好月圆》或《步步高》，最后皆大欢喜……"这里面的小小门道，仲熙一直在做，并没有谁要听他解释，但今天这样明白地说出来，心里还真是有些酸楚，看看，这都落到什么份儿了！唉，也怨不得有些乐手，把"伴宴"干脆叫着"墙纸"，说他们晚上是去做"墙纸"了。

宋琛边听边点头，倒也不见得怎么样感触："想不到有这些讲究。那么，除了《十面埋伏》，我还得另备一两支曲子，以防到后面被点到是不是？"看来这个宋琛，一旦决定要做什么事了，这个认真劲儿！可这种事，放在她身上，多么令人惭愧！心里真觉得对不起她！

仲熙就势把话说回来:"怎么回事?你为什么又改变主意了……其实,我后来也想通了,我们堂堂一个民乐团,总得坚持点什么对吧,如果那个客户真喜欢你的琵琶,就应当专门去听你的音乐会才对……"

宋琛摇摇头迅速笑了一下:"呃,这个,乐舞侍宴,自古有之。再说,我就算上了台,也还是在我自己的世界里,我啊,自有我的玻璃罩,可以挡住一切。"

仲熙没有勇气开口再往深里追问——宋琛的这一决定,究竟是为重温民乐古风还是为了帮他一把?也许是兼而有之,特别是后者,她自知不可能呼应他的情感,故而只有这样回报?不,这样很不好,情感上,他可从没要求她什么,都怪昨天在茶馆里有些失态……可是再想想,也好,她若肯怜悯,便是懂他、体恤他!这与爱之间,便只是一步之遥了!

仲熙百感交集地看着宋琛,谢也不是,推也不是,这个困扰他多日的难题,此刻一下子有了好的结果,却又说不上是高兴还是失落,他多想能够轻轻地抱一下宋琛啊,知己一般的,难友一般的。

十

晚宴是六点半开始,但仲熙要求乐手们五点半就要吃了晚饭全都到场,这是一个仪式感的问题,也是一个心理问题,正因为全团上下对伴宴都极为不屑,仲熙愈加规定严格,以此做一个反方向的张力,不至于大家坐到台上都松塌塌的没有样子。

而这一次,仲熙去得尤其早,跟服务员们一样早,那些女孩子正在忙着布席,一整个气派的大堂,总共八大桌。仲熙台上台下绕了好几遍，不管怎么说，这是宋琛头一次伴宴，仲熙希望不要出任何差错。同时，他仍然还存着一份好奇，想早点看看这家公司的女老总，为什么她偏偏死活要宋琛出场呢，这件事想想还是有些蹊跷的。

女老总当然不会早到，倒是宋琛，比其他乐手来得都早，仲熙趁机给她再打一个预防针："……最好的演奏，就是要做到目中无人，不管下面贩夫走卒人仰马翻，都只当是与己无关。"仲熙还是怕她适应不了，这可不是音乐厅或大剧院。

宋琛什么脑袋，自然听懂了，她笑起来："你放心。所有的情况，蜘蛛都跟我说过了。"蜘蛛是另一个琵琶手的绰号，因她十指特别修长，故得此号。"好了，待会儿我就去换衣服了。你不要笑话，我选了最吓人的大红。因蜘蛛说客人一般都爱看琵琶手穿红衣。"

看着宋琛似乎是很轻松的背影，仲熙感到一阵难过。是啊，今天这是她的头一次伴宴，但仲熙绝不敢说是最后一次，许多事情都是这样，既是有了第一次，为什么不能有第二次第三次……唉，从此，宋琛也会成了一个伴宴的乐手吗?

仲熙一时感到自责和怆然。但此时此地毕竟不宜抒情，不多久，乐手们都到了，各就各位，化妆、更衣、备谱、调弦，一阵琴动弦响。而外面大厅里的签到迎接之声也渐渐哗然起来。很快，钱主任匆匆引着一位咖啡套装、身形偏胖的女人过来——就是出钱的衣食父母啊，仲熙马上满脸是笑，介绍、寒暄、相互致谢，然后仲熙告退，指挥上台，在宾客们一阵阵涌入落座之际，当晚的伴宴，以一曲合奏《节日》开场了。

仲熙坐于后台一侧，所谓的台子，只有三级楼梯高，离席面也很近，他可以斜着看到台下。他再次打量那女老总。

的确，太平常了，胖得平常，女强人得也平常。看来，真的没有什么。就连宋琛上台演奏，她也没有多加留意，只忙着与客人应酬，中途还掏出手机，一边打一边带着淡笑瞟着宋琛。

这样看了两支曲子，仲熙不禁有些昏然，索性起身到后台。宋琛果然在那里，另外尚有几个独奏的乐手在候场，也有刚刚下来的在歇着，要在平常，这里往往是发牢骚的最好地点，今天，大约是因为宋琛的出场，倒显得有些静默。宋琛仍跟在团里一样，谁也不理会，只独坐一边抱着琵琶。

仲熙站在那里，却也无话，总不能祝贺宋琛演出成功吧。

本以为这一晚大概就要这样无话下去，忽听得前台有人急急走来，是钱主任，见到仲熙，他急忙把他往边上一扯，眼神从宋琛那里虚虚地掠过。

"女老总说，她有个重要客人刚刚才到，而且她先前也没注意到宋琛上台，所以……要宋琛重来一遍，还弹《十面埋伏》！"钱主任脑门子上全是汗，他也知道这话说不出口。有这样的吗？事先不是都有节目单的吗？就算要演员返场也不是这样返的。

仲熙跑到侧台，照钱主任的指点看，主桌并没有增加任何人，只在靠门口的边桌上，有一个新来的男人。"就是他，我刚才问过迎宾小姐，只有他是刚刚赶到的。"

仲熙细看，那男人面容白净，衣着散淡，倒不像官场中人，且神色灼然，有点坐立不安。他左手拿手机，右手在上面不停地写信息，根本无暇往台上瞟一眼。

"什么鸟重要客人！别听她的！"仲熙一到后台，就放开嗓子骂了一句，一口回绝。几个乐手马上围上来打探。宋琛恰好临时走开了不在。

钱主任顾不上避人了，在一边急得高一脚低一脚："我当时就表示为难的。可女老总说，只要宋琛再登台，这次咱们团整个出场费翻倍，宋琛的红包另算。"

"有这等好事啊！"乐手们纷纷感叹，又惊又喜。"反正闭着眼就能拨拉一遍的，我要是宋琛，上去十几趟都可以啊。能叫返场，也是种荣耀嘛，只要每次费用都翻倍！"唉，听听这话，仲熙简直要发火，可也不能怪乐手们眼皮子浅不晓得自重，而是，怎么说呢，"伴宴"这件事，本质上就是来赚钱的嘛，还有什么好矜持的！

不知什么时候，宋琛进来了，大约早听清楚原委，没有半点犹豫，就开始戴指套："行的，那帮我补一下妆，上去就是了。"她没什么表情，既不是委屈也不是高尚，反正，平常极了。

钱主任欢喜不尽地称谢不迭，一圈人也都捧场地哄笑，说要集体请宋琛吃饭之类，总之，人人都对宋琛刮目相看般的。

仲熙却嗒然无语，颓然若失，感到无颜再看宋琛。他往远处站了站，恨不能藏身至某个巨大的阴影里。他忽然想起宋琛说过的"玻璃罩子"，看来，今晚，她真是把自己罩得刀枪不入了，故而再怎么样她都是不在乎的。

这时有人冲着宋琛殷勤地提醒："你刚才出去时手机响了，响了好多声。会不会有急事啊！"宋琛这时已端坐到化妆台前，不领情地摇摇头："要上台了，再有急事，也顾不得了。"

钱主任早在那里绕着圈子等了，她捧着琵琶，静了一会儿，站起身便上去了。

十一

"叮叮叮"一串，清洌而凄绝的拨弦出来了，仲熙不由自主也跟了上去，站到钱主任一侧往台下瞧。

台下那女老总，却仍是随随便便瞟着台上，仍在跟人碰杯，毫不为意，神情举止中的轻慢，显得有些夸张，这让仲熙十分不解：她不是要死要活让宋琛重新上台的吗，怎的听也不好好听？其他各桌的客人也是依然故我，奔走敬酒，一波波把宴会推向高潮。仲熙于是往后头看，看那新来的客人——

那男子正泥塑般一动不动盯着台上的宋琛，虽说四周个个喝得面红耳赤，他却是脸色发白，且那表情全然不是欣赏与陶醉，而是无法形容的痛心，似乎不忍看，可又愈加要看，而愈看又愈是不忍。

仲熙忽然感到不妙，可不妙在何处，却也说不清楚。他回头看台上的宋琛，她全不知情，只是微睁着眼，面色恬然，半掩在琵琶之后，方然物外，超逸尘世……

七分十四秒。《十面埋伏》的七分十四秒过去了。

宋琛仍旧闭着眼，照以往的经验，这应当是掌声起来的时候，当然现在没有，但宋琛依着她的老习惯，静候了一分钟，等自己的魂魄从某处归来似的，然后才慢慢睁开眼，也不看台下，只一手提着裙边起立，一边向台下欠身致谢，打算移步下台了。

掌声这时突兀地响起，差点把仲熙吓了一跳。一看，竟然是女老总，她一个人站了起来，大声地拍着巴掌。仲熙惶惑不安地盯着，不知这是什么意思。

女老总兴致十分高涨的样子，走到她方才致欢迎辞的麦克风前，用一个很漂亮的外交手势示意宋琛仍旧回到台上坐下。

她拍拍手，又拍拍麦克风，下面于是静了许多，不少人的鲍汁泰米饭刚吃到一半，仍旧接着吃——凉了再用，味道就走样了。

女老总回过头，定睛看了会儿宋琛，接着隆重并充满激情地向所有的宾客介绍她：几岁开始操琴，几岁开始获奖，某年获某奖，某年到某国演出……简直像一个演出经纪人似的滔滔不绝、如数家珍。

仲熙愈发吃惊，身边的钱主任又在扯他的衣服，仲熙侧头，钱主任却冲台上努努嘴——台上的宋琛，表情有异，正目不转睛地盯着台下，仲熙顺着她目光看下去。

她看的，正是那新来的客人。后者也已情不自禁站起，与她呆呆地对看，半是哀告半是绝望。很显然，这位姗姗来迟的"贵客"，并不欣赏女老总所安排的这个"惊喜"。

仲熙移开目光，心中叹息一声，没有别的可能，此人，一定就是宋琛一直隐而不揭的"男女"事，她炽烈而秘密的爱……这是意料中的存在，可仲熙仍然感到莫大的苦涩，他曾一万次地好奇，宋琛的心灵归宿究竟所在，可真正看到，却又觉得刺目和伤心，最后的幻想完全被打破了！

那台上，女老总演讲正酣："……各位各位，千载难逢，百年不遇，能有机会聆听到这样顶尖的艺术家为我们演奏，我建议，咱们每张桌子点一支曲子怎么样，一共来八首，这是很吉祥的数字！我相信，我们年轻漂亮的宋琛小姐一定不会让我们失望的，而同时我也可以保证，我的回报也绝不会让宋琛小姐失望的，请大家随意，尽情点你们最喜欢的曲子！一切我来买单……"

闹剧就此拉开序幕，为了给女老总面子，显示他们的活跃，一群人嗷嗷大叫着表示赞同，并争先恐后地叫着曲名：《青藏高原》可以吗？周杰伦的《千里之外》！来一个《月亮代表我的心》……

仲熙只觉得全身燥热，想要冲上去拉宋琛下来，钱主任却拼死拽着，并在耳边说："你别急，她会弹的，我听蜘蛛说，她连通俗歌曲的谱子都一并要了去准备的。"

这不堪的场面，宋琛竟皆视若无物，只带着一种奇异的解脱般的微笑，穿越崇山峻岭般盯着台下的那人。而只要有人报出曲名，她便礼貌地点点头，两手抚弦，好像随时会应声而动。

嗨，这个钱主任，还当真要等着宋琛弹！仲熙愤然地甩开他，正打算冲上去，却看见下面的局势略有变化，那站在最后面的男子，缓慢而引人注目地行动起来，他穿过一桌桌酒席，一直走到女老总身边，祈求般地小声说了一句什么。那女老总却随意而坚决地摇摇头，反而一把拉住他，面带幸福微笑，用半倚半挽的方式绑架着他，把他逐一地介绍给主桌上的客人。那些客人立刻满面堆笑地向他们二人敬酒，而女老总，则亲昵地把自己的酒杯替男子一直端到嘴边……

直到这时，谜底才算真正揭开。仲熙绝不敢再看宋琛一眼！

看来还是钱主任最初的判断最为准确，这女老总，的确是看上了宋琛，早就看得好好的！她准确地抓住了要害啊，知道用什么最具破坏性的方式来对付宋琛……而他仲熙，又是个多么愚蠢的同谋，以拯救民乐的名义，以顾全大局的暗示，并夹缠着欲说还休的暧昧情意，一趟又一趟地，最终把宋琛拉到这里，让她穿上这样的大红纱裙，这样低下头颅，为心上人的妻子伴宴，弹奏这样一曲《月亮代表我的心》！

仲熙双目酸胀、气不可遏，只觉得脑袋里嗡的一声，他真想径直大步走上前去，真想去使劲敲打立杆话筒，发出刺耳的嚣叫声，然后尽他最可能的粗鲁，用最大的声音宣布：狗日的伴宴到此结束！永远结束！你们好好吃吧！

当然没有。

仲熙只是站在原处，两只手礼貌地对捏着，面带谦和的微笑，笑得甚至还挺像样子呢。

十二

深夜的大街，行人已是稀少。仲熙陪着宋琛默默地走。关于晚上的一切，她什么都没说，而他，也更是什么不好说了，难道说"对不起"？是谁发明了"对不起"啊，世界上还有比这更没用的话吗？

街对面的 24 小时快餐门店还开着，时髦的红橙色里有种隔世的温暖。仲熙想带宋琛过去坐坐。

进入长长的地下过街通道，仍有几个乞讨者在坚守，其中竟还有一个拉二胡的，穿得破破烂烂，手法极为流俗，拉的好像是刀郎的什么歌子，在带有回声的通道中撕扯，几近刺耳。按说，这种卖艺求乞的场景也不是头一次看到，但今晚、这会儿，更让仲熙感到巨大的沮丧，给打了两个耳光似的，又臊又恼，好像那个拉琴的就是他自己，如此委地成泥、令人羞耻！

想想这一个晚上吧，他们都品尝了什么？某种程度上，她与他，也都是乞讨者吧，乞讨爱，乞讨尊严，乞讨宽容，乞讨知音，以及一些不可能的幻梦……

宋琛默不作声地陪他站着，听那响亮的弦音，隔了一会儿，才慢慢地开口，仍是平常那若无其事的语气："想起来我有个亲戚，曾发痴想要改进民间器乐，因为总有人说民乐的发声不及西洋器乐精准，在音域及和弦上有诸多缺憾，无法表达深刻复杂的内涵云云。当然，他后来的研究是不了了之，但倒发现一个有趣的现象，古器乐的材质，总取于天地自然，比如，笛与箫，乃竹；埙与缶，用的是土；鼓用了皮革；磬，为玉石；而响板，仅是两片脆木而已，此外，还有苇膜、蟒皮、马鬃……"

仲熙不知宋琛意在何指，但也不禁顺着往下想：也是，声无哀乐呀，这些古器，从来就是这么自在的，高于庙堂，或低在陋巷，都与它本身无关，正所谓近者自近，远者自远……推而言之，与物、与情、与人，世间万物，皆当如此——这样看来，宋琛的平静竟是真的。她日日与民乐厮磨，心智的弹性，已得其一二了。

　　念及此，倒让仲熙感到一种苦涩的欣慰。直听那二胡拉完一整支曲子，他们才走过去，淡然地走进混沌的夜色，跟别人一样，没有任何施舍。

2009 年

惹尘埃

一

1

清晨公园一角，怪滑稽的三人组合。一个脖子里挂着听诊器的小伙子在正儿八经地朗读，左边的老太太闭着眼睛似听非听，他右边的年轻女人表情严厉，像在监控小伙子的每一根毫毛。小伙子挺精神，雪白的衬衫传递着某种无谓的姿态。

他们跟前，是张简陋的桌子，铺着白布，上面放着气压计、按摩器、理疗仪之类的器械，旁边的一棵树上，挂着视力表与人体经脉图。两张表随风微动，微型旗帜般，宣告着日常生活在某一个瞬间的安谧与空洞。

"能不能帮点忙？"我怯生生地问道。他果断地摇了摇头。"你太好了，医生。但我不想让你卷进去，我只想独自一人来对付这种局面。"他沉默了片刻，然后又用略微不同的声调重复了一遍："是的，我要独自一人来对付这种局面……"

《罗杰疑案》的第三章《种南瓜的人》结束了，抽象的老派悬疑停滞于树枝间的晨光里，公园这一角在摇晃的虚构镜像中重归温吞的现实。

小伙子抬起眼，征询地等着。老女人仍旧闭着眼，一阵极小的风吹过，她却遭了惊雷般地醒来，眼里两团白内障薄门帘儿般："我又睡着了？得，韦荣啊，读累了吧？我也该回家了。"被称作韦荣的家伙蛮快活地摇摇头，帮着老太太收拾她的零碎：水壶、软帽、拐杖、老花镜、报纸、外套。

老太太心满意足地挎起年轻女人的胳膊："今天的晨练结束，咱回！正好，肖黎啊，我要跟你说说那个姚处长，教育局的！后备市管干部！你明天中午要见的就是他！"

肖黎一言不发地扶着老太，刚准备走，后者突然又冲小伙子加了一句："明天再给我带三个疗程的金视丸！""哎！我还给您老打六五折！"韦荣挥着手殷勤作答。

这是肖黎与韦荣的第一次见面，她从头到尾都虎着脸，可她感到，他毫不在意，反像是很自如一般。初见的人之间，总会有小密码般的信息，可以得出讨厌或是喜欢这样基本的判断——从第一眼来看，她并不排斥他，但是……

"天哪！那小家伙玩的是多低级的把戏呀……"还没出公园门，肖黎就憋不住了，厌恶得想吐唾沫。"您老装什么糊涂？什么破烂金视丸！还三个疗程！"

"你还不知道我？四十多年的内科！都'专家门诊'了！你说我是真糊涂还是假糊涂？"徐医生笑眯眯的，慢性子。"这金视丸，入口微甘，我估计呀，就是淀粉，最多有点枸杞子。"

"那你还由着他骗！两个月花去三千块！怎么啦这是！"肖黎

火气更大了，听到自己脑门上某根筋跳起来。最近都这样，她很容易愤怒——像另一些不同种类的人，很容易疲劳，很容易多情，很容易哭泣。

"嗳，那三千块，东西可多！十二盒金视丸，一个红外理疗仪，还有保健足疗桶……人家全都打折的。"徐医生满脸怡然，假牙雪白。"这小伙子啊，每天陪我聊天，还经常去我家，替我检查煤气、买米买油、到银行查工资卡什么的，你也听到的，他还替我念念小说……三千块还能买到这些个，我都赚到喽！"

"对嘛！这就是他的小手腕！您这样简直是纵容……呀，八点四十，我要上班了！"肖黎急忙忙把老太太送到单元门口。

"哎呀，骗子自有骗子的好，你不懂……"徐医生摸索着她的门钥匙，一边像只老母鸡那样咕咕自语。突然，她回过头，老年人的惊觉与迟钝，"嗳，你走啦？姚处长！我还没跟你说到那个姚处长呢……"

但肖黎没有听见，或是听见了而更不愿停步。这不是徐医生第一次给她介绍男人，恐怕也不是最后一次，实际上，大家都疲沓了——这是老太太表达友谊的方式，肖黎得收下，如同一个天真而无用的礼物。

患有白内障的徐医生今年七十有四，肖黎呢，刚三十二，按说是扯不上的，但她们的交情，不浅。要说最初的缘起，可能跟肖黎的不信任症有关。

何为"不信任症"，这也是现编的词，不太准确，具体地说，是肖黎对目下现行的一套社交话语、是非标准、价值体系等等的高度质疑、高度不合作，不论何事、何人，她都会敏感地联想到欺骗、圈套、背叛之类，统统投以不信任票。

具体的表现后面详细再说，这决定了她完全算不上是个乖巧、可爱的女人，可这或许并不能怪她，人的诸种弱点都是有原因的——我们往前追溯一点，从肖黎丈夫的意外死亡说起。

2

两年半前，肖黎的丈夫死在三十一岁，这是一个不该死去的岁数，更重要的，他死在一个他不可能出现的地方。不是病床、办公室或卧室，不是他上下班的途中，或是前往某个公派地点、亲戚、同学的路上。他是白下区税务局的一名分账会计，主要工作就是坐在电脑前，对一些数目进行繁复庞大同时也是意义极小的操作。他就算应当死在三十一岁，也应当死在上述的各个可能的地点与处所。

然而，怪得很，他死在城北以北的城郊接合部，距离市中心他工作的税务分局足有五十公里，偏远得令人瞧不起，在一个快要完工但突然塌陷的高架桥下，他被压倒在一堆新崭崭的钢筋水泥板里，好像他经过一个漫长的跋涉就是为去赶上这座桥的坍塌。

那是夏日中午的十二点四十五，正是全城人甜美小憩的午休时分，包括工地上的工人们，为了避开滚烫的桥面，以及桥下的一片狼藉，他们在附近的绿化带另寻了一处阴凉，以草帽遮脸打起痛快的呼噜。没有人知道事发时的情形，没有目击者，而受难者也只有他一人——在高架桥轰然断裂的时分，世界像是突然说好了似的，按下了暂停键，所有的车辆与行人都定格在安全的地带，只有肖黎的丈夫，不知他从何处来，亦不知他要往何处去，大太阳下，他步履匆匆，为了赶时间而抄近路，急忙忙地从这座即将诞生亦即将死去的高架桥下路过……也许，他还侧抬了一下头，在强烈的光线下眯起眼，打量了一下这座高架桥宏伟的架构与生硬的线条，出于职业性的习惯思维，他一定会想到：这座连接外环路与物流中心、用以承载众多重型卡车的高架桥，是纳税人税款支出的漂亮篇章，是市政建设的又一个丰功伟绩，也是……容不得他在头脑里打完一个三句式的排比，这座尚未获得命名的高架桥突然在肖黎丈夫的头顶"吱嘎"作响，伴随着一阵黄色烟尘的腾起，桥梁如紧握的双手突然松开，一个参差却匀称的裂口出现了，接着，以来不及惨叫的速度塌陷，遽然压往肖黎丈夫的头顶，淹没掉他作为人类存在的最后一个瞬间，与此同时，更多的烟尘缓慢翻滚，如精心设计的礼花，并制造出沉闷的轰响，惊醒了远处打呼的建筑工人们。"他奶奶的，我做梦回家过年放炮仗了！"一个粗壮的汉子揉着他惺忪的眼睛快活地咒骂道。

从事故发生至当天晚上，七八个小时之久，没有任何人发现肖黎丈夫与这座桥的关系——闻讯而来的工程方在震惊中分头查点了所有可能在场的施工与管理人员以及这一带的学校与住户，甚至包括他们的宠物与汽车，继而莽撞地作出了乐观的判断："零死亡，不幸中的万幸啊。"诸多相关的人大大松了一口气。

"今天下午一点左右，位于绕城公路与玄武大道交叉路口、通往大王湾物流中心、即将施工完毕的高架桥主体发生断裂性塌陷，所幸没有造成人员伤亡，具体事故原因正在调查之中……"电台整点新闻以权威而匆促的语气播报，肖黎边听边做晚饭，两岁的儿子小冬在看电视。

六点半了，肖黎奇怪丈夫为何迟归，而且没有电话？作为一个税务小吏，丈夫具备公务员的诸多习惯：富有计划性，重视预告，如有变动保持联系，从不无故离场……今天可真是奇怪。肖黎打过他的手机，通了却没有人接。

这顿清蒸鳊鱼、素炒西蓝花的晚餐永远没有等到丈夫的筷子（此后，肖黎永远从家庭菜单上删去了这两个菜，不完全出于哀悼，她是惊惧于当时的情境——她生气地抱怨着丈夫，而后者的身体早已在桥下变得僵硬——这两道菜由此变得触目惊心了）。晚饭后，以及把小冬哄睡之后，肖黎又拨了几次丈夫的电话，一共五次——最终，她拿到丈夫的手机，九个未接来电中，五个是她的，另外一个是单位的，还有三个，来自同一个号码。

直到凌晨五点半，电话响了，和衣未眠的肖黎已经开始知道：这不可能是丈夫本人打回来的了。

一个客气但试探性的声音："我这里有部手机，这是未接来电，请问……您是手机主人的……"

肖黎警惕了，注意让声音不要抖："我是他妻子！他怎么了？他手机怎么在你手里？有什么情况，好商量啊！"肖黎以为丈夫被抢劫了，她想象着毒打、敲诈、人质……她匆促地回头看看熟睡的小冬，以确认这一个还是完好的。她知道她的生活就此裂开，不会再拥有平庸的宁静了。

"哦，不要紧张，出了起事故……他身上没有证件，请报一下他的姓名、单位、职业、年龄……"对方小声商量着什么，背景有着奇特的寂静感，像大雪普降的夜。肖黎把耳朵紧贴着手机，另一只手提起家里电话，随时准备拨出110。

肖黎详细地报出丈夫的自然情况。一边报着，心跳变慢，她搁下座机话筒：用不着报警——某事，已经发生了，已经结束了。

电话那边换了个人，语气颇为温和："……您丈夫是国家工作人员，我们也是，大家自己人，请相信，我们一定会处理好他的事情，但是……"

电话那边的两个人开始轮流跟肖黎谈各方面的情况——时间

是凌晨，正以凌晨特有的异样流淌，如梦境的黏滞与眩晕……他们富有耐心和条理，像在重新构建一个软体的永远不会塌陷的高架桥。

他们解释时间问题。您知道，这事情得层层上报，现场是要封锁的，不能随便动的，但那些记者又一直催着，要统一口径、要通稿，我们一直是确认没有伤亡的……清理工作晚上才开始，所以，您的丈夫到夜里才被发现……很抱歉过了这么长时间，但医务人员做过检查，事实上，他在第一个瞬间就……他没有任何痛苦。关于这次事故的具体原因我们一定会追查到底！相关事故责任人我们一定会严惩不贷！

接着是地点问题。现在，这个事故，已经作为"无人员伤亡"上报了，定性了，发布了……所以，您的丈夫"不该"死在这个地方，当然，他不该死在任何地方，他还这么年轻，请节哀顺变……我们的意思是，他的死跟这个桥不该有关系、不能有关系……当然，这话您肯定不理解，我理解您的不理解，但我相信您最终会理解，您毕竟是国家工作人员的家属，您会明白我们的意思……

接着是一个颇为巧妙的建议。您丈夫已经去了，这是悲哀的，也不可更改了，但我们可以把事情尽可能往好的方向去发展……可不可以进行另一种假设？如果您丈夫的死亡跟这座高架桥无关，那么，他会因为其他的什么原因死在其他的什么地点吗？比如，因为工作需要、他外出调查某单位的税务情况、途中不幸发病身亡？我们想与您沟通一下，他是否可能患有心脏病、脑血栓、眩晕症、癫痫病……不管哪一条，这都是因公死亡……

他们推心置腹。真的，只要您同意这样处理，事情就大不一样了，这关乎这起事故的性质！您可以想一想，相关人员的前程，他们多少年的仕途，还有他们的家庭子女……

接着是配套承诺。您放心——具体的情况全部由"我们"去"协调"，去开医院证明，到税务局协调认定为工伤，按最高标准发放一次性因工伤亡补贴，并且，你们的孩子可以享受抚恤金直到十六岁……包括孩子将来的重点幼儿园、重点小学与重点中学，"我们"也都会安排的，这是一个利益最大化的处理结果不是吗……

还有压力的巧妙施放。话说回来，肖黎女士（她并未说过她的名字，可这几分钟内，他们查清了，了不起的效率！），您也知道的，一座未竣工的高架桥，不管上面还是下面，都是不向行人和车辆开放的，就是抄近路也是禁止的！你丈夫，咳，老实讲，他是违反了交规！而且是在工作之外的休息时间，在一个跟工作无关的地点，您想想，没有任何单位应当为他负责的……所以，现在这样处理，真是很好很好的……将来，您要独自拉扯孩子，很不容易的，他才两岁（听听，他们什么都清楚！）……时间很紧，我们一定要在天亮以前，达成统一。您也说说吧，还有什么想法？

"行。"肖黎迅速地简直像是不耐烦地小声回复，一阵奇特的震惊与分裂感控制了她，有某个瞬间，她惊讶于电话里那两个人的腔调与角度，真像一对商务谈判高手！不可思议，他们竟会这样跟她讨论她刚刚死去的丈夫！在这噩耗突至的凌晨！肖黎本来还发着抖，还在涕泪交流，可给他们这样说着说着，她被冻住了，这惊人的冷酷麻醉了她的撕心裂肺。

肖黎再次回头看看她唯一的儿子，她想赶紧结束这个电话，以免吵醒小冬——她觉得小冬此刻的睡眠非常非常重要，她要不惜一切代价去维护。

"对，我答应。"在对方怔住了一般的空白中，肖黎再次重复。"不过……请把他的随身物品还给我，钥匙、手机、包什么的。"日常的思维回来了，她想要他留下的东西，那似乎仍然有热度的部分，他用以打开家门的钥匙，他的名片夹与旧笔。

"当然。那当然。包括他手机里的一切，我们都不动。"那头停了一下，又小心地加了一句，"手机里最后一条信息，我们已了解过，无关紧要……你不要当真，一切都过去吧，他就是因工伤亡，没任何别的事情……"

"什么？"肖黎惊讶地追问，她注意到对方语气里突然而来的体恤。咯嗒。那边已非常轻地挂上了电话。

直到拿到丈夫的手机，她才明白那个语气的含义——丈夫的手机比他本人要结实得多，摔出两道裂缝的显示屏依然可以正常运转，她查阅到最后一条短信："出来了吗？快点！我下午要准时上班。"发自当天中午十二点半，同时，这个号码还在稍后留下了三个未接来电，在它之后，才是单位与肖黎的另外六个未接来电。

这个号码，是在那个中午与活着的丈夫最后联系的人，也是第一个呼叫死去的丈夫的人，当然，这正是导致丈夫奔赴无名高架桥之死的人。号码肖黎不认识，但丈夫显然熟识，他给这个号码取了名儿，顽皮而古怪：午间之马。这显然是心血来潮但又富有闲情逸致的编造，完全不像一个严谨的税务人员所为。

肖黎被"午间之马"击中了，满面是血，疼得不敢当真。这伪造的名字涵盖并揭示了一切可能性的鬼魅与欺骗。

3

"你不要当真，一切都过去吧……"

时隔多日，电话那端作为结束语的劝慰仍像只棒槌一样时不时地抡起来，嚯嚯地逼近肖黎，灼然而危险，但从不真正打下！肖黎把嘴角向斜上方牵起，熟练地露出冷笑。不过一日一夜，无名高架桥与午间之马，这两样闻所未闻、毫不相干的物事，使她成了欺骗者与被骗者。

冷笑谁呢。自己。

那两个在凌晨与她长时间通话的"国家工作人员"，她差一点儿呸他们，狠狠呸他们一脸！可是不，现在，她欣赏他们的智慧与技巧，甚至，她回忆到一些差点儿忽略掉的真诚，他们那官方言语里带着的亲切人情，以及不可置疑的世俗正确性，而这，给她和小冬带来了如期而至，并仍将延绵的巨大实惠。

这让肖黎张口结舌了，她嘴巴粘住了，她连恶心与呕吐都不可能了。她清楚地看明白，她是这个谎言的同谋者与受惠者，今后漫漫一生，都要怀抱着这个秘密谎言，与之同床共枕，长久地被它占有，同时长期地享用它。

她试着把时间往前倒，咔嚓咔嚓像扭手表发条，把时间倒回到那个凌晨，就在那一刻，假装为了小冬的睡眠（多草率的借口，亵渎了纯洁的睡神吧！），她那么轻巧地说"行"，她顺从地以一个好价钱出卖了新死的丈夫。她所做的，算是什么？

哦还有，"午间之马"！那个又怎么说呢——像是两个绚烂的恶之花的痒痒，这个还没抓好，那个还要更痒！

于是，接下来，肖黎把冷笑对准死去的丈夫。

总的说来，他可真扫兴！她本可以凄凉地怀念，于饮泣中追忆他们的恋爱与怀孕、三口之家的零星片断……婚姻固有的温情部分，足可以像流水一样取之不尽，让她像其他的未亡人那样心碎地消瘦，然后在健忘中恢复，开始人们常说的"新生活"——但显然，现在不可能了。从拿到丈夫手机起，从那条短信所属的怪异名字开始，事件的质地就变了，被某个活动力强大的异形分子给搅和了。

死亡不再是死亡，哀悼不再是哀悼。被毁了，并且，很污糟！

是的，现在肖黎可以毫不避讳地承认：相对丈夫的死，她更在乎那个细节不详的"午间之马"！她没法接受这被蒙蔽的耳光，这是多么令人难以忍受的庸俗啊！丈夫把她打发进了那样一群被遗忘被损害的蠢婆娘之列——傻乎乎地烧好菜，盯着表，守着孩子，一无所知地等着不忠的男人！真恨不得把丈夫从死亡里揪回来，流淌着热泪狠狠嘲笑个够啊！有什么好骗的呢！随便男女，随便什么鸟事情！外遇算个屁！多少人在外面搞啊，哪个像你这般地举轻若重——搞到那么偏远的城郊地带、荒凉的大太阳下，还要赶时间抄近路，甚至把性命都搭上！这真太他妈的了！

更差劲儿的是，对于那个"午间之马"，肖黎已无追踪的可能——凌晨的电话里，对方明确过这一点，就算她执意行事，结果亦可以想见，那号码在"国家工作人员"的先期干预之后，肯定会关机，然后，停机。这个号码以及背后的"午间之马"，会跟随丈夫一同消逝……啊不，这还不是最糟的部分，那个人年纪几何长相如何，他们是旧相识还是新伙伴，是了不起的柏拉图还是淫邪的肉体狂欢，这些该死的详情还有意义吗？也许任何一个别的妻子都想知道，但肖黎不需要，她只在乎一个简单而粗暴的事实——她被至为亲密、交付终身的枕边人给骗了！当然，她从未希冀过所谓的海誓山盟，她只求最基本的坦诚与信赖，然而，这也不能够！连他都如此，整个世界都是纸糊的不是吗！

的确，肖黎是一个新寡之妇，但内心的狂暴却像地震与海啸、像所有能想象到的末世灾难，摧毁了她曾有的平和的旧性情，她成了一个没有悲痛的寡妇，她所有的只是对自己的厌恶、对死者的愤怒、对整个世界的高度拒绝——这一切，皆不可告人。

肖黎就只有整夜整夜地在客厅（小冬在卧室熟睡）走来走去，听任自己的脚步敲打地板，像一只被两条巨蟒死死缠住的青蛙，除此之外，还能怎样？白天她还得好好地上班呢，上级们、同事们、已故丈夫的单位、小冬幼儿园的老师们、两边的亲朋们都在远远地好心等着她开始"新生活"呢——人们现在对隐私权可真尊重，特别懒洋洋，特别约定俗成，或者也是人际间安全距离的正当借口，她竟找不到一个人可以说说她内心的大暴动！

4

退休主任医师徐医生就是这个时候跟肖黎交上好的，作为一个七十多岁的老人，其睡眠的脆弱程度可以想见——她就住在肖黎楼下，眼睛不好，耳朵却太好：一清二楚听着肖黎一步一步在屋子里转圈。

凌晨两点，徐医生敲肖黎的门。这个时候，肖黎正进入她狂乱思辨的高峰，双目通红、四肢酸胀、头发给挠得纷乱，宽大的睡衣皱得没了人形。她脑子里忙得不得了，非常讨厌这个时候被打扰。

徐医生是有礼貌的，她笑着开口："我就是想问一下，你的靴子是怎么回事？"

"靴子？"说什么呢，肖黎恶意地抵着门，认出这是楼下的独居老太太。

"让我进来成不成？"老太太使劲挤了进来，她衣衫整齐，一副正经做客的样子，脖子上还挂了一副蛮讲究的金框眼镜。"靴子你不知道？马三立的名段子啊！一只靴子，'咚'！另一只呢，没了！"

"……"肖黎迟钝地低头看看，她穿的是双皮拖鞋，它在地板上会有脚步声——她是特意要听听那个，好歹是个动静！

"嗨，跟你的鞋没关系，跟扔一只留一只也没关系……啧，你没有幽默感吗？"徐医生不满意地摇头。"我是说，你打算穿着你的靴子到什么时候？要不，跟我说说呢，说不定我可以帮你脱掉呢！"

肖黎听懂了，什么狗屁幽默！她暴戾地回绝："谁说我打算脱掉的，穿着就挺好！"

"成！那你就穿着……嗯，其实我能理解，你们小夫小妻的感情正浓着……"徐医生以一种过来人的长者口气，顾自坐下来，四处瞅，眼里的白色眵物随之移动。

这让肖黎愈发冒起火，这种软绵绵的鬼话她白天听得够多了！去他的，她真想说句大实话，她憋死了啊，她从来没有跟任何人说过！反正这会儿是凌晨两点，反正就是个半瞎的龙钟老太。"没有的事！我那丈夫，他死在桃花路上，挺带劲！他死得我都赚大发了！"

"！"老太太瞪起眼，翳影占了快小半个眼眶。

"你知道个什么啊！还理解我，理解个屁！"肖黎极不友好，连水都不倒，只更快地走来走去。"还要帮我脱靴子！就你！"

老太太蛮斯文地一笑，不说话，只往后靠了靠。她有数，肖黎就要说了。

肖黎的确是说了，但她那也不能算是说，而是吐、呕，是倾倒泔水。

她讽刺，接着又嘲弄自己的讽刺；她假设，然后推翻这些假设；她指责，却又收回一切的指责；她诘问，却又因这些诘问而失声……如此这般逻辑混乱地叽里咕噜了一大通，天都没亮，反而被她说得更黑了一般，满房间都像堆了缠绕的乱麻。皮拖鞋仍在地板上继续敲打，肖黎口干舌燥、筋疲力尽——这无法挨过的凌晨啊，从手机半夜响起的那第一个黑色凌晨开始！

徐医生去烧了半壶水，又挑了半勺蜜，等肖黎的两片唇都沾上水了，才开了口，语气却平常，根本没把肖黎的两只靴子当回事。

"就这些吗？那好，你倒看看我呢，我那丈夫，都死了三十几年了！说起来是自杀，可他为什么要寻死？谁不想活下去！唉，那死就是白死，是自取灭亡、自绝于人民！你听听，就这样红口白牙地胡说八道啊，你要是换作我，还不早疯了？算了不说我，只说你！多好啊，不能再好了……你想，是他们求着你去领抚恤金的对不对，这不是皆大欢喜嘛！谁在乎那个真相？尤其是你丈夫，怎么算卖了他？他要能活转了，绝对会高举双手赞成！我真奇怪，你气恨个什么？跟他们一起圆个谎怎么了，你四面看看，谁不扯谎啊。"

肖黎一怔，她不清楚老太太的丈夫究竟是怎么死的，三十多年前，是另一曲死神的欺骗之歌……水可真甜，她又喝了半杯。

"至于第二个小问题……"徐医生沉吟着，接着竟笑嘻嘻的了。"你丈夫，他可比你幽默多了！午间之马！有趣儿！不过，谁告诉你就一定是那码子男女事？或者你丈夫在做小生意？他有个贩毒的坏朋友？他被什么人叫去收一笔小贿赂？一万种可能嘛！他不过是不想让你挂心……人活着嘛，总归要受骗的，被自己丈夫骗骗，有什么了不得的！"

唉，看老人家，还是和稀泥的劝解而已！这反而让肖黎更深地对谎言感到惧怕与憎恨，看哪，它那么滑溜溜的、善变并和气的——照老太太的说法，她说个谎是皆大欢喜，她被骗一下亦是天经地义，通通是好的！那什么才是不好，难不成竟是"真"……

肖黎忽而又感到骄傲——她为这个时代所感到的脏、羞耻以及不确凿的正义感，本就不指望任何人的明白！至于老太太的劝解，且先取了吧，这样想着，于是微微点个头。

徐医生却认为是她后半段的小型调侃获得了效果，颇有成就感地看着肖黎，眼睛吃力地眨着，好一阵之后，面色忽然庄重了："我知道，现在只有我才知道你的这双靴子！放心吧，孩子，我要让你开始新生活！"

听听，又是"新生活"，什么才算是新生活啊？人们为何如此向往？那是洁净的天空与无邪的大地吗？痴心妄想吧，这世上还有那样的去处吗？

5

表面上看，肖黎的一对靴子，好像还真的就此脱下了，从那个凌晨起，她结束了通宵的走来走去，重新拥有了睡眠——那靴子是脱了，却又变成了袜子或其他什么玩意儿附到了肖黎身上，其表现形式，即前文所提到的"不信任症"，此病症如微风，非常之细碎、无孔不入。

比如，看报纸或是听电台，消费向导、医药咨询这些作风豪放的商业假面，自是不必说了，就是挺端庄的新闻，肖黎也会发现端倪——其实就是遮盖物不是吗？她唯一的兴趣就是掀开这层布："某某指数持续走低"，胡说！她给小冬买对虾，一个月内涨了两块。"某公司宣布即将从事慈善"，幌子，这根本就是洗钱！"据有关部门检测，该区所属二十八家化工企业排污处理均已达标……"愚民政策！不能当真的啊，小冬，去看看那边的水沟呢，连片鱼鳞都养不住！

拿起食品包装袋，她直翻白眼："百分百天然维 C、令您倍增活力！""国际营养专家配方，天然牧场奶源，添加二十三种微量元素，帮您的宝宝赢在起跑线！"看到了吗小冬，无谎不广告啊！她叮嘱小冬不要相信出厂日期与保质期，"那就是一个大概的参考！期限内吃了不会死人就是！"

她买东西总要吵架，人家讲的任何一句话，夸她试的裙子合身、说价格已是最低折扣、向她推荐新款产品，她都会失态地翻脸，犀利地指出对方是在"忽悠"。

她忍不住细究人们相互间的寒暄，她聆听人们在会上的"抛砖引玉"，他们做计划，他们赞美与谦虚；在另一些场合，他们发狠，他们彼此交心，他们信誓旦旦；他们以天壤之别的角度定义同一件事，他们凭空捏造、塑造另一个完全不存在的公民！多可怕啊，肖黎越听越觉得不妙，那么多话，完全不能捏啊，全是水分，全是泡泡，他们都是说说而已——语言的全部价值，就是用于消耗和装饰！

也可能，肖黎这"不信任症"的终极目标是为了小冬、为了他安然的睡眠，在丈夫离去的那个晚上，肖黎就发过誓的，她要让儿子一直能够那样无忧地睡眠——她没办法替小冬建造无菌室，她所能做的就是结合生活中的一切所见所闻，细小不舍地教导似懂非懂的小冬，尽可能揭露给他看这世道所有的异形！她才不像别的妈妈那样操心钢琴围棋心算或任何别的，不，她认为孩子唯一需要的教育就是：如何识别这个世道的谎言，以及如何在谎言的野蛮丛林中过活。

当然，她这病症，偶尔也具有喜剧效果，比如，对付徐医生替肖黎所介绍的男人——这就是老太太所庄严宣布的"新生活"！多年的"专家门诊"使得她拥有一张涉及各领域的庞杂人际网络，尤其当这张网络上大部分人都跟她一样，进入了退休生涯，其一呼百应之势可真惊人，一个接一个地，徐医生替肖黎张罗上了。

从一开始，肖黎的回答就言简意赅："我，那事，不可能的！"肖黎深知自己已经坏掉了，没有办法再跟另一个人融合在一起了，不仅仅是跟一个人，包括跟这整个世界吧。更何况，结婚！那是何等破绽百出、缝缝补补的事儿啊，趁早撒手了吧！

怎么就不可能，还年轻着呢！徐医生当然以为她就是这么一说，她满心想着只有她才能救肖黎呢，茶楼或是馆子，早把人都替肖黎约上了。某杂志社的美编、外事办处长、电脑销售地区总代理，也都算是漂亮人物。

——也罢，肖黎认了，就当老太太是她跟现实妥协的小缺口吧，偶尔装装样子，与这谎言世界大同，反正中午也没什么事情（午间之马：午间时光，疏可走马，桥下的丈夫啊，你当初是这意思吗）。肖黎略收拾一番、沉着地就去了，甚至还有一点兴致：她想或许可以做做游戏。

肖黎坐下来就先自我介绍："我是办公室秘书，专职文字骗子，以讲话稿、内部信息及红头文件的形式专门写假话空话套话场面话……"这开场白自有点突兀，但挺有趣儿的不是嘛，对方愣了一下，看她蛮秀气的样子，笑了，这女子！好玩儿呢。

"那么您呢，您主要在哪一方面行骗？"她第二句话就有些让人坐不住了，外事办那位发了福的中年处长当即托词而去，也有的倒能跟得上她的调子："鄙人主要从事视觉欺骗，使人觉得我们杂志时尚、厚重、美轮美奂、赠品很高级！"

"那么，咱们吃点什么？你偏好什么口味？"肖黎不动声色，如同狡诈的猎手。

"不……您随便点，我保管都爱吃。"对方当然要客气，多绅士！肖黎却暗中一笑：言无道，这不就开始了！

接下来，她还有一大把的暗箭："您跟原来的妻子，为什么分手？""我有个儿子，才上中班，您真的不介意？""您满意现在的生活？对领导同事朋友，感觉如何？""您看我还行？那您最中意我什么，长相呢工作呢还是性格？"每一句话都是陷阱，对方根本就搞不清楚，在哪里失足跌下了，况且有些话，初次见面，本来就不便实话实说！

最终，在初次见面的尾声，肖黎奉献出一个胜利微笑，计算器般精确指出对方一席谈中，假话所占的百分比，接着，她亲切地留下她那份餐费："对不起，请您谅解，我不想跟一个骗子交往……"

大部分人都被肖黎的蛮不讲理给惊呆了，这个女人头脑坏掉了不是吗，真白长了个好模样！也有些家伙较为放松，他们摇着肥胖的手大笑："啊，从没见过您这样的，真太有趣了！肖女士，您知道您适合找什么样的吗？程序员怎么样？不行，那可是严密的大骗子！气象预报员？不，也不行，他们总出错儿，那么，整点报时员！这个最适合您，现在时刻，北京时间十三点整……"

二

1

一方面是为了徐医生，可更多的，大约是因为长期逆流而行的发泄之需，肖黎决定"关注"一下老太太身边的韦荣——在那么多胡搅蛮缠、几近无厘头的"不信任"作为之后，碰到这么个摆地摊卖大力丸的小角色，虽说低级了点，但倒真是货真价实，正可以好好收拾一番。

反正早上送完小冬到幼儿园，离上班还有会儿，肖黎便赶到公园，像个便衣督察员，若即若离地坐在徐老太太身边伺机而动。当然，那三个疗程的金视丸，老太太已经买下了。不过，亡羊补牢，未为晚也，肖黎倒要看看，这个叫韦荣的还有什么把戏。

韦荣真是个有耐心的坏孩子，对所有的老人，他绝口不提他卖的任何东西，他好像是个降临到这帮老头老太中的天使，就是专门来陪他们打发时间的！

他笑微微的，听他们谈另一个世界的老伴儿、同一个世界却难见影踪的儿女，谈他们没完没了的小病小痛，活脱脱像个孝子贤孙：真的？您老一到阴天手腕就痛？那么是针刺的痛，还是骨头缝里的痛？他替他们系围巾（瞧这大红色，真衬您老人家的皮肤！），替他们找钥匙（哎呀，韦荣帮我看看，明明放口袋的，怎么就不见了），替他们看药品说明书（到底睡前吃好还是早晨吃好）……

老人家们实在太喜欢他了，他那简陋的小桌摊子就像个社交中心，每天一大早，身形衰弱、衣着过时的老人们就三三两两地前来交际，跟韦荣扯，相互间扯，连半聋了的都在扯，衰弱的嗓子颤微着、七岔八岔、前言不搭后语……而这过程中，不知不觉地，他们就买起韦荣的东西了，治眼睛花的"金视丸"，治关节痛的"十全膏"，治肩周炎的理疗仪，延年益寿的"银杏茶"，全面调节体质的"美国蜂胶"……千儿八百的，他们几乎是争先恐后把退休工资送到韦荣的手上，谁要是不买的话简直就是落伍，要被这晨间的社交生活所淘汰了，可不是吗，否则大家聊起吃药心得来，他有什么好说的呢！

韦荣总穿得衣冠整齐，衬衫天天都换（肖黎承认，整洁是个优点，可骗子的整洁，是可鄙的手腕！），他的嗓音颇悦耳（他解释，在学校，参加过话剧社，哼，怪不得，做戏本就是他的强项），还有他的眼睛，肖黎觉得奇怪，他的眼睛怎么竟会那样的？黑白分明，干净得像深山的泉，毫不羞愧，也不贪婪，还高高兴兴蛮有道理似的，好像他从事的不是最为劣等的街头勾当，而是正大光明的锦绣事业！以至于肖黎竟会产生一种奇怪的心虚，似乎反倒是她在妨碍这个孩子勤勉工作似的！

……一阵阵怡人的微风亲吻着脸，绿叶无辜而优美地翻动，植物们大口吐故纳新，花开叶落宛若世外桃源，老年人们面容安详、慢吞吞如神仙携游。这样的背景下，韦荣抑扬顿挫的诵读似乎具有某种提纯的鬼魅效果，连肖黎也不知不觉听进去了……但享受的沉醉长不过五秒！她随即紧绷了，并陷入小小的迷惑，准确地说，或许竟是一种肉身的疲惫与孤独——这么长时间了，她到底在跟什么较劲？难道自己竟是个女版的当代堂吉诃德，这谎言的风车分秒不停、此起彼伏地呼呼转着，如同源源不断的发电站，确保世界马力充足翻滚着向前！而她连个桑丘都没有，她的战斗意义何在？征程何日为止……可她甘愿认输、委身于此吗？傻乎乎地上当受骗，快活而愚蠢地活着，对一应的虚假视而不见……

肖黎眼睛一转，却发现韦荣正盯着她，他在一边朗读一边观察她！怎么搞的？肖黎感到羞恼，还有软弱，她想提前离开。回头看一眼徐医生，老人家又开始似睡非睡了，肥圆的脸庞非常舒服地歪在木躺椅的后背，也许她不是真的在乎爱伦·坡故弄玄虚的小故事吧……算了，不喊她了，肖黎站起来。

"您要走了？没事，我送她回去，今天太阳好，我正好可以帮她晒被子……"韦荣停下他的诵读，小声跟肖黎道别。肖黎没应声就走了，她介意他宁静的眼神，还有语气，那样地自在！这比他的假药还要冒犯肖黎，他竟以为他能算个好人吗？

2

连续这么去了两三次，徐医生觉察到肖黎的目的了。从不生气的老太太不高兴了。"你还有没有人味了？人家那不也是个营生！他不也得吃饭睡觉买东西？你要把他的摊子给端了，我可不放过你。再说咱们这些老人，还到哪里找到这么个好孩子来？"徐医生的眼白蒙上一层水汽，都动感情了。

肖黎简直不相信她的耳朵："可您自己也承认他的药根本不是什么东西！还那么贵！他要吃饭睡觉买东西，正经找工作好了！怎么能做这个！对，我承认我以前跟你介绍的那些男人见面时，我在胡闹，但这次不是，到派出所报案的话，一准抓！他就是个小骗子嘛！"

"骗子又怎么了？他这样的小骗子，反而让人安心呢，骗什么就给他什么好了！不就是点药钱嘛！都骗在明处，就怕那种真正的大骗大盗，口口声声为你好为了你的权利，还条条框框写得白纸黑字，那才怕人！你根本不知道被算计了什么！唉，你怎么还不明白，这世上，冠冕堂皇的好人好事最是可怕，黑得伸手不见五指，你我都辨不出，也抗不过……"老太太用她的奇谈怪论为小骗子辩护，语调深沉而忧心。

肖黎苦恼地听着——她所苦恼的是，她竟批驳不了老太太！

老太太抿住嘴，盯着肖黎，动着什么脑筋，隔了好一会儿，她突然一拍腿："对了，小冬快上学了，小学里放学早，你不是一直说想找个人接送照看的，我替你找着了个人！"

怎么说到这个了，可真蒙太奇："什么人？"

"就韦荣哪！他在公园上班，也就半天，整个下午都没事……

主要，我想让你好好了解一下这孩子……"老太太轻声地说，怕吓着肖黎，原来她根本没放下韦荣。

肖黎简直要笑了！这老太太，真吃了迷魂汤："你找个专门卖假药的替我接送小冬？"

"就算他是兼职嘛，跟卖药不相干的。我可不是随便说说！第一，我认识韦荣这么久，相熟，可靠！第二，他好歹是个大专生，除了接送照看，还可以教小冬些什么，总比乡下保姆强！第三，也最主要的，你可以一分钱不付！你不是有个半地下室吗，那孩子最近正愁租房子呢，就当是帮我的忙，你把地下室给他住，我让他替你接孩子，你们两不付！大家方便！怎么样？"老太太眉飞色舞，同时紧紧盯着肖黎，等着她大发其火。

肖黎没发火，突如其来地，她难过起来，因为她觉得徐医生那急迫而笑嘻嘻的样子有些可怜，她是那么真心诚意地对韦荣好，别的那些老人也一样，这韦荣，实在高明啊，他抓住了老人们的心，那些陷于孤独的、衰老并走向死亡的心。他骗的不仅仅是钱，还有他们乏人触碰的脆弱与渴求。

怕什么，那就让这个韦荣来接送小冬好了，引狼入室、关门打虎，总会有办法收拾他的。

"这个……真的不用另外给他工资？他那种人，不是顶爱钱吗？小时工工钱可比地下室的租金贵多了！"肖黎装着在算钱。那间十二平方米的半地下室的确没什么用，好几个邻居都悄悄租给了卖菜的农民，用他们的话说："就赚点订牛奶钱。"

"就说你不了解他的。他每个月帮我们多少人取工资啊，密码他都知道的，可从没人少过一分钱……我保管他感谢你还来不及！这里离公园多近！"徐医生高兴得像孩子似的，"那你这算是答应了？咱们可说定了，你不会再去为难他的工作了？"

"我……"肖黎含糊着，她真不愿意便宜了那小子！

老太太又开始蒙太奇了，神秘地补充道："下个星期，我保证给你介绍一个条件特别特别好的人，说不定，那就你的缘分到了！"

"行了，我答应不赶韦荣，可有一个条件，您别再给我介绍了。那事到此为止吧，您真的还不明白吗，我、不可能的！"如果能借此彻底中止徐医生的幻想，也算好了。

徐医生怔住，忽又转喜为悲，替肖黎伤起心来："你怎么这样啊，我拿你怎么办……不该当真的你当真，该当真的你偏不当真，你将来可怎么弄呢？最多几年嘛，我也就会死的，到时谁会管你！你再老一些，谁再会要你！"

肖黎扭过头，看这徐医生的心肠！反叫她难过啊。

3

以前在公园没注意，现在面对面站着，肖黎发现，韦荣个儿高得多，他俯看着自己，目光友善，又似若有所思。这让肖黎浑身不自在，她提醒自己应当警惕——当心，像对付那些老人一样，他也要主攻她的软弱吗？肖黎在心里冷笑，不，也反过来盯着他好了，怕什么。

递出地下室钥匙，她冷冰冰地提出：此处只作睡眠之用，不要烧饭，不要看电视，不要留任何人过夜。如果需要，她可以每天提供两瓶热水。

所谓的"两不付"合作就这样开始了，肖黎没有再去公园了，还有必要再观察吗？一切都明摆着的，况且，这小家伙的全部假药，现在就堆在她的地下室，随时打个电话到派出所，就可以把他连人带货给连锅端了——但她不能当真这样做，那会伤了徐医生的，她可舍不得她与老太太间的情谊。再说，如此对付他未免太简单了，她真正想要收拾的是他眼里那该死的清澈与理直气壮，她要从心理上整个儿打倒他，要他承认自己是个可恶的大骗子，然后，主动卷铺盖滚蛋！

但显然，韦荣不这样想，他竟像是终于找到了归宿似的，极其勤勉地开始了寄居于地下室的"新生活"（对，正是"新生活"！肖黎从他脸上看到了这几个字）。接送陪伴小冬之事，不用说，完成得相当出色。

小冬性格颇为内向，轻易不跟人示好，可不出一个星期，韦荣就成了小冬最推崇的人物，他把韦荣整天挂在嘴上（可怜的孩子，有五年了，在爸爸之后，这是他生活中重新有男子汉的陪伴），模仿韦荣的举止与口头禅——每天回家，肖黎看到的小冬都非常之快活，给她展示若干小进步与小成就，这当然不坏，但再一细想，儿子正狂热地追随一个骗子，这未免荒唐吧！

骗子还做了许多分外的事情。

作为一个性格不那么随和、朋友少之又少的女人，肖黎的家庭生活实在乏善可陈，许多方面她皆在将就。升降衣架坏了，听凭其卡着。墙顶的吊扇因为太高，上面的灰尘黑得惊人。客厅水晶灯里的灯泡坏了三分之一。电脑音箱一只响另一只哑。太阳能的热水阀总漏水。洗碗池的液压杆撬不动……骗子还真是会骗啊，妙手空空地全把它们弄得运转了、回生了，还富有技巧地压根儿不提，直到肖黎偶然间惊异地发现"田螺小伙"的作为——他满心以为肖黎会感激死了吧，的确，有一丝丝！毕竟太久没有人替她分担或料理过生活，但随之，肖黎一个冰冷的激灵，愈加感到了被冒犯：不，他并不是真心想做这些！这是用来包裹欺骗的蕾丝花边！他只是要收买她，他想稳妥地继续他肮脏的营生，就是这么回事！

冒犯的最高潮是这个星期六。

困倦的周末清晨，肖黎在大懒觉中迷迷糊糊地挣扎，她强迫自己走到阳台上去看天，以决定今天是否需要赶早洗床单、随后带小冬去爬紫金山——天色灰蒙蒙的，像是一个人恶劣的脸色，肖黎看了几眼，心绪竟也同样恶劣起来，说真的，她并不多么喜欢周末，别人的周末很忙很热闹，可她得一个人"制造"并"苦撑"出若干的忙与热闹。她怕闻别人厨房的香气，怕听到别人家的门铃声，怕看到某个男人系着油乎乎的围裙到楼下扔垃圾——当然，大部分情况下，她用她敌意的"不信任"来蔑视这一切，说服自己瞧不起这苟且饮食里假扮的和美，可说到底，这是多么热乎乎、喧嚣的生活啊，很难真正拒绝，她真是个怯懦的伪清高者，她还是渴求爱与亲近的……

一连串的坏想法令肖黎完全萎靡起来，阳台上随便找张小凳子软塌塌地坐下——突然，就在膝前，她看到了一盆新鲜而普通的花，月季！两个粉嫩的小苞，其中有一角已经绽出，晨光中如婴儿的脸那样柔嫩地冲着她，肖黎的心中一疼，差点儿没哭出来。怎么回事？这哪儿来的？她还能够拥有这样姣美的事物吗？韦荣这是在干什么！肖黎几乎颤抖起来。

从丈夫去世，这家里没有再养过花（肖黎没有气力，也没有心境，花草的淡雅会让她更觉尘世的浑浊），原有的五六只花盆也就那么弃在阳台一角——这会儿，肖黎才注意到，不仅仅是这盆月季，另外还有一盆虎皮兰及一丛她不认识的野草般的玩意儿，就在原先的那些花盆里，它们安了家，盆土湿乎乎的，很有模样地绿着。

肖黎花了很长的时间凝视这盆月季，甚至是太长的时间，她看花骨朵儿，看它半透明的甜美，她说服自己享用这一瞬间，这样的时刻太罕有了，等这一刻过去，她知道她就会旧病复发、变本加厉。她受不了这样软和的、好的东西，韦荣他凭什么这样做啊，他算个什么，他以为她是个很容易上当的软弱的人吧。

这实实在在地惹恼了她。

4

耐心地一直等到午饭之后，让小冬睡了午觉，肖黎去敲地下室的门，用很粗鲁的方式——在公园跟老人们周旋了一个大上午，那家伙这会儿总该回窝了吧。

韦荣开了门，他显然在睡觉，惊讶地看着肖黎，左手还揉着眼睛，这个动作很像小冬，一种少年般的稚气。肖黎严厉地把眼光往他身后扫：一张行军床，一个吃得空空的盒饭，悬着的绳子上挂着他两件轮流替换的衬衫，剩下的地方，正如肖黎所预料的，全堆着他的"金视丸"与各种理疗仪。

韦荣恢复了他的机灵："呃，我睡着了，你……有事？"关切的样子。肖黎再一次意识到，她得仰着头看他，这很别扭，她可是来谴责他的。

"我请你，就是接送、照看小冬，然后，你使用这间地下室。别的，你不用做。做了也白做明白吗？我还没老，可不会买你这些破玩意儿！要不你是放长线、钓大鱼，嗯？指望从我这里捞点什么？"肖黎劈头盖脸一串责问，语气很硬，但并没有计划中的那么硬，毕竟，那是一盆柔嫩的打着两个花骨朵的月季！

肖黎苛刻地把目光往四处溜，半地下室有扇极小的窗户，射进来的光刚好打在一小片空出的墙上，那里，用不干胶挂了张照片：某个山村小房前，一对拘谨的父母，三个瘦小的孩子，最小的那个，从眉眼上看，应当是韦荣。

韦荣也把目光停在照片上："我老家在山里……那些事也都是举手之劳，好比带着小冬玩呗，他特别喜欢看我修东修西，他四处找家里的坏东西给我，真可爱！"看肖黎的脸色，韦荣收住。"我不图你什么，真的就是非常感谢你，肯把这里给我住。你不知道，这几年我前后换了多少次住处，合租的话很不方便，要么离得太远，一大早我赶不到公园，东西也没法带……"

"东西？"肖黎毫不客气地抓住。"你说说你这都是些什么东西？"

"我知道，你一直对我这个事情有想法，第一天我就看出来了。"韦荣直率地盯着肖黎，他依然毫不羞愧，"我其实，也一直想跟你谈谈……"

"那好，你倒是谈！"肖黎四处望望，除了行军床，这里没任何地方可坐。

韦荣从高处搬下一个纸箱，又铺上一层报纸，冲肖黎示意。哼，善解人意！肖黎不大高兴地偏坐了一角。

"这样的保健服务点，每个公园都有，在所有同行里，我是折扣打到最低的。我只赚药品公司给我的那一块，确保每个月能寄回家八百块。我知道这些东西……"他眼睛扫了扫那些药，但语气依旧从容。"并没有那么神奇的效果。但真的，你不要以为我在狡辩，那些老人，他们需要这个！也可能是心理暗示的成分，他们很依赖这些保健品与器械，好像对他们这个年龄来说，这显得挺积极、挺流行的！就好比小孩子玩摩尔庄园与妖怪A梦，这不是对不对、好不好的问题，而是同龄人都在玩……他们喜欢这样凑凑热闹。"

肖黎冷笑："照你这话，你还真是问心无愧呢。他们喜欢这样——省吃俭用一辈子、几年不买新衣服、从不下馆子吃饭、出门都是挤公交，就为了把省下来的退休工资大把大把往你这儿送！"

"……"韦荣把脸掉开去，他看墙上的照片。"我推销过万向拖把，在电脑卖场做过导购，穿不透气的卡通服在儿童乐园派发宣传单……"他不紧不慢地数着，"前后，我跑了不下二十场的招聘会，投过上百份的简历，还不包括网上的，结果呢，我被面试过十九次，被试用过八次，短的一周，最长两个半月……这份，算是最稳定的了。"

"你哪个大学？专业是什么？"肖黎毫不心软。这根本不是理由，失败者不值得同情，他白念书了？

"商贸管理，听上去像万金油吧，可哪儿都不要……不管怎么说，我应该留在南京，每个月挣点像样的钱寄回去。家里就我一个在外面。"停了停，他主动回到原先的话题。"……我知道，老人们也不容易，腿脚和脑筋都不灵光，我真挺愿意替他们修修弄弄，交水电费或者买米买油什么的。不管怎么说，他们信赖我，这挺让我高兴的。我想，工作是一回事，做人又是一回事——其实我以前那些工作，也都是骗骗人的，方式不同而已，所以……"他替自己的辩护大概也就只有这么多了。

不知为何，肖黎走神了，突然想笑。她想到了她相亲时曾这样描述自己的工作："职业文字骗子，以讲话稿、内部信息及红头文件的形式专门写假话空话套话场面话……"其实，她不仅这样定义自己，对各个领域的从业人员，她都有着非常刻薄的责难，但这些想法她没有跟别人说过，因为很难有恰当的时机与对象，但这会儿，她反倒被这个自圆其说的小家伙给激发了，忍不住表示了赞同。

"这个，我是相信的……"

"啊真的，你同意？我一直就这么想的，但说了怕你骂呢。什么天才早教中心、男科健康门诊、出国中介服务，那倒容易进去，但……"

"还有卖房子的！卖保险的！卖基金的！卖汽车的！你不知道，我平常出门，经常跟卖东西的吵架的！最多一个星期吵了七架！"肖黎爽快地招认，好像这是一个非常光荣的纪录。

"是啊，我有时都怕，我真要被这些行业招聘上了，我恐怕都骗不好！"韦荣眼睛亮亮的，顽皮地笑着，他陡然放松了。

"就是记者、医生、公务员，那又怎么样，不也都是各种观点、政策或假象的制造者与阐述者嘛！告诉你，我可碰到过不少！"肖黎迫不及待地补充起来，她回忆徐医生跟她介绍到的那些男人，她曾经怎样地故意奚落他们——她从没跟人提起那些对话细节，但此刻她发现，当初她胡闹时，也许就有些指望着，将来要跟谁说一说那多有趣！但再怎么也不会想到，竟会在这样的情形下说（骗子、假药、地下室！）——她活灵活现地重演她与他们的对话，模拟对方的尴尬或是吃惊。

韦荣果然大笑，毫不拘礼地直夸肖黎真带劲！一边像是跟肖黎比赛似的、不甘落后地拼命在脑子里搜罗："反正没有一个行当是清白的，司机也是！他说没有喝醉！警察，他说他从不认识黑社会！教授算不算？他们互相抄来抄去！歌星，他明明吸了毒！大法官，他披着法律的破袍子……"

"哼，还有更多的大鱼！球员，他说他在场上是真踢了！小煤窑主，他说死了不到十个人！还有经济学家，他们被收买了替房地产胡说八道！官员，他说他在搞绿色 GDP……他们可真是骗得颠倒乾坤呢！得了，所有的职业，众声喧哗，本质都一样，看他们浑身光鲜、肥头大耳的吧，全都是一步三骗、靠谎言喂饱的！"

肖黎几乎在呐喊。

太过瘾了！这样说说多么痛快啊，这世界飘洒着谎言的细雨，这世界翻腾着谎言的尘埃，众生皆在细雨中奔跑在尘埃中打滚，满身的泥泞与腥臭。

一场因月季花而起、蓄意酝酿的敌意性交涉，竟在一个混乱而夸张的逻辑中演化成为愤世嫉俗的同仇敌忾，当争先恐后的语言高峰过去，狭窄阴暗的地下室重新归于安静时，肖黎惊愕而哑然了——怎么回事，她竟是承认了韦荣那份"工作"的合理性吗？

肖黎遽然从纸箱上站起，勉强重申了一下她此行的目的："……总而言之，以后你不要那么多事了，我不喜欢那样。"不等韦荣回答，她慌张地离去，出门时，都差点儿踩翻门边的一个塑料盆。

"……慢点儿！你没事吧。"韦荣不安的声音，似又夹杂着不敢流露的欣悦。

三

1

徐医生有三天没到公园去了，直到第四天晚上，韦荣告诉肖黎她病了，肖黎不禁自责，她倒真把老太太给忘了。

"没事，我去看过了。应该就是感冒，但老太太精神不太好，连小说都不要我读了。呃……我在你灶上熬了锅稀饭，要是你方便，晚上给她送点儿。小菜我也准备了，你今晚将就着吃这个吧。"韦荣很愉快地眨着眼。

自那天地下室对话之后，他对待肖黎更加自如起来。肖黎也不再似铁板一块——说实话，要她完全认同这孩子是不可能的，但像原先那样置之死地而后快的敌意显然也淡了。可是不管怎么说吧，让小冬这样天天跟着韦荣，也非长久之计，而且，她的地下室，作为临时性的假药仓库，不也是在为虎作伥吗？总之，得终止这个局面，还是要让他走——他就算像今天这样烧了晚饭也没用！

肖黎来到餐厅，只见桌子上一盘盐水鸭、一碟凉拌海带，还有炒花生米与五六块焦香的黄桥小烧饼。唉，什么时候有人替她准备过这么现成的一顿啊，哪怕是稀饭与小菜！肖黎感到胃部一阵期待的蠕动，这时候是很难冷下脸来的，是他做的，又足够三四个人吃的。肖黎于是跟韦荣招呼："要不，就一块儿吃吧。"——这真的只是客气一下而已，她想韦荣还不至于这么不知趣。

然而，韦荣竟点着头咧开嘴笑起来，牙齿白白的，好像还暗中跟小冬对了个眼色："那……太好了，我天天吃盒饭，真吃够啦。刚才小冬也一直喊我留下来……"

小冬早欢天喜地地张罗起来，筷子、椅子准备得团团转。肖黎只得勉强微笑，然而，她心中却是一个不愉快的"咯噔"，她劝自己，不就是一块吃个饭嘛，不要那么介意。

方形的家庭餐桌，坐三个人跟坐两个人，大不一样，突然就天伦之乐了：韦荣替小冬夹菜舀汤，小冬问韦荣各种古怪的问题，小冬又就韦荣的某些回答听取肖黎的意见，有笑有闹，有碗筷丁当——尽管肖黎一点儿不积极，但整个气氛真是相当之……一个肖黎一向讨厌的词：温馨。

这算哪门子的事，跟一个地道的小骗子，还温馨起来了！没脑子了？当真享用这乐融融的和谐表象吗，啊呸。

好像有毒虫子钻到头脑里了一样，猛烈而尖刻的厌恶突然来袭，肖黎突地放下碗筷，站起身翻出皮夹，飞快地掏出五十块钱扔在桌子上一角，尽量不让嘴唇发抖："这是你买熟菜的钱，够不够？下不为例，我不习惯跟外人一起吃饭！"这次跟地下室的情形正好相反，好的开端，糟的结尾！

韦荣满脸错愕地放下碗，嘴里还嚼着一口花生米。小冬正好差不多吃完了，韦荣于是站起来，带着小冬到房间，安排他看动画片。

重新出来后，韦荣发现肖黎已经在收桌子了，鸭子、花生米剩下不少，烧饼也还有两个，但肖黎一股脑儿地往垃圾袋里扔，韦荣心疼了，伸出手拦："嗳，明天还可以吃呢！给我带走好了。"

肖黎听了，反而拉开袋子，污辱性地往里面吐起唾沫："我一想就觉得太脏了，胃里直恶心，你这是什么臭钱买的？嗯，骗的哪一个老人家的？还记得他多大年纪吗？他用哪只手把热乎乎的钱交给你的？"

韦荣从肖黎手中抢过袋子，脸色涨红："那不就是一份工作嘛，你看那么多人都已经接受我了……为什么你就不能……"

"不可能的！你以为你真的跟医生、律师或者卖房子卖保险的一样吗？才不是，你只有一个名字：骗子！"

"好吧，我承认，我承认这份工作不正当。"韦荣很爽快。"但我以为我们上次已经达成一个共识了：职业性的骗子，与生活中的骗子，是两码事。就像我们上次一起骂了那么多行当，可回到生活、回到人际交往，大家还是有真诚的不是吗，你为什么总对我这么偏见！"

"嗬，这么泾渭分明！我还偏见了！好，抛开工作不说，就算在生活中，也绝没有任何人是朵大白莲花！比如我，注意，我现在说的是我！你听好了！我本人就撒过大谎、骗过一大笔钱，还有我死去的丈夫，我亲爱的枕边人，也是说谎者，他活生生地骗我，直骗得他丢了性命！你明白吗，别跟我瞎掰了，我可比你看得清，人人都是双重间谍，职业中靠谎言谋取工资，生活中靠谎言谋取情感或其他任何玩意儿。谎言就是全球通用货币！比 99.99 的黄金还硬！"

韦荣沉默了一会儿，消化肖黎语焉不详的过去，他的眼光随之有些抱歉："我不知道你的事情……但不管怎么说，我真的想让你认可我！我们可以好好相处！工作是工作，我是我，离开那个公园，我真的绝对从不骗人。"

"从不？"肖黎挑起眉毛，这是她最为介意的词汇之一，永远、从不、百分之百、绝对，哼，一听就不符合常伦！可多少傻瓜在死心塌地发着誓并相信着哪！

"我从不骗你，不信咱们打赌。"韦荣发急了，孩子气似的。"你反正不一直在盯着我、挑我毛病嘛，除了工作，欢迎你继续盯下去！"

"好，赌！若抓到你骗了我，你就输了，马上搬走；反之，你就算一直赢，可以住下去。"看，机会这不就来了，正好让他走吧，不要再这样无谓地纠缠下去了！肖黎诡异地一笑，她什么都不敢信，却相信谎言普世的覆盖力——韦荣不可能例外。

韦荣伸过来握起肖黎的手，用力地摇一摇："就这么定了。赌！"他黑黑的眼睛从偏上方一点儿的位置紧盯着肖黎，也许不到一秒，肖黎就挣开了手—— 一方面是不自在，同时是自觉笑话，这莽撞的瞬间，多么经不得推敲啊：一个骗子跟她打赌说他从不骗她。

2

肖黎提着粥下楼看徐医生，老太太圆胖的脸明显瘦削了，讲起话来，嗓子里多了拉风箱般的喉音，下巴处的囊皮连着青筋，老态触目。

徐医生的住处肖黎以前来过，仍像以前一样，墙上钉满她儿女及孙辈的照片，煞是热闹，墙下却伶仃。桌上堆着好几天的报纸和牛奶，都没有动过。到处黑乎乎的，只节俭地开着一盏床头灯。

徐医生刚挑了两勺稀饭，就赶着问肖黎跟韦荣处得如何，承认不承认韦荣其实是个好孩子？

这老人家！"嗯，你说得大体不错，他很会卖乖。"肖黎只能这么简单说说了。

"不是看我生病才顺着我的吧？"徐医生挺高兴的。

肖黎开了各处的灯想替老太太收拾收拾，却发现四下里都挺整齐，阳台上一排新洗的衣服，水瓶里也是刚烧的开水，一只梨子削好了切成片放在床头。"韦荣下午不是来的嘛，小家伙忙了一个多小时……我要给他钱他死活不肯要，所以呢，我就又买了两个疗程的药。这回，你不会再拦我吧。"徐医生蛮得意地说，好像她胜利了。

肖黎给徐医生打些热水洗脸擦身。老太太有些不情愿，终于还是同意了，她抿着嘴，尽量保持身体的尊严。

重新开起口，徐医生的声调却有些异样："看看我这样，几天没人说话，简直就是等死……身前身后想一想，这一辈子的许多事情，也都不记恨了，活着，总归好啊。"

肖黎想岔开话题，老太太不理。"你呢，千万要听我一个劝，不要再拧巴下去了，韦荣跟我说了你跟他的吵架，什么职业性的骗子、社交性的骗子，你呀，你算是哪门子的上帝啊！要知道，说谎这种事情，真算是咱们中国最大的人情世故，它是有传统有渊源的，你就得服这个软！你想想，古往今来、历朝历代，随便扒开一个缝儿往里瞧瞧，哪里不是谎言！远的不说，就我们这代人，前前后后，从上到下听了多少大谎小谎、自己又撒了多少大谎小谎！哪一步不被骗？骗得饿肚皮，骗得去扎根，骗得去交心，骗得六亲不认家破人亡，骗得大厦倾倒，骗得心头扎刀眼中滴血可嘴上还得抹蜜，唉，你啊，要学着从古往今看哪……"

肖黎好像突地被猛抽了一耳刮子，一阵来自数千年之前的飓风直吹得她周身通凉，听听！此事由来久，自古皆如此！这谎，原来是万千年的妖精！连偌大的历史，都得听凭它翻云覆雨地折腾、五花大绑地掩埋！她这些芝麻事又算什么，怪不得老太太向来不以为然，难道生而为人，就得死心塌地去认了谎言作爹娘老子吗？

见肖黎灼灼地瞪着眼，一脸的骇然，徐医生垂下眼皮停一停，像从往事的泥淖与漩涡里艰难地爬出来："行了不说了……反正我看现在已经好得翻了多少倍了，好得我都越来越喜欢它了，现在的谎言多乖巧多绵软——你要什么它就说什么，你要金刚不坏，它就说'滋阴壮阳'，你爱财，它就说'恭喜中奖'，你怕变心，它就说'我永远爱你'，所有你痴心妄想却不可能的，它都跟你说！多好啊这，要没了它大家还怎么活？一点儿奔头没了，所以我天天儿的都踏实着呢高兴着呢！有人上门来卖万用遥控器，有人给我寄名医入选辞典通知书，有人打电话给我赠送消费卡，有人要给我无偿代理基金理财，有韦荣这样摆摊儿免费体检的，没事儿，真无伤大雅，大家都踏实着呢，有做戏的有瞧热闹的，各取所需呗。就连你最恨的电视广告，我都喜欢！瞧那里面的纯牛奶！瞧那里面的黑头发！那全家福的乐和劲儿！只有假的才会那么完美呢……"老太太说得开心，直说得咳嗽起来，一口痰堵在喉咙里。

肖黎给她拍背，心中感慨——想不到，在谎言中沉沦的那些旧日月反倒让老人家如此超脱了，乃至都消遣起现下的各种骗人勾当了！大约是嫌不过瘾，所以还盯着让韦荣念侦案小说，听更专业的谎话去！

喝了一口水，徐医生缓过气来："……其实我知道，对你丈夫的那个'午间之马'，你一直还没转过弯儿，所以你不肯再找个人，包括对韦荣、对平常的好好的人，都疙里疙瘩相处不好！其实，这些天我躺着胡思乱想，真越来越咂出谎言的好滋味了。你想啊，但凡人家愿意费心瞒你个什么骗你个什么，那说明是看重你、在乎你，谎言就是对你的好、对你的待见……只有陌生人，跟你不相干、对你没兴趣，才会跟你说大实话。倘若真的所有的人都冲着你直通通的，那才顶可怜！说明你压根儿不招人喜、不招人疼呢！所以我呀，天天儿地躺在这里动弹不得，却不想医、不想药，就想有人再来骗骗我！跟我说两句好听话儿！"

"看你，都被你说糊涂了……"肖黎听得懂老人家这理，却不甘点头称是——难道爱与忠诚，根本就是一对悖论？不可能同时兼得？照此说来，她桥下的丈夫，他对自己的蒙蔽，反而是爱了？这道理太别扭！

"你呀，哪天轮到你也想骗骗一个人，就会明白这个理儿了！"老太太闭上眼睛歇着，眼皮软塌着像片干树叶，不到一分钟，又强撑着睁开。"……我最不放心的还是你的终身大事，真的就这样算了吗，你以为守着个小冬就够了？我两个儿子一个女儿呢，看看，还不就这样……说不定你将来老了，也会像我现在对韦荣一样，明知是假，却还装作相信……"

唉，这话让肖黎愈发地难过，对徐医生，也是对她自己，人生的凄清与虚空如此活生生地逼近！

看看时间不早了，肖黎把大灯一一地关了，在渐渐暗下去的光线里，老太太冲着肖黎发表了她最后一句名言："听我的，不要去较真儿，学会自己骗自己！这是生活的最高境界，这样，你才能获得安逸……"

3

肖黎发现了一部不错的美国电视剧 *Lie to me*，讲一个专业的测谎小组参与到各类有争议的悬疑事件里去，从细节之处去判断关键人物在关键问题上是否说谎：搔脖子，抖动腿部、眼球往上斜、川字皱纹加深、频繁眨眼等等——肖黎花了许多的时间去研究，主要是为了应对她跟韦荣所打的那个赌。

事实上，供她观察的时机少得可怜，她下班到家，韦荣也就该回地下室去了，就算偶尔有些交谈，也是小冬的生活学习事，就算当真请来测谎小组的 Lightman 博士，恐怕也下不了手！看来是中韦荣的圈套了——这样日常无事下去，他怎么会输？

索性反其道而行之，或者也是正面出击，肖黎决定把 *Lie to me* 给韦荣看。

"喏，一个人在下面也挺闷的吧？可以在电脑上放的。"肖黎递给韦荣，脸上要笑不笑的。她都闹不清自己这算哪一出，有这样甩出鱼饵的吗？

韦荣意外地接过来："美剧！你也爱看？正好这部我没看过！放心，我看得很快的，熬通宵那是我强项……"韦荣高高兴兴地笑起来，带走了。

肖黎扶着门框，感到自己又笨又阴险，看那孩子刚才笑得多没心眼。真像徐医生说的，自己过头了吗？

　　这天晚上十一点多，肖黎正收拾了各个房间打算关灯睡觉——她现在有些怕关灯这个动作，尤其是一盏一盏挨个儿关，总让她想到那天替徐医生关灯，像是吹灭生命之火般的，有种莫名的凄凉感，她不愿意这样联想到自己的老年……突然有人轻声地敲门，肖黎有准确的预感，是韦荣。

　　韦荣站在门口，表情在黑里，看不清："小冬睡着了吗？方便的话，跟你说几句话。"

　　"进来吧。"肖黎带他到小餐厅。上次坐在这里，是那不欢而散的晚餐。

　　"我一下去就开始看了，边看边吃泡面，还傻乐着呢，直看到第三集，才明白过来。不如直说吧，为什么让我看那碟子，到底想说什么？"韦荣努力表现得平静。肖黎看到他鼻孔微张，这是不友好的标志（她运用起那系列剧的推断）。

　　"也没什么……我是想，我并没有什么机会了解到工作之外的你，所以，那个赌，我基本上不可能赢。"肖黎让自己说实话。

　　"这样子啊。"韦荣瞪起眼，嘴角一提，想笑。"那要不你随便问问我？任何问题都可以，我百问百答，然后你检测就是了。"他往椅后背靠着，伸开腿坐着（这是解除对抗的动作）。

　　肖黎有些不好意思，但这样实话实说，心里头倒是很舒服："那我就真的随便问问了。你多大？"

　　"二十二岁。性别男，未婚。受教程度大专。籍贯陕西太白。"韦荣一口气地报。

　　自己竟比他大了整十岁，看看，十岁！"嗯……谈过几个女朋友？"第二个问题一出口，肖黎差点儿没捂起自己的嘴，为什么不问问他墙上那照片里的家人、问问他对金钱的感受、心目中的理想生活之类的，为什么要问"女朋友"，太不得体了！但算了，坦诚一些，今天就是想到什么说什么吧！

"学校里谈过一个，毕业后结束了。找工作期间没有。最近才又谈起一个。"韦荣表情有些凝固。肖黎不明白，这凝固代表着什么。

"她知道你干什么吗？"

"她是我同行，在老年大学做保健咨询，她比我干得强多了，销售额是我的三倍。"韦荣突然看看她。"你心里肯定在发笑，一个男骗子跟一个女骗子。"

"是！是想笑，但没什么恶意。我能理解，她找工作一定也不容易。"说实话，肖黎喜欢这个搭配，另一个巧舌如簧的小丫头，这反而很好不是吗？"好吧，咱们继续，你相信爱情？"

"信。"韦荣毫不犹豫。

"那说说呢，爱情是什么？"这个问题也可以检测吗？肖黎骂自己，她问得真太差劲儿了，这是怎么了？

"是……"韦荣停了一下，眼睛挪开去一些。"是一场梦。"肖黎捕捉细节（他闪避眼神，说明这不是他喜欢的话题）。

"你和你现在的女朋友，是什么样的梦？"肖黎感到自己有些纠缠了，可是，她要对自己的好奇心诚实，况且这好奇，并非出于男女间的暧昧吧——她还记得徐医生病中的话，苍凉而超脱地，对爱与忠诚判了死刑。她很想知道，在韦荣这样年纪的情爱里，有几分真几分假？

"我们之间嘛，才不做梦。"韦荣缓慢地眨了一下眼睛（这是一个回忆的动作，他在回忆什么呢，他大学的第一个女友？）。

"那你们……算是什么样的恋爱啊？"肖黎不明白，又有些微的欣然，的确，两个骗子，如何谈情说爱呢？

"就是很实际的呗，我在她那儿搭伙烧点吃的；一起淘宝，买些小玩意儿；看看碟子什么的。"停了一停，"我们从不做梦……我们做爱。"好似突起的恶作剧，韦荣直盯着她。

是韦荣无忌的作答或是他的表情？肖黎突然间心绪崩坏。

他真的只是把她当作一台测谎仪了？可，难道不是吗——她忽然感到，自己真是一个笑话。在徐医生那里，自己不够老，不懂得比较与妥协；可在韦荣这里，他的年轻又刺痛她！他意识不到任何道德上的困境，还跟他讨论什么原则或是真伪呢？他大概一辈子都不会与这些玩意儿发生瓜葛，他、他的女朋友、所有后来的年轻人们，他们不会在乎任何东西，他们轻装上阵，并在奔跑中接二连三地抛弃，扔掉一切！而他们所痛快抛掉的却正如纸枷锁一般紧紧扼着自己……

"你们两个……就在我租给你的地下室？"肖黎坚持着她的测谎工作。她把手挪到桌子下，一个个掰着指头——她意识到，按照 *Lie to me* 的说法：自己有点神经质。

"是。她那里是跟人合租的。"

"我不是说过，不要带人回来同住！"最好强硬得像一个就事论事的古板房东吧！

"你也要求过我不要看电视，但你借我碟子看。"韦荣不紧不慢地反驳。

"行了，到此为止，你已经骗了我，对不对？被我抓住了，你输了！就照咱们的赌，明天，明天你就搬走吧。"肖黎的手指在桌子下捏得更快了，潦草收兵算了！让这家伙快点儿消失吧，她不能忍受这样与他面对面！

"我并没有让她过夜……这不违反你的规定。"韦荣解释，他瞧着肖黎，瞧了一会儿，摇摇头。"如果，你实在要我走，也行。但我不承认我输了——我从没有骗过你！"

肖黎站起来，把门打开。韦荣却又把门合上。"既然都要走了，最后再说一句吧……你，你知不知道你这个人很不好相处？你到底在跟什么较劲儿？你自己过得别别扭扭，也让旁人别别扭扭的，这简直就……挺傻的，也挺幼稚的！你比我大几岁，可是我真觉得你还不如我、不如我那个女朋友。世界就是世界，它脏也好、假也罢，存在就是合理，想那么多干吗？只管去适应就好！我周围的人，谁都明白这个道理，偏偏你跟它去较什么真儿！你在对抗什么？完全就是以卵击石嘛。嗳，真的，不要怪我说得难听，什么真话假话的，老天，真是弱智真是童话啊！你是成年人啊，三十多岁了！我都觉得你太可悲了！"

肖黎闭闭眼，没吱声。随便他说什么，她都不会再生他的气了——韦荣那无辜的语气正代表着一个理直气壮的、让道德去喂狗的世界，他们只管轻松去吧、开明去吧，这是他们的进步与解放，可她决不妥协，哪怕她会成为最后一个悲惨且愚蠢的捍卫者！

而且，韦荣这么说开来，哪怕刺耳，某种程度上，肖黎还是略感安慰——好歹，有人愿意跟她这么说开来吧！

"你搞不懂我——这很正常。再见。"肖黎重新打开门，夜风冰冷冷地涌进来。

4

关于韦荣的走，小冬的反应，比想象中要激烈许多。第二天，肖黎下班回家，他像小野兽一样地扑上来，抓住她就伤心大哭。韦荣不忍心的样子，嘴里含糊招呼了一声，径直就下楼了。

七岁的小孩，火热而脆弱，随便肖黎怎样劝说，他就是抽咽不止，也许，不仅是因为韦荣的离去，这孩子还有日积月累的其他不痛快……晚饭，小冬一口没吃，双颊红肿着也就昏睡过去。

肖黎也无心吃饭，只回到客厅呆坐，感到心里头异常地堵塞。有些想到楼下徐医生那里去聊聊，可是，夫了又怎么说呢，她与韦荣之间的几场争吵，具体竟不知如何说清，她虽自有道理，但真正讲述出来，却颇困难，包括那个赌，她确实算是耍赖吗？而她曾经答应过老太太，不赶韦荣的，然而，还是"赶"了……

现在这样，真的便算是如愿了？韦荣将会从地下室搬走，从视线和生活里消失，不会再有人自作主张地到处修补，替小冬洗校服刷球鞋（他说只是顺便，因为他要洗他的白衬衫），在阳台上变戏法似的弄出那触目的娇艳花朵——所有这些令她伤怀而感到冒犯的事情都将一并消失了……她的生活就要重新变得清洁了？重新踏上孤家寡人的黑夜独行舟！她该欢呼这寂寞的回归吗？是否要想想韦荣的话，她的生活与性情还算正常吗？

那么，又是什么让她陷入今天这样的性情与境况，三年前的无名高架桥以及那遁于无形的"午间之马"？那个，究竟在多大程度上影响并导致了她的现在？或者，并不能归咎于往事——许多人都有不堪回首的部分（比如徐医生！），为什么偏偏她就这样失魂落魄、格格不入？

而最不敢往下追问的是：自己的如此这般，明知不可为而为，到底在执着于什么？公道良心？绝对真实？道德正确？这便是她苦苦维系的信仰吗？然而扪心自问，她果真信仰什么吗？一个像她这样的人、在这样的世道，还能信仰个什么吗？若早已没有了"相信"，信仰又如何存在？

肖黎没有头绪地苦苦思索着，想自己的由来与去处，唉，人啊，到底是什么？就是所吃过的食物，所读过的书，所经过的事与人，其之所以成为现在，均由过往一步步堆砌而成，而今日的一举一动，又维系并铸造着明日……

这样的夜晚这样的心境下，如此一想，真是有些惊心，昔已往矣，来日何为？她不敢想象，如果继续这样孤独、不为人所理解地走下去，她所"铸造"的"明日"之自己，会是何种面目？她再次想起那天在楼下替徐医生关灯的情形，那次第浓黑下去的阴影，恰如台阶，台阶的终点，会是什么？

一直坐到将近凌晨一点，手脚冰凉，肖黎终于打算去睡。睡前，她去看小冬，这才发现，可怜的孩子发起高烧来，小身子滚烫，肖黎抚摸着弄醒，孩子却在迷糊中惦记着："妈妈你能保证，真的能找到跟韦荣一模一样的人？"肖黎又心疼又懊恼，急忙收拾着裹起小冬下楼。

病孩子可真重，要替他裹上外套，还要拿包，外加别的零碎——虽说肖黎一直都是一个人带孩子看病，但今天可是上了一天班，又没吃晚饭，加之方才那样坐了好几个时辰，下得楼来，两腿直打晃，又发愁着恐怕出租车很难等到。

或许也并没有睡觉，听到了单元铁门的声音，或是从半地下室的窗户里看到了肖黎两个，韦荣突然出来了，他默不作声地从肖黎手上接过小冬，碰到小冬的脸，难过地小声叫起来："这么烫！快点儿，你先到巷口叫车吧！"

几番忙乱……直到小冬在急诊室找到床位挂上水，他们才有了空闲坐在一边的硬木椅上，肖黎正想着该对韦荣道谢，韦荣却又站起身出去了，好大一会儿才回来，手上垒着两碗泡好了的方便面。"我猜你可能没吃饭。我正好也饿了。将就着吧。"

方便面的味道俗气而香浓，飘在深夜的医院里，有着奇特的感人之处——与那朵微绽的月季花相似，这样无心而细小的美好只会让肖黎更为崩溃！勉强撑住，吃下第一口面，肖黎终于还是塌了，泪水一串串掉进碗里，方才在客厅枯坐时那些消极而沉痛的想法一股脑儿涌上来，难过得根本没法往下吃。

韦荣放下他的面，又从肖黎手里接过碗面放到一边，很有男子气概地轻轻地扶过肖黎，让她靠在他一侧的肩膀上。

已经来不及犹豫了，肖黎顺从地贴近韦荣一个肩头，厚厚的防风服并没有热度，连身体都感觉不到。可是肖黎还是愿意这样贴一会儿，她真的太需要了，哪怕明知她所贴近的是堵隔阂着的墙！

最终，小冬的一瓶水快完了，韦荣去喊护士换水。非常浅的这半个拥抱也便就此结束了。

肖黎坐直身子，调整自己，同时发现内心也并非多么羞愧或尴尬——拥抱就是拥抱，仅止于拥抱，不过这样也够了，可能这半个拥抱就是她所需要的全部，也是韦荣所能提供的全部。这已是她与他最大的机缘。

等到护士换好水重新离开，肖黎为刚才的失态致歉："不好意思出这么大的丑……你快回去睡吧，明天一大早要去公园的。"

韦荣很有担当地摇摇头："还是等完了一起走吧，我看你一个人抱他实在太吃力了，还要拿药。"他看着肖黎——那眼光，竟像是看一个出了岔子的人，疼惜而不解。

韦荣站起来走了几步，看看小冬："嗯……我想跟你说说他！你可能自己没有察觉，你的那套教育，对小冬影响很大。放学路上，看到要饭的，他当面骂人家是寄生虫，专门骗人钱！我带他去超市，他从一进门就跟我嘀咕，说这个有问题那个是假货，活脱脱是你的口气。他们学校组织爱心募捐，他不参加，我给他钱也不肯，他说那钱肯定到不了灾区。他不喜欢合作性的游戏或运动，总认为伙伴会出卖他。他在学校没有好朋友，每次我去接他，别的孩子扎堆闹，他都是一个人。还有，他听故事时完全不会享受情节，而一直警惕地找坏人，就连好人他也能分析成坏人……我真不知道，你到底在他心里埋下了什么种子？不错，你教会他识别一切所谓的谎言，可你知道吗，你同时也破坏了他的信任感，他永远那么紧张、排斥、敌意，看到的全是事情的反面，我真担心他将来体会不到生活的美好……"

"小冬？"肖黎难过而惊诧地用手捂住嘴，儿子的这一切，她似乎也是知道的，甚至可能还因此表扬过小冬的成熟，可这会儿听韦荣集中说来，却又相当吓人了。她什么地方错了吗？她是要保护小冬的，她本是为他的未来着想……

"唉，我真不知怎么劝你。其实每个人都一样，徐医生那么大岁数都过来了，我跟我女朋友跌跌爬爬也过来了，你就让小冬他自己慢慢走，他也自会适应他将来的世道……当然你，你本人大概是个例外，你总跟不上大家的节拍和调子，所以我，想建议你去找医生聊聊，哪怕是为了小冬……你这样，叫人很不放心的。"韦荣把手往肖黎这边靠了靠，肖黎一只手正搁在腿上。但他只是靠了靠，没有握上来——也许完全是个无意识的动作吧。

这诚恳的劝说让人无法拒绝，肖黎用手捋捋头发（一个说违心话的掩饰动作）："嗯，我会考虑的，为了小冬……"

小冬醒来了，要小便，韦荣带他出去了。肖黎却突然回过神——她刚才扯谎了。她根本没想去找医生，那种职业性的鬼话她才不信！但问题是，她为什么要对韦荣说谎？为了这么件无关紧要的小破事？想想徐医生是怎么解释谎言的吧，难道她竟在乎起他了？

四

1

徐医生的亡故直到第三天才被韦荣发现——按照约定的时间，他去替她取前两天的牛奶与报纸，敲门却没有人应了。随后赶来的医生大致认定，老太太去了已有两天，她脑袋歪向一侧，枕上有秽物，她被呕吐物或是痰块堵住了呼吸道。

作为一个曾经的"专家门诊"，老太太大约对此略有预感，或者是她知道她总有一天必然要这样孤身地猝然离去，在她最喜欢的《东方快车谋杀案》里，夹着她三个儿女的联系电话、她的财产清单，以及一份相当简单的遗嘱。

外地的儿女们红肿着眼睛来了，在房子里四处走看，又伤心又陌生，他们非常吃惊地发现了一大堆原封未动的"金视丸"，数量惊人，以及两个分别针对腰背与脚部的红外理疗仪——包装也没有拆。

"唉，她怎么竟会这么糊涂！叫她装个空调都不肯，却把钱花到这上面！"徐医生的女儿，一身来不及换下的条纹套装，胸前还别着公司的名牌，她找到老太太的一个记账本，疲惫而伤心地翻看，一边指给徐医生的大儿子看。"看，多贵呀，一盒就七百八，真该找那骗子退货去！"

有来探看的其他老人打圆场："这不算贵了，韦荣给我们打的是最低折扣！她有白内障，这个药顶有效果，她一直说她眼睛好多了……"

"韦荣？就是韦荣卖给她的！"徐医生的大儿子听到这个名字，声音发尖。"看，遗嘱上写了，她五年内不准我们卖这房子，要把这房子租给韦荣，每月租金一块！谁是韦荣啊，我倒要看看，这个骗子凭哪一条把我老母亲给骗成这样？临了还捡这么个大便宜！这种小混混，专门骗老年人！我要告他去！让他进班房！那里房租全免！"

韦荣当然不在，这是上午，他得在公园上班。但肖黎在，她一直在自责，就为了小冬生病，加之忙着自怨自艾，她这一个星期竟全然忘了下楼看徐医生，想想看，怎么能怪徐医生的儿女们来得太少，她与徐医生那么近，她又做了什么？人啊，总在自己的陷阱里挣扎……

肖黎看着徐医生的儿女们，试图在他们的眉眼中寻找老太太的痕迹。说实话，她多想念活着的徐医生啊，还有许多事情没有跟她说呢，比如，韦荣的那半个拥抱、她对韦荣撒的谎，真的，她不会隐瞒，她会承认她已经愿意接纳善意、体谅别人的感受……她多想让徐医生高兴高兴、圆胖的脸上浮现出老年人那狡黠的笑……

肖黎没有特别留意老太太儿女们的对话，然而，听到一个"骗子"，她耳朵却竖起来，尤其当那儿子开始大骂韦荣，要送韦荣到"房租全免"的"班房"去，她猛然间冲动起来，非常泼辣地开口反驳了："骗子？天下人都是骗子他也不是骗子！你们都知道些什么？徐医生这房子，看你敢不租给韦荣！"纵使口气这样强硬，但肖黎再一次意识到，她又在撒谎了，哪怕仅仅是从常识来看，韦荣怎么能算是完全的清白者？

几个老人也纷纷地替韦荣讲话，那大儿子咕哝着没有再骂下去，带着几分委屈地继续研究遗嘱，好一会儿，他突然冲着肖黎："我猜，你叫肖黎？你和那小骗子看样子是二人转喽，你们把我母亲侍候得真不错，看，这里也提到了你，不过你没落到实惠，她只说要给你……一个名单？"大儿子从那几张纸里找到一串名单，疑惑地扫了好几眼，递给肖黎。

肖黎接过这张纸，只有她能看得明白——徐医生是把她还没来得及介绍给肖黎的男人全都写在这里了，名字年纪单位职务收入联系方式。徐医生总担心，她哪天走了，恐怕再也没有人会管肖黎了……

肖黎忍住泪收起名单，突然，她发现，在名单下面，还有老太太用铅笔写的几个字，因为眼力不济的缘故，字体粗大而松疏，是《红楼梦》里的一句话，正反都写了一遍：假作真时真亦假，真作假时假亦真。

肖黎知道，徐医生是拿这话送她的。

2

徐医生头七的那天，正好小冬要去上一个游戏乐园课（肖黎开始调整对小冬的教育了），肖黎和韦荣约好，挑了晚上五点左右的时间，公园里没什么人了，找了个僻静的地方，离韦荣的桌子、离徐医生常坐的那个位置不太远——他们打算这样单独祭别一下徐医生。

韦荣挺认真地祷告："老太太，这地方你最熟悉了，咱们天天见的，你肯定能找到，过来拿吧！我们给你烧书去了，都是你最喜欢的。"

这是韦荣的主意，他手里有好几本徐医生以前放在他那里的侦案小说，也有他为徐医生新买的但尚未读过的，他要一并烧了给她。

书很厚，两个人蹲着，慢慢地撕了一张张往火里扔，火苗舔着白纸黑字，然后蜷缩着变黑、变灰、再消失，像是悬疑故事的另一种讲述版本。

"我和她之间，还有'两只靴子'，她这一走，没有人知道了。我想跟你……"也不知是什么诱发了肖黎，或者也是她有意识地想让自己更敞开一些。前面这几天，他们一起送走了徐医生，心理上似乎真的颇为亲近了——这世上，如果再选一个人说说她的来龙去脉，无疑也只有韦荣了。

韦荣埋头撕书，脸色被火光映着一晃一晃："……其实我知道了，但也才知道。就在小冬挂水后不久，我倒数第二次替老太太送牛奶时，她告诉我的。所以，我大致可以明白你为什么会成为这样了……你知道吗，虽然你在岁数上该算我姐，可不管从哪个方面，我现在都觉得你像妹妹，你整个人、你整个生活，都太……怎么说呢，我不会说。"

肖黎不知如何作答了，姐姐或是妹妹，听上去挺自然——但也仅止于此吧。但是，这也是好的：亲近而不亲狎，她想徐医生也一定是愿意看到的。

"你的两只靴子，现在算过去了吗？我真不知如何帮你才好，你好像浑身长刺，很难帮上忙！"韦荣又换了一本书。风向变了，烟呛得眼睁不开，他让肖黎换个位置蹲。

"可能谁都帮不了吧……就直到现在，我每天用到钱，还是会想到这些钱的来源，它是我欺世换来的；看到亲密的夫妻，会想到枕边人的不忠；他留下的那只手机，我还时常充电呢，把那最后一条短信翻出来看看，像定期吞服苦药……其实时间长了，光着脚与穿着靴子，也差不多，我真的已经无所谓了。"她很乐意对韦荣和盘托出她的这些阴暗与坠落，哪怕他并不能真的明白。"对了，徐医生还跟你说别的什么了吗？"

"也没什么，就问我们处得如何，我说我跟你打赌输了，要搬走了。"

肖黎一怔，看来老太太真把她能想到的都给交代了，怪不得要把房子租给韦荣。肖黎竭力地回忆，在她给徐医生送粥的那最后一个晚上，徐医生跟自己都说了些什么？"但凡人家愿意费心骗骗你，那说明是看重你、在乎你，谎言就是对你的好，对你的疼……越是跟你不相干、对你没兴趣的人，才会跟你说大实话，那说明你压根儿不招人喜欢、不招人待见呢！"

肖黎回味着徐医生的话，这里面，不知道有些什么东西，让她很不踏实了。她突然急迫地想知道一个答案："韦荣，从头到尾，你是不是从来都是跟我说实话？每一句？"

"是的，我是这样的，就算骗过我女朋友，也从没骗过你。"他眼睛闪闪地，有隐约的成就感，"这倒不是为了打赌，我本来就是这样对你的！"

"哪怕明明知道我不愿意听，你连一句好听的都不肯编？"肖黎忍不住再问，她想弄清楚，韦荣是否在意她的感受，韦荣是否只拿她作个不相干的人——这里头，有个多大的悖论啊：她渴求真话，却一直把与谎言的斗争作为生活的全部；而当一个人完全地对她诚实时，她又感到失落与生分——她怎么了，这不是疯魔了吗，到终了，她竟还是渴求一个可以骗骗她的人！

"……对，比如，我跟女朋友在你地下室亲热的事，骂你蠢、幼稚的话，还有小冬的事，虽然我知道你不会爱听……嗳，你这是怎么啦，脸色这么难看？又怎么了？你到底希望不希望我说真话？唉，你真让我有些怕你了！"韦荣真正地迷惑了，手里撕书的速度慢下来。

"哦，没什么……你做得很对，我就是个爱听实话的老疙瘩心眼。"肖黎甚至还笑了一笑。可她知道，内心某个地方，非常之钝痛，韦荣所讲的以卵击石，她这次感受到了。韦荣好好的，他跟女朋友也好好的，世界万物都是正确的完好的，只有她碎了一地。她是个真正一根筋的孤家寡人，没有任何人懂得她、体恤她，当她做好了软化的准备、想要试探性地靠近这世界取暖，却发现没有可依之处、可依之人——哈，这正是老天爷对她的讽刺与惩罚吧！

见肖黎勉强摇头一笑，韦荣顺便换了话题。"我听别的老人说，你那天在徐医生家还替我说了很多好话！我真高兴，你终于对我没有偏见了……对了，我后来找徐医生的儿子谈过了，那房子我当然不会租的，他们尽管去处理好了。所以现在，他们也不气我了……"

"那么，你打算……还住在我的地下室？"破碎了的肖黎似乎抓到什么，不过她问询的声调非常之干涩，会让听者获得另一个方向的理解。

事实上，由于小冬生病、徐医生故去，肖黎一直还没有时间去找可以接替韦荣的人。她怀疑她是否会去找，以及她能否找到——潜意识里，还是希望韦荣继续留下来吧，即便留下来并不说明什么、并不改变什么，可她还是希望！她多渴望生活能柔软一点！肖黎紧绷着，等韦荣的回答——这一刻多重啊，压得她全身疼！

"地下室？哦，别担心……"韦荣研究着肖黎的脸，慢吞吞地回答，"我答应过你搬走的，我……"他努力着，脸色骤然一阵涨红。

肖黎看着他。说出来吧，如果他想说什么，如果他愿意继续住下去，请说出来吧——她忽然感到一阵剧烈的摇晃，这是怎么样一个瞬间！如果她主动向韦荣伸出手去，也许可以一并解决许多的问题：她的苦楚与孤独，她对人际的渴求，一个可以依靠的带有温度的触点，小小的富有积极性的一步……当然，这不是爱，而是需要，她需要一个稍微亲近些的人，她希望韦荣是世界的入口。

韦荣张了张嘴……最终还是压下了，他的声音在半空飘荡。"我可能快要找到一份新工作了！跟现在比，那可是挺体面的，不过我也有点儿犹豫……"他只看着火堆，"但我想你一定会喜欢这个消息，那里也提供集体宿舍，所以，最多再过一个星期，我就可以搬走了。包括这个公园，大概也很少会再来了。"他环顾四周，仍是不看肖黎。

"可小冬……可……"肖黎结巴了，不知自己要说些什么，难道可以开口挽留与拖延吗？她所指向的，并不完全是韦荣的去留，而是一个界限——对明天的生活，她的游离与胆怯。

"没事，我会经常来看看。我真的不太放心你们两个！但想来想去，从长计议，我大约还是离开更为妥当。"韦荣用一根树枝挑动余烬，一角死灰又蹿出殷红的光，他的眼圈发红。

"那么，一份新工作，祝贺！"肖黎笑得很不错，软弱期过去了，可能性的契合也过去了。况且，关于他的工作，这祝贺不完全算是自欺欺人。她知道，他很快就要翻过这一页了，二十啷当岁嘛，他的脸上将再次生机勃勃地写着"新生活"几个字，就像他当初搬到地下室一样，他大概很快都会忘了，他曾经给了她半个救命般的拥抱。

3

渐渐黑下来的公园里，晚风却大了起来，等到烧给徐医生的灰烬完全灭去，肖黎与韦荣挥手，分道而行——后者要到女朋友处搭伙了。

确认韦荣完全走远，肖黎又重新折回，寻到绿树环绕的深处，找个地方坐下，她闭起眼睛，仿佛又回到了清晨的公园，在万物吐纳、花动叶摇的世外之景中，再一次看到徐医生闭目假寐的模样，耳边有韦荣漂亮嗓音的诵读，挂在树杈间的人体经络图与视力表飘动着，无限的静谧而和乐……

肖黎怀念徐医生，怀念她初次拜访的那个难挨的凌晨，怀念她介绍的那许多面目模糊的男人，怀念她在病中所说的奇谈怪论，当然，最怀念她所带来的韦荣——她知道，接下来的这几天，她还会与韦荣有若干次的见面，说不定还会一起吃顿饭，就算他搬离地下室了，他一定也会信守诺言，常过来看看……但在肖黎心里，她已经开始了对韦荣的道别。从那朵尚未绽放的月季开始，到地下室的混乱逻辑，到不欢而散的晚餐，到人工测谎，到输液之夜，到几分钟前火光中发红的眼圈……这样一一地回想起来，她真该多谢韦荣，他出现的意义，大概正是为了打破她的沉沦、唤醒她对情爱的感知，虽然从头至尾，他从未多么地明白她。

也许，怀念徐医生、感谢韦荣是假，作别自己才是真——对伤逝的纠缠，对真实与道德的信仰，对人情世故的偏见，皆就此别过了，她将会就此踏入那虚实相间、富有弹性的灰色地带，与虚伪合作，与他人友爱，与世界交好，并欣然承认谎言的不可或缺，它是建立家国天下的野心，它是构成宿命的要素，它鼓励世人对永恒占有的假想，它维护男儿女子的娇痴贪，它是生命中永难拂去的尘埃，又或许，它竟不是尘埃，而是菌团活跃、养分丰沛的大地，是万物生长之必需，正是这谎言的大地，孕育出辛酸而热闹的古往今来。

至于自己的明天、明天的"新生活"会是什么样？肖黎不知道，也不想费心去思量，口袋里不还有徐医生留下的"名单"吗。

——暂且，先停留在这一刻里吧。肖黎闭着眼，顾自沉浸在漫长而沉重的告别里，沉浸在越来越浓厚的暮色里。

2010 年

谢伯茂之死

一

又来了一封给谢伯茂的信。从信封上的小楷毛笔字一眼就可认出，还是那个人寄的。信封下方，总是那四个字：本市陈缄。

李复把信拿在手上，忧虑地凝视了一会儿，轻轻地投到左手边的信盒子。用眼睛粗略估一下，这同一个人寄给谢伯茂的死信，有二三十封之多了，有的已到销毁期，李复不让动。他还没死心。

何谓"死信"，就是因名址不详、有误等各种原因，既无法投交、转投，也退不回去的信，术语上当叫"无着邮件"——可不就是死了吗。全市所有的"死信"都集中到李复这儿，他的工作就是尽可能地把它们救活。此前，他曾做过快三十年的邮递员，八十年代台湾、海外的大陆寻亲潮中，他救活的死信无数，老人们颤巍巍着送来的锦旗挂满了他所在的投递班，到最后，连通往厕所的走廊都挂得找不着白墙。为此，他被评上省级劳模。现在这个"救信"的岗其实是特地为他设的，一来发挥专长，二来为了照顾他的年纪。

李复有个习惯，喜欢随身带个小本子，详细记录着每一封信的查找过程：前后几条线索、分别在哪里断了，在哪个派出所找了哪个户籍警，走访了哪几条街，询问了哪些知情人等等。若干年下来，记了有十几本。他到现在还这样，只要碰上可能知情的人，就从小绿包里掏出本子来，紧紧盯着对方的眼，细细打听某一疑难地址。他这种样子，在八十年代，真挺感人的，到九十年代，勉强也看得下去，但现在，嗯，看上去就令人同情了——为何就这么地对死信死心眼，李复自己也没有很好的解释，可能就因为是个送信的呗。如果是个卖彩票的、修自行车的或者厨师，他大概也会全心全意扑上去的。

可惜，就算他对待死信简直胜过主刀医生对待绝症之人，这几年，送到他手上的这些性命却越来越不像样子——常常是这样，封面是打印字体或透明窗信封，盖着"邮资已付"的大宗邮件戳子，不外乎是什么民办学院胡乱撒网的录取书，什么美容中心的贵宾卡，什么旅游网的调查表等等，十之八九为假名或错地址，即便大费周章地查到了，不要说锦旗，不要说谢谢，人家不厌烦都算是好的，稍有礼貌的呢会等他转过身才把信扔到垃圾桶。李复劝自己不要介意——医生救活一个人，保不定人家还会自杀呢对不对。

……所以，第一次看到谢伯茂的信，看到那一笔令人肃然起敬的毛笔小楷手写体，如此正正经经、货真价实的一封私人信函："210006 南京市秦淮区竹格巷 21 号 谢伯茂收 本市陈缄"，救信人李复立刻涌上了一股溢出职业之外的感激之情。算算年岁，这辈子跟信所打的交道，其实也快到头了，他希望，这最后一程，能有点小意思，最起码够他自娱自乐。

李复拿出了他全部的招数：地名办、派出所、街道、居委会、老住家户。对相似的或是同音的地名、人名，逐一排查。接待他的，有的好奇，有的平淡，有的不耐烦，有的摇摇头哂笑。李复浑不在意，他在小本子上逐个记下他试过的方向，写得跟前面那三十多年一样地认真，尽量不流露出他的内心判断：种种迹象表明，这些寄给谢伯茂的信，当真是病入膏肓、没什么指望了。

令他惊讶和不安的是，此信未解，约莫两个星期之后，又一封谢伯茂的死信转过来了。此后，三个星期或两个星期，大概这样的一个间隔，毛笔小楷总会非常安详地如约而至，带着一个又一个令人束手无策的地名：百猫坊，秦状元巷，邀笛步，珠宝廊，安乐寺，油市大街，扫花馆。唉，"本市陈缄"真像在捉弄人。或者，他（她）苦苦寻找的谢伯茂是个居无定所的人吗？

二

谢伯茂是陈亦新的朋友。

"朋友"这个词有点怪，用途很广泛。小时候，大家都被称作"小朋友"，看电视时会被主持人叫作"观众朋友"，到购物中心会被称作"顾客朋友"，生面孔会被叫作"这位新来的朋友"，平常一张口，也总是跟几个"朋友"看球去了、喝茶去了，包括业务上互相利用和欺骗的，也一概是"生意场上的朋友"，连大街上的小杆子打架前也会拍拍肩说着"嗳，这位朋友"如何如何。当然，还有与性活动相关的男朋友、女朋友。对了，还有老朋友，比如，蒋介石与毛泽东就是一对"老朋友"。等等。总之不管怎么说，陈亦新的朋友还是蛮多的。

谢伯茂是其中特别的一个。能交上这个朋友得谢谢女儿。

五岁的女儿有个陈亦新看不到的隐形朋友，不知是人或是别的生物，亦不知性别年龄，女儿唤她的这个朋友叫作：飞鱼。喝酸奶、起床、玩玩具、上幼儿园、便便、逛动物园，都要招呼着飞鱼并与其窃窃私语、分享感受，那种亲密无间的程度，令陈亦新既妒且羡。

大概就是受了女儿的启示，一个有些鬼祟的念头在某天突然来袭。

……午睡中猝然睁开眼，窗帘飘动，如死亡的阴影投射于沙发上。对面两个同事笑嘻嘻地在网上看着什么。隔壁打牌的声音短促而亢奋。手机里几条未读短信，可能是妻子跟他确认谁去幼儿园接女儿，或是理财产品推荐什么的。QQ上，同学群、公司群与老乡群不停地闪来闪去。微博页面则已滚动了若干屏。一切跟平常毫无二致，世界汩汩流逝着亲切的平庸碎片，如同漂移中的岛屿……陈亦新内心里突然涌上一阵孩子气的感喟：唉，他也想要一个他自己的"飞鱼"。一个没有任何人看得见，但他时时刻刻可以清晰感知其存在与陪伴的朋友。

谢伯茂。他从沙发上翻身起来时，脑子里替这朋友找了个名字。也无他意，只是即兴地想到，说不定，这朋友恰是谢安或是谢灵运后代的后代，正好居住在现今的南京某处，正好与他成了朋友。就这么的而已。

接下来的半天，陈亦新感觉好多了。他跟平常一样做事和说笑，只在心中时不时与谢伯茂交换看法，一切似乎都变得可以忍受了。他几次想到女儿，有点想笑，觉得自己跟她一样快活了。

白天开会、晚上喝酒以及夜间睡不着时，他对谢伯茂又增加了不少了解。

谢伯茂的年纪跟他是差不多的。患有肩周炎。喜欢看野史书以及欧洲情色片，因为这两者都会让他十分感动。对网络事件、CPI指数、星座之类的话题感到由衷的厌倦。抽烟，也喝点酒。

不喜欢看人在正式场合穿唐装，以及座谈中使用"抛砖引玉"这个词。

不免又想到女儿，她若想多打一会儿电脑游戏、再吃一个果仁费列罗、穿她最钟爱的太阳裙什么的，每次都是细声细气地跟"飞鱼"商量一会儿，然后，以她和飞鱼的名义郑重提出。

由她及己地想了想，陈亦新摇头自嘲，怪不得看谢伯茂的脾性那么亲切，差不多就是另一个自己嘛。

三

去的次数太多，地名办的人现在有些烦李复了。收件人"谢伯茂"那些变来变去的住址大多早已作古，有的在民国前就早已不用，有的在近十年被拓宽为新的街巷，成了职业学校、行政中心或是家乐福超市。是啊，所有的旧地方统统都变成新地方了。

至于"谢伯茂"，户籍科那个从来不笑的姑娘从电脑上给李复一敲，南京有四个人叫这个名字。见李复好像有些失望的样子，姑娘冲他直摇头："他有网名没有呢，微博什么的？毕业照合影？随便什么线索都可以，放到网上'人肉'嘛，不管是哪方神仙，'肉'一下就会嗖地出来了。"李复没有完全听懂，只谨慎地表示了谢意，记下那四个地址，打算一一寻去。

一个谢伯茂在外地出差，他老婆挥着炒菜铲子用怨恨而尖刻的语气断定说他绝不可能有任何朋友，然后对着李复的鼻子用力拍上门。

一个是运动品牌专卖店的店长助理，耳朵上夹着金色耳麦，好像随时在与什么人进行秘密联络。他用手指轻佻地掸着信，冲边上的漂亮店员挤挤眼："好冷，好冷的笑话！"得知李复有个刚工作的儿子，他迅速换了一种笑法，用敬业而煽动性的口吻建议李复买一双"与美国同步上市、限量版、内置蓝牙卡路里计数、带气垫的新款篮球鞋"，他可以给他八八折的店长优惠。

再一个谢伯茂，是个肩上带杠的小学生，拖着个带滑轮的大书包疲惫地穿过操场走过来。听说有信，脚步慢下来，脸色涨得通红，却又竭力显得庄重，先往不远处的几个同学看看，然后才大声地问："是姚明给我回的信吗？还是刘翔？我同时给他俩发的信，并跟他们打赌，说肯定是对方先回信！可……我发的是E-mail啊。"

最远的一个在城北的化工区，李复下班后赶了很长的路过去，天都快黑了，那位谢伯茂先生正在替一只萨摩耶洗澡，嗡嗡嗡的吹风机中，他用见过世面的口气对李复表达了他的憎恨："哼，现在的骗子，手法越来越高雅了。还敢写信！还他妈的用毛笔，别出心裁啊！劳驾你直接替我撕了！"

李复有些苦恼，却也无人说去。他的妻子一向毫不客气地骂他作"神经病"。儿子更不要说，他都羞于跟人提起他老爸的职业以及……"劳模"什么的，真要"拼爹"，这算个屁啊。同事也不适合，他们都比他年轻太多，喜欢谈论欧冠赛、网游或季度奖。李复想着，要是他真走上去跟他们说起"谢伯茂"什么的，他们准会像鸟儿似的一下子都飞光了。

李复决定换个思路，暂时放下谢伯茂，直接找"本市陈缄"呢。

他反复端详、摩挲——信封上的毛笔字不大不小，看着蛮舒服。他掂量里头的内件，两三页纸的样子，举起来对着灯，牛皮纸信封太厚，看不出个所以然。

身边有同事走过，调侃他："直接打开来瞧瞧得了！"是啊，打开来，看个究竟，他的确有办法可以不着痕迹地打开，连信封口的邮戳都可以完好无损。但怎么可能，这跟"利用职务之便私拆、隐匿信件"之类的无关，而是，怎么说呢，就算是个死信，也还是信，就有信的尊严与规矩，哪怕拆开后可以找到线索，也相当于作弊，太不体面。李复不干。

中午休息的时候，李复背上小绿包骑车到城南一带找文具店。

金沙井路上有一家。文具店里学生很多，在挑可擦笔、荧光笔、变色笔、香味笔什么的，还有许多精巧可爱的即时贴、小本子、拍纸簿，连李复都看得喜欢，几个小女孩更是东挑西选舍不得放下。李复自己找了一圈，没看到，只得问营业员，被指点到顶里头的货架，在最下面一排，他找到了信封与信纸，没的选，就一两种，都挺平实、挺……丑的。"本市陈缄"的牛皮纸信封正是其中一种。

不知为何，李复突然有些替这个寄信人感到委屈了，要蹲下来挑这么丑的信封，也真够难为的。李复在那个冷清的小角落蹲了好一会儿，两条腿都麻木了。没有碰到任何别的顾客。

是啊，没"碰"到。他本是痴心妄想着，能不能想办法"碰"上"本市陈缄"呢。他还打算到别的地方再"碰碰"看——

李复研究过这些信的销票戳（盖在邮票上的邮戳，表明信从何处寄出），除了一封信例外，其余都是中华门邮局的戳子。邮戳上有个小编号，据此可查出，这些信应是投在邮局门口或营业大厅两个邮箱。

估计着下一封信快要出现了，李复连着几天到那家邮局去转悠。他默默地坐在大厅的书写台前，打量来往的人。或是站到马路对面，盯着邮局门口的邮筒。这两个过程都是盲目的。任何一个人都有可能，也都没有可能——有什么人看上去像是用毛笔小楷写信的呢。再说，往信筒里扔信的人少极了。有一回，他一直等到五点半，亲眼看着开箱人从大半人高的邮筒里只拿出可怜巴巴的两封信。一封是寄给"江苏省委省政府省人大省政协信访办"的，字写得比蚕豆都大，还有两个错别字。另外一封都没封口，里头塞着一沓过期旧彩票。

李复叹口气，愈加觉得这个"本市陈缄"的不容易，这么慎重、穷追不舍地写信给谢伯茂，准是有个很隆重、很困难的事吧。他真得对得起人家。

这么想想，倒宁可"碰"不着"本市陈缄"，真把那一摞子信通通退还给他，多伤人心啊。

四

陈亦新真正拿笔给谢伯茂写起信来，仍是跟女儿有关。

女儿的幼儿园里最近推广起什么"蒙台梭利教育法"，鼓励小朋友"不学无术"，完全按照自由的天性来发展，比如，今天的家庭作业，便是要求家长只管替孩子备好纸笔与十二色颜料，然后便听凭其胡画乱涂。晚上，地上摊好报纸，女儿便跟"飞鱼"泼泼洒洒地玩了好一阵，直到累了要睡。妻子去弄小孩，陈亦新则收拾地上的烂摊子，顺手拿起一支颜料笔，把笔尖捻捻，将就着蘸起多余的靛蓝色在报纸的空白处写起来。

大学里，陈亦新曾跟着一位学长写过两年半的小楷，后因忙于结婚升职什么的，便丢下了，这会儿写了几个小字，倒体味到一种淡淡的旧情——所联想起的却又不是大学或青春，而是他衰老无力的遥远晚景。真是很奇特的感受。

扔掉旧报纸时，陈亦新惊讶地发现，自己方才所写的小字，全是谢伯茂，谢伯茂，谢伯茂。好像随时随地在想着这个朋友、并有许多话要对这个朋友说似的。他一怔，决定：那不如就说说吧。

第二天便去买了信封与信纸，均十分粗简、不能够满意，但算了，只管随意吧。形式高级但内容次等的体验，难道还不够多吗？

午休时，歪在沙发上，他有点踯躅不安，一直在想着，跟谢伯茂写些什么才好。他几次起身来，手机调到静音，QQ改成隐身，退出邮箱和微博，还把电话搁起来。却没有什么任何帮助，脑中仍是一片茫茫荒漠。他难过地捏住沙发扶手，把真皮抓得皱成一团——莫非现今已经不会诉诸纸笔了？还是心里话太杂，反而无从谈起？更或者，他的心里，根本就没有什么了。真不如女儿呢。

陈亦新最后顺从了这不知是太满还是太空的状态，只把两三张备好的空白信纸认认真真叠好，仔细地塞入信封——心里倒也并不感到多么遗憾。谢伯茂是他的朋友，当然会"看"明白他刚才所"写"的。

他用胶水封口，一边淡淡地想起来，信纸有多种叠法。竖着三折然后横过来对折。横着对折再竖着对折。中学有个同学会叠成一只复杂的仙鹤。记得还有邮票的讲究，什么倒着贴表示"我爱你"，两张对着贴表示"我想你"，三张连贴表示"我等着你答复"什么的。曾有个女同学，喜欢在封口处印上她的一枚唇印，香艳地表示"以吻封缄"……他其实并不欣赏这些小玩意儿，此刻也只是顺便想到而已，像是悼念一些死去的事物。

直到最后写信封时，才感受到一阵仪式感（到底还是仪式！）的愉悦。南京有许多他喜欢的旧地名，那里面曾走动过许多他喜欢的人。刘勰、李煜、李渔、顾闳中、髡残、吴敬梓、甘熙、张之洞……闭眼随便想了一个旧街巷，便满意地信笔写下，好像这个作废了的地名便足以代表这封信札的全部内容。

手里是一支羊毫，因放置久了，被虫子咬过，勉强可用。本可以重买新的，但这笔实在是秃得可喜，正符合他这半半拉拉、欲诉已忘言的心境。

写信不久竟成了习惯，虽然信内从来不着一字，唯一像样的动作只是在写一个又一个即兴想到的旧址……秃笔行进着，半涩半柔地摩擦着简陋的牛皮纸，那声音恬淡极了，像是什么可爱的小东西籁籁落在近旁，刻录着他给这个世间留下的小小痕迹。

稍后，他步行出门，把信丢进明显空荡荡的邮筒。大街上万物喧嚣，他靠近邮筒侧耳听那静谧的回声，像听一枚石子掉进深不见底的古井，它一直掉、一直掉啊，掉到了大地深处，然后穿越过孤独旋转着的地球，并繁复环绕着穿过月亮、土星与木星，进入繁星闪耀的太空。谢伯茂就在那里的某处，等着这封信。

……这个过程自由而离奇，陈亦新非常享受。

五

李复一直记得，好像是 1987 年、1988 年的样子吧，有封繁体竖排的信，台湾花莲寄来的，收件人叫作"秦张氏（小名紫英）"，信封背面还歪歪扭扭写了"台湾老兵感谢仁人义士帮忙寻亲"之类的话。可这位老兵的旧住址早就改成了工人文化宫，并且文化宫早也不开放了，因为又在计划着改建为快餐连锁店……李复的小本子记录得很清楚，这封信他整整查找了五个月，吃的苦多了。最后在关怀医院找到的秦张氏，干瘪得像丝瓜筋，口水扯不断地流，已患老年痴呆症，身边一个低眉耷眼、邋里邋遢的老儿子替她拆了信，看了几行，这四十上下的汉子突然摇晃着号哭起来：你干吗骗我，我这不明明是有爹的吗……

这电视一样的场景总让李复发出由衷的感叹。唉，人与人，不管是夫妻、兄妹、父子、朋友，说来平常，其实真是不容易的，世界这么大这么乱，总会发生许多的事，弄不好就失散了。"本市陈缄"，你也是把谢伯茂给丢了吧？他又是否知道你在这么辛苦地找他？我是真想帮你一起找啊。

当天晚上，李复做了个梦，一个挺不错的梦。梦里有高音大喇叭，就是以前厂矿、学校或是农村大队里的那种高音大喇叭，不知通过什么特别的关系，他听到自己的声音很有力地从大喇叭里传出来，回声嗡嗡：现在广播找人，现在广播找人，请谢伯茂同志听到广播后速到邮局来。请谢伯茂同志……

醒来后，李复似有所悟。这个谢伯茂既然不见于本地户籍，那必定是一个外乡人……这么一想，还真是通顺了。李复重新有了力气。也许，还是有希望在退休前把这批信给圆满了的。

他仔细研究过写给谢伯茂的各个地名，原址都在夫子庙、南捕厅、门东门西这老城南一带，看来这位谢伯茂同志大致就在这个区域出没。高音大喇叭自然不现实。常看到车站有人举着牌子接人，还有马路推销员举牌子做冰箱彩电广告——这给了他启发，反正这不是丢人的事，李复自制了两块三四十公分见方的白纸板，用黑色记号笔大大地写上"谢伯茂"，打两个孔，用绳子拷吊在肩膀上，如同个大背心，这样，不论前面还是后面，人们老远便可以看到他身上的这三个字。

……然而，也不知是街上的零碎景物已令行人视觉麻痹，还是人们已经不会好奇，亦懒得过问闲事，李复如此触目地沿着长乐路、三山街、水关桥、瞻园路走了一大圈，竟没有一人上来搭讪。李复并不气馁，谢伯茂真要那么好找的话，"本市陈缄"哪犯得着写那么多封信？

李复一路走着，一边尽可能地想象着，一个人在一个地方生活，他需要进出哪些场所，买些什么，吃些什么，看些什么，要些什么……如家快捷酒店。佐丹奴。苏果便利。24小时自助取款服务区。回味鸭血粉丝汤。地铁入口。第一医院。海底捞。中国联通3G。想到哪里，他便往哪里转悠，但大致范围仍在城南一带，每天下班后趁着天色尚好走上一大圈。他替自己想起个成语：水滴石穿。小时候，老家的屋檐下，他常蹲下来发呆，看那个被水滴出小洞的石头，一看很久。

有时候风很大，吹得绳子绞住、牌子在身上翻过来，变成了光光的白纸板。等到觉察了，都走过好几条街了。李复想起老婆骂自己"神经病"，也自哑然失笑：可能真是了。

他自己清楚，寻找谢伯茂其人以及救活这些死信，似乎也不完全是他的重点。另有一种说不清楚的不痛快，像是心口发疼似的，使得他需要这样背着小绿包走来走去、在老街与新巷子里不停地走来走去。

六

陈亦新在茶馆等一个十五年未见的外地同学。那同学航班晚点，他便也只能枯坐。多少年不见了呀，当年是宿舍里玩得最好的一个。

桌上有空白小便笺，他下意识拨拉过来，随手乱画乱写——

很像女儿幼儿园的"蒙台梭利教育法"吧。这是他打发时间的老习惯了，开会啊，听讲座啊，银行排队等叫号，候机什么的，他不爱玩手机，也讨厌那些又厚又重一股怪味的广告杂志，正经看书又显得矫情。

……想起各样的等待，让他感慨。生活实际上就是由各种等待组成的。等人，等东西，等关系，等说法，等着开始，等着结束。表面上看，这些等待都像是主观的行为，是民主地参与命运、与之协商，实质上，唉，所有的结果都是注定的、唯一的。在约定之时，那结果安静地蹲着，在等着你；绝非是你在等结果……

这么胡写乱画了一阵，同学终于出现。惊呼，叙旧，点餐，感慨，牢骚或炫耀。无非就是那些话题吧，可以讲个没完，也可以戛然而止。讲与不讲，也无甚区别。因为下午各人都有公干，他们最后约好晚上"喊上其他几个鸟人，好好搞顿酒"！

同学走后，他又坐了一会儿，发觉心中竟比刚才更加空落。玩得最好的伴，当真见面了不过也就是这样。唉，算了。喊服务生过来结账。

短发黑框镜的服务生递上打印条："午餐八八折。共一百四十五元。先生现金还是刷卡？"陈亦新悄悄扫视一番，她黄色头巾配青色坎肩，脖子里一个绿色领结——他一直喜欢看服务业的各种制服，不同的情境里，土土的门卫制服到洋气的 K 厅领班制服，都爱看。

服务生见他微笑，犹豫了一下，指着桌子一角的那沓小便笺："请问先生这个还需要吗？谢伯茂……"

"哦，没事。"陈亦新忙用手扯下团起，他都没意识到刚才写的是什么。他解释了一句："这人是我……一个朋友。"

"嗯，他是不是就在附近一带？"短发姑娘的表情稍微有点儿怪。

陈亦新掏钱，一边随意点点头，心里想着，下一封给谢伯茂的信，也许就"写写"关于等待什么的。

"那么，应该就是他。我们这里的人都知道谢伯茂的。他每天傍晚都要从我们这条街走过。"姑娘朝落地窗户外抬抬下巴。

陈亦新心跳几乎停了，迟钝地顺着姑娘的视线往外。

窗外，正飘落下许多的梧桐叶子，叶子落在街对面一个乱糟糟的报亭上，落在破旧的自行车上。真没注意到秋天已经这么深了。

这么说来，陈亦新粗略算一下，他给谢伯茂写信，已经写了一年多了。他写过年深日久、灰尘很厚的激情。写过遥远得相当于是死去了的恋人。写过寂静的呼喊。写过蚂蚁，人们像它们一样，为了小粒蜜糖而爬来爬去。写过交媾的非洲猛兽，那是午夜电视的无声自慰。

……莫非，真把这个谢伯茂给写出来了吗？

"你怎么知道他就是谢伯茂的？"

"他身上挂个大牌子的嘛。好几个月了，每天六点左右都从这条路走。"姑娘一笑。她手指细长，收拾餐盘的样子很好看。

整个下午陈亦新都浑身不自在，看什么东西都像是双的或是虚的，一个女同事关切地指出他的脸色很难看。

好不容易挨到下班，差不多正是那姑娘讲的时间，他绕到那家茶馆，立在马路对面，也算是等的士——晚上要搞酒嘛，不能开车。顺便在报亭买了一份周刊。

打个岔再抬头，果真就看到一个"谢伯茂"的牌子在马路对面的人群里摇摇晃晃。脏兮兮的白板，三个稀疏无章法的字，一个半老不老的人背着。陈亦新一直盯着，眼眶肿胀。他本可以喊上一声或是追将上去，可不知为何，双腿重如灌铅，更有一种羞怯与惊惧，眼睁睁就看着"谢伯茂"转到另外一条街了。

随后急忙赶到位于城西的大酒店，外地同学及"其他几个鸟人"早已到了，还有女同学及女家属，简直高朋满座，不由得人不兴奋。陈亦新跟着众人闹酒，十分地活泼。然后到 K 厅又唱又跳并继续喝，直搞到将近凌晨才散去。门口三五成群，全是跟他一样手脚拖沓不做主的人。陈亦新看着他们，又从玻璃幕墙看看自己的身影，大家都是一样的面目模糊，全像孤魂野鬼。

回家路上，陈亦新吐着浑浊的酒气对的士司机说："嘻嘻，今天，碰着个老朋友。"

"唔，老朋友，不容易。"的士司机疲惫地敷衍，把车窗摇下来一点儿，并把收音机的音量扭得很大声。

陈亦新张了张嘴，把微烫的脸转向窗外，沙沙作响的晚风中，偶尔几个面孔在疾速地走。他的手无力地搭在窗户口，突然间颓唐了，有些悲怆地想起飘浮在街道对面那个白纸板上的"谢伯茂"，不管他是男是女，是愚是浊，是今人还是鬼魂，不如，真的去会一会吧。

他想起每晚都给女儿讲的睡前故事，那么多的童话、神话，那么多绝无可能但十分美好的事。但是，他知道，老天爷是不给成年人准备童话的。

整个晚上都睡不着，陈亦新想起他的秃笔与没有用完的一沓信封，还有半瓶"一得阁"墨汁。这几样东西正待在他办公室的黑暗里，想到它们从此将一无用处，真差点儿掉下泪。他很难过——因为突然降临的物理的"存在"，谢伯茂反而就此失去存在的意义了。他再也不能够写信给这个好不容易找来的朋友了。

七

李复背着"谢伯茂"走到茶馆这条路时，天色已晚，他有些疲惫地想着，这一天，又要结束了，毫无变化地结束了。

今天上午，他领到工会提前发下的劳模退休纪念金，挺厚的一沓。领导拍拍他的肩："这个'救死信'的岗啊，等你光荣退休了，我们就打算撤掉了。""是的，该撤，没什么用。"李复完全赞同。

这些天，走在路上，看到人们小跑步地赶路、对着手机着急地嚷嚷，或是蹲在路牙子上拧着眉头，他们的表情与姿势总让他产生不安的联想，他想起他看过的晚报，想起人与人之间各种令人叹息的阴差阳错，悲观地预感到一种无法挽回的惋惜——如果这些信当真死了，它们将被销毁、成为一团纸浆糊糊，那么，"本市陈缄"想说给谢伯茂的话，就要永远永远地没了。唉……他是真心想要帮上一点忙的！

他在茶馆的路口停下，想到马路对面的报亭买瓶水，想想又算了，宁可嘴唇皮继续干着。他有种奇怪的心理，好像自己越是辛苦，反而越是容易有回报。以前他查死信，跌跤扭过脚，摔破过裤子，自行车没气还推着走过七里多路——而那些死信到最后都是救活了的。

秋风吹在脸上有些疼，是往冬天过了。不如再多走一圈。以后天黑得越来越早，怕是更没有人看见他背着的"谢伯茂"了。

突然听到有人在他身边喊："嗳，谢伯茂？"有点疑问的音调，不高不低，他刚刚好可以听到。

李复转过脸，看到一个戴眼镜、没什么特点的中年人。这是第五个。走了这么些天，这才是第五个向他问起"谢伯茂"的人。跟前面四个人一样，他并不打算从头讲起"死信"什么的，他怕对方失去耐心。

李复满脸是笑，把牌子扶正，心里高兴着，看看，幸好刚才没有买水喝："噢，我不是他，我是在找他，找谢伯茂。您？"

"你找他多久了？"天色晚了，又有树荫，这人脸上暗暗的。

李复想了想，决定从第一封死信的时间算起："一年两个月了。"

那人从树荫里挪出来一点："哦，去年秋天就开始了。"下巴抬了一下："那他，知不知道你找他？"中年人脸皮有点绷着，只把眼睛从蒙了灰的白牌子上掠过，又掠回到李复脸上。

"他不知道。其实他都不认识我的。"李复知道这话听上去惹人发笑，他急着长话短说，"请问您，是不是知道他、这个谢伯茂？"

"噢，对不起，我也不知道。就是问问。"中年人十分客气地点点头，轻轻嘘了一口气。李复觉得他表情突然远了一点，又好像有些难过。他不会以为自己是个神经病吧。

"嗯，其实，我是帮一个人找他的……"李复看这人似乎要走，心里矛盾着，不知需不需要从头说起死信的事。

"倒是帮谁呢？"中年人把步子又收回来，眼神明显有点飘。

"帮谁？咳，那个人我也……不认识。但我知道那个人在找这个人，可能比我找的时间还长。"为了说清楚，李复把两只手都用上了，分别代表两个人，他把头从左手扭到右手，又从右手扭到左手。

刚刚亮起来的路灯下，可以看得清清楚楚，那个中年人闭了下眼睛，把什么情绪给闭到里面去似的。旋即，他把脸转向马路，轻声地说："你不要管了，找不到的。"

老天，听听，说不定，他真知道谢伯茂什么呢。李复把牌子往边上挪挪，到绿挎包里摸着小本子，本子里夹着上午刚领的那一小沓人民币，他用手在包里头把钱挪开。

中年人转回头注意到他的绿挎包，一怔，随即恍然，露出点淡淡的嘲弄笑意，招呼都不打地转身便走了，快得李复根本来不及说任何话。

李复的手还停在包里，他低头看看绿挎包，竭尽全力地想着，是哪里出了错吗？……

天很快地完全黑下来。李复抬头看看四周，摇摇头，小心地把"谢伯茂"的白牌子取下，端详了一会儿，然后使劲把白纸板叠压成小小的方块，艰难地塞到路边一个垃圾桶里。谢伯茂，对不起，救不活你了。

李复慢吞吞往家的方向走。一下子没了"谢伯茂"的纸牌子，吹在胸口的西北风还真有点冻人呢。不过没事，反正这已是他作为救信人的最后一个冬天了。他摸摸绿挎包里的钱，尽量让自己高兴点。

2012 年

隐居图

一

舒宁一直盯着他。他到现在都没有看她一眼，这说明他肯定也认出她了。过去多久了？总有十七八年了。太意外了，这是此趟小城之行的赠品吗？

他头发少了些，笑的时候，嘴角的皱纹如一对书名号；肩膀也变宽了，像落上了厚厚的时间的灰。舒宁心中叹息，同时也想到他眼里所见的自己。唉，初恋不宜再见哪。当然，他大样子还好，贴身的猎装外套，脖子里搭着藏青色围巾，在一圈土豆南瓜般的官员之中，显得殊为不同。小小的展厅里，他正字正腔圆地向"各位尊贵的领导、来宾"们介绍小城历史沿革与地貌物产，喉音在腔腹部形成回音，所配的手势与身姿极其投入，好像这是一场为他度身定做的小剧场话剧，追光灯下，他正进行着一场解构主义的独白表演，所有这些在场者都只是籍籍无名的群众演员——简直就跟从前一模一样，大学社团的新年演出，他立于舞台中央，台下的目光爱慕地追随着他。

事实上，像任何一个这样的场合一样，众人松垮地侧头各自交谈，有几个忙着交换名片，另一些在手机上看微博——人们会在所有的时间地点看，包括马桶上，甚至做爱时吧。舒宁也在看，因为不愿一直盯着他。他"汇报"完毕，主持欢迎会的文化馆馆长一挥手让他下去，"不，等一下。"馆长想到什么，一勾指头，他复又退回、俯身上前，馆长掩嘴跟他小声说了什么。他出去了，稍后重新出现，搬来一箱当地特色饮料：罐装酸枣汁。

……他为大家递送酸枣汁，身子半向前俯着，脸上带着推荐般的笑容……他走近到她跟前了，舒宁感到脸皮像被大风吹来，绷住了，干巴巴的。这些年，她曾设想过若干回，如果再见面，该是怎样的场景，吃饭还是喝茶，对面坐还是同排坐，第一句说什么，等等，这些细致的想象中，她似已跟他重逢过若干次……她赶紧垂下眼皮翻看一本宣传画册，余光看到他在桌上放下酸枣汁。他手上有戒指一闪。当然，她早知道他结婚了。

一位副县长嗯嗯啊啊地开始介绍关于"城市纪念馆"的项目规划，领导如何的重视、怎样了不起的规模，多么牛的前期策划等等。舒宁仰着脸直点头，但完全走神了。没关系，不管他介绍些什么，她所在的集团都会包圆了所有的投资，这个才一千五百平方米的纪念馆是个不值一提的小项目，集团只想拿来表示对当地文化的热爱，而县里也正需要他们表现出这种高雅的样子，以便于他们"信任"地把另一商用地块以"公开招投标"的方式签给集团……这里头有点小名堂，但并不离谱，比起一些同行，纯洁得像婴儿。

只是没想到竟会因此与他重逢，当然，项目正好在他老家……可几年前，她拐弯抹角从师兄处打听他消息时，他仍然在市话剧团，已从资深龙套熬到男三号了，有时还是男二号B角；有一出他参演的剧目，拿到过政府奖，虽然剧名肤浅得像喊口号。真不知道，他什么时候回老家了？看样子定居下来了，还客串起这种解说员，怎么搞的呢这是？

晚宴吃得很活泼，几杯酒下去，文化馆那几位的艺术细胞全都痒痒起来，也是为了表示待客热忱，黄梅戏、蒙古舞什么的都来了，甚至有人唱起"道情"——还是小时候过年时，看到穿长衫的倚在门口，荒腔走板地来上一段，现在重新听来，更添一种物非人非的流逝感……舒宁听着"道情"，一边暗中注意着他，他跟秘书、县报记者、宣传干事什么的坐在一桌，兴致不错，不时劝酒，真诚地替某个一饮而尽的人拍手。

馆长忽然喊他："小孟，你这金嗓子也来一段儿嘛。咱们县在省台做的那个形象宣传片，不就是你配音的，来嘛，就把那个搞一下！结尾部分！"

他略为谦让一番，也便应声而起，走到几桌席中间，以一个传统的朗诵造型站稳，"搞"起了一段咏叹调般的长句，大致是"小城风流看今朝"之类，意境与词句很平庸，但是，唉，还跟从前一样，哪怕就是一堆令人瞌睡的陈词滥调，到他嗓子里都显得那么摇动心魄，舒宁忍不住替他环顾四周，但随后的掌声表明，大家更感兴趣于刚刚端上来的辽参。

下半场，更闹了，在众人的怂恿，尤其是馆长那家长般的亲昵呵斥下，他又表演了两段伟人演讲，还出色地模仿了瘸子走路与结巴谈恋爱。他的同事们一定已看过多次，但依然笑得十分响亮，看得出，他们实在太喜爱他的天才啦。馆长殷勤地对着舒宁招呼，像推荐一道特色菜："舒总啊，这个小孟是我们的活宝，学什么都像的！你随便点，赵本山、周立波……"

直到带着项目组到孟楼那桌敬酒时，舒宁才找机会站到他一侧，一边把她的名片悄悄塞进他椅背上外套口袋里。只好这样了。

接下来有两天，她都待在县城，既然碰上了，肯定要叙叙的，何况他现在成了这样。

舒宁是大二时在校里"雷雨"剧社认识的他，他高舒宁一届，是剧社明星，好几个女生都是因他才入了剧社的。当时，舒宁几乎是怀着一种幸运儿心态跟他谈起恋爱的，他满足了舒宁对浪漫的寄托：跟心上人一起在小舞台上又哭又笑，制造神经质的纠缠与破碎……

他先一年毕业，没有考研，因为"艺术不需要裹脚布或文凭"！他四处找机会，一条心地就想进话剧团，甚至还傻乎乎跑到北京人艺去过，其中各种踏空与曲折略去不表，最终，他进了市话剧团，消息传来，一时轰动——要知道，他的专业是完全不相干的信息物理！了不得啊，未来的濮存昕！"雷雨"剧社的同学都围着舒宁直嚷嚷，要她请客。舒宁却拂开大家，她不好意思说出来，她一直盼着孟楼进不了话剧团，然后好好地做回他的物理专业——话剧嘛，就是玩玩的，怎么好做终身职业呢？会过得很寒碜的！她与他争论过多次，均处下风。校园的气氛，以及不谙世事的年轻野心里，艺术永远理直气壮。

事实与她所料想的差不多，在有着四十多年历史的市话剧团，他一个新来的业余选手算个什么呢，就是排队做备胎也要排个十年八载。上不了台，演出津贴就少，他活得还真像个潦倒的未来大师了。不过他本人浑不在意，痴心如旧，白天黑夜地恶补经典录像，还跟着小编剧、导演助理、舞美设计什么的到处乱混，为着那些注定会胎死腹中的剧本激动地争论到三更半夜。

舒宁这时也忙，大四是"求职年"，剧社活动早不参加了，连正经课也是连混带翘，家里各方关系都调动起来，最终，她总算签进了现在这家集团，可靠的前景像簇新的画卷一样展开来……

在舒宁工作一年、差不多也是他们相恋四年的纪念日，舒宁决定好好庆祝一番——就在这个晚上，孟楼与她谈起了分手。

二

再次看到舒宁，孟楼的第一个念头竟是庆幸，多么老派的自尊心哪，庆幸当初他提出了分手，这真是个智慧的决定，他早就看出，她是"大于"他的。

是的，大于、小于或约等于。这是孟楼对人与人一个极其粗简的划分。同一个宿舍里的哥们儿，或是系里诸位教授，他能够像"把下列有理数按照大小排序"这样的，把一串人都排出来。这种大小，关乎格局、志气，还有运数，他常在心里排着玩儿、并比照验证。真轮到把自己跟舒宁一比，孟楼立即意识到：不对。

看看哪，十四年过去了，她果然就大了，都成文化投资公司老总了。寒暄时社交化地夹杂着轻松的笑话。吩咐手下时居高临下却又相当客气。身形与肤色被照顾得很周密。了不起的皮包。还有手上了不起的腕表：他发酸枣汁时认出那牌子。多么典型的一个"大"女人啊，就像电视台女台长、进了常委的女宣传部长之类，这正是她所要的吧。可内心里，孟楼又感到，她置身在这个角色里，实在太老气了，整个人看上去那样硬邦邦的，他简直有些不忍心。还记得，剧社排练时第一次见到，她连句台词都没有，碎刘海参差着搭在眼睛上，那样兴奋而亮晶晶的！唉，他真喜欢最初的那个她。在那个所谓纪念日的晚上，他花了多大劲儿才跟她分的手啊。

……当时，舒宁正撒娇着回顾她工作一年多来的各种"进步"：小跟班升到项目助理，薪水从一千五到两千三啦，已经有了三套职业装之类的。孟楼仔细听着，不时灌几口啤酒，默默体味着这最后的亲密时光，心里像有长长的大货车碾过。他还是喜欢她的，她的眼神，钻石一样有棱有角、微微闪光；她敢于打击他的幻想，可也懂得欣赏他的戏……他听到自己干乎乎地吐出那句卡在喉咙里的刺："我觉得，我们两个可能是要分手了。"

"你觉得什么？"他看到她的表情，像新手头一次公演时听到搭档念错台词。

"你明白我没有变的，是你快要离开我了。"孟楼简单解释，不想说阳关道或是独木桥之类的蠢话。

舒宁没吱声。她那么聪明，当然听懂他在说什么。

的确，有一些日子了，两人的相处开始变得费劲。她会用开玩笑的方式抱怨孟楼，语气很像个小妈妈，说他太惰性了、纵容自己吊死在舞台这棵光秃秃的树上。她还像个好家长似的买了排行榜上的必读书，如《发挥潜能》《输赢》《一分钟经理人》《创造力》之类带给孟楼，对了，还有极为风靡的余世维演讲录像带——舒宁用颇为崇拜的口气提起这家伙，据她说，公司每个星期组织他们全体看两个小时余世维，常常掌声四起，每个人都恨不得撸起袖子大干一场。一边说着，舒宁的眼睛比平常更大了两倍，搞得孟楼都不好意思直说出来，他有多么讨厌余世维，讨厌他那种南方普通话，讨厌他繁复的手势，以及他那唾沫星子都要喷到屏幕外面的自信。什么挑战自我、创造潜能！简直像有一只上帝之手在统一指挥似的，整个时代都在发出这样雄壮的、齐心协力的大合唱。孟楼勉强也翻翻舒宁要他看的书，老天，都是同一种咄咄逼人的调子，自我催眠的狗屁逻辑，太恶心人了！

舒宁却恨不能嚼碎了喂给孟楼，连亲热时都试着向孟楼概括、讲解，孟楼心中生厌，假意嬉笑地捂上她的嘴："你被洗脑了还不够？非得拉上我？"

舒宁一把扯下他的手："根本不需要洗！我们生下来就该这样。毛主席说：好好学习、天天向上。鲁迅先生说：不满足是向上的车轮。谁他妈的不想往上走，就是他妈的反人性、反社会。"她说起粗话，突然间那么地生气，脸都红了。

孟楼索然。舒宁却又挨近他："你真甘心就这么默默无闻做个没鼻子没眼的小龙套？趁早改行吧，搞舞台剧没前景的，就算拼到男一号，还是没前景！现在谁有闲心看戏啊，一个个儿的自己涂脂抹粉跳上跳下还来不及呢！"

"做自己喜欢的事难道不是最好的前景吗？"孟楼忍不住争辩，却看到舒宁露出那种笑——他一用反问句，舒宁就讥笑他像念台词，并嘲弄他厚厚的胸腔共鸣。被她说得多了，孟楼自己也怀疑了：是不是一激动起来，就以为自己是在舞台上，有种被催发了的悲情感以及自我中心主义？

这个纪念日之夜的后半场，气氛急转直下，破绽处像棉絮越扯越多。可能是赌气也可能是诚实，舒宁承认有个叫李鸣的高中同学一直在追她，实际上，她现在这份工作，李鸣家里人也帮了点忙……稍后，她又警觉地反问孟楼："你是否，在剧团也有了互相喜欢的人？"她语气怪怪的，说她清楚那些名堂，灯光下的歇斯底里、浑浊的后场、深夜排练什么的。

唉，看她都乱讲些什么啊。孟楼默然，这样她说不定会感到平衡、有台阶好下。隔了一会儿，孟楼夹起一块干切牛肉，慢慢地嚼，一边含混地安慰舒宁，也算是安慰自己："没事。没事的。会过去的。"

舒宁动作很大地倒下一大杯饮料，喝酒一样仰头死灌，脸上泪水纷披，幻灭中带着一种坚毅的现实感……孟楼感觉到，她小河般的泪水，不仅因为与他的分手，也是在与最后一丝奄奄一息的浪漫主义分手。

分手不易，重逢似乎更甚。

……整个接待过程之中，孟楼全力避免去看舒宁，这有点困难，也很假，可是他是真没想好，该用什么表情去看她！唉，真像是在琢磨一个刚接到手的陌生角色，为什么要这样费心思？其实一切都像有大灯照着、明晃晃的，她已经看到了他的处境了呀！

幸好，给"各位领导、各位来宾"介绍县城概况这种事，张口就来、无需用脑。这种介绍，孟楼几乎每个月都要来个三四回，现在到小城来考察、调研、采风什么的，实在太多啦。这一次，是她来了！尽管明知她已不再是她，可内心里，如有妖怪般的力量在驱使，孟楼有一点儿发癫、挺使劲儿地表现着，像快要坠落的水滴，通过这水滴上一点可怜的光泽，他沉入往昔的荣光与绚烂、她所熟知和见证过的……很快，他从幻象中清醒过来，心中加倍地恼怒。这是干什么！

他很高兴馆长使唤他去搬酸枣汁，他可不就是该干这个！包括晚宴时那些上不了台面的模仿表演——其实，孟楼平常并没有这么好说话的，同事们跟他打交道时，也会注意到他时不时发作的傲慢……不知是出于什么样的古怪心理，这天晚上，他故意做小伏低，配合着大家的起哄，起劲地学着瘸子与结巴，还跟一个摄像师粗鲁地拼了点酒——好像越是这样地给舒宁看看，心里才越是解气。解的算是什么气呢，真也说不清楚，气舒宁是一点儿没有道理的。早在多年前，她就预言过他将吊死在这棵艺术之树上。"光秃秃的"，他还记得她用的这个词。

他注意到舒宁往他外套里塞名片了。其实，她就算不给，他很方便就能打听到她的房间，就像他们今天随时可以方便地相认、搭上话……可他死命地、死命地想要推迟这个时刻。

晚上回家，孟楼钻进书房，慢条斯理地整理了一会儿杂志；还帮着妻子拖地、弄这弄那。他固执地不去看外套，并且一进门就把外套挂到黑乎乎的衣橱里面，好像这个季节都不打算再穿了。

真熊，到底怕什么呀，有点儿男人样吧。不就是跟大学女友见面，不就是自己不如意而对方正春风，这样的事情世界上每天都有吧，没什么的。可是，老天爷啊，就是有根筋一直支棱着，孟楼感到气息难平！换作别的老同学也就算了，可在她面前，他真没办法从云头上跌下来，好像这样一跌，他就彻底地垮塌、不可救了。

这天夜里很久，孟楼都还在冥思默想，又不敢翻身，直到凌晨，借着上厕所，他悄悄从衣柜里摸出名片，捏在手上，从卫生间的窄窗看外面黑沉沉的夜色，一只野猫在叫，凉意中感受到一种微妙的心境。不如，仍然走当年的老路子，玩清高吧，索性就来一出隐居图好了。

三

舒宁等了整整一个晚上，连洗澡都把手机带到卫生间，原来设置的十二点手机自动关机也取消掉。当然，一直都没响。

她站在酒店五楼的窗口看外面的夜景。神舟摩托车行，宝姿专卖店，大润发超市，各种彩色招牌认认真真地闪着。这夜色跟省城还是不一样，更粗糙、更即兴点儿，既不够好也不那么差。想想他，而今就在这么个地方，白天黑夜地过着他的日子。

躺到床上翻着频道看了会儿财经新闻，估计着丈夫的应酬该差不多了才打电话。现在回看，舒宁仍然认为选李鸣是对的，是的，就是那个老乡李鸣。老实讲，跟孟楼比起来，李鸣真普通得像棵大白菜，并没什么奇崛的梦想，只会死盯着眼前的一小块肉不放，考个会计证、竞聘部门助理什么的，并用他那矮趴趴但热气腾腾的现实主义，渐渐覆盖掉她最后那点儿小尾巴般的艺术迷狂……但扪心自问，李鸣与她，在价值观上是默契的，与整个时代也是默契的：晋升、出国、买别墅、换车子、替孩子择校、投资、广结人脉，真有种欣欣向荣之感，他与她，与他们的朋友以及他们的妻子，聊天的话题是网球教练的比较、有关奢侈品的冷笑话、绿色有机农场购物体验、某家越南餐厅的特色菜。等等。这正是大众意义上的成功吧。

李鸣大着舌头接了电话。舒宁是要谈儿子。她手机捆绑着儿子的校信通，不时会有报送分数与排名的短信，每条都是噩耗——好不容易又花钱又用关系地进了这个重点中学，要听任这样的趋势下去，一步落、步步落，将来到社会上可怎么跟人拼啊，人上人或人下人，那完全是天壤之别！这些道理，舒宁一谈起来就没完没了，连她本人都不耐烦于这些老生常谈的调调了。

李鸣叹口粗气打断她，嘟囔着说要给老师送点厚礼，再不行一门科请一门家教……这些办法虽然有点粗暴，但也只有这样了。挂电话前，李鸣忍住醉意，疲惫地安慰舒宁：小孩迟早是要送出去的。那个谁谁谁的儿子或女儿，在新西兰如何，在德国如何，最后不都混出来了嘛。舒宁心里好受了点儿，同时又想到，钱赚再多，也都抵不上花的，儿子出去，一年二十万是起码的。总之还得继续加油啊。

快要入睡前的迷糊中，舒宁涌上一个假想：倘若当初嫁了孟楼，那么刚才通电话的孩子爸爸就是孟楼，在她与他之间，真要谈起关于孩子的教育，唉，估计肯定也是谈不拢的。这想法让她感到甚是无趣。实际上，刚认出孟楼的那一刻，她还有点对逝去时光的浪漫追念……可是瞧瞧孟楼都到这一步了，别乱想了。

与孟楼的真正相认直到第二天下午。舒宁一行参观过下面几个古镇回到酒店，离晚饭还有半个钟点，孟楼从前台打电话来，说在大堂等她。

他换了围巾——蓝灰条纹！特别像她以前送他的那条，不过分手时她流着泪要回了，本想留作纪念，而今却全然忘记丢到哪里去了。"这里比省城冷，还习惯吧。"他大方地招呼，那淡然的表情跟脖子里引人遐想的围巾完全南辕北辙。舒宁一愣，对局面没了把握，决定不邀他到房间了。

大堂里人来人往，有人大声讲着当地方言，偶尔有装扮得过分隆重的女士傲慢地走过。完全不适合谈话。

"你怎么回老家了，什么时候的事啊？"舒宁不得不提高音量。

"我回来都六年多了。市话后来并入到省话了，精减掉不少人。正好这里文化馆缺人，调动办得很顺利。"孟楼在侧面的沙发坐下，语速稍有点快、缺少起伏，像在对台词。

"那你家那位？"舒宁从别人处听说过他的婚礼，提供消息的八卦人士很体谅她的好奇，补充了不少新娘的背景资料，说是个要强的中学教师，原来在某个县中，后来通过竞聘一路考到省城。

"离了。她接受不了我再回小城。儿子嘛倒是跟着我，也回来了。"孟楼如叙日常，还招呼着叫了两杯红茶。舒宁盯着他的脸看，一边又像从前一样地想到，以他的专擅，装什么表情都可以的。

"那现在？"

"在这里又找了。做海产批发的，因为生不出孩子离的婚，对我儿子可好了。还特别会烧菜。"听他用满足的口气说到家事，舒宁更觉别扭。何至于此啊，她似乎都能闻到那个女人满身满手的海腥气。

"你一定是觉得我很惨吧？这一路滑下来？"孟楼像是忍俊不禁般地一笑，"太多人这么说呢。我都习惯了，就默认我混得差吧。"

舒宁直盯着他，像鼓励小孩子似的点起头，表示愿闻其详。她真愿意他说出点什么与众不同、结结实实的理由来……怜悯旧日恋人，这滋味可不好受。

"别这么瞧着我。其实也没什么特别。"他沉吟着躲开目光，"我一直就是想不通，为什么只要谈起成功来，大家都是一副饿了三天三夜直流口水的样子。飞黄腾达真的那么必须、那么唯一？搞得这么挤挤挨挨打打杀杀的。其实，进退枯荣，各有不同，我就守在我这一边好了，你们那边，实在是太挤了。"孟楼嘿然一笑，还真有点静心静气的不争之境。

舒宁暗中皱眉，竟然还是老一套……很久以前，他就说过差不多意思的话，这么多年过去，物质主义有如原子弹之爆发，其刺眼的光亮与巨大的阴影铺满整个世界，他的迂阔与固执竟毫发无损。这是他可悲哀之处，还是了不起的地方呢？

大概是见舒宁的表情很不带劲的样子，孟楼想了想，像是要进一步举例来证明："我真过得挺舒服的。每晚，我和马燕，她叫马燕，我们坚持有三年多了，每晚用热水泡脚，带脚底按摩的那种电动脚盆，泡二十分钟以上，泡得浑身发汗，一边说说白天各人干了什么、明天买什么菜之类的。晚上泡热水脚，真很舒服的。"舒宁一动不动地盯着他，听他说关于洗脚……大堂里仍是一片喧嚣，不相干的人或停或走。"我家马燕啊，对什么事都心满意足的。正好，我这性格，也就适合这样，没什么大出息、不紧不慢地过。"

好吧，你就永远仙风道骨吧。舒宁心中愤然："完全放弃话剧啦？你不要你的才华了？想想你当初！"

孟楼好像有点惊讶于舒宁说话的语气，他哂笑着："其实，我喜欢舞台，就是喜欢那种'如梦如戏'的意思。大幕一拉，又蹦又跳，大幕一落，黑咕隆咚。"他闭起眼睛："……多少次，五颜六色的好戏散去，灯光一簇簇地没了，下面的人声也一层层远了，我站在大幕后，就像这样，闭起眼睛，闻着台子上空荡荡的灰尘味，心中总会十分地触动，有种令我害怕的领悟，似乎什么都是假的、一切都是必然要失去的……"猛地惊醒一般，他睁眼、打住，抹了把脸，感慨而世故地摇摇头："总之，还是你从前说得对啊，艺术什么的，就是菜尖上的一小撮芝麻，有，可以，没有，也成。"

舒宁心里摇摇头，深感这番谈话的隔膜、缺乏真诚，甚至觉得他脖子里的围巾也不顺眼起来，当初自己怎么会喜欢这种花纹的。

快要告辞时，孟楼邀请舒宁明天到他家去："感受下小县城的生活吧。尝尝我家马燕的厨艺！"

也好，他别的还能有什么呢。舒宁忙笑着点头，表示很期待。

四

孟楼感到酒店大堂那一幕自己的表现很不理想，说辞空洞、不自然，远不如计划中的出世。但愿通过家宴可以重新加点分。

可是加分做什么？要在谁面前做好学生啊？说来说去，其实还是过不了自己这一关。舒宁真是最了解他的，她那样理所当然地诘问到了他的舞台之梦，像尖玻璃一样从他心上划过去……他好不容易囫囵起来的日子，又这样给生生地拉开了血口子，她让他记起了他那有着非凡梦想的年岁，也让他再次确认了所有狗屁梦想的坠落。他真不敢回想，当初是怎么下的狠心，作出那个离开话剧、离开省城的决定，就像亲手把自己掐死、亲手挖了坟墓，又亲手把自己给填埋进去。但是，老天爷啊，他能怎么办！所谓市话合并进省话，只是让大家就势下坡罢了，形势早就清楚得很，话剧什么的，真的要散场了。他的整个青春、前面所有的努力，也散场了！当然，也可以想到办法继续滞留在省城，改头换面、低眉奄眼，到培训机构里混混，教教普通话……但当时的气愤与绝望，真到了目不能视物的地步，就想远远离开这个粗鄙的城市，这里，容不下也配不上舞台或诗人，艺术跟道德一样，都是用来喂狗的……

可是，他也真是忽略了"人往高处走、水往低处流"的老话了，老话总有莫大的智慧，谁要逆着来那绝对就是自取其辱……人们的推理总是这样：咦，孟楼怎么下来了？该不是犯错误了？有毛病？出事了？回到县城的头几年，他所感受到的来自外界与内心的各种物理变化与化学反应，真像把五脏六腑扔到粉碎机里转了几个来回。那一阵子，每天出门前，他都要对着镜子练习怎么笑——苦习多年的表演术，这下派上大用场了。

唉算了，好歹那最沉沦的阶段是挨过去了，任再说什么，简直连祥林嫂都不如，尤其的，不能跟她说……重要的是把眼前这几天对付过去。是的，就坚持那个策略吧，要表现得超脱、我行我素。她没准儿会信这一套的。

孟楼和马燕起了个大早，去了县郊一个相熟的农家菜圃，买了矮脚黄、心里美、青蒜、鲜藕，又称了花生、香米与鸡蛋，捉了只母鸡；另在一家豆腐店里买了老豆腐、特色茶干；海产嘛自家就有……他跟马燕强调：这个舒总不一般，人家是要投资县里纪念馆的，文化馆领导吩咐了，要利用这层校友关系好好招待。孟楼流利地说着，心里滋味并不好，其实可以跟马燕说实话的。不过算了，不要给马燕添乱，再说他压根儿没想要怎么样。

马燕笃信，加之有领导"交代"过的，她更是上心，在厨房里转悠着盘算菜式，表情有些严肃。她仍跟平常一样，羽绒衣外头又加了件红格子罩衫，耐脏，挡风，可也更显得臃肿了。孟楼看了几眼，决定不讲什么，是的，他偏不要马燕收拾得漂亮。

舒宁提前几分钟来了，手里抱着一束花，派头而洋气地站在门外，长靴子高得离谱，显得亭亭玉立，看着她一步步走近，站到马燕身边，既生分又热络地拉起手寒暄……她们站在一块儿，差异相当触目，简直就像今日孟楼与旧时孟楼的差异——对这情形，虽是早有心理准备，孟楼还是百感交集。他闭闭眼睛，等心里的抽搐过去，随即又感到一种奇异的舒服。就是要叫舒宁亲眼看看，他这粗糙的生活。

倒是舒宁自己不好意思，连忙脱了羊绒大衣，解下长围巾，作势要找裙帮忙。马燕哪里会让，她涨红着脸，打架似的拉扯："哎呀舒总，看你，哪能弄这些。再说我这就好了！"

孟楼站在一边看着笑，把舒宁引到阳台坐着晒太阳——这房子是单位自建房，阳台极其宽大，当初到马燕家相亲，简直预先就看中了这个大阳台。小城无大事，他本又不喜欢打牌吃酒，自再婚以来，一大半的休息时间都在盘弄这块阳台，弄着弄着，竟慢慢喜欢上了，有时想着，所谓的田园归，说不定也都是弄假成真的。

此时正是初冬，日光穿过玻璃在淡尘中穿行，更显生机。滴水观音有大半人高，茶花开了几朵，金橘颜色已深，梅花打了苞，还有君子兰、长青藤与虎皮兰。一只大青花瓷缸里，四五尾锦鲤停住不动。依照孟楼的安排，吃饭桌子也就摆在这些花草当中，马燕已经把上面摆得满满登登，藕夹子与炸春卷的香、烫青蒜与老豆腐的香，糯米饭的香，柴鸡汤的香，那么自在地飘着。马燕进来拉着舒宁坐下，她自信于自己的厨艺，脸色油光光的，小喜鹊似的不停地给舒宁让这个让那个。

舒宁满口称好，吃得却极少，每样只尝一点儿，还要了碟醋，把油通通涮掉，她解释：要保持体形……孟楼心中摇头，记得大学时的她，可真能吃，狮子头能连吃三个，那时候排戏，还没到夜宵，她就提前馋上了，伸头探颈的。工作后挣钱了，每到周末就盘算着要到哪儿吃道特色大餐。这么些年，他一直记着她爱吃的东西：藕夹子和炸春卷。

舒宁吃得不多，说得倒多。她看看身边的花草、看看玻璃窗外的太阳，喜欢得直叹气。抱怨大城市严重的食品问题。说到"慢生活"，这是最流行的生活理念。知道吗，自己找块地方，卷裤脚下地侍弄果蔬……接着又感慨起空气与交通，你们这里空气好！白天真能看到白云，晚上真能看到星星！我们那儿多惨，不论办个什么事，一大半的时间在路上，尤其是该死的饭局，哎呀客人甲堵在城东，客人乙堵在城南，主人自己堵在城北，大家在路上吃尾气都要吃饱了……

马燕听得直咂嘴，两只小眼睛里全是同情，伸手拉起舒宁的胳膊："怪不得呢，舒总你细胳膊细腿的，一点儿肉都养不出来！"

舒宁顺势往马燕身边靠靠，亲昵地打量着她，满脸羡慕般的："其实我就喜欢你这样，想怎么穿就怎么穿，想怎么吃就怎么吃，完全是为自己嘛！知道我的腿为什么看起来这么细，因为我没有穿棉毛裤，更不用说毛线裤，再冷也不穿，否则会被人笑话太老土！还有哪，十二公分的细高跟鞋，与每套衣服配套的丝巾与耳环！周末那么累还要去做 SPA 去做普拉提！忙着精心折腾，然后还要装得无所谓！唉，我真烦透这些啦。"

孟楼听得有些奇怪，知道她平常应酬多，今天特地没给她备酒，怎么倒像在说酒话一般呢。他冲马燕使使眼色，马燕倒也机灵，起身拉着舒宁到厨房那边的北阳台去。那里是她的地盘，钉钉挂挂、坛坛罐罐的满是东西，家灌香肠，几提溜子咸肉，还有风鹅，摊着的箩筐里则是各式咸菜和海货干。这是她一个冬天里忙活出来的好成果。马燕有点得意地展示，手里拿着几个方便袋，一迭声地让"舒总"挑，看中什么，带回家去给爱人尝尝，保证味道正宗！

舒宁张大嘴巴东看西摸，样样叹为观止，简直像是崇敬般地看着马燕，最终，孟楼瞧着她们两个又拉又扯了好一阵，舒宁却只要了一点儿辣白菜条："家里都不怎么开伙的，白放着也会坏了！"

整个家宴，其实孟楼都没跟舒宁说上几句，直到送她回酒店，两人才有机会独处。酒店不远，他们步行。正好沿着一个小公园的狭长绿化带——县城就像个有了些钱的小户人家，开始注重形象，这几年更热衷于做绿地、建广场，这个公园虽小，却收拾得相当精致，加上本地人冬天不爱出门，更显得视野宽疏，天地干净。

舒宁把长围巾往下扯扯，长叹一声："哎呀，真谢谢你，谢谢你家马燕……孟楼，你说得的确没错，这里再适合过日子不过了。"

孟楼心中一晃悠，这么容易就取得效果了？他冷静地抿住嘴没作声——他高度怀疑，舒宁刚才在桌上那些表现，都是演戏，是为了给他面子，为了照顾他这点可怜的小城情趣。到底是"雷雨"剧社成员啊。

舒宁故意不走正路，只往公园小径深处走，像小姑娘似的四处捡拾银杏叶子，比较看哪一片叶子的形状最为完美。孟楼记起来，以前舒宁的英汉大字典里，总也夹着枫叶、雏菊、玫瑰花瓣什么的，时间长了，叶与花皆又干又脆，稍不留神一碰，便成了碎末儿，舒宁会因此责怪他毛手毛脚，可他喜欢这样的责怪，因为这是她身上并不多见的天真气息。

舒宁捏着一把树叶，环顾四周，深深吸了几口冷冷的空气："看，这里真像个欧洲小城！上半年我们到英国考察，那些小镇，就是这样的、慢吞吞、稀稀朗朗的，看不到什么人。你这个选择值得佩服，你现在拥有天伦之乐、拥有真正的大自由……"

听她真诚的语气，还有她蹲下来的姿势，以及手上那把略有点焦枯的银杏叶……孟楼有点动摇，像是有人在体贴地拍拍他的肩，浑身有点软乎乎的，他借着她的眼睛往四处张看，心中一时恍惚，好像这个天天看着的小城被另外罩上了件新衣服似的，拥有了特别的魅力。莫非她说的也有几分道理，他在这样的失意与沉沦之中，反而触到了生活的根部？

不，当心啊，寒冷中的人最容易幻想火苗了，耳朵根子别太软了，不仅是她，还有别的许多人，但凡是从大地方来的考察团或访问人士，都会在酒足饭饱之后发出这样的漫漫感叹：什么物价便宜，空气好、古风犹存之类的，把小城说得像一朵雪山顶上的莲花……可是，每次听着，他都会在心里冷笑，明白那纯粹是"到此一游"的心态，是从高处往下看的优越感，是撒娇与牙疼话，当真让他们扎根住下来试试，包括舒宁，她真能安于这样的寂寞小城？没有地下铁与摩天楼，没有金融峰会，没有香奈儿与古驰。省省吧，所谓的解甲归田、采菊东篱，只是一种美学存在而已。他们不可能来真的。

这么一想，孟楼突然有点骄傲起来：我做到了。只是少了个"解甲"的动作，他没有挣到黄金甲，就直接归田了……这一瞬间，他感觉到，在对这张假冒"隐居图"的描红过程中，有了小小的快意，甚至对小城重新萌发了一点儿羞涩的感情——他知道这感觉并不可靠，可是，就这会儿，他要抓住这短促的感觉，像舔小硬糖似的节俭使用，以调节他将来漫长的灰败情绪。

……孟楼继续保持着淡笑，对舒宁的赞美既没有附和，也没有反驳。

到饭店了，他注意到舒宁举止犹豫，似是想挽留他、请他上楼坐会儿。他心中闪过软弱，随即咬咬牙强迫自己，坚持下去吧，那今天这一场就完全地成功了。他主动冲舒宁挥挥手道别，没有任何多情的、带有旧恋人身份的表示。

五

看着孟楼毫不犹豫、步子笃定地走出了饭店大院，舒宁悄悄放下窗帘，也不知心里是什么滋味。孟楼真的对自己一点儿不留恋了！他一如当年的硬气，瞧不起自己这么俗气地浑身发亮吧！看看，不管到哪一步，艺术家，哪怕是落魄的，也总归高人一筹——他越是这么冷淡的，反而越有吸引力似的。她刚才是真想再跟他多待一会儿的！

忽然发现手上还紧紧捏着一把银杏叶呢，于是跑到卫生间小心冲洗，再逐枚用纸巾细细擦净。无意中抬头，台盘上的镜子明晃晃的，里面那个擦着树叶的自己看上去真是幼稚而滑稽，还有点勉强。其实刚才在小公园捡叶子的动作就有点做作了，哪有四十岁的女人还蹲在草地上玩这个的？就是二十岁时的男朋友在场也不对！更何况，这个男友说不定早看出她这是在装纯真。

带着收拾好的银杏叶离开卫生间，在房间转了一圈，却找不到合适的地方可以收起来，没带书出来呀，现在有只 iPad 就够了。再说，就算真带回去又怎么样。几片叶子嘛，想想看，当年这小嗜好也着实可笑。包括刚才冒出来的、想邀孟楼上来叙旧的想法……也是一样的可笑吧。

舒宁把叶子扔到写字台上，重新回到卫生间，审视着镜子里的女人，整理下脖子上的项链，长长吸一口气，感觉又回来了，她习惯自己这样成熟、精干、无所羁绊的样子……想想今天看到的马燕！满脸的粗毛孔和褐斑，老棉窝子和羽绒服，油腻腻的大罩衫，一双手红肿得不成样子，指甲头因为择菜而变得黄绿……第一眼看到她，舒宁即感到一丝侥幸，想想看，如果自己当真跟孟楼结婚了、并忠诚地跟他回到这小地方，准也会成了马燕这个样子的！她惊恐地看着镜子，好像看到自己发胖、邋遢起来，跟马燕合二为一……当然，马燕是个好女人好妻子，但她舒宁绝不能忍受这些，简直就是噩梦。

这顿饭总算过去了。说实话，她真为她刚才跟孟楼及马燕讲的那一大段而感到害臊，什么原生态、慢生活、天伦之乐，还欧洲小镇！是谁塞给她这么蹩脚的台词，竟还讲得那么逼真，就算是为了安抚孟楼，也不该演得这么过头的，孟楼不会信的，他清楚她会如何看待这一切——是的，她无法欣赏这样的生活！这小城固然悠闲自在，那小阳台固然也是活色生香，可生活的意义难道就是好饭好菜、几盆花草、消消停停等着养老？还有马燕的那堆腌菜与腊肠，唉，真是愚忠的小城传统啊，她的食谱里早就拒绝腌腊制品了，送给她也不会拿的！

嘘，别嘴硬，等等、等一等吧，客观一点，刚才所有的表现完全都是假的吗？

好吧，她承认，上洗手间时，她情绪有点低——她看到了那只电动洗脚盆。就是孟楼前一天提到的，说他和马燕每天一起泡脚……对那个，她心里是有些酸涩的。要知道，她跟李鸣，真不知多久没有一起吃顿家常饭啦，更别提泡脚什么的。毕竟，两个人多年打拼，这眼下都算是有头有脸了，而什么叫有头有脸呢，就是海量的饭局，一切的业务与人情，于公于私，万变不离其宗，归到最后都是饭局！他们夫妻，想想也真是既荒诞又可怜，每天每夜的，都不知道对方在哪个席面上飘着呢，深夜各自到家，或是醉或是累，根本连话都懒得说了……可是，若偶尔哪天没有饭局，一个人或两个人干巴巴地坐在餐厅，却又深感不安而空洞，只应付地随便打发一顿。

类似这样的空茫感在最近几年常常来袭，就算事业或家庭都像大牡丹花似的漂漂亮亮，但内心总有强烈的不踏实感，似乎丢失了个什么，还是样挺重要的东西……有的时候，晚上应酬结束较早，舒宁会开着车到紫金山道上转一圈，看车灯的白光打着两边黑黢黢的沉默树木，她这时会把音响扭到很大，反复听她最喜欢的《沉思曲》，古老而悲戚的调子，如浸心肺……莫名的残缺感中，她会冷不丁想起孟楼，更准确地说，是想起了与孟楼交往时期那个遥远的自己。以孟楼为界限，孟楼之前，她还算是个欲望散淡的女学生；孟楼之后，她便一次性地踏上了永动机般的功利轨道……

舒宁笔直地坐着，审视自己，在脑子里细细地过，过她今天脱口而出的那些应景之词，像把不同颜色的豆子分拣开：那里面，真的同情占多少，假的羡慕有多少，潜在的反讽与自嘲又占多少。她想起了她七年前第一次出国，到纽约，与同伴一起逛第五大道，那是全世界的十字路口，名品广告及股票指数在顶天立地的液晶屏上滚动，寂静中流金淌银、排山倒海，令她产生如临深渊般的焦渴与绝望：太高级、太强悍了，在那面前，她连个蚂蚁都不如，充其量，她的一生，只能在另一个半球、在那个污染严重的加工业城市，勤奋编织着她所自以为是的小中产生活……实际上，每个人都是一枚石子，就看老天爷随手把你丢在什么角落，你骨碌碌挣扎、滚动着，沉入你所在的城市或小镇，此后，你的视野、梦想与悲喜都在这个既定的格局之内。所以啊，当心，她跟孟楼，其实不就是五十步与一百步？她并没有怜悯或评判的资格，像个假冒的上帝。真肤浅哪，她早该留意到孟楼的姿态——

像剪辑师换了个视角把镜头重新处理，舒宁把整个午餐及刚才的散步又回顾了一遍，这次的重点是孟楼，她非常警惕地搜寻，最终有点惊讶地发现，在上述那些被视线选中、反复拉近的特写镜头之中，孟楼并没有任何特别的表现，像个刻意的隐身人一样，他一直都那样淡淡的、似笑非笑。不管舒宁跟马燕的惊愕初见、其后打得火热，以及舒宁在大发感慨，或在草地上捡拾树叶……舒宁接着往前倒带，刚见面那天，孟楼投入地担任讲解员、勤恳地替大家发放罐装酸枣汁，稍后晚宴上小丑般的表演……舒宁一再刷新这些画面，慎重地推断，显然，这里头有些前后矛盾，孟楼既不像最初看上去的那样神经质，也不像后来这样努力展现的平静……舒宁有点激动。这样自我遮蔽的、既悲惨又傲慢着的孟楼，反而让她心生向往、想要更深地接近。

再说，她也很渴望跟孟楼聊聊她的生活啊，尤其要告诉他——她并没看上去的那么繁华，或那么贪慕繁华，她现在已经领悟到，生活里必须有些非物质的、似乎无用的构成，那可能正是她早年间弃之身后的。当初，她太年轻！不懂得这迷雾般的生活。

手机响了，有短信，连续两条呢，舒宁慌乱地打开——校信通而已。一条是提醒明天要收下个月的午餐费，一条是月考成绩，儿子仍是倒数，但是这回她没有以往那么生气了，气什么呢，孟楼那些话的确有些道理，成功真的那么唯一吗？纽约第五大道的橱窗或小城人家的泡脚桶，谁能说得清楚这里的蕴意啊。她想了想，给儿子发条短信：小子，放学打会儿篮球去吧，长个子最重要！

儿子回了：老妈你中午喝多了？

六

一大早醒来，孟楼提醒自己，舒宁今天就会走了。她最后半天的安排是听取本地文化人士座谈，以敲定进入纪念馆的蜡像人物。文化馆安排他和另外一个同事也参加了，纪念馆将来的解说词，要由他们来搞。

坐在会场上，远远跟舒宁打个招呼，孟楼表面如常，心里却异常憋闷，像千层糕一样滋味重重。对昨天努力赢得的局面，夜里思来想去，却又十分之懊恼，恨不得全部推翻。想想看，时隔这么多年才见上舒宁一面，他竟然没有勇气把真实的自己亮出来——等她走了，他会更加瞧不起自己的。

再说，这两天来，自己这么忽上忽下的，舒宁她见过多少世面啊，自己这点儿小把戏哪里真能瞒过她。唉，在别人面前演戏也就算了，在她面前还强撑，太蠢了。

想想昨天中午，该跟她上楼的，彻底现出原形，哪怕失态地痛哭出来——老实承认吧，这么些年，他从没有过真正的欢笑！他绝望于这样寡淡乏味的小城、绝望于生活，更绝望于他妈的艺术本身。他难以做到那么高级的淡泊宁静以致远。这个大跟头一跌，倒跌出个新发现：实际上，自己跟所有人一样、是个毫无定力的家伙，他眼热外面的红红绿绿，看电视电影，随便一个热闹荣华的画面，都会突然间令他心口发疼。就算听别人闲聊，听到艺术家或演员这样的字眼，也会脸皮发臊，像有枝条迎面抽打在脸上。他暗中留意从前那些熟人或同学的得意消息、并把这些消息统统变成小铁钉子，撒在一个别人不知道的角落，在睡不着时，在卫生间时，在独自散步时，他于虚拟中逼着自己脱光衣服，在那些钉子上滚来滚去，每疼一下都算是提醒自己：你个无能的蠢货！所有那些闪光灯，那些牛逼的人或事，包括其背后的滚烫泪水或肮脏交易，永远都不会再跟你有任何关系了，像个瘪了的破皮球一样吧，滚到世界的最边缘去吧！

真的，他想不顾脸面地对舒宁说出这些！他需要大声说一说呀。

……会场上，发言的研究者们正在排人头：县城第一个状元，做纺织的实业家，半耕半读的藏书楼主人，作品选入全宋词的秀才，位至宰相的官宦，祖籍在县城的大导演，进了小学课本的革命烈士等等，这么大致数一数，也有近二十个"名人大家"了，但当初的设计是搞十个，十大这个十大那个，是向来的规则嘛。于是讨论、筛选、淘汰，相当激烈呢，每一个入选的名人后面都代表着对千秋功名、人生价值的不同主张，以及对现世利益的微妙影响。

孟楼本来心绪便差，越听越觉得发堵。听听！不管做生意、做官或是做读书人，哪怕就是在这样一个小城，也逃不了那种金字塔般的逻辑，总归要扬名立万、声动名显，如此一来便是人中龙凤、后人万年仰视，否则，便是不值一提……唉，到处都一样，小城亦是城，也以成败论，也是名利场，他躲到哪儿都躲不掉。

　　他瞧一眼舒宁，她表情投入，一边翻看资料，一边写写画画，还打断、提问……会场突然在一阵掌声中迎来了县委副书记，带着个随从，他匆匆落座，对这个纪念馆表示肯定，慰问"舒总"与"专家们"的辛苦，并谦虚地提了几个"不成熟的小想法"。孟楼看到舒宁频频点头记录，并在随后的发言中与之呼应，非常富有条理、符合情境，简直就可以直接印成简报。

　　孟楼低下头……想起来，这还是头一回看到舒宁的工作状态，这样的舒宁有点"端"着，显得生疏。这才是真正的舒宁吧，这十几年她就是这样一步步过来的。从前，他最看不惯她这一本正经的奋斗感，可是，此刻想想，她是正确的！他的确太懒散了，缺乏战斗力，经不得起伏与打击，根本不是艺术或生活负了他，而是他负了它们！如果等会儿还有机会，他想对舒宁亲口承认这一点，这是一个迟到的自我反省——早在当年分手时，他就该认识到的。

　　孟楼看看表，已快到午餐时间了，跟舒宁深谈的可能性其实不大了。唉，也真够折磨人的，满肚子的话简直憋得发胀、坐立不安了，更准确地说，他是有点紧张，生怕这一阵子的勇气过去，又不愿再说了。但这个不愿意，不是为他自己，是为着马燕——他这样全盘地否定眼下的自己，其实是对不起她的！

　　昨天，马燕忙得很累，可很开心，她觉得舒宁人很好，又有本事，可是呢，她衷心地搂住孟楼，不比不知道，她觉得她和孟楼的小日子更好更舒服，不是吗？孟楼被她圆滚滚的胳膊搂得发热，脑子里却想着白天舒宁的眼神——他怀疑舒宁对马燕有些不以为然，这当然跟他提起马燕时那蔫不拉叽的语气有关，他也有意无意地误导了舒宁吧。

……在起初，对这第二次婚姻，潜意识他有点自我惩罚的意思，就本着安家落户的基本需求将就了，况且，当时他拖着儿子，也并没有很大的选择余地。婚后，他试着跟马燕坦白，可刚开了个头，马燕就瞪着她并不大的眼睛挥挥手："我当然知道啊。别说了，看现在咱一家三口多好，尤其我，白落个儿子了呢！行了，别像欠着我似的，我本来就是要安生过小日子的。"她把重音放在"小"上，一边热乎乎地笑着。看着她弯弯的单眼皮，孟楼感到心中发胀，不能再错上加错了，他真得跟这个女人认真过日子才是。

而尤其令他难过的是，这样的小日子，比他想象中要顺滑和仁慈得多，如同小河淌水那样，弯弯曲曲地沉入这片广袤平淡的灰色，像人海中的大多数，像无数的前人，也像无数的后来人……那些漫长的夜晚，他跟马燕泡着热水脚，电动按摩水流中，听见时间在脚底下汩汩地流……他按捺住内心的慌乱与悲凉，努力地不往深里想，只管看着马燕那毛孔粗大但十分亲切的脸，听她讲白天的小生意，虾皮涨价了，淡菜走得太慢，干海参与鱿鱼丝有两大笔批发……

唉，生活真是难以说清啊，得意时短促如惊风，败落处却另有静流，就这么夹缠不清，让人思之彷徨！他又怎么能两面三刀地把马燕带着他所建立起来的这一切给一棍子打死？

中午是县委的招待宴，舒宁自是被拉到主桌，看来，他真的没有机会跟她说话了。孟楼随即惊讶地发现，对"说不上话"这个结果，他并不真的那么在意，反有种老天做主、该当如此的庆幸，肩上猛然一轻。

他与地方志的几个熟人坐在靠门边的桌子上，倒了些酒相互敬着喝起来。他举着酒杯，看透明的酒色，酒的对面是一口钟，他看着钟上的长指针一格格跳着，心里竟冒出个几乎是无情的想法：舒宁她真不如快点儿走算了，就这样戛然而止好了，赶紧地、各人接着去过自己的"好日子"与"一般日子"吧。他含着一口酒，两腮麻麻的，只盼着天早一点儿黑，好回家跟马燕一起泡脚，水温四十四摄氏度，还带脚底电动按摩，背上薄薄出一层汗……

可酒才喝了一半，他收到舒宁的短信：待会儿到我房间坐会儿？我三点半的火车。

他往舒宁那边看，发现她的脸有点红，正跟副书记碰杯，仓促中往他这里投来含糊的眼神。

唉，他的劲儿已经过去了！他那些泥沙俱下、半通不通的反思已经像融化了的冰河一样，浑浊地流过去了。

七

舒宁不知道自己想要什么，为什么要发那么个短信？还有什么未尽之事吗？没有了！他既是不愿让她看透，她也不便僭越；包括她本人——今早，伴随着手机定时，一睁开眼，她盘算起当天的日程，发现自己又恢复了坚硬的执行力，这是十几年的惯性了，她不会为了这么个小城而慢下哪怕小半步的。这一回去，又会继续成为亮闪闪的陀螺，自信而疲劳地旋转起来，而他，仍将成为一个远方的名字，以及这名字所代表的光阴流逝的另一种方式……

只是想到，这么快就要离开孟楼，她真有点不甘心。不管怎么说，临走之前，她就是想跟他再多待一会儿，再感受一下他和他的小城。

不过孟楼一进来，她就注意到他的神情不太对，显得有点焦躁，还带着点倔强，跟昨天以及前天又不同了。

房间不大，两人离得挺近，床铺又在身畔，氛围明显局促。但这种局促又是缺乏指向、没有意义的——到了这会儿，谈往事，谈当下，谈情感，什么都不合适了。舒宁心中一时沮丧而伤感，想了想，便问起孟楼的儿子。人们没话找话时，天气、健康、孩子都是救命草。

孟楼哈地笑了一下，似乎也为这个话题而深感高兴，他喝口水开始介绍。他这个儿子，从小抓到现在，真是一步都没有放松。而且跟他回到县城，倒正是好事，这里县一中是高强度的封闭模式，凡是不计入中考分值的科目全停，两年内已把所有课程全都走完了，下面就是全力以赴搞中考——有个严酷的竞争比率：前5%冲省师大附中，20%拼市一中，35%考县高中……

舒宁听得频频点头。她早知道，这一带的教育，在全国都是有名的，虽然饱受诟病，但的确厉害，出过市状元、省状元、最牛高考班什么的。她早就想着把儿子弄到县中里来压一压，现在遇上孟楼，倒正好可以有个照应呢，她头脑里甚至非常具体地想象着，到了周末，热情的马燕准会烧出一桌子菜来给儿子补充营养……不过舒宁没有说出这些厚脸皮的胡思乱想，只是有意识地详细打听这个县高中的更多细节，住宿条件、升学比例什么的。这当中，她脑子里突然"叮"一声想起什么，心里一慌，插空给儿子发了条短信：今天可不准打篮球，以后都不准。老妈昨天的确是迷糊了。

而在圆满回答完关于县高中的问题之后，孟楼也顺便提到，他儿子目前是在冲刺省师大附中的 5% 里，要是考上，那就等于重新杀回省城了。他向舒宁打听附中的情况，快慢班比例、保送名额、附近的房租之类，万一儿子明年考中，说不定还要拜托舒宁指点些路子呢。他问得过分详细，眼里闪着尖尖的光，舒宁自然满口应承下来，这还用说吗，孩子的前途是天下第一大的事，这方面她肯定要出力的。

一时间，两个人倒聊得相当火热……直到司机发来短信，舒宁一看表，"哎呀，都两点四十五了，我们还什么都没说呢！"她忍不住非常遗憾地叫了一声。

她这么一叫，谈话自是中断了。舒宁却终于回过神：看看吧，孟楼对小孩的学习抓得比她还狠，还要让孩子再"杀回省城"，他是在儿子身上寄托了他夭亡的志气……舒宁重新抬头看着孟楼，感到心疼，还有恍然一惊的悲怆。

孟楼也在看着她，眼神苦涩，他知道她与他一样地清楚——就算他，或者她，曾经一个台阶一个台阶地爬或者一个跟头一个跟头地跌，血泪模糊、得失相交，但这些经验最终全是无用功，就像冬天过后是春天，可春天过后又是冬天，清零之后新一个轮回！他的孩子，她的孩子，所有这些孩子的孩子，都还会从头再来、再爬再跌，为了无用的清梦或了不起的奋斗，为了向左走或向右走，为了忽明忽暗的路程。

舒宁扭过头，起身把拎包什么的归归拢。孟楼僵坐着，抬手看看自己的表，像在掐时间，脸色憋着。突然，他开口："你注意到没有，上午大家讨论的那些名人？"

"什么？"舒宁惊讶极了，这个时候他还要谈公事吗？

"城市纪念馆啊！你看看那个名单，我们所要纪念的那些人，还有那些被去掉的不要了的人。"孟楼似有未尽之意。

舒宁没吭声。这些讨论，她参加得多了，在各个地方做文化项目，什么名人故居、博物馆、城市史之类，总会开些类似的会议，围绕形势与主题之需或某个大领导的偏好，人们在历史的垃圾堆里扒来扒去，挑挑拣拣弄出点什么，又不屑一顾地埋掉些什么。这样的过程，实在充满暴力，如同所有被"成功学"所压迫和蹂躏着的人生……唉，孟楼啊，行了，求求你，不要再谈论这些了，到底是什么东西在作祟？好好的旧恋人重逢，为什么不能有情有义有点热度啊，这一辈子他们其实又能再见几次面，最重要的难道不是这个吗：年轻时，我们曾经相爱过……

房间电话响起来，肯定是司机在楼下总台催舒宁出发。

"等这个纪念馆弄好了，我会带儿子去看的，经常去，让他好好看。多生动的教材。"孟楼还在勉力地、言外有意地谈着纪念馆。这最后的时间就要这样过去吗？

"嘘——"舒宁把食指举到嘴边。

孟楼怔怔地停住。

舒宁把双手向他伸过去。

孟楼犹豫着，走近一步，接过她的手。

"还记得吗？我曾是你的女朋友，你曾是我的男朋友。"

"记得。"孟楼干巴巴地答。

"记得那时年纪小，你爱谈天我爱笑。"舒宁背了一句旧台词。也许，这是她曾经设计过的、与孟楼重逢的场景之一吧。

她看到孟楼的喉结动了动。那个美妙的喉结，里面藏着美妙的声带，能够在舞台上发出最好的男声。现在，他沉默着。

舒宁把头放在他肩上，轻轻摇晃着两人的身体，就像很久以前那样，在清冷的图书馆大楼，在寂寥无人的走廊，在二十岁的年纪里……舒宁闭起眼，继续摇晃着，冬季一般漫长的等待之后，终于感受到孟楼的手臂，带着沧桑与柔情，先是轻轻，继而极其沉重地紧紧搂上她的腰。

多么艰难、多么宝贵的一个拥抱。

一个男人和一个女人之间，为了曾经爱过，为了久别重逢，为了再次诀别，在最后这一刻，放下偏见与坚硬，抛却身外之物，还原为一对有情义的、软弱的人。

电话再次响起时，孟楼帮她提起包。等电梯时，他想起什么，冲舒宁抬抬眉："我敢打赌，你昨天肯定一回房间就把那些银杏叶子给扔了！"

"哪里，我可是到今天早上才扔的！"舒宁急忙辩解，与此同时，她的眼前却慢慢飞腾起那一簇已经失了水分的叶子，在空茫的时空里，它们旋转、坠落……就在今晨，起床之后，她在房间里练习瑜伽时，无意间看到桌子上还扔着一堆银杏叶子，她吃力地保持着变形的扭转动作，一边凝视着那卷了边的叶子，在下腰换成"三角式"之前，她把它们一把抄起来，扔进了近旁的垃圾桶。她记得的，手指放开叶子、在空气中收回，那一秒钟里，有着不堪承受的蹉跎之感。

2013 年

徐记鸭往事

　　我要是没死的话，现在南京最老牌的水西门鸭子店肯定是我家"徐记"了，说不定都有了分字号、连锁店，那绝对是出人头地了。这话不是我自个儿胡乱吹牛，是当年那些老主顾说的。大夏天的傍晚，街面上洒过水，燠热的蒸汽在夕阳里摇摇晃晃，三两个老爷们儿光着膀子在街边就着鸭四件下酒，"吱溜"下去半盅，总会有人这么叹上一句。他们至今怀念我的"徐记鸭"。

　　是啊，二十多年前，水西门二道埂子那一带，我家"徐记鸭"是相当出名的，同样出名的还有水西门尹记、水西门程记、水西门陆记等，反正大家都自称是正宗水西门鸭子。而只要有了"水西门"三个字，生意就好得不像样子，尤其是下午，我三点半准时开张，往往三点不到就有人排上队了，我和小伙计一个卖一个剁，六点不到就能卖光光，只剩下油亮的罩子灯照着空空的玻璃搁板。别的几家也差不了多少。要知道，南京人实在是太喜欢吃鸭子了，像中了邪一样，钱多钱少，有客无客，天冷天热，下酒就粥，不来点鸭子那真是过不去的。街上的大小店家也顺着这股子风气，往细作里折腾，一只鸭子，拆散到各个部位，煲呀烤呀腌呀风呀卤呀，从大席面儿做到巷尾小吃，能搞出八十多种花样来，比如，用鸭油做酥烧饼，鸭肉丁做五香烧卖，血、肠等下水做粉丝汤，胰肝做"美人肝"，鸭掌来做"掌中宝"，连鸭屁股都有人指定要买，说是有股奇特的松子香味！最好笑的是专做素席的"绿柳居"，在这种风尚的影响下，也弄出一道有名的"素烧鸭"来骗骗舌头！

我家鸭子店虽叫"徐记鸭"，但小的并不姓徐，那一家家尹记、程记、陆记也不是真的姓尹、姓程、姓陆，也就是各自认个干爹、随个门宗、算是有个出身呗。不管做人做鸭子，出身总是要紧的。我的出身呢，其实算个破落户，父母是从安徽那一带摸滚过来的，不知怎么的就在鸭子上讨起生活来，并吃下个小门面打起万年桩了，我等于还没落地就注定要接班做盐水鸭的。好在我能吃苦，别的不说，光说给鸭子"搓盐"这一道，别人家都戴胶皮手套，我从来不戴，哪怕数九寒天，担心影响手感、盐搓不匀，弄不好还有股子橡胶味——盐水鸭为什么容易入卤味，就因为它的肉又娇又嫩，敏感得很，这方面我是特别地注意。我也不用塑料盆，怕有塑化味儿串进去。我鼻子最灵光，别家的鸭子只闻一闻，就晓得他用的是生盐卤还是老盐卤！哎呀扯远了，勿怪！死人寂寞，话多。总之，我从来都是直接用光手去"搓盐"，把鸭子当小女人似的，里里外外仔细地给它揉皮捏肉按摩，把每一只光鸭都伺候得匀称调停，白亮、喷香！只可怜我的这双手啊，给盐花子蜇得通红，肿得老高，疼得不能碰。我这里疼得越狠，"徐记鸭"的味道就越好，保管咱全家老小顿顿肚儿圆。

我管老小肚儿圆，我老婆呢，则管老小衣衫新。我老婆在国营泰昌布店站柜台。老南京都晓得的，泰昌布店营业员名声很响的，她们一溜儿的整齐、苗条、能说会道。漂亮女人做生意最占便宜，尤其是卖布！我老婆呢，话不多，在那当中算不得最出挑的，但她自有她的一套生意经：花的薄料子，她灵巧地抖一抖，往脖子里那么一搭，坠成一种时髦的弧度，女顾客瞧了，马上一拍手就欢欢喜喜地要了；厚的藏青料子，她则老练地折两个斜角，在肩头比出一个格格正正的西装领头来，眯眯一笑，连快进棺材的老头子都想掏钱！

站布店最大的好处就是：经常有次品。布店里整匹进货，每匹布的起头卷尾，常会有些小毛病，上不得台面，基本上都是内部人员半折半拿，各自往家里头抱。我老婆经常抱布料回家，当晚踩半夜缝纫机，第二天就是一件时新春秋衫、一条时新八片裙。美得不得了呢。

嗯，这个，我老婆有狐臭，这个事情我生前从来没跟人说过。其实你想，要不是有这个小毛病，肯定也轮不到我这么个卖鸭子的来疼她。胳肢窝下的事，外面哪个晓得，我不在意的。我反而更加地疼她。我每晚都搂着她，我要一辈子都这样搂着。怀里的她细声细气的，总显得我特别地粗鲁。

本来，一切都该顺顺当当，我顺当地卖我的鸭、慢慢把"徐记鸭"做成水西门头块牌子，我老婆呢，顺当地卖她的布，一直卖到泰昌五年后倒闭回家。可是哪，没有能这么顺当下来。

我那怯怯的好老婆不声不响给我戴绿帽子了。

这事情，最终是对面"生煎包大王"钱老板告诉我的，他是我安徽老乡，交情很不错。

钱老板那天很怪，突然一本正经地穿上人字混纺华达呢马夹过来找我"说几句"。我一见就笑了，因为我太认得他身上这件呢子马夹了——是我老婆店里的折价布头做的，还是我亲自去拿的呢。嘿，厚厚一捆人字混纺华达呢，很重，绝对上等货色，只中间有几行跳线，算三折的价格，简直白送！其实呢，找到有经验的裁缝，保证天衣无缝。抱回家，我跟做桂花糯米藕的湖州老板一人一件呢大衣，再给"生煎包大王"钱老板搭送件呢马夹，大家体体面面穿回老家过年。过年回家，我们都是很讲究的。平常做生意嘛，为着行动便利也为着耐脏，我们一般都穿得比较烂，黑乎乎的外套从秋天穿到春天，但越是这样，新老主顾们反倒待我们越是亲热。南京人就是这样子的，他们最爱打听我们的老家，哪怕是三代以前的，哪怕你已经在水西门住下二十年讲得一口南京话了。哦，你老家安徽呀、老家河南呀，他们点点头，流露出一点旧都子民的神气，十足要护着我们、罩着我们的样子，买东西很爽快。我蛮喜欢南京人这种脾性的。不过他们肯定猜不到，我们这些剁鸭子、做包子的也会用人字华达呢做大衣做马夹呢。

对不住又扯远了，前生往事的这么一摊，像杂货铺，收都收不拢了。话再说回来。见我指着这件人字华达呢马夹发笑，钱老板也指着马夹，可他一丝也不笑，倒像是凭着马夹来起誓——我头上千真万确戴着一顶绿帽子。

我盯着他，为前面那些没皮没脸的日子感到深深的空洞。他们早就开始了，而大家早就晓得了吧！流言也许已经在水西门大街上游荡了十几个来回、打了七八个拐弯吧，在尹记鸭、程记鸭等各家鸭子铺里混着新卤老卤、进了千家万户、让人们吃下了肚子又屙作了黄屎并生出了白蛆吧，只有我这大绿头苍蝇还在吭哧吭哧、迎来送往地剁鸭子呢。怪不得最近生意越来越好，敢情那都是来瞧我头上这顶端端正正的绿帽子的。

你晓得嘛，在水西门大街，我可一向耍的都是狠角色，成天端着膀子，怀里头抱的不是火就是刀，远近几条街都晓得我性子烈，所有那些小混混小杆子也是这么认为的，但凡近邻铺子，包括我的同行、对家，只要有邪角色寻衅闹事，我都会出头去替他们摆平，总之，水西门这一带，我大小也算半个人物吧。

所以你想想，我哪里咽得下这口气。可我不愿把气撒到我老婆身上。就算出了这种事情，我对她也下不了手。

　　我只能去找那个奸夫。

　　关于奸夫的情况，我也是与奸情一并得知的。这种又腥又臭的事情，要么就密不透风完全包在纸里头，要么一下子捅得底儿掉。那奸夫其实我见过，就是那天——我去布店拿那捆人字华达呢次品。我到前台找老婆时，她远远地指给我看了一下，语气十分地感谢："喏，杨经理，副的，布店二把手，还兼工会主席，就是他照顾给我这块料子的！"

　　我随着她的手指看过去。布店的大堂里基本全是女人，老女人小女人胖女人瘦女人，个个花花绿绿。其中一个戴着鸭舌帽的男人一眼可见，他正背着手，以比较慢的速度，在大堂里踱步巡看，光是背影就给人一种极为威严的样子。我老婆小声地介绍，说这位杨副经理曾经站过多年绸布柜台，眼光很毒，顾客要一块料子，他不用尺子，只拿手臂拉一拉、张开虎口走一遍，然后大剪刀下去"咔咔咔"，就恰好裁出顾客要的几尺几寸，偶有失手，误差也不会超过一寸。听说就是凭这个，他成了劳动模范，然后转干，一步步做到副经理。其实，这也不是多大的了不起，谁没个两把刷子——你随便拎只鸭子来，活的死的、带毛的光身的都行，我只要粗粗打一眼，就能报出是几斤几两，出入也绝不会超过一两。

　　难得来一趟，应当打个招呼，好歹我也是"徐记鸭"老板。

　　"杨经理！"我自作主张地大声喊。

　　杨经理听到喊声，停了一下，却不回头，依旧不紧不慢地继续他的巡查，又走了半圈，才转往我们附近的区域。他好像不是被我喊过来的，而是正好巡查到此。我得以看清他的全貌，身量不高，戴个眼镜子，脸上没有笑容，完全不像站过柜台的小伙计了。

我老婆有些结结巴巴地把我介绍给他。他现在换成了周总理的姿势，一只半端的胳膊微微夹起，另一只手很亲切地伸过来跟我握手。我有点不好意思，我的手弄鸭子弄得实在太糙了。我直哈腰："杨经理您喜欢吃什么鸭子？烤鸭、盐水鸭还是板鸭？改天我送几只您尝尝？"

手才握了一半，杨经理却猛然收回，双目炯炯，严肃地纠正和制止我："记住，我从来不收职工或职工家属的东西，请客送礼找熟人走后门那一套，都是严重违反组织纪律的。国家干部更要以身作则。"说完，他眼神突然从我脸上移开，笔直地移到他的左手袖口上，随着他的目光，我发现，原来他的袖口上有一个绿豆大小的灰色线团子，这在布店，实在最正常不过，我老婆冬天的外套上，每天都是一身的衣料线头子。可杨经理眉头紧皱、十分厌恶似的迅速用两只手指拈起，远远地弹开，接着重新审视全身，包括肩膀、肘部、胳窝下方，确保再无类似情况，才重新把手背到后面。他没有把目光再移回我脸上。他直接走了，接着不紧不慢地往下巡视。

被钱老板说破奸情之后，我回头想想，他们当时可能已经有情况了，最起码，那个姓杨的，正处于酝酿阶段。否则，这么个大便宜、能做两件大衣一件马夹的人字华达呢，为何给我们家独占了？这不跟秃子头上的虱子一般清清楚楚的！

可那时我怎会晓得呀。记得当时我愣在原地，缩回握了一半的手，直眨眼，被他十足的官架子和一身正气给镇住了，既佩服又大为遗憾：竟然不要吃我家的徐记鸭？那么好吃呢！可惜。

我哪里晓得，人家是要吃我家女人的呢。

得到消息，我当天中午就去找他了。我心里头热辣辣的，如有一百只老虎争抢着要跳出来，真是五时等不得三刻。

想到我早就"见过"并能"认出"他，我心里多少还是感到庆幸的。最起码，我比另外一些连奸夫是谁都不知道的倒霉蛋要强一些。他们不得不满鼻子满脸地东猜西找并很可能最终仍是悬案。我倒是可以打个笃定的有准备之仗。我已了解清楚，这个杨副经理每天中午都要回家"眯"个午觉。

好在中午的时间对我也合适，忙完了他，还能赶在三点半之前回去开张卖鸭子。我那小伙计也可独自顶一阵儿，但还是两个人搭档最好：一般我负责说笑打趣，帮着犹犹豫豫的大妈婶子们挑前脯挑后腿，配鸭脖子配鸭头，同时收钱抹零头找钱"下次再来照顾小的生意"，小伙计呢则埋头于刀功，在大砧板上哐哐哐，铺排打包出货。码铺鸭肉小有讲究，碎骨、边肉、囊子肉要藏在下层，薄皮瘦肉、有看相、勾馋虫的放最上头，有个好"头面"。卖桃子卖栗子的、各行各业都是这个千古道理；就连女孩出门，那还不是又涂又抹从头收拾到脚，图个好卖相。我就担心着小伙计一个人手忙脚乱，顾得了头面顾不了口舌，万一卖得滞下来，拖到六七点钟还有几只鸭子干躺在架子上，那就太丢我"徐记鸭"的脸了。无论如何，我一定要三点半前赶回去。

看准门牌号，我用力捶大门，同时用脚踹，搞得山响。我要他以最快速度来应门。妈的巴子，早开始早了结。

里头果然脚步着慌，门拉出一条缝，尊敬的杨副经理连眼镜子都没来得及戴。他翻着大眼白，随即又迅速眯起，不太自信地责问："您走错门了？"

"不会错，找的就是你这个奸夫！"我暴风雨般地一把搡开他，猛扑进去，感到自己真像猛虎下山。我心里痛快地想着，看来只要十分钟，就能解决问题！

他倒也配合着呢，也像是暴风雨快要来临似的，忙不迭地在我身后把大门关上，又飞跑着到阳台关窗，然后是厨房和卫生间，他快速地把房子跑了一圈，确保所有的门窗都紧闭——他这是怕屋里的动静传出去。敢情好。

他忙着关窗的同时，我也在抓紧时间砸东西，什么玩意儿来头大就砸什么。

他这时也找到眼镜子戴上。可一身没志气的睡衣，远没有上次见面有样子了。他瞧着我砸，两只手像折断的翅膀，一会儿张开，一会儿垂下。他不是要阻拦，而是试图帮忙，我要砸什么，他就赶紧地递什么过来。

他这样顺着，反而没劲！坚持又砸了几样，我歇手到沙发上坐下，并让自己跷起腿。

他垂手站着等了我一会儿，见没有新的动作，便踢踏着拖鞋跑到厨房去，泡了两杯茶水端来："这下子，好了吧？"

我腾地又站起来："你以为老子就是来砸东西的？"

他不解："那么？"停了一下，他好像突然想起来还没有正式认识："请问您是？"看他那样子，好像又要伸手来跟我握手了。

"操，我就是她老公！卖鸭子的！我们见过！也握过手了！"我气得心如擂鼓，又不得不用那天的细节提醒他："次品人字华达呢……我去替我老婆拿……"

他听着，却更加迷惑，随即做一个很干部的手势、表示要抱歉地打断我："我都送过布的，她们个个都拿过折价次品，也经常有丈夫来帮着拿。"他有点苦恼，显然他也不情愿这样混淆成一团。

这个狗日的东西，这个不要脸的大流氓，他到底低价处理了多少次品给多少营业员啊，从绸布到的确良，从哔叽呢到华达呢，从全羊毛到腈纶混纺，从羽纱到花边。

"你比我小，我就叫你小兄弟吧。听我一句劝，小兄弟，不要钻牛角尖。我从来不当真，她们也从来不当真，就算她们的丈夫，人家也不当真。你真没必要这么个样子！"他一挥手，幅度挥得很大，把泰昌布店的漂亮营业员和她们的丈夫全都挥在里面。就我一个，还没被挥进去。他那表情，妈的，好像还认为我不大懂事！

"好极了，老子今天就代表她们的老公来算总账！"看来我这一趟真的值了，将来几条街都会佩服我的。替天行道。热血像烧开了一样地直冲脑门子，脑袋都嗡嗡嗡了，我冲上去一把揪住他领口，把他像鸭子一样地提起来，要在我家后场，有那只一米二的大铁锅，开水嘟嘟嘟，就扔进去煺了他的毛再说。

不过他到底比鸭子重很多，提了一会儿，我感到吃力，便就势摔下、踢小腿让他跪着。他狼狈地整整衣领，又用手移开膝盖下的碎烂，小声问："那你到底要什么？"

我没回答。虽然我想速战速决，但我又想多看几分钟，看他像个孝顺孙子似的跪在我跟前。他以为我的不说话，里头有文章可做，便挪动双膝往我这儿靠靠，显得十分体己："没有关系，直说。我不遗余力。我也来替你想想看。"他主动掰起手指头数落起来。

"钱。我有一些私房钱，可以全部给你！你要觉得少了，我再另外想办法。说实话，只要在这个位子上，钱总是能挣到一些的。"

"关系要不要？你说你是卖鸭子的？巧了，我在湖熟乡下有朋友，可以帮你以最低价进到最嫩的小麻鸭！溧水我也能找到人，那里白毛鸭有名的！哦！"他突然表情定住，"我想起来了，有个营业员给我带过盐水鸭！那么是她？你看，我这下子想起来了！那个有狐臭的！对不对？"他露出欣然的、表功般的笑容，好像还有那么一种我应当明白的宽容和委屈在内——他都没有嫌弃我老婆有狐臭呢，又不是最漂亮的，也不是最活泼的！

"对了，我不是兼工会主席嘛，专管职工福利，可以采购鸭子！中秋发、春节发、端午也发，只要过节就发！全都从你家买！一分回扣我都不要！"

"有小孩要上幼儿园吗？进鼓楼幼儿园包在我身上。这家幼儿园，南京头块牌子，多少人打破头要进的。因为是陈鹤琴创办的，陈鹤琴你晓得的吧，他是……"

我抓起手边的茶水（但愿还是烫的！）往他脸上一丢，站起来，四处走。奶奶的，再说下去老子都要吐了。老子是个破落户，是个卖鸭子的，但又不是卖老婆的。

奸夫鼻头挂着茶叶，额角的头发趴下来滴着水。惊愕之中，他跪得更直了，好像满心以为，姿势越端正下场就会越好。他向日葵一般仰着脑袋，眼珠紧紧地追随着我，大为不解："我统统交底了呀，你就没有一条满意的？莫非四条你同时要？那我考虑一下……"

"四百条也没用！个狗日的，你搞过我老婆了呀！"操，跟我讨价还价做生意呢。

"那你说吧，到底要什么？"他赌气了，咬着嘴皮不再吭声。

哼，把柄在我手上，想怎么弄他都行！我把手举到半空，刚想张嘴，突然发现，虽则急火攻心、气焰旺盛，可我其实还没有完全地想好：到底打算如何地收拾这个鸟人？这可跟对付那些街头小混混不同，我有个含糊而远大的目标：要干得别出心裁，让他生不如死。

屋子里一时间显得太静了，静得连我都不耐烦，只听到墙上那只挂钟里的秒针在一步一步地跑。我虎着脸，故意抖起大腿，可心里面相当地失望。到目前为止，我所能想到的，也是最现成的方法，只有一个，很土。

显然，这孙子想到了我正在想的。他轻飘飘地叹口气："晓得了，你是要我的命。"

出门之前，我的确在怀里揣了把小片儿刀。我这把片儿刀也用得有些年头了。做鸭子，好多东西我都不轻易换的，腌鸭的陶瓷大缸与桐木扣板，卤煮的生铁大锅与做压石的大青石。只有盐是没办法，一次次地买，一次次地都要试，就算同一家店同一批的货，时间放得长了，地点放得潮了，炒的火候猛了，腌出来的口感都大有分别。盐水鸭盐水鸭，鲜美全在一个"盐"字上，难为也难为在这同一个"盐"字上。对不住又扯远了，一谈到鸭子我就收不住。回到刀子。我怀里的这只片儿刀，其实比剃须刀也大不了多少，鸭脖子就那么点细嘛。左手抓着两个鸭翅，右手把鸭头挽到背上塞到翅膀下，使它亮出那又长又弯的脖子来，小刀片贴上去，斜着刮层毛，再横着直走一下，顶多两秒钟，就结了。然后倒着吊，褐红色的鸭血渐沥沥地下来了，用盆接好，回头有人上门来收。

奸夫紧盯着我的手。但我的手暂时没有动。几秒钟的事，我倒不太着急了。

"其实你一进门我就晓得是这么个结果，不稀奇！一个每天杀鸭子的，肯定就是这种路子！连街上的小毛孩也能料到。好吧，你真要这样干我就没什么好说的，反正我说不过你也打不过你。"奸夫煞有介事地闭起眼睛，好像在祈祷："正好一了百了。好汉你不如快点动手吧。"我突然闻到一股骚味，比鸭屁股味更浑浊、更热烘一点——竟是狗日的尿裤子了。真要命，都还不如只鸭子呢。

尿味我不介意，我真正介意的是，我不愿如他所说，好像我一介莽夫，毫无头脑，只会仗着力气欺负人似的。他好歹还叫我做"好汉"呢，我这样弄就不大漂亮了，最后传出去，都没个说头。我迅速决定：不剁他，要想更奇的招数。

"就你这尿货，也配我杀？我还不愿弄脏我的刀子呢！"真高兴可以这么地很江湖地来上几句，简直比当真剁他的感觉还好。"我要你活活地受罪！我要毁了你这一辈子，让你求生不得、求死不能……"我嘴上虽是顺溜，心中却更感困惑了。这么样的一个"收拾办法"又在哪里呢？

奸夫眼角挂着一滴泪，很慢地睁开眼，如赌徒看底牌，露出"竟然蒙赢了"的表情。他稳一稳神，随即又换成杨副经理的口气，马上表扬我："想不到，你一个卖鸭子的，这么有智慧、有境界！一开始，我许给你金山银山，你统统不要，我就已经很佩服了；再刚才，我故意叫你杀我，这样你也要搭条命，完全不划算的，等于既损了人又不利己——你没有上我的当。"他摇头叹息，随即眼神定住，出神地凝视我，我能感到他的脑子在拼命地转，像在跟我脑子里尚未到来的想法赛跑。我也定定地看着他——似乎谁的想法跑第一，便听谁的。

他忽然笑了，轻声轻气："看来你不想私了？要公了、要正儿八经往单位告，是不是？"这个鸟人，讲出来的话，为什么深一脚、浅一脚的，刚才说杀人，算是有点上路子，这会儿却说什么告到单位，那有什么了不起呢？我没有太明白，只好面无表情，继续用力抖腿子。

"是啊，我们布店是正规国营单位，属于商业局，我是国家的人，这个事情，如果你告到上面去，那就是严重的生活腐败、作风问题，我就完了，一抹到底，等于一夜又变回赤条条。我十二岁就被送到布店做学徒，整整站了二十七年，从先进职工站到南京劳模站到省劳模，到五年前，才做了副经理。我这半辈子，真吃了无数无数的苦头，你想不到的苦头。"

他如遇知己，推心置腹地讲起他自己，有许多的观点，并穿插栩栩如生的例子。他如何遭遇坎坷、妒忌与磨难，包括做了领导之后，又是如何爱惜名声、恪尽职守，拒绝一切的腐败与好处……我不得不承认，到底是副经理兼工会主席，他太会说了，并深深引起我的共鸣，好像他的做官之路，跟我这卖鸭子的竟也有几分相通和相似。所以，即便他讲得如此地冗长、让我浑身的热血劲儿都凉了一大半，却又每每因为他的动人而无法打断。直到最后，他总结道："这个办法狠，真能把我一辈子毁了。"

我这时听明白了，心里一阵欢喜，也不计较他浪费这么一大团时间了。显然，这一招才算抓住了他的七寸，这要比弄死他"高级"多了。我想起我第一次见他，他非常挑剔地、用手尖弹掉衣服上一个线球球的样子。这号人，比起一条命，当然名声要紧、做官要紧。那么，就这样，"公了"！弄臭他、搞倒他！看他还凭着点次品布头乱睡人家老婆。

见我表情松动，他好似完成任务一般，未经我同意便站起来，甚至还拍拍膝盖上的灰，口气更加地带有鼓励色彩："你是打算这样吧？"

我没有立即表态。我很机警——他这样的语气让我开始不放心了。

他拿起另外那杯我没有丢到他脸上的茶水，喝了一大口，慰劳他刚才漫长的叙述。"唉，小兄弟，好汉啊，鸭老板啊。"他亲热而胡乱地叫着我，"你晓得我是兼工会主席的。这种家长里短、男男女女的事情，真是接待得太多、处理得太多了。所有没本事的小老百姓都是你这种思路，找领导去、找组织去、向上级反映去。有什么用？好端端把一件民间巷道的小事体搞成公家会议公家文件上的大事体！"

他说着，直摇头，一只手在腿上一拍，然后又把这只刚刚拍过大腿的手伸过来搭在我的肩上。他虽然穿着睡衣，看上去却又像个领导人了："多傻，上级是什么？组织又是什么？还不都是人！只要是人，就有耳朵、就有嘴巴、就有弯弯肚肠子！所有那些见不得人的事情，你去反映的时候，你要讲一遍，他们调查的时候，再问你一遍，商量如何处理的时候，大家要讨论好多遍，到宣布结果的时候，又要通报一遍，等通报出来了，到了群众中间，那更是要被议论几百遍。这么上上下下地一弄，也许，我睡你老婆前后不过十几次，可到了人们嘴里，你老婆又会反反复复地、无数次地被我睡了，睡了几百上千次！到最后，你想想，你的确是毁了我的名声，这个我认。可是，你更加毁了你老婆，毁了你的徐记鸭——还有人去买吗？围成一圈看笑话还差不多！你吃大亏呀兄弟！"

听他如此随意地污辱我的"徐记鸭"，让我胸中一阵钻疼，简直像活灵活现看到人们指指点点的场景。他的口才真好。我给他讲得愣在那里，一时脑中全是糨糊，刚才算是从火热到半凉，这会儿根本就是全身冰凉、心灰意冷。这么讲来，我竟是拿他没办法了？杀不得、告不得？我只有像别的那些丈夫一样，装着不知道，灰溜溜回家继续卖鸭子做营生、继续拿次品布料做大衣做马夹？

嘀嗒嘀嗒，嘀嗒嘀嗒。我抬头看看墙上那只挂钟，突然发现已经快要两点了，时间都给这龟孙子耽误了，我到现在还一事无成！我是来串门跟他聊天的吗？我脑子里刚刚倒伏下去的火苗呼地又一下子活转过来。我冲着那只钟发作，一把揪下它，砸个稀巴烂，钟里面的许多齿轮和螺丝炸出来，在地上东一只西一只地弹得老高。吵人的秒针这下子完全地静止下来。

"闭嘴，不要再给我逼逼叨叨地出馊主意。找上面干什么，老子才不会像小学生似的找老师打耳报！我就想在你我之间解决。两个男人之间！"我气焰十足地叫嚷道，唾得他一脸的沫子。当然我心里清楚，经他这么一说，路越来越窄、可行的招数已越来越少。妈的个巴子，为难死我了。

"那你说说，我听你的。"他脸也不抹，好像已筋疲力尽，"好汉，小兄弟、鸭老板，我全听你的。"他肩头松落，撂手不管了。

哼，时间这么紧，我哪里想得出。我让他重新跪下，左右各打一个耳刮子，手戳到他鼻尖："这是孙子你做下的事情，必须要由孙子你来负责想！听好，我的要求很简单，我就是要解气、杀气、出掉心里的气！你晓得老婆被人睡了什么滋味？嗯？你必须想一个办法，我要让你跟我一模一样地发狂、窝火、打断牙齿往肚里吞！"想了一想，我又加上，"同时，我老婆、我、我的徐记鸭子店，都不要有任何损失！"

那狗日的被我扇得嘴中出血，他在嘴里转了转，和着口水却没敢吐出来。他喃喃重复着我的要求："你出气、我受气、让我跟你一模一样。"他讨好地望我一眼："还有，像我们前面讨论到的，不能是经济上的补偿，还要'私了'……"

我点头，瞟瞟地上的钟："要快！老子三点半要回去卖鸭子！"我心里火燎火烧，有如骑马挥鞭、手提大刀，却又不知如何下手！操，他要真能想出个十全十美的好法子来，我都能亲手扶他起来、替他揩脸、正经地谢谢他！

他突然猛地扭开头去。我听到他喉咙管里滚动着一响，那是他咽下了血水，也许还有半只断牙。他脸色黄白，像个活死人——那副样子，让我很是受用，我料想他这下子要说出来的，总归有点意思了。我蹲下来凑上去找他的脸。我盯到左边，他扭向右边；我盯到右边，他扭向左边。

活死人开了口："这么看来，只有一个办法……你也睡我老婆。"

我浑身猛地一层鸡皮疙瘩。

话一出口，他就摇晃着再次站了起来，扶着门框到卫生间去洗脸，又扶着门框跑到卧室，脱掉睡衣换上出门衣服。他重新出来，依然僵尸一样地扭着头不看我，吐字如铁："这样，扯平，勾销。"像在一份合同上连盖三个大红章。

我放声大笑，估计所有那些门窗都关不住我的笑声。这个办法痛快呀，简单、合理、公道。这狗日的真是天才，要是我自己想出来的该多带劲啊，不，也能算是我自己想出来的！在我提了那么多要求之后，他只是顺着我的意思往前走了一步而已。我得意极了，一边发笑，一边瞅着他，这位省级劳动模范，这位杨副经理兼工会主席，我好喜欢他现在这衣冠楚楚却没了活气的模样。看看，他正在受气，他正在进入受气的过程，他像我一样，老婆就要被别人睡了。妈的，太有效了、马上就起作用了，我都还没看到他老婆一根头发呢，心里就开始解了三分之一的气！

"成交。时间、地点？"我也学他，惜字如金。这感觉不错，好像很有谋略、在做一宗大买卖。

杨副经理抬手、看看表。他看了好一会儿，那样子，好像既厌恶他的那块表，同时又庆幸他有这块表似的。足足一分钟之后，他终于看出了时间，回答我："她还有一刻钟就该下班到家了。不耽误你三点半赶回鸭子店。"

"她，愿意？"我感到我反应蛮快的，我很及时地想起来我对他的老婆一无所知。我今天上门，是一心要对付这奸夫的，这都折腾了个把钟点。我希望后面能简单一些，可不愿再跟那个女人再扯三扯四。

"我来做工作。"杨副经理往门口走，"我这就去路口截住她，然后我就直接去上班了。不带家里钥匙了。"他仓皇地上下摸摸衣服、特地掏出钥匙扔下来。好像这里是我的家，而他是个闯入者似的，一分钟都不能多待，并保证接下来也绝不打扰。

拉开门之后，他终于回头看看我，样子很怪，好像我不是人，而是什么东西或家伙似的，表情既冷漠又松懈。不等我仔细辨认，他已一转身"笃笃笃"跑下楼了。倒搞得我愣在屋子当中，好一阵才想起来，该去阳台找个拖把，把沙发边他刚才拉的那泡尿给收拾掉。妈的真骚腥，我鼻子又太灵光。

我像个勤劳乖巧的丈夫一样，快速而有效地拖起地来。

这前面的半个中午，我始终处于一种急迫、毛躁的仇恨之中，那狗日又在讨厌地指东岔西，拐来弯去，让我很疲劳！但这会儿，我心里反而对杨经理多了一层复杂的感受，毕竟，他一直在诚心诚意地为我考虑。我虽倒霉吃瘪，却碰到个讲理的。

我本应趁着这当儿，赶紧地喘口气，以备战下面的事情。可是，讲实话，我太兴奋了，我饱浸在一种找到万全之策之后的爽快与饥饿之中，像个清空肚子准备大吃大喝的人。

十分钟之内，我就麻利地拖好了客厅的地，甚至把那些碎玻璃碎零件之类的也一并清理干净了。不是我手贱，是我根本没办法坐下来。

平生第一次，我是这么地等人、等这种事情。

挺没出息的，想起我第一次当家卖鸭子，磨磨蹭蹭地挨到最后一刻才开的张，心里对将要光临的第一位主顾完全没底，只是不停地假设：万一半天没人来怎么弄？万一人家来了只看不买又怎么弄？会阔气地一下子就买半只鸭还是仅仅两只小肫干？万一嫌好识歹我怎么弄？万一碰上个强头拿了就跑不给钱我又怎么弄？到底小呀，那年我十七岁——好笑的是，而今完全记不得那头一位主顾了，切鸭子、称重、收钱、找钱，毫无痕迹地就那么过去了。好像那买鸭子的根本就不是一个人，只是一个黑点点，那个黑点点在我面前停了一下，然后就跳过去了。

好了乱想什么呢！不一样的。杀鸭卖鸭，这早在娘胎里就安排得妥妥的了。但睡别人的老婆，这辈子压根儿就没想过，直到十分钟前——多刺激人哪。

我给自己点了根烟，但忘记该怎么吸了。你想想，就是在我吸这根烟的工夫，人来人往的大马路上，杨副经理拦下他老婆了，拉到树荫下，拉到人少的地方——这个我都可以想象，可是接下来，他要怎么跟他老婆讲这个事呢？他老婆是个什么女人？又会是什么反应？

我……下意识地琢磨起这位未知的杨经理的老婆来。我站到阳台，看着下面的巷子。已是下午的上班时间了，巷子里往东往西地走着各样的女人。有的人高马大，有的戴着油腻腻的蓝色护袖，有的是罗圈腿，有的胖得像两个人，有个女人为了一毛钱在跟收旧货的尖声吵架。我挨个儿地仔细瞧她们。

不对，我突然收回视线、潇洒地离开阳台。我摇摇头笑话自己，瞧我这点世面！人家是干部呢，是杨副经理兼工会主席，老婆肯定不一样。没准是个长头发长裙子的报幕员，下了班的报幕员我还没见过呢。会不会也是个女干部哪，齐耳短发操一口苏南普通话？她要是口才也很好就麻烦了，跟我一二三谈起大道理来！我宁可她是个幼儿园老师，会唱儿歌会玩游戏小手绵软声音嗲嗲……总之吧，我想她应当不难看的，比较高雅和讲究的。如果参照电影明星来想象的话，我希望她最好是林芳兵姜黎黎那种样子的，而不是肖雄潘虹那种样子的。当然，说万归一，最后都有一个共同的问题，不管哪种女人，她对我们接下来要一起做的事情，会是什么反应？扭扭捏捏、哭哭啼啼倒好办一些，万一歇斯底里冲我大哭大闹？或者暴烈得要上吊自杀甚至打电话叫警察呢？

我有些一筹莫展了，为我与她的交锋设想了很多可能，相当地具体，有的令我为难和紧张，有的又让我哧哧发笑，直到烟头烫着我的手指。我突然回过神来，妈的个巴子，我不就是来报复、来出气的嘛，不是刚刚跟丈夫谈好的，就是要操他老婆的吗？天经地义的，还想那么多作甚！她哭也好、跳也好、闹也好、求情也好、跟我讲大道理也好，统统都不要理会。老子代表所有的绿帽子丈夫，就是来打狠仗的，一次就顶五十次，心疼死那个狗日的。

我拍拍胸脯子，把烟斜叼在嘴角，感到浑身上下都胀大了一圈，大摇大摆四处察看，真有些急不可待要吃那报仇的肉、喝那报仇的汤了。

我走进卧室，歪着头检阅中间的大床。床单是粉红色，图案是花牡丹，我喜欢。枕头一看就很软和，我也喜欢。床头柜上，有一小瓶雪花膏，我走过去，拿起来拧开盖子。不晓得是因为老婆有狐臭，还是我成天做鸭子，反正我有个小癖好，爱闻各种香味儿，尤其是女人搽脸、搽手、涂嘴唇、抹头发的各种小东西。

我在床沿坐下，把雪花膏的盖子扭开来，正举到鼻头，门锁突然轻轻地"咔嚓"一声。

我一手拿着雪花膏瓶子，一手拿着盖子，想着赶紧拧上算了，瓶盖太小，反而一滑，那盖子便骨碌骨碌滚下去。那女人站门边上，一动不动，跟我一起，听着那小瓶盖子，滚着滚着，然后停在床下某处。

眼前这个女人怎么样？好看难看？什么性格？情绪怎样？要发作什么的吗？我眼睛不眨地盯着她，却全然分辨不出那些，我甚至看不到她的五官。像有一只大麻袋连头带脸地缠裹住了这具身影，我只能得出一个依稀的笼统的印象：这是个灰不溜秋的人，也是一个毫无生机的人。

直到瓶盖子滚停之后，她才牵动手脚，不声不响放下随身的两只包。两只包都鼓囊支棱着，像是饭盒毛巾或土豆白菜一类的东西。沉默中，她换上拖鞋、洗了个手、解掉围巾，然后径直走到卧室，走到床边，坐在我边上，直接就脱起外套。

我一惊，站起来，手里还握着那只没了盖的雪花膏瓶子。

她挺快地脱掉了外套和裤子，十分疲惫似的、手脚并用地爬上床，好像这才恢复了一点儿力气，开始说话。她到这时都还没有看我一眼。她在对空气说话，脸上没有厌恶、排斥或任何别的："现在本该是我睡觉的时间。我做护理大晚班，昨晚十一点就上班了，我一人看三个，全是凌晨发作送来抢救的，折腾一夜，死了两个，活了一个。刚刚挤了四十分钟公交，又到菜场买了菜。你最好快点，我困死了。"她声音没有高低、没有冷热。真奇怪人能这么地说话。

看我不动，她愣了一下，继续，语速加快了："你不是三点半要走的？那个，你是要我洗一洗？我在医院已经冲过澡了。喏，头发还潮的。开始吧。"她就像倒茶待客、打发叫花子似的，一个劲儿地催——趁还有热气喝了就赶紧走吧。

就这样吗？这真是杨副经理的老婆？还是他花钱打哪儿雇来的女人？这么没皮没脸的。我这叫什么报复！这还出什么气啊！我又愤怒又吃惊，所有饱饱胀胀的都被戳了一个大洞。

哪里出了问题？我想不明白！事情还是那个事情，一点儿都没有走样：我跟她丈夫说好了，显然她丈夫也跟她说好了，此刻，她正在等我睡她。本来不就是这样的计划嘛。

女人继续脱衣服，我眼睁睁地看着。她脱到上面只剩棉毛衫，下面一条碎花短裤，然后掀起被窝坐进去，并把衣服叠放到床头柜。我突然闻到，她刚脱下的毛衣上有一股香气，正是我刚才闻了一半的那雪花膏的味道。

我挺不是时候地想到了我老婆。我说过，她有狐臭，我也说过，我不在意，反而为此更加疼她。当然，我也必须承认，有狐臭的人，最怕的就是刚刚脱下衣服的那一刻，胳肢窝张开，捂了一天的汗腺像猛地炸开来的气球，啪的一声，连我这个弄鸭子的都能给熏得一缩头。眼前这个女人，应当是香的。可是，多讨厌啊，她那豁达又十分麻木的样子，令这个香，简直就臭了！

我仍然一动不动。女人有点慌张，但随即调整了一下自己，她使劲笑了起来，先是干干的笑，随即变得欢快，"咯咯咯"，近乎清脆，"还不好意思？你知道我们做护理的见过多少男人吗？老的少的半死不活的，天天替他们擦身接导尿管。像膀胱癌，导都导不出来，还得按摩呢。咯咯咯。"她把枕头拍松，让自己躺下去，刺耳地大声感叹，"我实在太困了！跟你说，我最多再等你几分钟，等会儿我睡着了你可别怨我。不过，咯咯咯，我睡着了也没什么影响对吧。"她的语调突然间轻浮而夸张，听了简直想吐。

我往后退了两步，离床稍远一些。我可不傻，我晓得她不是当真那么累、那么瞌睡，这算是她特地设计的一种落落大方，以尽可能地加快和推动进程。可这个蠢女人，她把这事弄得多瘆人多令人恶心啊。

我现在有点记挂那只被我砸碎了、又打扫到垃圾桶里的挂钟了。要是它还好好地挂在那儿多好，我就会上去把时间往前调，调到我刚刚冲进门的时候，调到我摔东砸西的时候，调到那狗日的跪在我面前提出若干好处让我随意挑拣的时候——我不是说我后悔了。我只是想说，我非常地记挂和想念那只钟，想念它曾经所指向过的时间。

"我晓得了。你不是不好意思。"女人突然瞟瞟我的下身，眼神脏得像一口痰，我下意识地缩了缩。她捏着嗓门发出一个兴趣盎然的提问："你晓得我男人是怎么搞你老婆的？嗯？"

这些细节我可没打听。我也不打算谈这个。

"在夜班搞的！天底下所有的夜班都是这样子的，管床医生和实习医生搞，护士和值班主任搞，女医生和副院长搞，只有我们重症护工最滑稽了，整夜整夜守着有出气无进气的植物人……国营布店嘛，跟国营商场一样，到九点关门，值班领导也要值到九点。实际上晚上顾客少得很，随便哪个营业员消失个二十分钟半小时的，谁管得着呀。"她不停气地说，好像一停就会卡词，"泰昌布店的后场，别的东西没有，布匹料子到处堆得都是，哪里都好搞！仓库，旧柜台，过道。他有所有仓库的钥匙。你想想，多方便哪，布料卷那么高、又大又软，怎么搞都舒服。他看哪个营业员空着，就一招手，喊去谈思想工作……"

我想起来，我那次拿人字呢布料时，去过泰昌布店的仓库，里头确实暗乎乎的，挤挤挨挨，曲里拐弯，一股子陈年布味。这会儿经她这么一说，我眼前突然清清楚楚地出现了我老婆，她光着两条大腿，被杨副经理挤压在两大捆布卷子中间，杨副经理连衣服都没脱、照旧的衣冠楚楚。他非常便利非常随意地在搞，一会儿把我老婆的腿架得老高，一会儿又让她背过身去，同时还十分自如地在谈服务态度、谈劳动竞赛、谈标兵评比。随着杨经理的节奏，一个挨一个的大布卷子肩并肩颤动着，像手风琴上的键盘一样慢慢地斜过去，发出无声的伴唱。

他妈的我不要看到这些。这死女人说这些干什么，还嫌我们不够丢人的吗？神经病，再不闭嘴我要抽她了。

她短促地咮地一笑："哼，总算有一个丈夫，上门找他算账了！"她看着我，像有几分感谢。不过这谢意很短，她猛然惊醒，掐了自己一把似的，高高掀开被子一角，向我招手。不知什么时候，她已经把棉毛衫和内裤都脱了，光光的身子一闪，相当地刺目。我注意到，她的腿弯曲着、向外打开，十分对称。她已经做好了姿势，像一只腌透了也风透了的白板鸭。

想到鸭子我便又记起时间来，我不晓得已经过去了多久，老天爷呀，我一定要准时赶回去的。在鸭子生意上，我有很强的好胜心，哪怕就是一个下午，我也不愿落在尹记、程记、陆记或任何一个记的后头。这些年，就算割阑尾、腿跌断、老家里奶奶过世，我的"徐记鸭"都天天开张，只有正月里我才歇上五六天，但只要街面上一起市，我必然是所有鸭子店里第一个开张的。这是我的吃苦处，也是厉害处，多少同行对手，只要提到这一点，都是自愧不如、十分服气我的！

这么一想，我命令自己必须振作起来——这不是好不容易才想出的妙计吗？哪怕眼前真的是一只板鸭，我也得上。做不完这事我就出不了门。

我开始脱外套脱裤子，并学着她，把衣服放在床头柜上。我刚一躺下去，她就主动上来圈住我，胳膊很凉，身上那股子雪花膏味道更浓了一些。光线明亮的房间里，我们像一对毫无廉耻、自暴自弃的老夫妻。她放松下来，打个哈欠，腮上显出一团红晕。我终于能够看见并分辨出眼前这个女人了：她白瘦矮小，头发稀疏。谈不上好看，但神情伶俐、一种自抛自弃的伶俐。

她搂近一点，以避免与我对视，同时蹭蹭我的耳朵，好像我们真的很亲热一样："我每天晚上出门，他才下夜班回家。我每天这个时候回来呢，他正好午休结束走了。反正我们在床上从来碰不到的。我天天下班回来都洗得干干净净，我都嫌我洗得太干净了……"她请求般地看着我，好像这样一来事情更加合理了。

我给她说得心中一阵酸痛，差点儿也回搂着她。可我忍住了，并随即为这阵酸痛而深感屈辱。这女人竟然还跟我聊天、谈心！我差点儿还可怜起她！真是的，她疯了我也疯了吗？

我把她推开，推远一点儿，强迫她的脸正对着我的脸。我盯着她的眼睛——她立即满面春风地冲我一笑，好像压根儿不在意我们眼下这件事的来龙去脉，就快快活活地准备着要跟我好好干上一通了——这演过了火的虚假像大粪一样令我难以忍受。更难以忍受的是，在她的眼里，我看到了我，一个跟她差不多的、正在咬牙苦撑的人。

我不禁想到我们四个：杨经理，我老婆，她，还有我。这当中，我是吃瘪受害的，她呢，也可以说是没有大干系的，但现在的结果，反倒是我们两个，在受这种冷冰冰、难看极了的罪。

我发现我根本没有办法操得起来她、一点儿办法没有。事情砸了。

我干巴巴地望着她，还有她眼里的我，一边飞快地倒回去想，快进慢放地想了几趟：看看，这整个中午，前面的进程虽然乱糟糟，但挺带劲的，就像个大气球似的，吹得鼓鼓的！莫名其妙的拐点就在这个灰扑扑的女人身上，这个臭不要脸的！这个软绵绵没性子的！从她一出现，就戳破了、漏气了、走样了。怎么会这样我也说不清，但毫无疑问，是她坏了这整件事！真是太可恶了。如果说我原来最恨那奸夫的话，那这会儿他要排第二了。

女人一无所知，继续吃力地骚情着，甚至爬到我身上，半瘪的胸脯像两只受伤的鸽子一样，软软地落下来："他刚才拦下我，跟我一说，我二话没说就满口答应了。我愿意和你睡。你是哪个营业员的男人也好，大马路上随便一个男人也好。可我刚一答应，他反而就手打了我一个耳光。你看，我耳根到脖子这里，全是印子，他是真下了死劲。"

她指引着，把我的左手带到她脸颊和脖子那边。真的，是有点红，还能依稀看到三个手指印。她伸长脖子让我看，我发现她的脖子又长又细腻，弯成了一个还挺好看的弧度。我轻轻抚摸那三个手指印，并慢慢扩大区域，抚摸到她整个脖子，前后上下的脖子，非常轻地抚摸。

她的眼睛突然红了，像只家兔，她用她的红眼睛看着我，里面慢慢注满泪水。我想起我店铺边上有家卖熟食的，专卖驴肉、兔子肉、风干鹌鹑什么的，他送我兔子头下酒，我从来不要。她把我的手往下面的胸脯上拉，可是我不去。我只是反复盘桓在她的脖子边，她颤抖着，像大风中快要掉落的树叶。

"你的脖子，挺好的。"我同情地说，并突然意识到，这是她进屋以来，我跟她说的第一句话，当然也是唯一的一句。

我一开口，她立即明白到：我不想要她了。就算她起劲地这么吆喝叫卖了一大通，还是没有能够促成此事。我不要她。

她定在那里，随即无声地滑下去，身子紧缩，流失掉了残存的水分，彻底干瘪了。好像我的不要她，比她丈夫的不要她，更加屈辱似的。好像是我给她雪上加霜、打了最后的这一闷板子似的。这算什么道理呀，她模样越是可怜我就越不耐烦越是冒火了！

　　但这蠢女人不认输呢，她挣扎着侧过身去，并迅速替自己找了个台阶，这也是她一进门就替自己铺好的后路："反正我也瞌睡死了。早撑不住了，那我先睡了。你走时把门带上。"她的头突然昂起来，停在半空，用最后的余力笑了一下，好像司空见惯一般："咯咯咯，其实我早就料到的！你跟我老公一样，也嫌我太老了。肯定的，我没你老婆年轻漂亮嘛。这个，我就没办法了。不过——"她终于彻底地倒到枕头上，不动了："我们，就当是睡过了。"

　　她这么来了几句，反倒让我有点感触，甚至有点儿尊敬过来：看来她不是那么地不要脸，只是一直在用不要脸的方式要脸。只是吧，她最后的建议，跟我所想的，略有一些差别，但也不是太大。

　　是的，我突然冒出来个主意，自动想出来的，像地上冒笋子、像手上长指头那样的，自然而然就想出来了！挺像样的，可以把眼下这搞"砸"了的计划，又补救回来！

　　我头一回主动地搂住她，从后面圈住她两只凉凉的胳膊，同时，另一只手向床头柜伸去，在我的那堆衣服里，轻易地就摸到那把又薄又轻的片儿刀，像对付麻鸭似的，给她来了那么一下子。当然，她的脖子到底不是鸭脖子，要稍微费一些事。

　　出于习惯，我把她往床边挪了挪，让她的脖子侧过来，悬空在床沿，尽量不要弄脏床单。她的血开始往外淌，但并不很激烈。我还来得及跑到卫生间，拿来一只看上去比较干净的瓷盆，接在下面。

接下来，我很是忙了一阵——这是妙计的核心，并且也符合她的建议——我把她床头的毛衣衬衫和被子里的乳罩内裤等，像撒种子似的，从客厅到房间，扔得到处都是，像是搏斗中扯下的，有的还用力撕坏。又把床单弄得非常地凌乱、遍布秽迹。接着处理她本人，把她身上关键的器官以及一些特别的角落和部位，都尽可能地折腾了一大通。折腾成我想象之中，一个女人被一个大流氓头子、被一个烧红双眼的男人狠狠搞过之后的不成样子。我想我做得相当不错。我是有经验的男人。再说，在她还没有回家之前，我不是还设想过很多疯癫的细节，并搞得自己很胀大的不是吗？我还想起中午稍早一些时候，那位杨副经理曾表扬我"有智慧"的，也许他是讽刺，其实我真是有的呀，到这会儿我就发挥出来了！我甚至顽皮地把她的腿，摆成她早先在被窝下面准备成的那个姿势：对称地向外弯曲着张开，像腌透了又风透了的咸板鸭。

这个过程中，女人的嘴里不断涌出带沫子的血来，她还没有完全断气，但说不了话。她尽量地睁大眼睛追随着我，我忙得没有时间去仔细看她。我想她不会怪我的，她不蠢，又那么要面子，她会明白的，我在做一件无比正确的事：我这是在帮她。这个被反复背叛反复抛弃、谁也不要、包括她自己都不要自己的女人，真不如死了的好，不是吗？

然后我就一直坐着，等她断气。

出卧室时，我回头又看了一眼床上的她，看了看整张床。我很自豪，真的干得太漂亮了。

意外地，我发现了那只雪花膏瓶子的小瓶盖儿，原来它刚才滚啊滚的，就停在了靠外面的这只床腿处呢。我又退回去，捡了起来，仔细把瓶盖儿扭好并放回床头。还顺便重新嗅了嗅这雪花膏：好闻。

然后，我穿好衣服关门走了。大街上，路过一家修钟表的，那老板我也认识，我聊了几句、问了下时间，满意地得知才三点一刻。什么事儿都没耽误。

我照常开了张，跟小伙计搭手卖鸭子，并一如既往，六点不到就卖得精光，空荡荡的玻璃搁板像往常一样在罩子灯下泛着油光。嘿嘿，这个时候，尹记家还有四五只呢。

打发走小伙计，我拿出特意留下的半截鸭颈子，很慢地有些舍不得地啃起来，一边胡思乱想。

徐记鸭。徐记鸭。老主顾们说得没错，我一直是有这个雄心的，以我的吃苦劲儿，总有一天，我会把"徐记鸭"做到水西门的头块牌子，做到南京盐水鸭的头块牌子，把分字号开到湖南路开到夫子庙开到新街口，让南来北往的客人都能斩上半只带到火车上啃，他们肯定都会喜欢的。可惜了。

我老婆呢，不用多想，她会悄没声息离开泰昌布店——我死后第五年，泰昌也倒闭了，谁还傻乎乎地扯布料做衣裳啊。而等到这件事落上灰、蒙上盖子、再没有人在意了，她也会悄没声地改嫁。我真的没有难为她，她日子照样能过下去的。

我更多的是想着杨副经理。怎么说呢，重温我与他交手的各个细节，我也有点不大开心。我想到了一个可能性：那个胆小如鼠的龟孙子，会不会故意讲七讲八、其实是一路把我往这条道上引？这样一来他最为安全并且影响最小，甚至，杨副经理还料想到，我可能睡不成他老婆？总之他早都算计好了，他什么都不亏。

——不！我立即反驳自己，整个过程，不都是我在做主、在不断威胁并控制一切的吗？是我自己亲口拒绝了他的四条好处，是我不屑于杀他，更不屑于告发他，并一步步谈判到这个绝佳之策！我坚信，绝对没有一个男人愿意把自家老婆给别人睡的。整个水西门二道埂子一带包括全南京全中国全地球的男人也都会这么想的。我必须消除对杨副经理的任何怀疑。这个怀疑，哪怕只有一丝丝，对他、对我、对所有的男人，都是最大的不公与污辱。

再说，关于我是否睡成他的老婆，哈哈，想到这个我忍不住就要放声大笑了！等事情一出来，水西门整条街上，岔路口的另两条街上，包括我的左右铺子，我的安徽老乡、尹记程记与陆记鸭子店的老板、我的老主顾们，那些小混混小杆子，人们所重点传诵着的，都会是我的凶残、暴烈与创造性的复仇。没有人谈论那个姓杨的如何睡了我的老婆，人们谈的都是，我如何睡了他的老婆！尊敬的杨副经理兼工会主席有一点说得没错——在多次的交代、调查、审判以及街头巷尾的传播之中，我会睡了他老婆几百上千次。我就此摘掉了我的绿帽子，端端正正地戴到了他的头上。

至于那个女人，是啊，直到我被抓起来、被执行，到临死之前，乃至到现在，多少年过去啦，我偶尔也会想起那女人，她最终，明不明白我的好意呢。反正我一点儿不后悔我对她做的事，包括没有做的事。就算把这整个事情回过头再来一遍，我还是会这样干的。不过我会跟她多讲一句话："你呢，倒是有一条：比我老婆香多了。"当时没有告诉她，让她好歹高兴一下子。这个，倒是后悔的。

2014 年

拥 抱

上

"40 号！咱们可是打一毕业就从没见过，怎么会突然约我？"
她一坐下来就率直相问，他是体育特长生，在校期间两人并无任
何交际。她有意用学号指代。

"老同学嘛。"答话带着一种被生活压榨过后的紧凑。他的肢
体依然葆有篮球中锋的结实，只是体态明显下坠，最令她惊骇的
是他的头发，白了，剃得很短，如顶着一头薄雪。

"考考你，也记得我学号吗？"她设法拖延。毕业后他也从不
参加聚会，这约会着实莫名其妙。

"13 号。"他简单作答，像急于通过这个口令，"你变化太大
了，在手机上看到，真不敢认了。"他提到那段视频。前几天，大
家去看望一个得了绝症的老同学，随后聚会，喝得比平常更为放
肆。23 号还录下聚会场面传到同学群，证明彼此还"活着"。那
段视频里，她是挺出色，新买的一套碎钻首饰，特别亮。

"总是要变老的嘛。"她自信地，乐于这个话题。她知道自己
比学生时代强多了。这些年，她总有种弥补的心态，大半的钱和
精力都花在"外表美"上。

"不是不是。你头发这样弄，这种不对称的裙子，丝巾这样绕

在脖子里……很，很有气质。"40号摸摸鼻子。这动作跟从前在球场上一模一样。球中了就狂拍胸口，不中便懊恼地摸鼻子，女生们既希望他投中，又想看到他摸鼻子，并且都认为他摸鼻子时眼睛是盯着自己的。她不记得自己是否加入过那样的争论，她那时太像好学生了。唉，少年和少女们哪。谁能想到，这会儿，他可是专门对着她一个人在摸鼻子呢。

"丑人多作怪罢了。"一阵虚幻的快意，她随即冷静，得啦，他准是为着什么具体的事。她在晚报做到编委，同学当中，算是个"有用"之人，"你该跟大家经常走动的，互相……"

"我不喜欢聚会。是我的问题。"他迅速认错。

"聚会嘛，无非就是吃呀喝呀、瞎胡闹、发酒疯！"她也替他解围，"就这一次，我还提前走了呢。23号喝太多了，居然建议大家要一个一个抱。喏，他这样。"她模拟口舌不清的醉态——不容易啊，吃一顿少一顿咧！见一面少一面咧！抱抱，一定要抱抱。男男抱，女女抱，男女更要抱。（掰着手指头、眼皮向上翻着）请听题！如果在座每一个人都要抱到另一个人，那么我们总共要抱多少次？还记得我们学过的等差数列求和吗？NX（N+1）÷2！还是 NX（N-1）÷2？

"呀。"他礼貌地反应着。

"也不知道他们后来有没有互相抱抱，反正我一听就挺排斥，假装接个电话提前跑了。你别误会，我不是保守。现在谁还拿拥抱当回事儿，再说大家这么多年同学，抱抱也没什么的，只是……"她突然住嘴。近来老这样。得警惕，女人话一多，就显得可怜。

他替她续水。

"要是你在呢？"她看着他的手。记得他能一只手巴着篮球向下，走来走去不掉。

"什么？"他没跟上她的话。

"你在的话，会不会……挨个儿抱？"

"没想过。可能，随便吧。"他含糊地。

她挥挥手，讲解员似的，忍不住要纠正某个概念："其实，真正的拥抱很难的，可以说是罕见的。我是指那种自然到来的，山洪暴发、非抱不可的拥抱，像要死了一样地去抱紧另一个人——嗳，我这样说话你不会发笑吧——我是觉得，只有这种情况才是值得抱的。所以我极端反感那种社交式的、平均主义的拥抱，像随便拉个手！"又碎嘴子了，她举起茶来堵嘴。对40号讲这些干吗，他也许马上就要谈起什么新媒体合作、替上司的小孩发表狗屁秋游作文。

"我今天是……"趁她喝茶的工夫，40号终于开口了，某句话明显到了嘴边，舌头却又偏了，"你看我，都忘了问问，你各方面都还好吧？"

"报社这边嘛，老资格了，就是签版总要值夜班。反正睡眠也不好。"他只是听着，"父母还在老家，身体不错。我一直没要孩子，"他不动，"嗯，先生被外派在韩国，好几年了。"这也是她在同学间所透露出来的全部信息。实际上，跟先生一起出去的，还有一位女经理，也已婚。但双方所涉四人的态度是一致的：没人打算为此离婚。都嫌麻烦。

40号点头，随后交换他的情况，有点急迫："我还在体育局，业余替石化厂带一支队打比赛。我一个人带着儿子。"他暂停，也留意她的反应。

她稍感安慰，起码到目前，40号不像是要谈公事。他是班上头一个结婚的，据说新娘是个平面模特，但肚子把婚纱撑得像帐篷。

"儿子两岁时离掉的，我从没跟同学说过这事。儿子今年也十八了，虚岁。"他再次停下，像个缺乏经验的谈判新手。

"那不容易啊。"她被他吞吞吐吐的样子弄得有些慌。莫非40号知道她的婚姻实情，他对她有那种想法？这么郑重其事地约她，还一条条地交底儿？她心里不争气地涌起波澜，忙垂下眼皮，用眼睛以外的感官重新推测他的来意。

有一条是肯定的，这里头没有旧情，最多是身体之需，他一直耗到儿子成人了才采取行动。谁没有身体之需呢。可这种需要常常是悲哀而封闭的，比如她。她接纳不了一夜情。恋上一个小伙子？更做不到。年龄相当的男人，又得靠年轻女孩才能激起他们垂危的性能力。某种程度上说，40号与她，不算太离谱，他们一起度过青春，彼此了解，他们都讲究实际……她控制住不脸红、不流露出心知肚明之意。

"你知道怎么回事？"他突然提一大口气，像要扎个猛子下水，"我儿子有病，两岁时发现的，自闭症，或者叫孤独症。听说过吧？就因为这个他妈妈才走的，那半年最难挨，几次我都想跟他一块儿死。我不怪他妈妈，要是我先开口，那走掉的就是我了。家里真像个冰窟窿，我到现在还想走呢。"他流畅地说着，并无痛苦，到末一句还稍带笑意。

"知道的。愚人节后一天，四月二日那天就是'自闭症日'。"好像抢答比赛，她恨不能举手。怪不得他从不参加同学会。看看，他剥掉多少层洋葱，一直剥到最里头的芯子上了。真要好好对待了。她心里晃荡得不行，无数个僵死的夜晚如大车轮辚辚地在心上碾过。他是怕她嫌弃？孤独症不碍的，再说都十八岁了。她在脑子里尽可能搜索，像谈论天才："听说有的生下来就会画油画？有的听到一首曲子就能分毫不差弹出钢琴，还有的能从头到尾背出电话号码簿？"

他嘴角皱一皱，感谢她知识面够宽："那是高能型的，我家儿子没那些本事。他就喜欢坐个电梯，我带着他，把全南京各处高楼的电梯都坐了个遍，上去了下来，下来了再上去。对了，他还特能认路，随便去哪里，都能画出一张线路图，我对照过，尺寸比例大致准确的。下次再去同一个地方，他就会指东指西。"像任何一个父亲一样，他有些滔滔不绝了。

"你啊，了不起。"她钦佩了，明白了他这一头的薄雪。跟他比比，活跃在聚会上的那些男生，显得多么薄情啊。她甚至觉得他有点儿像高仓健演过的什么角色，那种苦难的男子汉，她真愿意去好好抚慰他！像一截木桩去抚慰另一截，她脑子里晃过他投中三分球之后的得意模样，心里一阵转弯抹角的疼痛。哎。哎。等一等，她这是干吗，滑稽了吧，这么快就自 High 上了。要尊重自个儿，也尊重他。她突然严肃地："假设一下，那天你要在聚会上，估计你也不会的。"

"不会什么？"40 号再次茫然。

"不会跟每一个人拥抱的。"她耐心地又描绘了一遍当时的场景，23 号的提议，还有那些跟着起哄的男生，"你跟他们不一样。"

"这个……"

她从包里摸出烟。在外面很少抽，怕人家看不惯，"要吗？"像问老熟人。

"我这里有。"他眼里闪过什么，不是反感。他为她点火，随后自己也抽上了。他也需要松弛一下。

"离不开这口了，多少次发狠，总戒不掉，害得我每两个月要洗一次牙。算算都五年了，从他到韩国去抽上的。"不管了，她想说，"他有别人，我没有。你，是不是早猜到了？"

"我没有猜。我跟别的女生打听时……"他顿了顿，"估计她们并不清楚，只是瞎猜。"

她喜欢这个词，"打听"！他老早就在准备这个约会了。她更坦诚了："我向你承认，其实我想要拥抱的，比他们哪个都渴望。五年了，除了体检，没人碰过我。而体检，你明白吗，医生会检查颈部、搓揉腹部，会仔细地排捏乳房，还往那里面伸东西，长夹子一样的玩意儿，提取……那总让我特别地紧张，情绪崩坏。很丢人。"烟太细了，不经抽，"因此我无法忍受23号那个提议。要不是提前走，估计我都能翻脸。他们压根儿不会理解的。我敢说，你跟我一样，接受不了的对不对？除非你现在还有拥抱？"她盯着他，语气不容反驳。

40号把烟灰缸往她这边推推："没有，哪会有？记得好久以前，我最大的心愿是能抱抱我儿子。可一抱到手上，他就把头扭开，身体往外拧，浑身都架着，像个随时会散的泥人。不要说抱了，连好好看一眼都难，他眼珠对不准人的。估计在他眼里，我都还不如一只绿茶杯呢。他从小用绿茶杯喝水，到现在，就只能用绿色杯子喝水，到哪儿都带着。"他像在说一个笑话。"不过，"他犹豫着，看她一眼，"最近这两年，我能感觉到，他想要抱了，不是我的抱抱，而是你说的那种，男女间的拥抱吧。就算他有病，也懂的。他发育了。"他声音带点羞耻。

"男孩子嘛。你呢，一直没有过女朋友什么的？"她把话题从儿子身上扯回来，"我只是问问……"她晃动手里的烟，表示并不在意，随便什么也不影响这个清晰的事实：二人处境相同，他那个家是冰窟窿，她这边也一样。

他回避了："带着这个儿子，就等于一直背着块大石头。看到女人时背着，看到同样做爸爸的人背着，看到一个好小孩时背着，看到生病的小孩也背着。我有时希望我儿子是个聋子、哑巴或瘸子，你明白吗，起码他晓得我是谁。最好笑的是，我连看到一只狗都会羡慕死了，小狗还认人哪，主人喊它，'狗儿子哎'，那小东西老远就扑上去又舔又亲……"

"等大了，会好一些的。"她安慰，心里琢磨着，他不愿正面回答"女朋友"一事，正说明他很在意她。

"大了？大了！"他苦笑，稍显放肆地盯着她，看来正问到要害上，"你晓得吗，他现在个子比我都高，比我当年还要壮实。他十四岁就遗精了……这几年比小时候反而难带，他莫名其妙就会乱扔东西，伤了别人伤了我、伤了他自己都不晓得。尤其是春夏两季，我都不敢带他上街，他随时会出乱子，裤子都穿不住，没轻没重地胡乱往什么东西上撞……阿猫阿狗都能解决的，他不能。"40号扭开头，用巴掌抹了一把脸。

"我以前看过一个外国片子，里面讲到这种上门服务，专门给残障或无能力人士的。"真让人叹息。看看，不论什么话题，他都扯到儿子身上，连性欲都会从儿子说起。他大概都忘了应当如何跟女人调情。她解开丝巾，露出脖子："说真的，怎么就想起来约我了？你到现在还没跟我说说呢。"是不是有点太主动了？不，已兜得够远的了，他们这是什么岁数了呀，矜持是浪费的，浪费可耻。

40号惊慌地看她一眼，更快地移开。她有些不合适地联想着，这大概就像他儿子那种没有碰撞的眼神："我这就要说到了，是为了我儿子……"

"？"她不懂，烟吐到半空都卡住了。

"真是奇迹，从第一眼起，我儿子就喜欢上你了。他可从来没有这样过。"他理理桌子上的茶杯、打火机和香烟盒，把它们排列整齐，"就那个视频嘛，我在手机上打开，儿子也在旁边看。视频里共有六个男生、三个女生，还有 15 号张鹊的女儿，所有的男人女人小女孩，我儿子都没反应，可是只要镜头一到你身上，他就极其兴奋，伸出左手的大拇指和小指，把脸凑上去，脑袋左右摆动，他这一套动作我最懂的：他喜欢你！真难以置信，这是他头一次明确表达出对特定一个人的喜欢。就是对我，也从来没有过这样强烈的反应啊。我试验了好几次，随机播放这段视频，他每次的反应都完全一致。这绝非偶然。"40 号语气又重又急，好像这是惊天动地的发现。

她维持面色不变，幸好手上有烟，她吸了又吐。40 号这么重视儿子的意见，怎么不去约会儿子最喜欢的绿色喝水杯呢。"那你呢，你怎么看我？"

"我？"40 号惊讶了，好像早就交了作业的学生，只好又临时补充几笔，"一开始我就说了嘛，你跟以前大不一样，张鹊还是班花，她女儿也很漂亮，可是你就特别引人注意。所以我儿子才会这样的。他这种喜欢，绝对是天然的，发自本真，就是一个男孩最初的……"

"谢谢。谢谢你儿子。"她打断，担心他不知会说到什么方向上去。不，等等，还是说从一开始，他就在那个方向上？她心里突然开始塌陷，此前的各种细节一起被唤醒，加速了这种塌陷："你，今天约我到底干吗？"

"就是我前面说的这些情况呀。"他认为她应当已经明白了，"我儿子头一次对一个人这样。我就想着，看有没有这个可能，你帮我个忙。你家里人，我是指，你先生应当不会介意。嗯，我想，不是我，是代表我儿子想，就是说，你跟他……"他抬起两只手对碰，眼神如四处扑扇的蛾子，"见个面，或者说，约会。不，见面，还是叫见面吧。"他无意义地咬着字眼。

她抽烟，两口就到烟屁股了。

"你生气了？对不起。"他露出早就准备好的、无条件的赔笑，好像是他儿子刚刚冒犯了她，他只是负责追上来道歉，"别看他身上哪儿哪儿都成人了，可说到底还是个孩子，并且一辈子都是。你千万不要生他的气，除了我，谁能帮他？无论如何，不顾一切我也要试一下，我逼自己跟你见面，逼自己开口。这个想法是不是太过分？生气了就直说，骂我也成。"

"也谈不上。是刚才我有点儿迷糊了。"她声音稳定，抽出一根烟，没要他伸过来的打火机，

"我知道这很得罪你，主要大家老同学，在你这儿丢脸不算丢，你也不会真的气我。"他尽可能地把气氛往回拉，啰里啰唆地解释，"家里从来没女人，他没机会接触，尤其没那种机会，估计他这辈子都不会有了。你前面不是问我的吗，我好办，随便怎样都能对付过去，在外面花一点钱……可我儿子，绝不能的。他还是个孩子，怎么着都是个孩子。"男人也一样，话多了就可怜。

"要我做什么？"她刺耳地问，不加掩饰。

"不要！你不要做什么，哪能真的要你做什么呢。"他敏感、激动地矢口否认，像小偷胡乱藏匿起赃物，又露出一角，"我只是希望有个真实的热乎乎的女人跟他……可能的话，你。"他随时准备着被打断的样子，难以启齿，困难地用手指抹过桌面，"你，过来人了……"

她毫不留情地盯着他，不接话。

"我只是说，有可能的话。"笑容像一大团油彩，刚堆上去就开始融化，又勉力地接着堆，声调都走音了，"你一点儿不要勉强自己，哪怕就抱一抱……"

"懂了。"她终于收回眼光，"改天我跟你儿子单独见个面，说

约会也行。约——会——"她字正腔圆,像在念拼音。

"见面,是见面。"他摇头,歉疚而哀伤地纠正,丝毫没有"谈判成功"的喜悦感。

"怎么说来着,星星的孩子?这算是跟星星的约会吧。"她捏细嗓子,疲惫地笑着。再多的情绪等会儿自己一个人去慢慢消解吧,就像这些年来的大部分时候一样。她善于此道的,得去买烟,家里的存货肯定是不够了。

"'星星的孩子'!你不知道我有多讨厌这个说法,一看到报纸上这么写我就生气,怎么能打这么漂亮的比方呢。他们知道什么!"他皱着眉反驳,随即意识到,他这会儿没有权利发火,又低声弥补,"我是说,我儿子不是星星。"

"那我是。我又远又冷又孤独,我是星星,行吗?"她无谓地,一边摁掉烟头,"事儿谈完了。散吧。"

他慌忙起身要送她。她却不紧不慢补了口红、重新系丝巾、照照小镜子,最后才收起打火机,拎起包转身。

"嗯,等等。"一直在看着她的他突然跨前一步。

他这会儿离她很近,形成一种动人的身高落差,她都能看到他衣襟上的纤维纹路。她僵住,动弹不得,都没法把转了一半的身子稍微调正。她有个预感,他这是要抱抱她了。整个见面都是南辕北辙,他在谈儿子,她在谈拥抱。这会儿终于算是碰上了吗?他懂了她一点?也可能仅是出于内疚,远不能算她所渴求的那种拥抱,但她依然是愿意的……她感到胸腔里无法控制的一阵大跳,还有疼得要命的委屈与迟到的安慰感,海浪一样拍打着。

他身体也有点木,面色极不自然,声音极低,像约定一个作弊方式:"嗯,跟我儿子见面时,你能不能,戴上那对又大又亮的长挂坠耳环?就是视频里你戴的那一副。"

心跳、海浪，消失了，统统变作了狂风，呼呼的，怒焰燃炽。她强压着想要撕毁什么的念头。"哦，你儿子喜欢亮晶晶的东西？"她和气地问。没错，那天的聚会只有她戴了一大堆的头面，配套的，惹得班花等几个女生好一阵半真半假的讨伐。

"你怎么知道的？"他脱口而出，随即懊丧，挽救，"哦不是，我想他主要是喜欢你这个人，喜欢你整个样子……"

下

按照 40 号约定的时间，她来到电影院附近的麦当劳。

计划是这样的：他送儿子到麦当劳然后离开，由她接着陪他儿子一起吃快餐，然后两人一起看电影。票已买好，在他儿子的背包里。他特别说明，电影是儿子看过多遍并乐于反复观看的科幻片，他会很安静。电影散场，40 号就到电影院门口来接儿子回去。

这安排简洁大方，并无令人不适的成分。她认为 40 号已预先调低了对她的某种期望。她不领情：性质还是一样的。

卡座最里头，远远地，她轻易认出了他儿子，或者说，认出了学生时代的 40 号，多么懒惰的造物主呀，太酷似了，包括额上的青春痘、微微耸起的肩膀。她冷不丁岔神了，脑子里像有个长长的滑滑梯，哧溜一下地甩到了过去，她看到干巴乏味的自己，正毫无把握去赶赴一个明显高攀的约会……天，这联想真够抽风的，她跟 40 号压根儿就没什么，事实上，整个大学期间，她从未有过任何约会。她心底一阵哀伤，并更加涌上某种忿然。她需要调整一下自己，遂转头从洗手池那里绕了一个圈子，迂回地向卡座靠近。男孩正低头在桌子上划拉着，背包没有拿下，桌子上已经摆好了一堆吃的喝的。

她坐到男孩对面，屁股下的椅子热乎乎的，显然40号刚刚点好餐离开，也许这会儿正站在街对角，拿报纸什么的遮住脸。她感到后背一阵灼痛，四肢发硬。

"等了有一会儿吧？"照40号的提醒，她唤他的小名儿。

没有反应，额上一大丛青春痘冲着她。

她敞开外套，露出项链，如果加上耳环、工艺戒指、水晶手镯，亮闪得简直像百货橱窗了。她甚至可以在脖子上挂好几串链子、同一只手上戴好几个戒指——她有的是这类真真假假的玩意儿，一到大小节日，哪怕是不相干的重阳节，她都能赌气般地添置上一大堆，一个比一个亮闪。某种程度上讲，这男孩子能看中她，也算是知音了。她冷冰冰地自嘲。

男孩还在纸上画，隔着桌子看，纸上是一团乱麻——这就是40号所夸耀的线路图？还比例准确？她伸出手去，随便指着："这条线，通往哪里？"

"去象波乌嘟。"男孩拧起脖子，抬头看她，或者说，看向她这个方位。他浓眉俊目，眼神飘如闪电。嘴巴打开的方式过紧，吐字走样。"什么？我听不懂。"她不客气地皱眉。男孩又说了一遍，更不清晰。

她想起来路上一瞥而过的建筑，试探："气象博物馆？这条路通向气象博物馆？"她心里一软，语气带上了虚假的鼓励，好像男孩发现了美洲新大陆，"呵，你可真厉害。"

没有回应，男孩举起一只绿色塑料水杯喝水。水杯很旧、满是划痕，应当就是40号所说的那个。喝水的男孩头部保持着抬起的姿势，一边盯着她的左后方，眼珠像黑弹子那样不断地移动，她能感觉到，黑弹子一会儿移动到她的耳环上，一会儿到项链上、手镯上。她突然一阵害臊，在十八岁男孩的眼里，自己真是太粗糙了。没有发亮的皮肤、发亮的眼睛、发亮的头发、发亮的牙齿。她只是一个挂满发光玩意儿的替代品。

她情绪猛然恶劣了："你爸爸介绍过我吧？同学，比他小三岁，我算算，那就是比你，大二十二岁吧。真老啊，能做你妈妈了，嗯？不过我没孩子，不知道做妈妈是怎么回事。再说，哼，你爸爸的意思可不是……"她发现自己又碎叨叨了。止住，放慢语速，敌意地诱问："你知道，你爸爸为什么让我们见面……约会？"

男孩喝完水，挺仔细地把绿水杯的盖子拧好，用掌心盘弄着，心满意足的样子。

算了，孩子知道什么。她沮丧地喝一口可乐，已经温吞了。又一根根拈起薯条，蘸上番茄酱，机械地往嘴里送。男孩留意地俯视她往返移动的手，眼光渐渐变得锋利，像老鹰从空中瞄准似的，她正惊愕着，男孩突然十分准确地伸手过来，一把握住她戴有戒指的右手，力气很大地扯到他那边，把她食指上的那枚装饰戒指，紧紧贴到鼻尖儿上去。她都要半抬起身子，并尽量伸长胳膊，才能配合上男孩。

她没法生气，反而有了小小的成就感：男孩笑了，冲着她的戒指。这是她在他脸上见到的第一个表情，挺不错。她突然理解了40号谈起儿子的那种语气：疲劳，又夹杂某种小心的感恩。

男孩的手指匀称，没有分寸、没有时间感地托举着她的手腕，眼神带着研究者的纯真，像拥有一个特别的探测器，通过凝视这枚小小的戒指，他穿行于渺茫的太空。

她嘴中发苦而又心神摇动，感到自己像一尊被求婚的雕塑。是的，求婚，她真的想到这个，动作很像不是吗，连戒指都符合。她心里大声嘲笑着这个联想，可另一个自己，却像个馋猫似的，极不得体地反过来也盯着男孩：从来没有看到过这么单一的、实心实意的眼神，就好像她的手是世界上唯一的宝贝。她心里涌起一阵荒唐的柔软感，简直想放肆哭泣。她觉得她白白年轻了，然后又白白地老了。从没有一个少年曾经这样对待过少女时期的她。

她小心地调整姿势，尽可能地对准座位侧上方的顶灯，以让自己全身上下的饰物，尤其是手上的戒指和水晶镯子保持熠熠的异光。她要和男孩一起，专心享用这一段无垠的停滞。她几乎忽略掉背后那可能存在的目光了。

手机突然来了消息，40号的提醒。她看看时间，的确有点迟了。

"怎么去电影院？"她指着纸片上的乱麻求教，像不认路的笨女生，她有点喜欢这种假扮。男孩瞅瞅纸片，这一只手仍然抓住她的手，另一只手抄起桌上的绿杯子，起身就走。她猝不及防，刚好来得及拎起包跟上。男孩手上没轻没重，手镯被他捏得嵌在腕上，有点疼。他带着她，穿过卡座、绕过洗手池，再走过收银台，赶火车似的出了麦当劳。

男孩笔直地沿着步行道上的砖头线往前，他个子比40号还要高出半头，步子迈得很大，她被拖曳得几乎小跑。他们把大部分的行人都甩在身后，速度形成了一股只属于他们的微风，她感到她的头发、长耳环还有丝巾，都小幅度地飘了起来。她用余光觑视着左右的建筑和车流，以及三三两两闪过的路人，心里不知为何涌起一股轻浮的甜蜜感。可真有点儿像个，约——会——

如定点雷达那样精准，到电影院正门口，男孩猛然刹住脚。电影院刚放出来一大批人，如混浊的潮水向他们冲来。她拉紧男孩，不由自主地倚着他，两个身体的定力总归强过一个。男孩听任她靠着，他正越过人们的头顶，咧嘴看着左上方的一个时钟显示屏，里面有一只不停转圈的公鸡，不用说，亮闪闪的。她也看看，哎呀，还有五分钟就要开场了。"我要去一下厕所。"她说。

男孩像接到新的指令，四面看看，线路图立刻生成了。他沿着地上的一条大理石分界线，目中无人，穿过拥挤的人丛，在游戏大厅侧面的通道深处，他站住，松开她的手。她一抬头，哈，男厕所。当然边上就是女厕。

她其实不要小便，她是来洒香水的——这是她原先的打算，一个模模糊糊的打算。出门前，她心里有两个矛盾的方向：一是该表现得特别女人味，肉感和奔放，如40号那未曾明说的诉求；可另一方面，她别扭极了，怎么也不愿承担那种人道主义的"性启蒙"角色。相对应的，她身上带了两种香水，一瓶法国玩意儿，配方精密，说是含有"力比多密码"，就差写上"催情"二字了。另一瓶是男用香水，是先生扔在家里的，大概都过期了——如果不想在黑乎乎的座位上发生尴尬，她自作聪明地想着，男用香水也许具有屏蔽作用。

可现在，她的想法有些变了，不是非左即右了。刚才那手牵手的一路小跑，使她的心情有点焕然一新，这个"星星的约会"已不是为了40号或男孩了，倒像是为着她自己了，这是一个漫长到完全变形了的弥补，对应着她整个少女时代的亏空。

她装模作样拉开一间蹲坑，蹲进去，以便好好地考虑香水的事。唉，她怎么就没有带上那瓶茉莉花香水呢，国产的，特别便宜，她夏天洗完澡时喜欢洒上一点，那是她理解中最接近纯真的味道。瞧瞧，现在这可怎么弄，喷哪一种都不对。脚下的池子散发出便溺的腥臊，真担心自己被熏得一身味儿。不行，还是得喷一点。她手忙脚乱地把两个瓶子都掏出来，脖子、手腕、耳部，一切挂着闪亮饰物的地方，分别都喷了一点，像调酒似的，先喷两分"力比多"，再喷三分"过期男用"。真希望它们会化学反应起来，最终挥发出她最期望的那种茉莉香啊。

调酒失败。她刚从蹲坑一出来，就猛地打了个喷嚏，她自己都被这过分浓郁的味儿给冲着了。洗手池边有个女孩、真正的少女，一边接手机一边用手捂起了嘴巴，但愿不是因为她这一身可怕的味儿吧。她站到镜子跟前，下意识地补补妆，随即又拼命擦拭：该清淡一点才对，她甚至想统统摘掉身上的珠宝挂链，随即又醒悟：她正得靠这些，才能让他"看到"她呀。

男孩挺拔地站在厕所门口原处，专心摩挲着手里的绿杯子。她有点不自信地走上前，男孩的眼光像一把沙子，散漫地迎面掷来，像从来没见过她。她愣住了，明知他本就这样，心里还是一下硌住了。她扭头径直往饮料售卖机那边走，一边骂起自己，都出了声音："搞笑了，搞笑。神经，神经病。"男孩跟着她，她瞟一眼，冲男孩泄怒，谅他也听不明白，"你说你爸爸多滑稽呀，你不是皇帝，他也不是太监。这算什么呢？我看，他在家整天净琢磨这些事儿对吧？哼，都跟我一样了。"她气呼呼地顺便讽刺了一下自己，"你倒是说说，你真喜欢我？喜欢我这样的女人？活见鬼了。我看你眼里根本就没有人，更别提女人了。"她掏出一张皱巴巴的纸币，上下找着售卖机的投币口。

一只绿杯子突然伸到她眼前，定睛一看，是男孩的那只宝贝旧杯子：他给她喝他的水。男孩子两眼正朝着她，朝着她的耳环、项链、手镯等。

这次轮到她的眼神沙子般散落了，接过杯子的手都差点儿发抖，好像此前这半生从没有接受过这样大的恩惠。她竭力镇定地拧开盖子，咕咚咚喝了几大口，差点儿呛着。她已经不能够适应，长久无人的空谷里突然传来并非幻觉的回音，哪怕出自于无意识。

她平静下来，想起了电影，转到男孩后面，从他背包上方放耳机的那个口袋里，摸到两张电影票。F 厅 9 座、10 座。

"去 F 厅。"她试图恢复男孩的主导感，继续由他来牵领她。

男孩呆滞不动，没有反应。看来 F 厅他没去过。她只得在前面了，一大圈又找又问，竟然在另一层楼才找到。"这是高级订制厅。"引导员用私密的口气介绍，暗中瞅瞅她和男孩，伸手做出"请"的姿势。电影早开始了，正是夜景，屏幕内外都黑乎乎的，只有零星的脚灯像星星，是啊，像星星。她记起这个被 40 号痛恨的比喻，一边竭力辨认。这一看，她吓了一跳，全是两人座的独立包厢，大靠背大扶手的超宽尺寸沙发，简直像一张张被帐幔围起的大床。屏幕上突然切换成白天，借助闪动着的反射光线，她看到一对对男女半躺半搂。最近的四只没穿袜子的光脚正绞在一起蹭着沙发布，粉色的沙发布。

她浑身一阵热汗，耳根后刺鼻的香水味加倍搅动起黑暗的空气，简直就要吐出来了。瞧 40 号这份"精心"。她拉起男孩就往后退，男孩身体挺沉，扭头留恋着屏幕上的亮点。她不管不顾地死命弓倾着身子，动作像纤夫。引导员一愣，小步跟上："对不起，开映了不好退票的。"

一直到走到明亮的大厅，男孩的步子还有些拖，鞋底摩擦着地面，发出类似篮球运动员在球场跑动的那种滑动声。放弃电影对他并无明显影响，随着她的拉拽，他脖子一会儿扭向左，一会儿扭向右，取决于哪边有更加吸引他的闪亮光源：那可都比她身上的首饰亮多了。她有些气喘吁吁，带着从噩梦边缘滑落的怨怒。略感欣慰的是，身上的鸡尾香水味儿淡一些了。

现在怎么弄？起码得一个多小时电影才能结束。她不想提前通知 40 号——她恶意地想着——就让他以为她和男孩这会儿正双双身陷于那粉红色的沙发床吧。

她拖着男孩，心虚地不停拐弯，嘴里却假装挺有主意地念叨："我们换一个地方……"男孩充耳不闻，他在忙他的。他逐帧扫描般地捕捉着视线里的光影，不错过任何亮闪闪的目标。她尝试着把脸转成与他一致的角度，攀沿着他发射出去的目光，从大厅直到大街：资讯滚动的绿色显示屏、冰淇淋专柜的雕花银器、玻璃杯里的冰块、衣襟上的徽章、金属门框、女童手里的荧光棒、转动的轮椅、外墙广告灯、一洼积水里斜映着半片阳光。世界果真是亮晶晶啊，并且只剩下这些亮晶晶，其他通通都黑黢黢的不存在。没有韩国，没有皱纹，没有同学会，没有乳房与睾丸。太好了，连她也看得入了迷，甚至感到自己的目光也像男孩那样清澈无物了。40号有没有这样陪儿子看过？别的人有没有这样看过？还是只有这孩子才拥有这份机密的荣耀？

她软绵绵地想到：也许40号有个根本性的、想当然的误会？实际上，男孩根本不需要这狗屁不通的替代性慰藉，他自有他的纯粹与完整，自给自足——是这样的吧？也许是，但愿是。

男孩突然站住，左手的大拇指与小指笔直地伸出来，像一面古怪的小旗帜，晃动着，指向前方：电梯。一架被涂抹成纯金色的电梯门刚刚打开，一堆东西拥出来——亮的眼镜框、亮的手机壳、亮的手表、亮的拉链、亮的指甲装饰——她比男孩还要兴奋，简直如释重负，好了，有地方去了！

他们不约而同地发力往电梯跑去，简直不愿多耽误一秒，好像那是通往外太空的最后一班飞行器。跑动中，她纵容自己分神，贪婪地再次捕捉那细微的甜蜜感，捕捉这种高度一致的心跳、步伐和目标，他们在独一无二的空气里以独一无二的亲密奔跑……

他们刚一踏进去，门合上了，三面都是金色内装潢，耀目的光泽互相折射，朝外的一面，则是个透明的半弧，可供观光。男孩子脸色也有了金光，像一下子加满了特殊燃料，身上有种说不清楚的力量。她看看楼层数字键，最高的35层已经有人按过了。她打定主意，就这么坐下去吧，35层，1层，35层，一直坐到电影散场。

进进出出的人们像调料一样，一会儿撒得极稠，把电梯间变成了一锅气味复杂的浓汤，一会儿则变得稀淡，寥寥三两人像小点数的骰子。她和男孩早就被置换到了最里面，可以很方便地"观光"。但男孩显然毫无兴趣，他背朝着弧形玻璃，严肃而机敏地来回巡视着楼层指示灯与呼叫数字键，好像这一切完全依赖于他的视线在操纵。人们进出，打嗝、抱怨、争执、讲笑话、挤得前心贴后背，抱怨里面信号不好。男孩独端庄如一尊小弥勒塑像。

她半呆滞地倚着玻璃看着外面。电梯上升，街上万物慢慢变小变混沌，好像在失去、相互抛弃；电梯下降，它们又一点点重新变大、变清晰，似是失而复得，但也显得芜杂和粗糙。如此反复轮回，一遍又一遍，像是故意地、极其耐心地在筛洗着她的心，她这渴求的、难以平静的心……

突然，脚下看到一个熟悉的身影，电梯正升高看不清，等再次下降——确实了，是40号。她看看表，他提前了半小时。他站在电话亭边，一个已经废弃了的红色电话亭。可能为了节省体力，他刚才还站着的，这会儿蹲下来了。能看到他手里有根烟，吸一口，半眯着眼，麻木地盯着对面的电影院大门，像个无家可归的人。

她悠闲地、充分地俯看着他。她觉得她这会儿应当有点什么感触，对40号，对自己，包括对这件事。她仔细搜索自己的情绪，像男孩扫描一切发光点那样。但没有，脑子里挺平淡的，除了有点儿馋他手里的那根烟……她哂笑了，随便地决定：以后再不提戒烟了，就一直一直抽下去吧。

电梯又一次高升，这一趟的乘客尤其地少，除了轻微的滚轮牵引声，轿厢里分外寂静，像夜色至深、生之尽头。又一次开关门，最后一名乘客下去了。

她扭过头，现在只有她和男孩了。

"我刚才看到你爸爸了。他来接你。"她小声说。男孩正谨慎地伸出手，把最上面的三个数字，33层、34层、35层，一一揿亮了。

"我前面说他的话你别介意。我已经一点儿不生他气了，老同学嘛。"她声音大一点。电梯向指定的目标优美地滑行，无穷无尽地，往云端升，往天际升，往宇宙外升。

"我很孤独。"她声音稍大一些，但只是陈述，顺从，平静，"你爸爸也是，所有人都是。都跟你一样呢，孩子。"

男孩背对着她，一丝不苟继续监视着正上方逐渐变大的楼层数字。她轻轻地靠近上去，从后面围拢上男孩。男孩太高了，她需要踮起脚才能勉强够到他的背。她小心地趴在那里，肩胛骨处不大平整，也还没有足够魁梧，但同样能听到澎湃的心跳，血液哗哗地流，骨肉吱吱地伸展，一种介于男孩与男人之间的过渡性味道。她闭起眼睛，半真半假地感受，是的，差不多接近了，接近她这辈子从未得到过的那种拥抱。

胳膊里的男孩突然通了电，颤动起来，重心明显失衡，他前后摆动，并在摆动中扭转过身体，猛然膨胀起来的躯干像失去遥控的机器人。这具巨大的身体，面目中带着抽象的欢喜，左手大拇指和小指竖起，热情地伸向她的颈脖处，歪歪斜斜、不可抵挡地向她碾压过来。

2016 年

写 生①

一

"您的紫色？"入口处被一位紫衣姑娘伸出胳膊拦住。是，"晚会主题色"，要求一应来宾，身上须得有一样配饰为"紫"。丁旦掏出书、戳戳封面，艾丽丝·沃克的《紫颜色》。姑娘侧头瞧，左鬓上一朵紫花机灵地抖动："哈懂啦，先生请这里签名。"

中庭上方垂瀑般的悬挂物拉扯过他的视线：造型纸本与果胶球体，均是冷紫色，有如缥缈星云，带点不可名状的放荡之魅。姑娘递过来的笔、签到处的台布和纸笺也皆为深浅不一的紫。丁旦心里涌起一股厌恶。他摁下去，再次叮嘱自己，今晚算是为着慈善而来，文明程度颇高的事情，总该恰如其分。这也是他自己应下老汪的：奉出四节诗歌课作为义拍品。

"善款嘛，主要捐到山区小学校，我们会挂上艺术家名头，比如丁旦书屋、丁旦助学金啥的。"犹记得老汪突然压低下来的嗓门，他习惯做这种玄虚之态："这回全靠老朋友帮忙，都给我面子了。有东西的出东西，没东西的就开课。我估摸着，昆曲课、书法课、电影课都会很抢手。你是不晓得哦，现在的'钱祖宗'多

---

① 文中所引诗句，为南京诗人吴宇清（1967—2017）作品。

么地喜欢上课！你这诗江湖的名气，白搁着那也是一种浪费啊，虽然我也拿不准诗歌课能拍到什么价位。不过我可以透露下，来这里举牌的，女祖宗可占一大半。真正的贵妇人，就应当是诗人的俘虏与金主，比如拜伦吧，李白也是……"多粗俗的激将之诱啊。丁旦瞅着老汪半空中划过的手势，如一只晃荡中的鱼饵。他打算张嘴咬上去。

太长时间没出来社交了，拿腔捏调地来说——是在隐逸的水域里沉潜日久了吧，尤其近半年，见人几成畏途，约到若干次直顶脑门的事，到临下楼一刻，还是会猝然取消。就独个儿待着最好，像在无意识地对整个外界憋气。哪怕确实也伴有时强时弱的窒息感，他有点幸灾乐祸地想，就这样继续吧，看会不会真的忘记呼吸、背过气去，并永久地沉没下去。老汪的这个紫色慈善之夜，本要照例回绝，想起一本讲颜色史的书，关于紫色的那段儿还挺有意思，只是这样讲讲的。主要因皮皮之故。

"呀！原来您就是丁旦老师！刚才还有记者找您呢！"紫头花辨认出他的签名，懂事地嚷出一串感叹号。丁旦没有点头回礼。姑娘肯定在拍卖手册上才第一次晓得他：翡翠吊坠、积家古董钟、设色纸本镜心、PU 雕塑的巨大摆盘里，他、油画大师、国际奖提名导演等一干装模作样的肖像被拥挤地点缀其间——都是今晚要"被拍"的。除了自己，他们今晚的价钱一定都会很漂亮，他将喜闻乐见。

"得把这个贴上。"递过来一枚爱心，"我来帮您。"

姑娘撕下背胶贴，在他左胸口比画着。一股年轻人特有的气息直呛上来，大咧咧又甜丝丝的。这让丁旦意识到，他的跃出水面，所吞进来的除了饵，还有新鲜的大量外部空气，某种非生理性的饥饿感随之被唤醒。他惊讶地发现：他所有毛孔，还是无耻又愚蠢地对着"火热生活"张开着的。他躲开那贴近的"爱心",却伸长脖子附耳送去一句:"记住,千万不要读诗。"紫衣姑娘惊怔中把爱心都粘到了她自己手上,丁旦借机从签到台走开了。

一眼看去,全是出色人物,左一团右一团,或被人拉着合影,或被话筒拖着采访,如一簇簇处于盛花期的树,散发出亲切又文明的光辉。丁旦整一整脸,像校对停摆或走岔的腕表,让自己也尽量地如此这般。并非假装。对花锦富丽、餍足烈烹的人、事、环境,的确有过一阵子的排斥,好像只有窘境者、失势者、无为者,才更善、更干净,从而具有美的可能。真是混账逻辑。这些年算是明白一点啦,并没有分别的。高头大马与破破烂烂,都是尘中人,都是一样的蹉跎与扯淡。

已经来得迟了,找着自己位置——紫金椅套、紫黄琉璃杯、紫粉桌签——只来得及向左右点头,拍卖就开始了。随之慢慢看明白,被拍的艺术家与参拍的慈善家分坐在 T 台两侧,遥相对望。打横头一位拍卖师正满口堆金砌玉之词,两位紫衣姑娘则举着相应的被拍品逡巡展示,主要是面对着拿牌子的那一边。

丁旦举目仔细打量对过。一下子见到这么多人,且全是老汪口称的"钱祖宗",竟多少有点振奋。持牌者十之六七皆是莺莺燕燕,慈善活动本就有点母性气息吧。不过老汪也善攻女性实业家,他说过,摇头晃脑:无他,以虚荣与美饲之。想了想,丁旦又换一种眼光打量,对面那一群当中,谁像是会"读首诗再睡"的呢。

耳里此时一片叫号与报数声,拍卖师紧一声慢一声,念做打俱佳,实质只在一千两千地加价,最终成交也落在五位数。诸举牌者都笑嘻嘻的颇为放松,这反倒让丁旦有点不安。索性十几万的来去,诗歌课就算流拍,也不丢人。若是这样的"家常"价位,还没能卖得出去……

这时已拍到昆曲课，那位著名巾生就坐在丁旦左手隔一位。以前看他的剧照，"粉"得很，近看真人，倒是素重，一派冷淡风流相，连丁旦也多看了几眼。对面的举牌区域，更是猛然出现了林立之势，一下子以五千为进阶了，还有拍手和口哨，更激得粗白藕似的胳膊又长出若干。小生脸上这时却泛起微恼的青红，全为着场面而力撑。丁旦忙移开目光，流拍了也好，这样地被青睐，他恐也当不起。

丁旦翻翻程序单，接下来有一个弦乐四重奏表演，然后拍两幅版画，再下来就是他的诗歌课了。突然想找老汪，好像也没事，但就是想找他一下。但太多紫色太多人脸太多噪音了，未遂。于是去了一趟厕所，又喝掉半瓶水。直到第二幅版画叫价，才发现老汪远在大厅尽头对角，赶过去是来不及了。而老汪虽则像鸽子似的在不停转动脑袋，就是怎么也不往他这里瞧一眼。丁旦心里有了不大好的预感，想起时下很爱以坏消息来做宣传，他在心里即兴编排出一个标题：生哥遭哄抢，诗歌没人要。不错哈。丁旦很想再去一次厕所。

来不及了，眼前骤亮，摄像机、照相机、手机带着补光或闪光瞄准着他，像正要射出子弹的行刑队。伴随着话筒电流的嚣叫，主持人排铺而出的介绍简直显得怪力乱神：受邀某某届华语诗会，某某国际诗歌节大奖得主，入选十大某某称号，其诗歌写作被誉为东方的某某·某某，诗作曾被谱为曲子并获得某年南洋十大中文金曲……他头脑里腾起橙亮的嘲笑之火，伸手将一捋头发，像在那里插上草标，同时半举一只胳膊站起身，脸上腼腆又骄傲：愿如人们所期吧。事到临头，他也是会扮的。

"下面我们隆重推出著名诗人丁旦先生，私家课堂、尊贵独享……"一片白亮灯光中，捕捉到老汪的大肿眼袋，正远远冲丁旦比画出一个"你很棒"的手势。一片庄重到令人悚然的寂静降临，这显然不属于诗歌，丁旦因此对之生出一股温柔之情。

二

前往第一节课的地铁上，丁旦再次点开他和艾丽丝女士摄于紫色之夜的一张合影，以确保等会儿可以一下认出。

艾丽丝妆浓，看不出年岁，着正装，显出肥厚的腰背。笑容均匀，如额外又加铺了一层粉液。那晚的寒暄，只记得她话很多，全是大路话，等于啥也没说。加上这半洋不中的名字，要从丁旦主观出发，实无意与其结识——当然他已打定主意，要对艾丽丝抱有相当程度的感激，认真上好这四节课。那晚他的拍卖，一小段静场之后，终于起拍的微风掠起，到彼此观望的嬉笑，再到表演如仪的小幅加价，气氛始终陷困于礼貌之境，拖沓又干巴。最终是她，艾丽丝，激情般呼地站起，以一个高拔的价格一举定音，使得人们在短暂的呆滞后，一齐向她和丁旦发出哗然欢呼——那松了一口气的掌声显示出一种群体性的成就感：看看，我们成功又慷慨，我们懂得收藏，我们欣赏诗歌。我们是多么地多么啊。

上课地点就在艾丽丝公司，被带到一间像茶室的套间。

"算是公司的艺术中心吧，迷你型的。"艾丽丝在前面引着，后背又宽厚了几分，"我经常请大师过来弹古琴，搞些书画雅集。加班迟了，我也会在这里打坐、做点瑜伽什么的。"脸上的笑容总是保持很久。仰头指一大匾，"'心房'，我自己想的名号。认出是谁题的吧。"丁旦定睛细瞧。他最不会认书法字了，加之这落款还带点草。摇头。

"你故意的吧？他的字老上央视。就是某某啊。不过我们都喜欢叫他五花肉，这里头可有个笑话……"一口气地直往下说，讲完却连她自己也没有发笑。这是一种努力啊，需要合作。丁旦遂也调出兴致来问长问短，绕着这L形的茶室走了两圈，摆的挂的，赏玩了近半小时才主客落座。

屁股刚一挨凳子，丁旦即从背包里掏出本子和几册书。没正经备课，算是略有计划，想着，第一节课大概讲下诗歌史，再两节课，看她，若古典有兴趣就唐宋，现代有兴趣就聂鲁达、穆旦，若她想来点时髦的，那第四节课加辛波斯卡、鲍勃·迪伦或阿多尼斯——不是丁旦有多喜欢，是因为这几位算是热闹。如果合适，或也可以分享一下自己的诗：目前看来，绝无必要。

艾丽丝刚忙活完工夫茶具，又对付起一个香薰。看他拿出本子和书，满脸又启动起笑，打手机让下面人送本子和笔。过几秒钟，又打一个电话，加上了录音笔。

等纸笔摊开，茶气与熏香都飘上了（是的，搅和与对冲），艾丽丝说还要放点梵乐，总算被丁旦给拦下了。他喝一口温茶，心里的不安拂之又来：再怎么勉力，主观上对艾丽丝还是缺乏热忱。这四节课，不算收拾出门、路上往返，光是这样相觑而坐就得整八个小时。他，当然也包括她，真要这样各自（绝非共同）挨过吗？

除了看不见的时间、空间、情绪，艾丽丝可实打实要掏出五万块课金啊。比昆曲课还贵些。当时感到挺像样的成交价，倒不如没有发生了。想想那五万块，如浑浊的水，将会如何流动？有一次他看新闻，说乡村学校所得捐的书包棉衣，均为厂家库存，过时又劣质，而图书，则是从化浆厂拖出来的报废普法教材——这笔善款，流到哪里以及如何流动，姑且随它去吧。他对外部的信任钮早就调至静音，对恶善也作等量齐观：二者分明是轮转的、互为背书的孪生兄弟嘛。真正忧虑的是，他，无论以何种被动、消极或所谓做善事的形式，哪怕只是踏出最小的一步，比如此刻的"诗歌课"，即会一下子加入到整体的链条上，参与到不可逆倒的巨大耗损中去了。

刚要张口开课，艾丽丝却笑嘻嘻轻拍一下桌面，带点实干家的果断做派："喏，我是这样考虑的，反正就我一个人，你就轻松一点，两人随便聊聊。除了诗歌，讲别的也行。生活本身不就如诗如画嘛，反正我们有一年的时间，四大节课呢！"

丁旦稍微往后靠靠，不便显出苦笑。这提议听上去倒也便宜，只是他早不能够跟"人"聊天了。虚与委蛇他所不愿，句句心肺更非所愿。他有种可笑的自珍，似乎任何值得一说的想法，一经离开齿舌、进入他人耳膜，就变质成了滑稽的狗屁，甚或是泥淖，纠缠起彼此的手脚，进而不得不亲密起来。还不如就着香薰讲辛波斯卡吧。

"我知道你是一个人。"艾丽丝突然说，"我也是。知道我多大吗？百度上那个年纪是错的。"

"我结过一次婚。"丁旦惊讶地修正，又补充，"我没查过你……"

"其实我三十六了，听上去吓人吧。"

"看不大出。"只能这么说了。他不喜恭维女人外表，这实在是最愚蠢的一种礼仪，对双方都是不敬。

"以为我更大些？哈哈这几年是胖了。其实只要不应酬，我都不吃晚饭。但没用。我骨架子天生大。"语流不断、絮叨如白水，也无需回应，"多少好看衣服啊，都穿不了。"

丁旦把笔记本轻轻合上。假如可以打分，真想再给她减一千分。最见不得女人不分场合对象张口就谈减肥节食。也好，想起老汪最初所暗示的"贵妇与诗人",再多点儿反感更好。

"你真的,就光写诗?别的啥也不干?老汪是这么跟我说的,我都没法信。那年薪,不,我是说,一年可以卖出多少呢?"急转弯地换了话题,同时把眼神略偏到边上,以免四目对视。这样尽量文雅的对经济状况的关切,丁旦很熟悉,不是第一次或最后一次被这么地问起。

丁旦把笔记本重又打开,整理翘起来的页角。跟她说说也挺好:人们想象中的诗人与他的真实情况,他所售卖出的稿费或版税是什么体量的数目。还有,他会很高兴地补充,他们这帮子浮名诗人的游吟鬼混与自我供养方式——古今中外皆若此类——诗歌节、大赛评委,去某处看山水楼台,写几行短句,说点闲话,就此换些碎银子,谈不上多,但差不多够一个人的普通花销。

这样盘算着,可艾丽丝并未要他作答,顾自又接着往下说。看来这就是她的聊天模式:"那么现在,身边有女朋友吗?"看丁旦摇头,她露出不出意料的半个笑,"那些小姑娘,我可太知道了。男孩也一样,就没个好的。"剩下半个变作冷笑,把自己和丁旦都掩埋在落单者的战壕里。

丁旦一张张翻笔记本,不管翘的平的都一一按平。两人还等于不认识,就这么胡天扯地、胖瘦收入男女,这算什么课啊。

留意到他的小动作,艾丽丝含笑的眼睛突然定了一下。丁旦一下明白了。他虽算是老师,但此课乃艾丽丝竞拍所得。她对课程的内容和方式,有定义权。相当于购买与服务,现今大学里差不多也是这个意思嘛。她是对的。

"是啊都一样,所以我也没有男朋友。"丁旦幽默了一下,顺便把前面的问题补充答掉,"稿费不算多,诗人总不会太有钱。钱不是原因,我是觉得一个人挺好。"

"得啦！我就不嘴硬，我觉得两个人才好。抽吗？咱俩都别憋了。"艾丽丝备有沉香条，替他也塞了一根进烟里头。"心房"里于是又混杂起烟味与木香，"倒是从来没有缺过人。但我有数，没一个是真的。"

艾丽丝挨个儿讲起男友。丁旦默然抽烟。跟前这位，就是需要个说话的人啊，就是讲究了点儿，挑人，搞仪式化。生活真是如诗如画，她这句话很对。丁旦看她牙齿上的口水，亮亮的，耳环也很亮，都比她的眼睛亮。就这样耐心听着，也是一桩善事吧……哈得了，他哪里又来了这仿佛是高一等的优越感。

艾丽丝这一讲，讲掉好几根烟。毫不新鲜：认为任何一个追求者，都是图她的钱。而比她更有钱的男人呢，"哪怕他妈的都五六十了，都一条心地扑十八岁。我确实拼不过。"艾丽丝脸上冒出愤然的汗珠，像加刷了一层油彩，毛细血孔也变得红了，"空调太热了。"她模糊地解释，然后是更为模糊的咕哝，"你不会知道，多久没有听到别人讲'喜欢'我了，哪怕只是'喜欢'。可怕，真的可怕……"像真的感到恐怖似的缩起身子。就她这一身骨架子而言，这动作显得有点滑稽。

丁旦借喝茶垂下眼皮，避开他全然不需要的这份信赖。再说这也算不得什么，大家的初衷都是无可置疑的。那些不愿追求艾丽丝的老男人，或先后追求过艾丽丝的年轻男人，不都是为着"更美好的生活"吗？不同角度的取舍罢了。故也实在没有谈论或劝慰的必要，她总会明白的，或者早已明白。再说他这里实在也没有富余的热情去助人为乐。他是冷却得透透了，现在要哪个女的讲出"喜欢"二字，他只怕会汗毛倒竖呢。

故一等她讲完，丁旦迅速接口："一个月前，我死了一个朋友。长江公寓十九楼跳的。"

艾丽丝正麻雀啄米般地隔着妆粉拭汗，听到这句，三两下胡乱抹完，赶紧给丁旦续水："我说你怎么蔫头耷脑的。说说呢，男的女的？多大了？长江公寓就离我几条街啊，啥情况，不会也是因为'P2P'吧？前不久我也有个客户跳了，没死成，白落下个高位截瘫……"

"也是写诗的，小我四岁。"丁旦忙打断，不能再进入她那轨道了。

丁旦于是讲起了皮皮。

皮皮是外省人，在本地一所理工大学教大学语文，不亲不疏地来往了有十来年。早先大家还经常聚会时，皮皮最爱谈摇滚，一边热心推荐各种外国乐队，一边给自己灌啤酒。并不善饮，差不多总是最早倒下。但不管清醒半醉或大醉，他从来不谈论诗。皮皮跳楼之后，遗物中发现几大本手写诗，学生们不知如何处置，辗转托付到他这里。丁旦有点儿压迫感，接到手时虚应了一句：将来如有可能，大家凑钱印出来吧。

手写本装在档案袋里，隔了足有一个多月，丁旦才打开来。一读，到今天都没能出得来。多处句子如拳头击打，敲得心里一个个洞口，大风直穿。这正是他燃指为香也没有写出来的无尽爱与无尽哀啊。多好多好。酷烈的或者说奇崛的部分在于，皮皮活生生在他眼前晃悠了十几年，两人竟是完全而彻底地错过了。丁旦仔细回忆，他与皮皮之间，有限的那些交流，从来都是空杯与满杯时的口水话：走一个？你他妈今天才喝几口？再开两瓶！头疼那更得喝啊。别叽叽歪歪的，干！

丁旦当下决定，不是简单印成册子，要替皮皮出一本像样的东西，并且要进入那烂泥巴地一样的图书菜市场，要让人们从这泥巴中看到珍珠的光泽。他要抹下脸子来，以商业的规则和效率去大声贩卖，把皮皮，或者说，借皮皮之笔，把这日月阴影里石头般的喟叹，投掷到那松泡泡的喧哗人群中去。

上回答应老汪参加慈善义卖，主要就是为着皮皮这一层，保不定要请老汪出主意。这家伙虽然粗俗，但确实有效。就比如那个紫色之夜，总善款都超三百万了，相关新闻满地滚，所有出钱出力出面子者差不多都能感到与有荣焉。这是让丁旦服气的。

当然没跟艾丽丝讲后面这些，简单说完皮皮其人和皮皮之死，就从手机里翻出一首，举到与眼齐平，正挡住对面艾丽丝的脸，他开始读：

驶过傍晚

无论如何，我们终将成为
被等待忽略的部分。
还有更多等待，
楼梯的命运。

窗到处敞开，风携带粉碎的欲望
被遗弃在地的报纸，脚踩不住的谎言。
建筑因为相似而靠拢
或者商店合起神秘的唇线。

这个燃烧的人，就在门洞内，燃烧
看见太阳驶过傍晚，静悄悄地
颧骨高峰耸出惊惧。

快些拐弯吧，老吉普们

死亡从没有停止工作，醉园丁手持剪刀
明亮如眼的草叶堆满青春。

趁着艾丽丝还处于消化不良，丁旦往后推开凳子起身："都超时一刻钟了。你手下已在外面晃过两次。如果您愿意，下节课我们可以接着聊皮皮。"不等艾丽丝相送，即快步走出"心房"。

有点对不住皮皮吗？也没准皮皮会拍着大腿发笑呢。

三

出来赶紧点烟，抽了太多，但还是需要来一根不带沉香的。大楼外石狮子边上倚着一个瘦长女孩，半觑着眼，不耐又疲倦的样子。张眼看了他一眼，复眯上。随即又睁开，是认出他的意思。

"怪不得让我等这半天，原来你在里头。哈！'慈善：时代的诗意'。"

听出来她引用的是那晚的一个新闻标题，下面配了他和艾丽丝握手成交的合影。

"抱歉耽搁到你了。嗯，您是？"一下子瞥到女孩的手腕非常纤细，内侧透出淡淡几道青筋，不由得视线反复盘桓于彼处。有点不满自己这性意味的敏感，就像那天一下感知到紫衣女孩贴近时的气息一样。

"我是计时干活。你们耽搁掉的，那也得算。"踢踢脚边一个油彩斑斑的小箱子，"也是那晚拍下的单子。"

"哦，这样。"丁旦胡乱应道。他认人不行。印象中，拍卖私人肖像定制的是位老画家啊，身短而胖，颈子里缠条围巾。成交的则是位东北口音男人，一本正经地对着镜头："这是送给儿子的成人礼，要让他从慈善中学会成长。"

见丁旦糊涂，女孩放慢语速提了个名字："我是他学生。"丁旦在脑里搜索，"还关门弟子呢。"想起来了，对，黄某，极负盛名，曾看过他一幅镜中自画像，镜子是碎的，脸是破的，四肢是切割的，在什么拍卖会上被叫出很高的价格。

"这位的肖像。"女孩向楼上抬抬下巴，"是老汪私下里托付来的。黄老师的高订和展览都欠太多账啦，可不就得落我手上，包括那小孩的成人礼。做慈善哈，就当我落了俩免费模特吧。"口气懒洋洋的，也可能是大师门生的应有骄矜吧。想起那位缠围巾的黄老画家，有种莫名的不洁感。

还有，他是听明白了，黄大师之名的慈善，实际上是由这女弟子操刀。那别人是不是也都有替身，就他实打实的？算了别作计较，他这课，假模假式的，谈过半句诗吗？

……只是，怎么老汪就私下里给艾丽丝捎搭了这么个肖像呢。后脑勺那里不安地发痒起来。记得那晚四处找老汪而不得，最终在大厅斜对角看到他——向来不管用的记忆力，此刻却清楚起来，老汪正跟人比画着谈什么，对方是位女士，肩背宽厚可观。

姑娘手机响了。没接，细胳膊伶俐地一把抄起干活家伙："一准是你的女慈善家叫我上去了。"

丁旦无意且也不及分辩艾丽丝并非是"他的"女慈善家。他正虚拟地揪压后脑勺，以揪住里面猝然而至的猜疑。

直到女孩的脚步在楼道里完全消失，他才挪脚离开。想起也没问下女孩叫什么，只是不由得又回味了下那偶然一瞥中手腕上的青筋——就算太久没有过性，这也有点儿过分——但他不想再批判自己了。一边往地铁站去，一边心平气和地分析：有可能，由于老汪的反复暗示，他心底里对这"一对一的私人授课"，多少也是存有性别交往的幻想吧。而那样一位艾丽丝女士，是全然扑灭了这一可能，但倘若是这样有着纤细手腕的女生呢……胡乱走着，进了站，进了热烘烘贴得很近的人群，也重新沉入了生活底部的孤寂。

晚上继续，丁旦往电脑里录入皮皮的诗句，像是总要搭乘的末班地铁，由此驶往夜的尽头。

从一些记号和细节上看，皮皮是先在电脑上写就，然后抄到本子上的。真要去他电脑里找找，或也能找到现成的。不想，丁旦宁可一个字一个字重打。这相反的过程，别有感受：皮皮好像在力求手工化，要退却、消散，往内走；他却又重新拉回、聚拢，向外敞开。也不知这样对不对。他录入得很慢，每晚三四首，一半是因为这样的犹豫，一半是出于珍惜，像对待越用越短的蜡烛。

也会选一些贴到微博上。以前他厌恶博客，后来厌恶微博，现在厌恶朋友圈和抖音，而每每有了新的恶向，旧恶似又相对可以容忍。微博而今少有应和，他反倒留意起那些寥落的阅读量，几百或上千不等，都是渺茫中的人，这让他觉得有价值。想想之所以一直对皮皮忽视，恰是因为他们认识。甚至可以说，他现在这样认真地检录皮皮之诗，并非为着皮皮本人，而仍然，是为了那些默如流水的陌生人。嗨，这算是什么操蛋的心理啊。

四

艾丝丽约的第二节课，已是万物峥嵘的春夏之交。看到点心店里在卖青团，只有这个时节才有的，他爱吃。算了先不买，没带背包，这次连本子、笔都一概没带，一路上就空晃着两手。那个有待确证的疑惑此时又沉渣泛起，几次想拿出手机打给老汪，又劝住自己。不要去追究了，反正于他丁旦而言，都是一份课业，必须去交代了的。这样想着，情绪倒比上一趟要自然些。

这个天不用开空调了，"心房"窗户外敞，几盆绿萝藤挂得老长，泛出新绿的光泽。丁旦心里又松了一层，草木多好啊，总在替人类做无条件的扶救与调整，它们是真正的仁慈者。

艾丽丝仍是正妆以待、面上平铺笑意，换了对很长的耳环，宽肩上拂来拂去。丁旦一眼瞄到桌子上放着两碟青团，还真有点惊喜，以至也不待主人相请，径直取了一枚，一口咬将下去，正是他最为中意的芝麻馅，黑油油地快要溢出，等待着他张开的第二口——却见对面的艾丽丝耸肩伸臂，以一个看起来郑重又急迫的姿势，向他递过来一沓白纸。

什么？丁旦尴尬地满嘴囫囵着，差点儿给噎住。他看到了纸上的打印内容：皮皮的诗。快速一翻，全是，相当部分是他深夜在微博所贴。他用舌头暗中清除齿间的黏甜，一时竟不知如何反应：几个月过去了，艾丽丝一直没忘了皮皮？或者她早是他微博的水下读者？

艾丽丝带点儿不自然的口吃："听你讲过之后，我就……能找到的都在这儿了，包括他最早发表过的十几首。"随着丁旦的翻动，她抬着下巴补充："可惜他爱情诗写得实在太少了。我喜欢最后头这首。"她手中也有一份，被画了若干的横线，好像还有手写旁注。

有点感动哪，这确乎像一份课后作业了。莫非艾丽丝还真有点儿"诗"心吗，这一份凭空而降的投入，是对应着"课"还是"诗"还是皮皮？他在心里揣度着，翻到最后："我来看看你喜欢的。"

"学你，我也读了一下。"艾丽丝在手机上摆弄出一段录音，先是激昂的小提琴伴奏，然后是她几乎谈不上普通话的诵读——

给一个女诗人

据说她从不放过

任何一个给男人看的机会

在各种场合各种圈子

给男人们看她的

正面侧面和性感的反面

还有她聪慧的内心

据说她坐在无数男人怀里

也不熄灭手指间的香烟

那种抽烟的姿势

像随时会有爆炸被点燃

我要担心的是这会儿

她小声而羞怯地念出她的诗

纤细明亮的声调

像从一口不见天日的

深井里冒出来的声音

让我看不清她

然后爱上她

很有力、过分顿挫，与背景乐相映成俗。这首丁旦没读过，相当平庸，或因艾丽丝音色之故，更显得等而下之。他心里一下子不太舒服，似有什么私己之物被人擦破了，这一破，即失去其独特意味了，连带着皮皮的所有诗歌，似都平常起来……心里可真是不舒服。

也许今天真可以讲讲诗？就以皮皮为例吧，固然说他或艾丽丝，都读到了各自的所求，实际上却有更大一部分，也许多达99%，皮皮没有写出，任何人都写不出，也不会被任何人读到。那注定不可诉之于字句，注定要永不见天日、深埋在生活之下的。就跟人与人的不可触及一样，那是永远也别抱指望的荒野；但与此同时，也要坚信，会发生别有洞天的勾连，就比如此时此刻，物流商人艾丽丝，在皮皮死后的第四个月，竟搜索打印并诵读起他最不好的一首诗……瞧瞧吧，这谜一般疯狗一般的妙处。

一时心潮难平，升腾起一番激越的表达欲。当然先得赞美下艾丽丝，正斟酌着用词——艾丽丝推过杯子请他喝茶，径直压住丁旦话头，滔滔而言起来。

——想好了，由我们公司来赞助，替皮皮出集子。按规矩是要跟合伙人商量下，问题不大，对艺术是不能讨价还价的……

——整个集子呢，就请你来做。当然另付主编费。我这人有个原则，就算是好朋友（语速加快，没有空间来让丁旦推辞或感谢），也不能让人家义务劳动。不过，在集子封底，或者第一页吧，得打上我们公司的名字，最好有简介。我想你也会理解，毕竟得有个交代……嗳！（拍了一下桌面，显见是突然冒出的想法），不打公司简介，只印"诗和远方"四个字，然后下面一张大照片，一长溜带公司 logo 的货车在高速公路上飞驰！这下完全不像打广告了。你看，读诗确实有帮助，突然就想到了，我们这做物流的，可不就是天天儿地在"远方"！跟"诗"绝配啊！

——首印多少册？你拿主意。三千？五千？我会要求我所有员工都人手一册，你别看我这里没几层楼，人都撒在路上呢，算上外包的，光司机就有五百多号。我还可以推荐给别的公司，年底作为员工礼物。外国人圣诞都是这样的啊，送一本书，多高雅。

还可以在年会上读诗，"朗读者"嘛！

——所以，我有个提议，咱们这个封面的话，是不是可以考虑用红绿二色？带点过节气氛，这样每年十二月都可以用，人员进进出出的，总会有新员工。也算是一次投资、长期生效了。

这又是艾丽丝早就计划好的吧。哈哈，所打印出的诗、所播放的朗读、所拟就的计划，多棒的课后作业。

乍听之下，丁旦以为是歪打正着，算是神奇地解决了皮皮的诗集，待听到第二层，身子靠后，桌子底下的脚也不由得往回收了收，再往下听，却又想放声一笑，荒诞感像痒痒挠挠似的。多么可爱的艾丽丝啊，瞧瞧，不论何事何物，哪怕是一本诗集，到她这里，都会像认认真真烧坏的菜一样，叫人咽也不是，吐又不能。想想那画面吧，坚硬通直的绕城高速，或者如蛇女头发那样弯弯曲曲、尘灰飞扬的荒野小道，装着角钢与饲料的大小货车上，洋溢着酸菜味、汗馊味、发动机热气味的驾驶室里，皮皮的诗集，与叮当作响的饭盒勺子瓶罐一起，热舞般地不停颠簸，被窗口鼓进的野风哗啦啦掀开书皮……或者是更加喜气洋洋的场景？披金戴银的公司年会上，那些搂抱着相互调情的身体，心不在焉又故作俏皮地调侃他们彼此抽中的礼品，红酒、苹果手机、皮皮诗集、羊毛围巾……这如诗如画的生活哇。

丁旦抹一下脸，又连吃两个青团。可惜红豆沙馅不够滑腻，一定没搁猪油。蛋黄肉松馅是咸口，倒略胜一筹，总的排名如下：芝麻、蛋黄肉松、红豆沙。

等艾丽丝一番宏大又充满各种即兴细节的演讲结束，他音调齐平、不带一丝倾向地问："你这是，为什么呢？干吗又做这么个慈善。"重音在"又"，提醒她已破费在"诗歌课"上了。对眼前这艾女士也是真的好奇了：说她商业气，不完全。天真派，不大可能。高尚人格？也不像。莫非，这类似于女性的那种冲动消费？

艾丽丝又拈出一张纸巾在脸上啄油，露出受到夸奖后的谦虚："知道我平生最佩服谁？邵逸夫。走到哪个大学，都有他的楼，还经常是主楼。我是没那么大本事。但一年做一件小事还是可以。今年就皮皮诗集吧。我跟诗，还真是有缘。"

这确也无可指摘，诗歌课已是小型四幕喜剧，并不坏。那皮皮诗集，真要弄成那种路数吗？当然他无意也无资格贬损长途货车司机或圣诞派对，只觉得哪里逻辑不顺。

"你是可怜皮皮死了？"照直问吧。

"可怜？我佩服还来不及。敢去死的人我统统都服气。而且，你想想，为着诗！为艺术！"丁旦想修正——并没有人知道皮皮的具体原因，就算为诗，也并不就更加高级——艾丽丝作势不要他的解释，脸上闪过怪怪的东西，嗓音发干，"每次听到有人自杀，我总感到后背发凉，觉得那是在替我死，替我们这些人去死。你可能不会明白……"她把打印纸笃齐，语调复又昂上去，"做点事倒舒服些，反正也在我的能力之内。"

"真要论起寻死觅活的事体，哼，那可是没完没了。"丁旦攫取到她脸上那极短暂的东西，是了，终于踩到了她脚下的一团阴影了，是不是应当就此摇头晃脑、说道一番？

"以前有个家伙，借着一个公共行为艺术，投机取巧地把自己给闷死了，都死翘翘了大家还替他鼓掌。还有个总也找不到投资的纪录片导演，架好摄像机对着浴缸，再不急不慌地割腕，连最后一秒也物尽其用了。还有个创意我觉得也很棒，是个搞乐队的吧，把大贝斯的弦给扯下来勒的脖子。还有个研究历史的哥们儿更逗，把自己绑在椅子上，脖子上拴好绳子，再把绳子系在窗台上，然后把椅子往后蹬，真是笨得可以，倒是工工整整写了很长一封'绝笔书'，长得能当催眠读物了……"

随意在脑子里搜罗一番，就抓了一大把："这还只是我周围直接或间接认识的，要算上网络上的外国的，那叫一个争先恐后、五花八门，都能讲几个小时不给你重样儿。"丁旦都有些得意起来。

"我整天听到的也不少，三角债的，三角恋的，搞腐败的，只是都比较普通和没趣。"好像这也有雅俗分别，艾丽丝没有展开，兴趣显然也不在此，"可，我就老也想不明白，说到底，谁没个大小事儿，他们怎么就真的能迈出去了？最关键一步在哪里？"她双目睁大，显出不服气来，像是一位高级技师面对停摆的机器，一心要查找出它们是哪颗螺丝钉进了出去。

"这很重要吗？"丁旦大感惊讶，不是惊讶艾丽丝这么问，是惊讶自己从没想过。就像人们为什么哇哇哇出生一样没有答案，都是不成立的劳什子问题吧，各得其所便好。

再说，他没讲够呢，他的手机收藏夹简直像个虚拟库房，吸铁石般的自动附着了许多类似信息，还从未跟第二个人谈及或分享过这些。当然"分享"这个词也许不合适，差不多那个意思吧。故而都能算是殷勤的，丁旦给艾丽丝发去一连串链接，并鼓动艾丽丝打开他最喜欢的一段视频。

视频里是个外国小伙子，正吊在高楼边缘，极充足的阳光下，金发和肌肉闪闪发亮。悬挂了好久，长达半分钟，差不多足够回顾他的二十来年吧。然后他开始微笑，先是松开了左手，再是右手，直落下去。丁旦让艾丽丝把视频同步减速 2.5 倍，这样就能看出来，小伙子首先松开的那只左手，极为标准地摆出了一个 V 字手势，像在极其友爱地邀请大家，来来来，一起摆 V、一起松手。这家伙，真能算个活宝人物——丁旦忍不住笑起来，同时也是笑这个：两个人这样捧着手机共读视频，总算啊，是有点上课的样子了。没想到这才是他们的核心课程哪。

呵呵，哈哈，丁旦笑得都打起嗝了，好久才留意到艾丽丝正定定地瞅着自己。是啊，作为一个瑜伽、书法，或者再加上《心经》的爱好者，她哪里懂得那位坠楼者的幽默快感！可他懂的，这视频真不知看过多少遍啦。等一等，艾丽丝那眼神里似乎是别的东西，她褐色瞳仁的表面，湿漉漉的，像黄昏时的路灯那样，含混而温柔。

不，他不能接受艾丽丝这样看着他。丁旦继续炫耀手机里的存货：自杀式车祸。烧炭实录。人肉弹。剖腹者。自杀QQ群。遗言集锦。有的是截屏，有的是监控，有的是录音答录，还有PDF扫描。好几次了，也试图清理这越来越肥的收藏夹，总是整着整着就变成了温故知新。"你想，我这里再删掉，恐怕他们就真的死透透了，我这也算是替他们人间留痕吧。"他解释，难掩某种细小的欣快，同时感觉到脸上油腻腻的有点发胀，大概是这过分密集的叙述，把皮下的油脂与水分都给逼了出来吧，就像艾丽丝上次历数她男友们时那样……这联想让他猝然住嘴，如刹车片刮过胶胎，丁旦仿佛都能从自己的口腔中闻出一股子焦煳味，那是自我泄露了的耻感。说这么多干吗？跟她，跟这样一个八竿子、八十竿子都打不着的、几乎可以说是乱搭而来的女人？这上的都是什么鬼课啊。

一种怒气之下，简直想拔腿就走。瞟瞟时间，还有二十分钟。

艾丽丝也看看时间，挺小心似的，把湿漉漉的目光默然拉回桌上的皮皮打印诗。好大一会儿，两人都没有说话。丁旦听凭这份尴尬蔓延，闭会儿嘴算什么，什么样的空白能超过那坠落者的"V"字时刻。

……故当他听到艾丽丝重新振动起空气的嗓音时，几乎都感到有一丝被打扰到的轻微恶心。

"要我看，根源就是这个。"只见她蛮有把握地提笔在纸上飞快写了个大大的字，然后调过来，给丁旦看：钱。她用笔戳戳这个字："哪桩事、哪种死不是因为这个？包括你们搞艺术的，你仔细想想呢。包括我们这些男男女女的事，都是。"她停了一下，克制住自己不去深谈，只用笔在"钱"字加了几个圈，做成一个活靶子。

丁旦愣了一下，轻声笑了。他并不反对这刚硬的思维，就像她那些开在笔直的高速公路上的司机兄弟，都是结结实实做事务的人，是支撑整个世界流水日常不腐不塌的石柱子。他甘愿且呼唤着被这样的逻辑所收服，为之匍匐，为之无缝贴近水泥浇筑的坚硬地面。

艾丽丝咂摸丁旦的笑，想起这话题的最早由头："这么看来，你，是不赞同我出皮皮的诗集？"

"不是针对'你'，我是想着，要看在'死'的分儿上做慈善，这不合适。"丁旦有点惊慌，只好乱讲。"比如说皮皮，他未必就领这个情，谁能肯定这样就算'圆满'呢。"艾丽丝可能会喜欢"圆满"这说法吧，他很讨厌这个词。

"也是，再怎么轰轰烈烈地替他忙，也多余了。"艾丽丝摇摇头，倒是挺随意就放弃了此前那么周详的计划，她在无意识地轻敲桌面，不紧不慢地敲了好一会儿，"我是想着，有没有什么办法，能够有效介入，从管理角度来说，这叫关口前移。比如你想想呢，身边有没有'还没有死的人'，我们可以……"

丁旦差点儿把一口茶给吐出来，什么叫"还没有死的人"，什么叫关口，还前移。她那脑瓜子里，一切都是可以管理的吧。丁旦擦拭着嘴唇，嘲弄地伸出指头佯装排点，真要数数吗，身边有着所谓处于关口中的人吗，他们"正在决定"去死……脑子里深深浅浅浮现出若干面孔，他们的胖瘦身形、表情与手势，朋友圈的风景与自拍照……他忽然感到哪里不舒服，也很不耐烦。他并不熟悉他们，也从未认真去留意，就像以前对皮皮一样，反正大家都是不远不近地活着呗。看来死神还真他妈的是个好东西，赋皮皮的诗以异魅，并把他从看不见的熟人当中给标识出来了——道理可能正是这样。

丁旦再次看时间，来不及似的仓促起身："这哪能想到呢。再说了，所有那些还活蹦乱跳着的，我还真没啥兴趣。"就当是考古学家的立场好了，丁旦也不看艾丽丝，只指着桌上还剩下的几块青团，生怕浪费了似的，"能讨要了带回去吗？"他注意到自己伸长的胳膊上爆出了肌肉一样的突出物，好像那是他全身唯一力量的所在。

五

终于是独个儿一人了，机械地点上烟。倚在石狮子上才吸了一口，就看到上回那个瘦伶伶的姑娘，正急匆匆从外头跑来，一边冲他歪下头算是招呼。丁旦也扬扬烟："这么巧？"今天低落，并不想聊天。

"才不是巧。人家是先上你的诗歌课，把整个人给调理得升级了，然后我紧接着去画肖像。"女孩冷不丁从他手上抽走烟、急燎燎吞了两口，又塞回都没反应过来的丁旦手里，"蒙娜丽莎为什么笑得那么永恒，是因为达画家一直在给她听神秘音乐。这可是咱艾女士的理论根据，因此这两课的时间，要贴得特别紧——"

她翻出眼白，继续往楼道里跑。丁旦听着她的脚步，带着讽刺的暴力。

两口抽完，正犹豫着要不要再来一根，又听到同样的脚步抽打着楼道出来了。

"操，戏多。"她接过丁旦点好的烟，"说今天不适合画了。你都给她咋调理了？浸泡了诗歌的福尔马林吗？"她皱巴着五官做死人脸，但口气轻松，"算是白赚了半天。"

遂一同离开。

丁旦往地铁去，女孩也是。丁旦三号线转二号，女孩也是。丁旦到站了、丁旦在超市买吃的、丁旦进了自家小区，女孩也是。一路上没聊天，她总塞着耳麦。丁旦瞅瞅她又薄又窄的后腰，有点闷闷不乐。多少年过去了，艺术与性，还是意识流的老一套吗？奔马般的行云，骄阳下无缘无故的暴雨。

丁旦让她在靠墙的餐桌边坐下，这里是最像公共空间的地方。餐桌的一半都码着书、杂志与画册，包括皮皮手抄诗的大档案袋，半张着口，像打到一半的哈欠。

丁旦把自己的凳子挪到背光处，略有点一筹莫展。随手扯过便笺划拉。便笺很小，写两行，就得换一张。脑里空空，能记得的，只有皮皮的诗，东一句西一句：

空地上两人的交谈／从一个人先进入空地开始／另一个保持距离尾随而入

过去是一堆／早已不新鲜的肉／摸一下都会有生理反应

啃啊，虫牙蛀牙老牙嫩牙／粮食丰收时降落了更多的贫儿／把它当作最后的晚餐／父母没摘到的禁果始终没有说话，真不习惯这样狭小空间里待着两个人。心里也有事。刚才一路走，被外头那热乎乎的脏风一路吹，他有点懊悔。让艾丽丝来包办皮皮的诗集，没准正是他妈的一种"圆满"：长途货车与年会礼物，这不就是皮皮之诗嘛。

把青团和别的一些零食，往对面推推。她不碰吃的，只等他手里的纸。画完一张，即拈起一张，粗粗看一眼又随意放下。

"觉得怎么样？"他挺客气地问。

女孩不吭声，表情显得慎重，还是在忍住不笑？一个诗人，坐下来就写诗，像一个流氓，刚进门就解裤子。这样想着，丁旦加了一句："不是我写的。"

"知道。"语气有点冲，好像这个解释是看低了她的智商。

丁旦搁下笔，那聊什么呢。"你问我今天给艾丽丝讲什么？"能拿出来的就只有那被翻得烂乎乎的死亡收藏夹了，这多少也算是他的"独有话题"吧，用来应付一切毫无意义的场景，以及相应场景中不得不共处的生物个体。就像艾丽丝谈减肥与男朋友，皮皮谈摇滚乐队，就像有的人谈小龙虾或退休金。随便的。

女孩眯起眼睛听，捧着杯子一小口一小口喝茶，大约在为她续了第三次水之后，丁旦意识到，她的喝茶，是严格控制中的匀速频率，以此来维持那仿佛定格了的表情——一下子被女孩那毫不掩饰的绝对冷淡刺到了，因为他很熟稔这高纯度的自私与自足，如熟悉自己的肋骨。内心和外部、正向与反向，都没有一丁点儿的勾连或诉求——就像在艾丽丝那里脱口所说的"对活蹦乱跳的嘛，我可没啥兴趣"，就在那个时候，他知道，这一次浮出水面的努力已到了临界点，或许依然不舍皮皮的死去与才华。他已再次开始厌倦，想重新沉回到那寂寥的水底了。

他把对女孩的失望全部转移到自己身上，悬在半空的舌头在嘴巴里苦涩着，一边漫不经心地伸出手去，把档案袋袋口上的白线绕着圈儿缠好。不再录入不再品读不再去激赏了。要把这个档案袋塞到哪个角落里去呢？有许多角落都塞着类似的东西吧。

女孩放下杯子站起，活动手脚："敢情你还真是给她泡福尔马林了，早知道她刚跟死神那样亲热过，那我刚才得坚持要画的，搞不好会有点什么。人靠衣装。光着呢，就得靠自己了。这艾女士呀，我就老没找到什么特别的东西。"

隔了一会儿，丁旦反应过来："给艾丽丝，你画的是裸体？"

女孩复又懒洋洋的："你还真是不了解鄙圈，我的裸体画可是挺出名的。本来老汪谈的只是普通半身像，艾丽丝可比你懂行。"从鼻子里哼了一声，就没见她以别的方式笑过，"懂行的就爱瞎折腾，总发百度图片给我，一会儿想当戴花冠的春之女神，一会儿要从海中贝壳里冉冉升起，一会儿想被小天使拉着薄纱半遮半掩。"她站起来，从客厅唯一的窄窗往外看。楼下是小区的自行车棚，尽是些缺这少那的残缺单车，杂乱地堆着，像一群闹别扭的僵尸。丁旦常在那儿张看。

女孩对着窄窗下的自行车讲话："我偏好，或者说，只对裸体有兴趣。马路上迎面走来随便什么人，我都会想象他（她）的裸体。要是所有人都讲好不穿衣服就好了。你想象过吗，那多美啊。"仍然冲着楼下的自行车棚，"其实所有的东西，就该光着。就像树枝丫、马、桌子。人干吗要包包裹裹的？身体本身多好啊，我简直就百看不厌，像读小说看电影，能看到一段段简历一段段往事。哪里跌跤烫伤。啥时发育期。爱喝玉米糊还是吃奶酪。火暴性子还是慢郎中。走路内八字。从小咬指甲。经常抬头看星星。沙发土豆。酗酒选手。一周做几次爱。"讲到这里，鼻子里连笑两声，总算扭回身。

丁旦专心抽烟，就像女孩刚才专心喝水。看来还真有点研究，讲得也算是有趣，但这几乎从一登门入室就确定了的性意味，这主动化的满不在乎，反让他不太确定。并不是说想拒绝。讲句实话，这大半天，从稍早的青团铺子开始，到艾丽丝那里的一大通对峙，再到刚刚确认的临界点（打算放弃、重新缩回去），他的沮丧感是在不断加大的，来一场无谓的性，当然不坏，甚至是需要的。可是啊可是。他弹掉烟灰，笑了一下："你知道我名字，可我还不知道你的呢。"

"你不是诗人嘛，想叫我什么？现想一个。"看看，她无所谓他，她对这场性爱也并不感兴趣，只是被程序牵引到这一步的吧。到底图着他什么，诗人？被拍卖的诗人？枯竭了只会抄诗的诗人？

丁旦瞅瞅她，她正在往额头撩刘海，这就又看到她细伶伶手腕上的青筋了，那样青瘦啊，想到前天晚上输录到的一个词儿：生葫芦。艾丽丝讲错了，皮皮其实情诗不少，总带着未及启动便已冷却的性欲。咦，皮皮是单身吗？还是结婚了？丁旦对他的了解，简直都比不上对一个夜车司机，他们整条路都会聊，聊女儿要结婚，聊牙疼病，聊最爱喝的羊汤。

心中更感郁然，却振作出灵感来了的样子："叫你，生葫芦。行吧？"真是没法继续聊。只好上床吗？他厌恶却也被这样的想法所绕。

"干吗是生的，我一下子想到了破瓜。哈哈。"她毫无顾忌地在暧昧地带里打转，"不过葫芦的腰很细呢。"一边上下打量丁旦，像在拿抹布使劲擦去浮灰，"有时我会从一具身体去猜想这人的爱好或特长。我经常在更衣室或澡堂子里花好长时间琢磨，再找机会上前攀谈。这只能是女人，猜男人就麻烦点儿。"从鼻子里笑，

"可惜我知道你写诗。不过，反过来也是一种经验。来吧，给我看看你。"

已讲到这个地步，再假装不谙世事，就恶心了。丁旦走得离生葫芦近了些，坦率又不致困扰的距离。"为什么，为什么要这样？"语气像地平线那样毫无起伏。他想起来，就在上午，他也这样地问过艾丽丝，为什么要替皮皮出诗集。

生葫芦眨了一下眼睛，意识到丁旦不是开玩笑，略调整了一下站姿："你一直都这么较真？"他没吭气，心里觉得正相反。"那你觉得呢？我为什么想跟你？"生葫芦把问题推给他，像谦让一份搁得太久的点心。

"我能晓得跟'我'没啥关系。不是说我在意这个，我也不在意。咱们就当是一种讨论吧。"

"是，真的在意哪一个，我才不会跟上楼，可能连话都不讲。"她欣然承认，"再说两个人总得做点什么，莫非你更喜欢喝茶、吃东西？"

不知为何，脑子里想到黄大师，衬衫里交缠着围巾，脖子那块显得特别拥挤，拥挤得傲慢，还有不洁，他最初的那个印象。

"瞧你那表情。"没料到她这样地敏感，鼻子里又哼出笑来，"那天我一自我介绍，就看到你也闪过这表情。感觉我是个天生放荡的小骚货，一路睡过来的是吧。"

"没有，真没有，我对你们那块完全不了解。"显得虚伪，忙又补充，"再说，我不认为放荡是坏事情，我是想说，假如……"

她左起嗓子，第三人称视角，北方话："啥关门弟子？可别跟我提才华是通行证。都画的啥，光溜溜的都看到毛那叫才华？长得好？屁，要胸没胸要屁股没屁股，拿啥去伺候大师来？敢情身骨子软乎，二十四式齐活？得，那咱也认，也算个能耐。"她乐不可支，头一回哈哈大笑，"我学方言可是一绝。"

给呛得，只好也跟着笑。每个人都带着老长的影子，但相互交错时，只能是正脸或侧脸的那短暂一瞥。这是没办法的事。注意到她脖子里锁骨的地方，也有同样的血管青筋。心中再动。借着扔烟屁股，走开了一些。早该走开的。

"也挺好，大家开心。黄老师早都害前列腺炎了，顶喜欢被人编派。我也确实能占到便宜，画廊老板会像点菜一样，说，订一批那个女弟子的吧，看涨。他们从来不讲裸体二字，觉得不够礼貌吧。"

丁旦没忍住，这次是真笑了。

"这样一来反倒简单，否则我凭什么叫人脱衣服给我看哪，男浴室我又进不去。"她往前两步，把丁旦刚才拉远的距离又拉近了，还多拉了一点，"你的问题，我回答完了。"再一次剥香蕉皮般地打量，"诗人，这词好。跟烟搭，跟画画搭，跟死搭，跟光身子搭，跟性也是搭。绝对百搭！"极自然地，把丁旦的手挪到她腰间，"我只有腰，没上头没下头。葫芦，是我最不像的一样东西了。"

丁旦就手把她的掌心摊开，轻轻抚摩掌根到手腕处的那几条青筋。世上最细小的河流，动脉在那里分叉，奔向心脏和四肢。他心里有点感动，也与生葫芦无关，只是为了这种谁也挨近不了谁、可谁也都在试图靠近的努力，"我是个狗屁诗人。几年了，标点都没写过一个。"

"你需要一次放荡。"生葫芦把他的手带到胸前，一边耳语，"有人喜欢小小的。你呢？"像在做代数题。A 为丁旦，B 为她自己。从公式一到公式二，分别代入，有序推进。

"我们这，最多算放荡的反面。"几秒钟前腾起过的小火苗，由于谈到标点，或联想到代数题，先后遭遇两阵没有氧气的风，倒伏下去了。他把手抽走。

"看来你不喜欢平胸。"生葫芦自己在胸前潦草地抹了一把，"那干什么呢，我们？"嗓眼里掺了一把细沙子。

"你作画时，他们真的全都一丝不挂？"聊她的业务应当算个好的过渡，"都很自然吗？男的和女的，总归有些不同吧？"

眼馋地瞅一眼丁旦的烟，却不再要他的了。咬着嘴唇到自己包里翻找，听到乱糟糟的杂物碰击声。"你是想问艾丽丝吧。"她抽烟的样子很带情绪，视线远远地甩开丁旦，像是对他的衣冠齐整感到厌憎。

"讲她也行。"他自若地接话。记得艾丽丝讲男友史的时候，曾说过她有个最大的消遣，就是晚上躺在浴缸里看韩剧，并喜欢把男主的大特写定格，最好下面恰好是一句她喜欢的情话，这样的话，就像真有个恋人坐在对面并说着那样的话似的。记得艾丽丝当时是飞快地讲了过去，丁旦这会儿却一下子想起来了。

生葫芦吐着烟闷笑两声："我真是嫌她皮肤太好，不要讲疤啊胎记这些玩意儿，连痣都找不着一颗。"突然停下，促狭式地，"要我帮你细化吗？她啊，腿壮壮的，粗得都并不拢，但特别白，越到腿根越是白晃晃的。胸圆圆大大，背部很厚。这是你喜欢的类型吧，像一床九孔被。她多油，爱出汗，准会像泥鳅那么滑溜溜的。"她音色也变得滑腻起来，像对自己的某种惩罚，"你会喜欢的。连我也是，我也不喜欢跟太瘦太干巴的人滚在一块儿。对了，我敢打赌，艾丽丝对你有想法。"

丁旦挪到窗口，刚才生葫芦站着的地方，并用访客的眼光看楼下那些交叠倾倒的自行车，像是随心所欲的性交姿势，躺倒的那些则是力尽之后的弃世者。头一次发现，这暗乎乎的车棚，也同样的如诗如画。

　　背后的生葫芦还在讲艾丽丝，像打开一瓶高泡啤酒，就势全部喷完才算事儿："头一次见面，她就给了我一个名字，让我找齐那人的所有诗。不就是为着你嘛。她那想成为皮皮粉丝的样子，真是可爱，真是悲惨。准认为皮皮是条绿色快捷通道吧，能拉着你走到她的百花深处。"

　　"抱歉让你受累。"丁旦吃惊不小，原来那些诗都是生葫芦找到的呀，"好多早期作品，你哪儿找到的？"

　　"没受累，我老早就读他。"生葫芦嘴巴张不开似的，显然不太想谈论。这表情跟前面一样，他在便笺上划拉皮皮诗句的时候。明白了，眼前这位，是一位货真价实的皮皮的读者。他不由得又往后让了两步，心里一股热流般的妒忌与感激。

　　"对了，艾丽丝想出皮皮的集子。"可以跟她说说不是吗。

　　"你还为这个斗争呢，觉得你们苦哈哈地砸了储蓄罐凑钱更高级是吧。一本薄册子，塞到干净或脏分分的手里，搁书架上落灰或扔到马桶里堵住下水道，你也都会斗争吧。我怀疑，你跟皮皮真的很熟吗？"鼻子里冒出两串笑，冷得室里都降了几度。她收拾包和干活家伙，瘦伶伶的侧面看上去如同一个饥饿少年。

　　丁旦后背一阵发紧，或者是大放松：决定了，不出诗集，反正怎么着都是一种想当然的粗暴与无聊。他跟上她往门口走："我要，谢谢你。"真心地脱口而出。

　　"友情赠送——别以为艾丽丝只有你看到的艾丽丝。她的身体可不错，那股子性欲，茫然又纯真，她对男人的需要，比方说对你吧，可比我诚恳一万倍。"把半杯水一仰头咕咚喝光。看起来，生葫芦从坏情绪里恢复过来了，又跟第一次在石狮子旁初见时一样轻俏机灵了。而丁旦也终于回味过来，她是因皮皮之故才主动结识的他。

他感到左右身体不对称了，有哪里不对劲儿。大门被生葫芦用力拍上的当儿，丁旦勃起了。

迷惑地伸手到下身：是什么或者谁，带来了这久违的爱欲？

六

夏季，诗歌活动的高峰期，诗人们到高原，到草原，也到平原，喝酒并大醉，写点小文，讲点大话，唱点酸曲。丁旦也在其中，算业内之本分。

见到若干跟他同样步入中年的诗友，交换证明彼此存在的讯息：推广国学并出入各大讲堂，转攻古琴还带起了弟子，离婚结婚像反复打游戏妖怪。到海边租宅子种花养狗。每日创造步行纪录，不占领微信封面决不罢休。没有人谈诗。也没有人注意到丁旦已多年没有新作，可能他们也差不多。

出门一趟，索性跟着再出门第二趟第三趟。不到两个月时间，挣下了能到明年冬天的生活费。故到秋风起来、叶子落地的时候，丁旦得以回到家中一隅，彻底歇下了。这期间，艾丽丝约过他几次，最终商定在国庆中秋的双节之后。

一见即发现艾丽丝清瘦了很多，除了后背还是稍厚，余部皆能算得上匀称了。这对精神面貌似也有反作用，艾丽丝显得有些不同了。这回的赞美再不是可恶的寒暄了。丁旦由衷欢迎这样的变化，一路上本还担心艾丽丝再要谈起皮皮。过去几个月，收藏夹里又添各种新货。皮皮其人其诗，已越来越淡地退到后面了，真的已无意也无力再追溯了。

艾丽丝淡然地小幅摆手，表示还远未达到目标："好女不过百，我这还多出不少斤呢。"一边拿出本子和录音笔。

丁旦此番却是空空而来，以为还是扯闲篇。只好连喝几口、夸茶好。真的要对她讲诗？想想碰到那么多旧故新交都没有谈一句诗啊。

瘦了会使人敏感，还是说他以前没注意到艾丽丝这一点？"觉得跟我没话说？啥都不说也行。就像人们约着吃饭，常也不为吃饭，也就是一起坐坐。"她把空白本子和录音笔推一边去，嘴角显出括号纹。正对面看去，她的上半身也明显塌下去些。想起生葫芦曾经描绘过的这具身体，用的那些肉感词汇。心里竟有点难过。

从丁旦这里可以看到窗口，绿萝飘逸，树木微黄。今天风不大，阳光不透明，连天气都无从谈起。两个人待着不说话，是很大的考验——若是生葫芦也许好些，她那特有的懒洋洋！他们后来并没有再联系过。这样上着艾丽丝的课却想着生葫芦，也是不大合适吧。丁旦在脑里散漫着，一边注意到艾丽丝早坐不住了。她转杯子、擦桌面、续水、录音笔打开再关上。这沉不住气的样子，与她本人很不相称，并让丁旦再一次感到怜惜，或许是内疚感？也不知道。

终于，她还是在手机上写了什么，不大会儿有人送进来一沓东西，她不接，冲来人往他努努嘴。

看看，真如生葫芦所说的，"两个人，总是得做点什么吧"。丁旦接过来，一眼看到粗黑标题："希望基金项目计划书"。一捻，约有七八页。匆匆走了几眼，看到几个反复出现的数字，五百万之巨，后脑勺一下肿起来。

"本不想劳烦你看这个，这不是闲坐着嘛。折腾到第五稿了，还有些吃不准。"像一个扎煞着双手的农妇终于捧上了活计，艾丽丝自如多了，"目前请了八位专家来参与，你要是愿意……"

丁旦细看，虽写得绕七绕八，实际上就是莫名其妙的现钱"直给"，给"处于人生最关键时刻"的人，比如走投无路、怀才不遇、梦想破灭、情感崩溃之类。翻到负责裁定的专家团，相当之庞杂。自媒体大号、心理咨询师、子夜热线主持、街道干事、哲学系副教授、天使投资人。"您看，都还没有作家或诗人，这可缺了一大块。"艾丽丝补充，一种统计学上的虔诚，丁旦继续翻，后半部则主要就是对生命、希望、坚持等的情怀抒发。显然，这就是艾丽丝所说的"关口前移"——又蠢又好心的女人，这样想当然啊，丁旦真的要控制不住愤怒了。

艾丽丝误会了，快速解释："我们还有一个更详细的计划书，主要针对基金池那一块。有一些难度，但总归能找到十个二十个老板，而且我会设法让他们相互较量。这事儿只要一攀比，就好办了。"

"不要，千万别！"丁旦发现自己嗓门太高，惊得艾丽丝都站了起来，他僵硬地做个手势，试图调和。摁下诗集，又来个基金！这不仅对死亡不公，对他妈的金钱也是大不敬啊。算是他引出来的这事，得拦下。

"想想看，你们的钱也不是大雨点大雪花那样从天上掉下来的对吧。其实我还一直替你操心的呢，看你，弄这么大一公司，租这市中心的写字楼，里里外外那么多人要养活。汽油那么贵，高速公路要收费，而且大卡车最容易出车祸……"

艾丽丝一下子怔住，脸色遽然发红："这个，公司的事我可不好意思跟你讲，一说起来就啰里啰唆。别的不说，光是这些车子和司机的保险……生意总归是生意，上不了台面。"仍在惊怔之中，前言不搭后语，"从来没有人想到过我的难处，你是头一个，你还是写诗的。"

376

"我最佩服的，就是实实在做事情的人。"丁旦生动地举例子。多少次，他连着几天几夜地把头都抓秃了，只写出三十行，第二天早起又删掉五十行，是的，把前一阵的二十行也一并删了，然后他妈的还饿了。于是跑楼下买卷饼，眼热地望着排在他前后的那些人，挂着工号牌的中介，黄毛发屋仔，把制服都要撑破了的胖保安。真的，他羡慕和佩服。"这才是真正有用的人，白天推着太阳转、晚上赶着月亮跑，了不起啊，否则哪能有这个热气腾腾的社会。"

这个思路太好啦，丁旦滔滔然："你想，大街上随便拉个人，发两句牢骚，讲段苦情戏，比画个不着边际的大头梦，谁不会啊？寻死觅活地做个废物点心，实在是太容易了，还用得着你去成全、去拉一把扯一把？真正难的就是做事情。别人我不管，可我绝对、绝对不愿意你的钱，给这么地糟践！"真是讲得热血了，他用力抖抖手里的计划书，也许最好的效果是一把给撕了，也可能动作里已有了那个方向——看到艾丽丝像要伸出手拦他。

没有，艾丽丝是捋头发，"你，在乎我的钱？"慢吞吞地问。

"不止是在乎，是看不下去！也可能我这算多管闲事。可是你要知道，你的每一分钱，那可不是钱，而是你和你所有的时间。你为着它们，起大早出差，半夜里应酬，死磕价格，吼人与被人吼，睡不着或不够睡，脸上长出斑，身上多出挂肉，小姑娘变成女老板，每一分钱都是刀刻火灼的呀。你千万要好好考虑它们的去处，就像考虑你本人的去处。要一样地慎重知道吗？"一闪念中也想到这些词是否有点过火，像写坏的诗。

艾丽丝脸上哪个部位扭曲了一下，她抽出纸往脸上拍。一点儿汗没有，声音也是干巴巴的："你猜我刚才在干吗？我在脑子里数，前后谈过哪些男朋友。我父母与亲戚们。合伙的搭档。助手和员工。前前后后的，数了七八年，这么多的人，有谁心疼过我的钱没？哈，没有，还真就没一个。"她沉吟着，有点不信，又好像挺兴奋的，"他们花我的钱可痛快了，都像是给我面子。并且我确实也觉得是挺有面子的，我不就这个本事嘛。"嘻嘻发笑着，上半身随之起伏。带着委屈的起伏，这委屈被意外地发掘，同时被意外地抚慰。她抬起假笑的眼，盯看丁旦——丁旦差点儿一下子挪开眼去。

绝不会看错，那眼神表达着什么啊。丁旦听凭背上汗浸，一边保持眼神的回应。他愿意暂时地配合艾丽丝，并相信她最终会处理好这样的情绪，以她多年来的强大惯性。

屋子里很静，如果耳朵足够好，该能听得到外头黄叶子落下的声音。这可能是上课以来最有点儿诗之意味的时刻……

外面传来敲门声。是刚才送资料来的手下，伸进半个脑袋、指指手表。艾丽丝一下子恢复了抖擞，收拾起桌上的资料。丁旦目送她手里的那沓纸，他不敢打包票，他祈祷它们会被扔到废纸篓。

丁旦往门口去的时候，艾丽丝突然抢上前，把半掩的门又拍上，并倚在门背后，丁旦忙往后退，也许步态显得太警惕了，艾丽丝失笑，了然的、不作计较的笑："我只是有句话要说。刚刚我突然想明白，皮皮、我那个跳楼的客户、你收藏夹里那些非得要去死的人。我以前想岔了，他们不是'钱'的原因。"她的眼神在丁旦脸上轻拂了一下，然后迈过他肩膀望向窗外，"是爱。他们都只是一个人，你觉得是不是？要是两个人一起，就不会那样了。"

丁旦赶紧点头，觉得最好要及时离开这"心房"。接着他思考了下，又点了第二次头。艾丽丝所说，多少有些道理。

因他第二次的点头，艾丽丝真正地笑了，因消瘦而显得稍硬的脸庞简直柔美有光了。她扭转腰、侧身往右退两步，重新为他打开门。有那么一个瞬间，她与他的距离，近到可以感觉彼此胳膊上汗毛的摩擦。

门外站着生葫芦，半抬下巴斜睨着他们，一只脚不耐烦地敲打地面。

七

走了三条巷子，找到一家皮肚面。不是饭点儿，可是饿。铺子长而窄，墙上桌上油油一层，悬着胳膊吃喝一光。太好吃了。抽了烟。买瓶可乐慢慢地喝。再顺着三条巷子拖着步子往回走——丁旦终于意识到，自己这是在等生葫芦出来。确认到这个想法，倒也平静下来，既不自弃也不欢欣。

生葫芦出来时显得相当邋遢，外套半高半低，裤管上洒落了几星颜料，脸上带着产妇刚刚生养过后的居功与疲惫："大头朝下，差不多成了。她今天绝对处于身体之巅，每一块肉都蘸过汁水。"并不意外他在等她，随手接过烟，听凭丁旦叫车，默然地跟着他上楼进屋。

床上行进到后半程，她的力气好像才回来了，一翻身到丁旦上面："这种事，只要丢下一只靴子……就肯定会……"不足的光线下，她像暮色中的骑手，忽远忽近，明灭不定。丁旦完全看不清她的脸。

除了那句"一只靴子"的嘲笑，她没对他再说过别的。也好。冲洗了下，丁旦即被困倦所吞，迷糊趴下，余光看到生葫芦瘦长的身子在逆光中走向卫生间，手臂与细腰摇摆，似某种水生物。再次睁眼，生葫芦正从左前方俯视，衣装整齐，丁旦忙昂起头挥手作别，放心地重新趴下大睡。

等他因呛咳再度醒来，发现头顶大灯雪亮，房里烟味浓稠，像有十个烟鬼。自己翻呈仰躺之势，腰间缠着的大浴巾被扯到一边，上下全无遮拦——生葫芦跨坐在床对面的靠背椅上，嘴里含着半根烟，正专心致志地瞧着他。那凝看像雕刻刀，让丁旦皮表层都疼痛起来。

意识到，这过分打开的姿势是被摆出来的，他并非因烟味儿而醒。丁旦咳了一声，尽量自若："裸体研究家，看我这儿，怎样？"

生葫芦嘴里含烟，发音不清，不满被打扰："你就不能继续睡？装睡也好。"

烟雾中，生葫芦那斜睨过来的眼神，酒鬼式的还是屠夫式的？不，比那些更缺少热度，纯然是对待一样物件。"看别人光身子，真那么让你开心？"丁旦顺从地闭上眼，这样更无所谓耻感了。

"我是在找人。"仍然吐字不清。

"这样找？"

"非得这样。"真担心她把那半截子烟给含得断了，"一穿衣服就不对了。"

"？"想了想，把问号咽了下去，自己显然不是——假如确实有那么一个她要找的人的话。

"那也别白看啊。说说呢，都看出我什么了。"丁旦故作揶揄。是啊，为什么需要幽默和搞笑，因为人们根本无法真正地交谈，那大概是比性抵达更困难得多的事吧。

"过去现在未来，都能看。跟算命差不多，爱信不信。"她终于把烟给拿下了，"反正你这，还真不能算个诗人。"

真高兴是假寐着的。此时此境，突然听到"诗人"这个词，真是有如针刺、不可承受。

"哈，你当然是。我的意思是，你这堆肉并没有诗意。"生葫芦认真修正道，"就好比我们说某人是化学老师或会计师，并不总是有关联的。身体啊，是另一个体系。有的活泼有生机。有的天真烂漫。有的落落寡欢散发苦味。总之各有各的意思。"

"你要找的是？"

"接近飘逸或弃世感的那一种吧，或者叫诗意？也说不清楚，可只要见到，我肯定会认出来，就像一见钟情那样，无数的人无数的身体之中。"能感觉到她在轻轻地摇头，一种沉浸在自我中的摇头。

唉，"诗意"。被人们张口就来地讲得多么轻易和熟稔啊，生葫芦也是处于某种附会之中吧。丁旦着意为自己催眠，不如真的睡去。隐约听到踢踏脚步。啪的一声，眼皮外的世界暗下去了，这是关了大灯，打火机的啪啪声。

"有个人，我想他可能就是。"她在黑暗和烟味中自语。

"谁啊？介绍我认识下？"丁旦昏然中挣出一句。

"你认识的，我不认识。"

这是什么话啊，还是他听反了？或者一直是做梦，生葫芦不是早就穿好衣服走了吗？瞌睡像等不及的令官，拉起丁旦便走。深沉的吐吸中，感受赤身的御风而行，有种尽与交付的坦荡与松快。

……到再一次醒转，嗓眼焦渴得发疼。屋里漆麻麻大黑，勉强伸手开灯，找到半杯冷水，边喝边用眼神四下逡巡。生葫芦确实不在了。只床头满满一缸子烟头，丁旦在里头翻找，找到残余最长的一根点上，就着生葫芦可能留下的唇痕吮吸。这会儿想起来，整个过程，他与生葫芦并没有过一次亲吻。再往前想想，好多年都不曾有情有意地亲吻过另一个人了。也真是没什么好说了。

烟头烫到手的时候才注意到，皮皮的手抄本正搁在烟缸边上。

她打哪儿翻出来的，还是他自己什么时候又拿出来的？手抄本打开着，像一个邀请。

光溜溜的身上发冷，丁旦还是认真重读了一遍。左页右页，各一首。

拒　绝

我拒绝了别人
不留任何余地
我的内心没有不安

事隔多年
我回忆关上那扇门的时刻
自己颤抖的手

闭上眼睛，回忆这关门的习惯
很多扇门砰然作响
此起彼伏

仿佛外面大海咆哮
嘲笑这一小片仅存的、空荡的人生

愿　景

我死了以后
爸爸妈妈活在过去之中
仿佛在一道高高的围墙里
生下弟弟和我

辛苦操劳，时有欢乐

那条叫作成贤街的街道

依旧浓荫密布

煤气站、粮油店、烟酒杂货

挤在有些歪斜的路边

我死以后的一个下午

弟弟被人打破头

逃进南京工学院的操场

大喊我名字，面朝奔涌的人流

他高三时认识单绮云

恋爱六年却分手

经历各自婚姻曲折

最后终于生活在一起

在旁边，我把这一切看得异常清晰

好像发生过很多遍的事情

我希望死了以后

仍然可以记住

婴儿般初降的幼小清晨

阳光热烈地闪耀

他比较喜欢右边这首，生葫芦也是吗？

八

从秋季到整个冬季，丁旦一直木呆呆地喝红茶，反正比白水好喝。茶盒子码成一堆，能喝到明春。

是老汪"生意上的朋友"转赠的，托他替新茶想个名字。老汪用车子载来茶叶，卖功地："红茶暖胃又解腻，实在不行你过节时送人，也好看的。"

"要是楼盘或车行老板托我想名字就好了。"丁旦说笑，以对付内心的涣散与浑噩感。这是每年春节前都会发作的，又是个一事无成的年份！夭折的皮皮诗集、行骗一般的诗歌活动、从没发生过的写作阅读或交谈，是，性爱算是有一场——有时抽到烟屁股时，会回忆到生葫芦逆光中水生物一样的背影，却也如杯中茶一般，冲一浇淡一浇了。

反正已无聊至此，他到底还是问了老汪，好像追究这个事情对他而言会有特别的意义。紫色之夜那险些流标的诗歌课，是老汪私下里托艾丽丝出手救场，然后他再替艾丽丝"补偿"一个黄大师工作室肖像。对吧。

老汪已发动了他的车，手机上查看回程路况，一只手握住手刹，耐心听完丁旦这一番啰里啰唆，照旧是满脸弥勒笑："你真要这么想，也算欠我个人情嘛。我可最喜欢被人欠着。记着啊，想茶的名字。"放刹起步、车头一抬走了。

继续喝红茶，越喝越麻木，老汪的那种油滑逻辑，更增加了他想茶名字的烦恼。有些人就有这方面的本事，替婴孩取学名，命名景区的一处石崖或牌匾，他们所想出的那些名字，确也是恰如其分，连艾丽丝都能弄出个"心房"来呢，他怎的就没这本事。

翻《元散曲》，翻《淮扬菜谱》，又看《国家地理》杂志。病急乱投医。有时站到窗边，看邻人们来来往往，他们裹得圆滚滚的，手里提着红包装的年货，大声以阴历谈论天气：这雨，怕要下到年二十八哪，邋遢腊月干净年……丁旦竖起耳朵听，胸中越发寥落。好在还有各种新死的消息，像乌鸦拍着翅膀停歇肩头，为这岁末的凄惶略微增加一些熟悉的陪伴感。

故这时接到艾丽丝的电话，倒暗中发笑，想起这好歹也算他这一年来的正经事情，所拍款子，应当已在某个山坳子里盖成了两间砖头房、钉上了阅览室的木牌牌，里头多少码堆了些字纸。他劝说自己，如扶起病中之躯，去完成最后一节课的义务——去年差不多也是此时，也是好不容易劝说自己去了紫色之夜。连这一点上，他也是毫无长进的啊。

脑子里忽地一动，不如就叫"紫色"吧，当即从手机里发给老汪。老汪抗议他敷衍。丁旦振振有词：在古老的西方，紫色极为尊贵，仅供皇室所用，违者可能被处死。何为？因紫色极难提炼和形成，在整个颜料发明史上，紫色是折腾得最厉害的。能想象出吗，全世界不同种族的老祖宗们各自做过多少艰苦卓绝的试验啊，比如动物血、陈旧尿液、海产贝类、芦苇、泥浆等各种玩意儿，不断地搭配啊调制啊降解啊，一直到两百年前才勉强而成。此外，紫色的至尊至罕还体现在：它极不易在他物上附着，故紫色的布匹衣物相当昂贵。比如在英格兰，一磅染了紫色的羊毛，其价钱相当于一个成年男性三年的薪资。云云。——是好久前在那本讲颜色史的书上看到的，他找出了那本书。

老汪闻听，没再反对，并且大概是换成什么更具说服力更堂皇的说辞转给茶老板了。对方喜纳。

这样一来，丁旦前往艾丽丝处，倒也算是无债一身轻。发现后者脸色有点不好，细一看，这次是压根儿没有化妆。她不再把自己当客人了？丁旦放下两盒红茶，说些跟过年有关的热闹话。他假装忘掉艾丽丝上次所泄露出来的内心，她对爱的新认识。

桌上摆了不少吃的，京果、交切片、云片糕、鱼皮花生，还有丁旦幼时最爱的萨其马。想起初夏时分大吃青团的情形，像是不知过去多久似的，四季啊，那样美，又这样地让人悚然。把围巾和外套解开，拆开一块萨其马："小时候我有个梦想，哪天能一顿饭全吃萨其马就好了，光吃它，吃到饱。"

"本来还订了蜜三刀，发货迟了，还没到。"艾丽丝挪动着盏碟，把这个那个的往他眼前推。以前奶奶还在的时候，丁旦回乡过年，老人家就是这样，这碗菜那碗菜地往他这边挪。这是家里人的动作啊，怎么艾丽丝也做得这样自然的呢。

"成美食课了哈。"强调了"课"字，并集中注意力咀嚼，牙齿根粘了一点萨其马，都不舍得立即舔去。真是多少年没吃了，虽不是幼时味道，心里却一下子软绵绵的投降了。刚才想到奶奶，如诚实追究下去，他真正想念的应是奶奶膝下的那个幼年的自己。

"看你这满脸的都像在写字，想什么呢？"艾丽丝咬了一口交切片，手在底下等着碎屑。还是老习惯，自顾讲："一进腊月，我就特别想跟人一起吃东西。别的时候还行，这天儿就撑不下去，想到要一个人冷锅冷灶，简直像看恐怖电影，身上汗毛都要竖起来。其实我看电影倒从来不晓得害怕，眼睛还瞪得更大呢……记得前年，也是要过年的时候，我差点儿都结婚了。"讲得跳跃、随心所欲，丁旦不得不密切关注她的表情。没有白粉铺盖过的脸，哀伤比细皱纹还要清晰。"这一位，我没跟你讲过。一讲他，我这里，真的会疼。"她戳了戳胸口，手心里的芝麻掉在桌子上。她一小粒一小粒地用手指拈，眼珠追随着那些芝麻粒。"当时我是一心决定嫁掉。他个子不高，别的情况也一般，可他特别肯听我说话。有些男人总讲自己，有的才听一半就打断我。他是最有耐心的了。可就因为看了一次恐怖电影。"艾丽丝住了口，手指也停止了对芝麻屑的拈拾。抬头望向他，好像要等一个表态或判断。

丁旦突然想到，前面那些课上，他恐怕也是表现得特别耐心吧，虽然是无意的。当然不该这么警惕。忙聚一聚眼光，关切地："为什么？"

"就知道你没有仔细听。"也不是多么介意的样子，又拈起芝麻，"我前面讲的啊，看一部外国恐怖片子，突然到最可怕的地方，别的女孩全都叫起来了，捂住眼睛往男朋友怀里钻，连他自己也吓得叫起来。可我没反应。就这。你看看，就这。"

丁旦摇摇头，说不出个啥，艾丽丝看上去也不需要。换了鱼皮花生来吃，不好吃。又换了云片糕，那甜糯刚一在舌苔上融化，突然就像听到了鞭炮声。老家那里有个风俗，年初一睁开眼，首先得先吃上两片"糕"，才能开口跟家人互拜新年。丁旦从小瞧不上这些讨彩口的旧俗，却总被母亲强逼着。而今，这世上再没有人逼他在初一清晨的鞭炮声中，带着还没有刷牙的不洁感觉吃云片糕了……多么幼稚的怀亲病啊，软弱地苦笑了。

"到底想什么呢你？"艾丽丝追问，这次真的在等他回答了。

"想到刷牙，哈哈。"他放出声笑，见她还在等，挤挤眼睛补充，"还有鞭炮。"艾丽丝没有妆品遮盖的脑门上横起几道纹，不甘地疑惑着。丁旦没法说出奶奶或母亲，担心自己的嗓子会颤抖，她们的面孔会放纵他的痛楚与自怜。不想跟艾丽丝说这些。虽然他特别、特别地想跟一个什么人说，得是女人。

艾丽丝又挪动起碟盏，把瓜子、松子和花生糖换到丁旦跟前。"嗑点瓜子吧。我特别爱嗑，但一个人也没法嗑啊，有时馋瓜子馋得要命，可就是不知找谁来一块儿嗑。真气死我了，男的女的都找不出一个来。"

"敢情我不男不女？"讲点愚蠢的话，是个办法。

"实在不喜欢，你不用嗑。"艾丽丝抓起一把瓜子往后一靠，"我虽然节食，但生意上的饭局，包括宵夜，我都尽量参加。知道为什么？"老习惯，停下，继续，"因为人们在一起吃吃喝喝的时候，多少会讲点儿真心话，尤其是吃小时候的东西……所以你瞧，我这可是精心准备的。"艾丽丝努努桌上的吃食，一边吐瓜子壳，毫不讲究地四面八方地吐，落在她的衣袖和前襟上，"就得这样吐壳才痛快。就像吃骨头得手拿着啃！"感觉艾丽丝是完全放弃他了，本来也就是他们的最后一课了。"真的一点儿不嗑？我得说，你实在很不会聊天。"艾丽丝又抓了一把，眼光平平地注视他。

看看艾丽丝往嘴里频繁递送的西瓜籽儿，黑黑小小滑溜溜的，像一粒粒小子弹，最终会在她的肚子里一起爆炸吗？也真该炸了才好，她也真是白过了，还得临时抓住他这么个无趣的人来陪着嗑瓜子儿。

十几米开外的街巷门户里，是腊月二十七的热腾腾烟火。节日多像一道界碑啊，缅怀离散的旅伴和部分阵亡的自己，再开启必将继续下去的离散与阵亡——想起十年前还在一起的妻子，最末一次吵架就是在过节，两人把一件琐屑事体共同努力成大厦倾倒，听说她而今也还是一个人。是啊，归根结底都是一个人。眼睛从窗户掠过，突然意识那里可以俯视到楼下的大石狮子和吸烟处。那么，艾丽丝看见过他与生葫芦在一起吗？啧，怎么又想到生葫芦了。

感到艾丽丝好一阵儿没有说话。丁旦礼貌地挪眼看她，艾丽丝却一下偏过头，瘦了的下巴扭成一个侧影："过去这几个月，其实我一直在考虑你和我。"停住。

丁旦不接话，心里像突然被塞了一把荆棘草。

她咬一下唇，脸还是侧着："一直都在考虑。包括今天，你能看出来的吧。"

"师生，可不能那个啥啥的！"得迅速处理成一个说笑。心里再次涌起浪潮般的悲哀，都想去拍一拍艾丽丝仍然宽厚的肩，就在伸手可及的桌子对面。不行。开玩笑就已够糟的了。

"开始我只是出于务实的考虑。"艾丽丝认认真真地说，这是她今天的课程计划？"老汪很早就跟我说，别总在商界同行里打转，调整一下方向。艺术家，就算有点怪脾气，没准就能歪打正着。我骨子里还是罗曼蒂克，老汪了解我。所以才去的紫色之夜。"

瞧老汪，为了做场慈善，都干了些什么，得赶紧去掉任何暧昧性误导。"对了，我一直都还没谢你买我的课，好在老汪考虑得还算周到，黄大师可了不得。"公允而客气，表示他的人情已被老汪还掉。

"可不，买一赠一，重头戏还是赠品。我的确是个生意人对吧。"艾丽丝很爽利地替他把话说破。她点上一根烟，沉香条就在边上，这次没塞。像乱吐瓜子壳一样，听凭烟灰往前襟上落。跟第一次见到时相比，她变化多大啊，这样瘦了，不讲究打扮，也不均匀假笑了。他是罪过的，或是有功的。

艾丽丝突然"扑哧"一声，吐出嘴里的烟丝，像忍俊不禁："要不带你看看赠品？已经搞完了。"

没想到这就安全转移了话题，丁旦顺势接口："要看要看，我也长长眼。"他跟着艾丽丝走过L形拐道，进入隔间，画架上蒙了块大灰布，目测有半张床那样大，"我听说……"

"是裸体。"艾丽丝接话，一把扯开灰布。

"不，我听说小chang是黄大师关门弟子……"只说到这里，丁旦就闭嘴了。

画中的艾丽丝巨大地扑来。

是胖胖厚厚的早期模样，甚至比那时更胖。略斜着身子，毫无遮蔽地坐在一张木色椅子上。左腿叠放于右腿之上，压得右屁股上的肉都潜出了椅子面。她交叉抱着胳膊，右侧乳房被遮掉小半边，左胸则被完全推向视觉前方，与腹部的几道脂肪层一起，形成了整个画面的力量，推得丁旦不由得往后让了几步。他寻找艾丽丝的视线，但画里的艾丽丝看向画框之外，是根本性的回避，完全不可触及。整幅画只有挤挤挨挨的肉体与丁旦正对，对峙中变得更加庞大、坚固。

丁旦往后退，又左右挪动："这构图……"嗓音发哑。他太喜欢这幅画了，简直能跟这幅画一起过节、过所有的孤独。

"我那时多胖啊。"艾丽丝声音很柔和，"你喜欢瘦子对吧。我看到你跟小 chang 一块儿走的。我可怎么也减不到她那样瘦。"她自个儿笑了笑，并不很认真。

生葫芦看来是叫小畅还是小唱？也可能只是她的微信昵称？不想追问。"我们，其实……"丁旦停住，有必要向艾丽丝解释吗？突然想起来，生葫芦那天差不多要画完这幅肖像时，艾丽丝已经瘦下来了。为什么这样画？做买卖的艾丽丝，举牌慈善的艾丽丝，假装上课的艾丽丝，模特儿艾丽丝，还有画中的这一个。可真热闹。

丁旦继续看画。不管是框内堆得太满的肉还是弥漫到空间之外的情绪，都全然不像艾丽丝、而又的的确确就是艾丽丝。多么冒险的精准啊。生葫芦确实不是吹的，画得太牛了。她不是抓住了被画者的什么，而是抓住了看画者的什么。起码这画就抓住了丁旦。就像他某些诗，别人都觉得那诗不像他，他微笑不语，心里却一万次地狂呼、抗争：那就是我！那才是我啊！

艾丽丝也跟着丁旦挪远挪近："画画时，小 chang 总不让我动，也不让我说话。可她那小嘴却一直在说，不，是背。皮皮诗39号。皮皮诗12号。整天皮皮这皮皮那的。她也一直跟你聊皮皮吧？"观察丁旦，"现在还聊吗？意大利跟这儿时差是几个小时？"

"意大利？"他把目光落到真实的艾丽丝脸上，不能不惊讶，"留学、旅行还是什么？"他往油画架的侧面走走，好像能从背面拉出生葫芦来。修长的后腰，手腕上的青筋。

"你当真不知道？她提前交了画，突击办掉各种手续，确实是很匆忙。据说出了点事。她经常深更半夜地，远远地跟着个男人，"犹豫了一下，"一直跟到男卫生间，要人家脱光……"又停住，看丁旦是否要听。

丁旦不要听，心里一阵荡悠，无疼也无痒。他清楚得很，就算生葫芦没有出去，并且待会儿就在楼下见到、仍旧一起抽烟并再次上床，甚至还谈及皮皮——这唯一的勾连点，仍然改变不了这个事实：他与她，从来相隔极远，都要远过艾丽丝。能说什么又能做什么呢。或许可以打听下生葫芦的地址，把皮皮的牛皮纸档案袋寄去给她，让皮皮的诗陪着她在异乡继续寻找意中人的裸体吧。

"你喜欢她这样画你？"当然还可以谈论她的画作，正好还有眼前的艾女士。

艾丽丝点头又摇头："反正看到的人，都挑毛病，一大堆。比如说怎么都不笑呢，椅子太丑什么的。我拍照片给老汪，连他都在微信里发鬼脸儿，说哪有把人往胖里头画的？挑归挑，大家还都挺喜欢。有个做 PP 管生意的老板，连油画水粉画都闹不清的，非得跟我买，价钱开得离谱。"艾丽丝停了下，嘘一口气，"天价我也不会卖的。看得出你也喜欢，不是因为这画中人是我而喜欢，是因为它不是我你才喜欢的。对不对？"

这话在外人听来，准觉得像绕口令。丁旦可听得一清二楚："如果不是你，那画里人能是谁呢？"

"是你。"艾丽丝难得地嬉笑起来。

"我？我可是个男人啊。小 chang 这么说的？"丁旦绝不相信艾丽丝会有这样的敏锐。

"是我讲着玩的。你知道小 chang 怎么说的？你会笑死了。她说，对不起艾女士，我给画成自画像了，真正的理想的我就是这样儿的。"叹一口气，"那丫头太会说话了，还劝我说男人就喜欢九孔被一样厚实的女人。"

"确实，我就挺喜欢。"没有留意艾丽丝突然亮了一下的眼睛。丁旦现在脑子有点热乎乎的，艾丽丝无意中说到了点子上。这幅画，每个人都会觉得那是自己、自己就是画中的那个回避（不需要）任何对视的肥胖女人。他心里为这种发现扑扑乱跳起来，简直有种朦胧的幸福感。现在他觉得可以过新年了。

"要下课了。咱到点儿啦。"艾丽丝突然宣布，紧巴巴地，好像接下来有什么着急的事情。不顾丁旦还保持着看画的姿势，她匆促地从地上捡起灰布，高高往架子上抛去，灰布落下，高低不平地斜着。丁旦走上前，扯住两只角配合她……不知出于什么心理，他有意控制住画布的下拉速度，暗中用手指肚轻轻、轻轻地抚摩着画中人，从她被压住的胸部到腰间层叠的脂肪，到潜出来的屁股。艾丽丝松开了她那一头，灰色画布像披肩一样，复又滑落下来了。

"抱抱她吧。"声音从对面的虚空飘来。艾丽丝往后让得远远的，只留丁旦在她的裸像面前，再一次地颤抖着重复："就抱一抱吧。"

2019 年

图书在版编目（CIP）数据

鲁敏小说 / 鲁敏著 . -- 北京：作家出版社，2025.2.
（作家小说典藏）. -- ISBN 978 - 7 - 5212 - 3090 - 1

Ⅰ . I247.7

中国国家版本馆 CIP 数据核字第 2024BP9458 号

鲁敏小说

丛书策划：路英勇　张亚丽
出版统筹：省登宇
作　　者：鲁　敏
封面绘图：（美）米尔顿·艾弗里
责任编辑：姬小琴
装帧设计：TT Studio　纸方程·于文妍
责任印制：金志宏
出版发行：作家出版社有限公司
社　　址：北京农展馆南里 10 号　　　**邮　　编**：100125
电话传真：86 - 10 - 65067186（发行中心）
　　　　　　 86 - 10 - 65004079（总编室）
E - mail: zuojia@zuojia. net. cn
http: // www. zuojiachubanshe. com
印　　刷：北京盛通印刷股份有限公司
成品尺寸：142 × 210
字　　数：287 千
印　　张：12.5
版　　次：2025 年 2 月第 1 版
印　　次：2025 年 2 月第 1 次印刷
ISBN　978 - 7 - 5212 - 3090 - 1
定　　价：56.00 元（精）